RALF H. DORWEILER
Die Mission des Goldwäschers

AF214694

Weitere Titel des Autors:

Über den Autor:

Mit elf Jahren begann Ralf H. Dorweiler, Geschichten zu schreiben. Bis zu seinem ersten Roman sollten aber noch einige Jahre vergehen. Er studierte Theater-, Film- und Fernsehwissenschaft, arbeitete als Schauspieler, im Management von Konzernen und als Redakteur einer großen Tageszeitung. DIE MISSION DES GOLDWÄSCHERS ist bereits sein sechster Historischer Roman. Mittlerweile ist er hauptberuflicher Schriftsteller und lebt mit seiner Frau in Bad Pyrmont.

Ralf H. Dorweiler

Die Mission des Gold-Wäschers

Historischer Roman

lübbe

Originalausgabe

Dieses Werk wurde vermittelt durch die
Literarische Agentur Thomas Schlück GmbH, 30161 Hannover

Copyright © 2023 by
Bastei Lübbe AG, Schanzenstraße 6–20, 51063 Köln

Textredaktion: Dr. Ulrike Brandt-Schwarze, Bonn
Umschlaggestaltung: ZERO Werbeagentur, München
Einband-/Umschlagmotiv: © Reinhold Leitner /shutterstock.com,
© Bruno Kickner /Mauritius Images
Satz: hanseatenSatz-bremen, Bremen
Gesetzt aus der Adobe Garamond Pro
Druck und Verarbeitung: GGP Media GmbH, Pößneck

Printed in Germany
ISBN 978-3-404-18941-0

2   4   5   3   1

Sie finden uns im Internet unter
luebbe.de
Bitte beachten Sie auch: lesejury.de

Personenverzeichnis

Die * hinter den Namen verweisen auf historische Persönlichkeiten.

Hauptfiguren

Magnus von Auenstein, Händler für alte Bücher und Handschriften

Eleonore »Leo« von Auenstein, seine Tochter

Frieder Fischer, Goldwäscher aus der Nähe von Neuenburg

Armin Schmider, Schmied in Neuenburg

Ruedi Greiner, Holzschnitzer und Vergolder in Neuenburg

Bruder Melchior, Mönch im Kloster St. Gallen, Experte für alte Handschriften

Johann Wolfgang Goethe*, Student aus Straßburg

Linette von Fleckenstein, dunkelhaarige Reisende

Weitere Figuren

Fürstabt Beda Angehrn*, Fürstabt von St. Gallen

Franz Anton Ignaz Eduard Aloys Vorster*, Novize im Kloster St. Gallen, später als Pankraz Vorster der Nachfolger Beda Angehrns und damit letzter Fürstabt von St. Gallen

Bruder Gregorius, Mitarbeiter in der Bibliothek

Freiherr Guido Christian Ignazius von Moslehner, ein Adeliger unbekannter Herkunft, in dessen Besitz sich die Nibelungenhandschrift befand

Baron Frédéric Martin de Vuillery, Bediensteter des Bischofs von Straßburg

Kardinal Louis César Constantin de Rohan-Guéméné*, Fürstbischof von Straßburg

Louis René Édouard de Rohan-Guéméné*, Koadjutor seines Onkels, des Bischofs von Straßburg

Gabriel Wüller, Kämpfer im Dienst des Barons de Vuillery

Thomas Selinger, Verwalter in Ebringen im Auftrag des Fürstabts

Katharina, eine junge Frau, die in Thomas Selingers Haus arbeitet, Mutter von Elena

Anna Greiner, Ruedis Schwester

Franz Ansteller, Beamter in Neuenburg, Stellvertreter des Bürgermeisters

Erhard Zahler, Lohnunternehmer in Neuenburg

Wilhelm Zahler, Erhards jüngerer Bruder

Lina Zahler, sechzehnjährige Schwester der beiden Zahler-Brüder, Freundin von Armin

Friederike Brion*, zweite Tochter des Pfarrers von Sessenheim

Georges*, ein Bauer aus Drusenheim, verwandt mit Friederike Brion

Karl Leopold Scheffler, markgräflicher Obergoldinspektor

Martin Brugger, Beamter am Hofe des Markgrafen von Baden-Durlach

Brillet, einer der Soldaten Gabriel Wüllers, Kutscher

Maria Hirzer, eine frühere Freundin Eleonores

Reni, Wirtstochter in einem Karlsruher Gasthaus

Johann August Schlettwein*, Polizeirat am Hof des Markgrafen von Baden-Durlach

Justus Paul Giebelfeld, Beamter unter Schlettwein

Gerald Albiker, Münzprägemeister in Karlsruhe

Johannes Willers, Fuhrmann in Worms

Magdalena Seitz, Mennonitin aus Ibersheim

Und auf die gelernte Weise
Grub ich nach dem alten Schatze
Auf dem angezeigten Platze;
Schwarz und stürmisch war die Nacht.

Johann Wolfgang von Goethe, *Der Schatzgräber*, 1797

1

Kloster St. Gallen, 4. Juni 1771

Der Novize öffnete eine schlichte Holztür und machte Leo mit einem Schritt zur Seite Platz. »Tritt ein, Junge!«, sagte er und winkte auffordernd.

Leo schenkte ihm ein amüsiertes Lächeln. Durch ein schmales Fenster fiel ein warmer Lichtkegel in den Raum. Das karge Bett, ein Tisch und ein Stuhl waren die einzigen Möbelstücke in der Kammer. Auf dem Tisch standen eine Kanne mit Wasser und eine Waschschüssel bereit, unter dem Bett ein Nachttopf. Als Wandschmuck diente ein hölzernes Kreuz mit dem leidenden Jesus.

Leo stellte die Taschen ab und trat zum Fenster. Den größten Teil des Sichtfeldes machte die schmucklose Fassade eines der Wirtschaftsgebäude des Klosters aus. Dahinter erhob sich die Krone eines gewaltigen Spitzahorns, auf dessen höchstem Ast eine Goldammer ihr Lied trällerte. Eine mit Tonziegeln gedeckte Mauer trennte das Klostergelände von der Stadt ab. Die Geräusche St. Gallens waren mehr zu erahnen als zu hören. Ein Streifen des satten Grüns der Wälder bildete den nahen Horizont, der sich zum bewölkten Himmel absetzte.

»Keine besonders aufregende Aussicht«, fasste der angehende Mönch Leos Gedanken zusammen.

Sie mussten beide etwa im gleichen Alter sein. Dichtes, fast ebenholzschwarzes Haar krönte das längliche, durchaus attraktive Gesicht des Novizen. Seine wachen Augen waren dunkelbraun. Ein Bartschatten lag auf Kinn und Oberlippe.

»Ihr seid noch nicht lange ein Mitglied des Stifts. Ich habe Euch noch nie hier gesehen«, stellte Leo fest. »Wie heißt Ihr?«

»Franz Anton. Im Oktober bin ich nach St. Gallen gekommen. Meine Profess steht kurz bevor, dann werde ich Bruder Pankratius genannt werden«, antwortete er stolz. »Und Ihr?«

Leo löste den Degengurt und legte die Waffe auf den Tisch. »Niemand hat Euch über mich aufgeklärt?«

Der Novize schüttelte als Antwort unsicher den Kopf.

»Und niemand hat Euch mitgeteilt, warum mein Vater und ich im hintersten Bereich Eures Gästetrakts einquartiert werden, weit weg von den anderen Herren?«

Der Novize runzelte die Stirn. »Das hatte ich mich allerdings auch schon gefragt.«

»Dann gebt Acht«, beschied ihm Leo vergnügt, zog den Hut vom Kopf und lachte auf, als Franz Antons Gesicht noch länger wurde. Mit einsetzender Erkenntnis fiel sein Unterkiefer herab. Er errötete schlagartig und wich zurück, als sähe er statt der schulterlangen blonden Haare teuflische Hörner vor sich.

»Ihr … Ihr seid …«

»… eine Frau. Eleonore von Auenstein.« Mit ihrer Männerkleidung hätte der höfische Knicks nicht unpassender aussehen können. »Mein Vater und ich verbringen einen Großteil des Jahres auf ausgedehnten Reisen«, erklärte sie. »Es hat sich herausgestellt, dass zwei Männer weitaus weniger Aufmerksamkeit und Ärger auf sich ziehen als ein Vater mit seiner jungen Tochter.«

Franz Anton nickte sprachlos.

»Wenn Ihr mich nun entschuldigen wollt? Ich sollte mich umkleiden.«

»Ihr … Ihr habt eine tiefe Stimme«, brachte der Novize stammelnd hervor. »Wie ein junger Mann.« Er machte keine Anstalten zu gehen.

Eleonore streifte die Rockjacke ab und legte sie auf das Bett. Franz Anton stand noch immer wie angewurzelt da. Erst als sie nun den obersten Knopf der Weste öffnete, drehte er sich jäh um und verließ fluchtartig die Kammer. Die Tür fiel ins Schloss.

Etwas später hatte Eleonore sich mithilfe einer kurzen Wäsche, eines Tageskleides und einer goldenen Haarspange in die junge Frau verwandelt, die sie war. Besondere Eitelkeit war ohnehin nicht ihre Sache.

Eleonore war hochgewachsen. Ihre Hüften waren schmal und die Brüste bis auf leichte Wölbungen bislang ausgeblieben. Zudem hatte sie sich die derbe Art von Straßenhändlern eher zum Vorbild genommen als die zierliche Höflichkeit feiner Damen. Und da Menschen meist nicht hinter die Fassade blickten, sondern sahen, was zu sehen sie erwarteten, ging sie meist als Junge durch, dem noch kein Bart wachsen wollte. Wie sagte man so schön: Es ist nicht alles Gold, was glänzt. In Eleonores Fall war es ein bisschen anders: Auch unter einer derben Schale konnte sich ein goldener Kern verbergen – zumindest was ihre Haare betraf.

Es dauerte nicht lange, bis ihr Vater sie abholte. Magnus von Auenstein hatte den guten Samtrock mit den silbernen Knöpfen angelegt, darunter eine dunkelblaue Kniebundhose mit passender Weste. Der Landsberger Buchhändler neigte eigentlich zu einem kleinen Bauch, doch die Strapazen der jüngsten Reise hatten dafür gesorgt, dass seine Kleidung wieder wie angegossen saß und die Weste nicht mehr spannte. Den Degen hatte er natürlich abgelegt, trug nur die große, schwere Tasche mit den Büchern, die Eleonore kaum anheben konnte.

»Man hört, dass du einen Novizen gehörig eingeschüchtert hast«, bemerkte er auf dem Weg durch den Gästetrakt beiläufig.

»Der junge Mann wirkte erschrocken, aber nicht unbedingt ängstlich«, gab sie zurück.

»Wir sind in einem Kloster«, mahnte der Vater eindringlich. »Du musst dich …«

»… sittsam und gottgefällig verhalten, ich weiß. Du hättest

mir vielleicht ein besseres Vorbild sein sollen«, neckte Eleonore ihn.

Ihr Vater blieb stehen und blickte ihr in die Augen. »Ich frage mich in letzter Zeit immer öfter, ob es nicht besser gewesen wäre, dich von deiner Tante großziehen zu lassen.«

»Bloß nicht!« Eleonore stöhnte auf. »Dann müsste ich so etwas dauernd tragen.« Sie wies auf ihr Kleid.

»Es steht dir sehr gut, mein Schatz.«

»Ich bevorzuge meine Hosen. Du glaubst nicht, wie unpraktisch Kleider sein können.«

»Du wirst dich wohl daran gewöhnen müssen«, gab er zurück. »Ich habe sowieso schon ein schlechtes Gewissen.«

»Das brauchst du nicht. Ich bin sehr glücklich so, wie es ist, Papa.«

»Du bist jetzt zweiundzwanzig. Es ist an der Zeit, dass du dich nach einem Mann umsiehst, statt dich selbst als einer auszugeben.«

»Mir ist noch kein Mann über den Weg gelaufen, der es mit mir aufnehmen könnte«, erwiderte Eleonore lachend.

Der Vater seufzte, dann huschte ihm ein Lächeln übers Gesicht. Er schüttelte den Kopf. »Mir auch nicht. Aber ich hoffe, es wird sich bald einer sehen lassen.«

»Und wer soll dann auf dich aufpassen?«

Die Geschäfte des Vaters führten ihn und Eleonore regelmäßig nach St. Gallen. Die Benediktiner der Fürstabtei gehörten zu seinen wichtigsten Kunden und boten ihnen von jeher für ein paar Tage ihre Gastfreundschaft an. Nach ungezählten Nächten in Wirtshäusern, Scheunen oder manchmal gar unter freiem Himmel freute sich Eleonore immer auf die Besuche im Kloster. Mit den Jahren waren Bedenken laut geworden, die wiederkehrende Anwesenheit einer jungen Frau könne einen schlechten Einfluss auf die Moral der Brüder und Novizen haben. Doch Abt Beda hatte sich den Schwarzsehern entgegengestellt. Als Kompromiss hatte man den Buchhändler und seine Tochter in den hintersten Bereich des Gästetrakts verwiesen und Eleonore auferlegt, sich im Kloster und im Außenbereich nur in Begleitung ihres Vaters oder eines zugewiesenen Mönchs zu bewegen. Das störte sie nicht weiter.

Als sie nun beim Kapitelsaal ankamen, wurden sie vom Subprior empfangen. Er bat wortreich um Verzeihung, dass Abt Beda sie nicht persönlich begrüßen könne. Dieser führe wichtige Verhandlungen mit mehreren Baumeistern. Er ließ Eleonore und ihren Vater darum bitten, die Stiftsbibliothek direkt aufzusuchen.

Den Weg dorthin hätte Eleonore im Schlaf finden können. Am Eingang zum Bibliothekssaal trafen ihr Vater und sie auf Bruder Gregorius. Als Aufseher, Helfer in allen Belangen und damit gute Seele gehörte er ebenso zum Inventar der Bibliothek wie die unzähligen alten Handschriften, deretwegen Mönche von nah und fern zu der Stadt am Flüsschen Steinach reisten.

»Groß bist du geworden«, begrüßte er Eleonore mit den gleichen Worten wie seit Jahren und strich ihr mit der Hand über die Wange. Gregorius war ein betagter, gebückter Mann, dessen Augenlicht nach Jahrzehnten im Skriptorium zum Kopieren alter Werke zu schwach geworden war. Er führte Vater und Tochter durch den Bibliothekssaal, der in dieser Form erst seit wenigen Jahren fertiggestellt war.

Obwohl Eleonore den Anblick kannte, war sie doch jedes Mal aufs Neue von der Pracht überwältigt. Die herrliche Decke mit ihrem Stuck und ihren Malereien zog die Blicke automatisch zum Himmel, als wollten die Mönche jeden beim Eintreten dazu bringen, zuerst dem Herrn zu huldigen. Der Boden bestand aus einem kunstvoll gelegten Parkett, das in der Mitte eine Windrose bildete. Am aufsehenerregendsten aber waren die mit alten Handschriften und Büchern gefüllten Regale, die sich in zwei Ebenen erhoben. Dabei wechselten sich die Bücherschränke mit Fensternischen ab. Die ebenfalls mit Fenstern versehene Galerie umlief den Saal auf halber Höhe. Jede Fläche der beiden Stockwerke war genutzt, um den Bestand der Bibliothek darzubieten. Eleonore wusste genau, dass hier nur ein Teil der Bücher ausgestellt war. Es gab sowohl für die seltensten und kostbarsten wie auch für die weniger wertvollen Exemplare eigene Räume.

Auf jeder Etage reinigte ein Mönch mit an Stöcken befestigten Federbüscheln die Bücher und Folianten von Staub. Mehrere Brüder – dem Habit nach Zisterzienser und Kapuziner, also wie sie Gäste der benediktinischen Fürstabtei – hatten sich mit einem Buch oder gleich einem Stapel von Werken an die Tische gesetzt, die vom warmen Sonnenlicht von außen erhellt wurden. Bei einsetzender Dämmerung und an trüben Wintertagen mussten die Gelehrten und die Studenten der Stiftsschule bei Kerzenschein in anderen Räumen Platz nehmen. Niemand wollte das Risiko eingehen, dass eine umfallende Kerze zu einem Inferno führen könnte, das einen der größten Schätze der Menschheit zerstören mochte.

»Bruder Melchior erwartet Euch«, flüsterte ihr Führer, als sie vor einer Tür stehen blieben.

Der Vater erwiderte den skeptischen Blick seiner Tochter. Mit Bruder Melchior hatten sie bisher nur selten zu tun gehabt. Eleonore kannte ihn als kauzigen, etwas hitzköpfigen Mann, der eine Vorliebe für schwere, süße Weine hatte. Sie fragte sich, ob er der Richtige für ihr besonderes Vorhaben sein mochte.

Nach der überwältigenden Pracht des Bibliothekssaals bestach Bruder Melchiors Studierkammer durch ihre Schlichtheit. An der Längswand reihten sich schmucklose, fast bis zur Decke reichende Regale aneinander. Von gegenüber fielen Sonnenstrahlen durch zwei schmale Fenster herein. Im Lichtschein tanzte der Staub seinen ewigen Reigen. An dem schweren Eichentisch zwischen den Fenstern saß der Mönch vor Stapeln alter Bücher. Er schien in mehreren Bänden gleichzeitig zu lesen.

»Herr Magnus von Auenstein!«, rief Bruder Melchior erfreut. Zum Aufstehen half er mit auf den Tisch gestützten Händen nach. Der Mönch war etwas älter als der Vater. Man sah seinem Körper an, dass er die meiste Zeit im Sitzen verbrachte und sich wenig bewegte. Sein schwarzer Habit spannte über dem wulstigen Bauch. Der Schädel, der direkt auf den hängenden Schultern zu ruhen schien, war bis auf einen dünnen Nackenkranz kahl. Es fiel Eleonore schwer, den Blick von der dunklen Warze auf der Nase des Mönchs abzuwenden, um ihm in die tief liegenden Äuglein zu schauen. Trotz einer Lücke in der Reihe der oberen Schneidezähne konnte Bruder Melchiors Lächeln durchaus herzlich wirken.

Die beiden Männer reichten sich die Hände und tauschten Freundlichkeiten aus. Eleonore wartete, bis der Ordensbruder sie ansprach.

»Und das ist die Tochter. Du bist erwachsen geworden, seit ich dich das letzte Mal gesehen habe. Leonore, wenn ich mich recht erinnere?«

Während sie einen Knicks andeutete und den Kopf senkte, korrigierte Vater den Mönch.

»Ach ja, richtig. Eleonore! Wie die berühmte Herzogin von Aquitanien, die erst Königin von Frankreich war und dann als Weib von Heinrich dem Zweiten die englische Krone trug. Verzeiht einem alten Mönch seine Vergesslichkeit, junge Dame!«

»Ich fühle mich geehrt, dass Ihr Euch an mich erinnert.«

»Bruder Gregorius, könntest du unseren Gästen Wein, etwas Brot, Wurst und Pastete bringen? Ich sehe eine schwere Tasche, da werden wir wohl einige Zeit beschäftigt sein.«

»Wie du wünschst«, antwortete Gregorius.

»Bring uns aber den süßen Wein!«, rief er dem Bruder nach, der sich schon zum Gehen gewandt hatte.

»Bei früheren Gelegenheiten haben wir unsere Buchzusammenstellung meist Bruder Gottfried vorgestellt. Wie kommt es, dass wir die Ehre haben, dass Ihr Euch dieses Mal unser annehmt, ehrwürdiger Bruder Melchior?«, wollte der Vater wissen.

Der Mönch überlegte einen Moment und wies dann in die Richtung, die Süden sein musste. »Bruder Gottfried befindet sich auf einer Reise zum Heiligen Vater. Eigentlich sollte Bruder Sebastian ihn vertreten, musste aber wegen des überraschenden Todes seines Oheims der Familie beistehen. Darum hat der Fürstabt mir übertragen, heute Euer Angebot zu sichten.«

»Nun, ich denke, Ihr seid der richtige Mann«, begann der Vater, Bruder Melchior Honig ums Maul zu schmieren. »Bei früheren Besuchen habe ich Euch als einen der kundigsten Gelehrten kennengelernt, wenn es um die ganz alten Schriften geht. Und davon habe ich etwas in meiner Tasche, was eine wahre Bereicherung für Eure Bibliothek sein dürfte.«

Eleonore nahm ein aufmerksames Glitzern in den Augen des Mönchs wahr.

»Ihr steigert meine Neugierde ins Unermessliche. Wartet, ich schaffe etwas Platz.«

Der Mönch schlug die Werke zu, die er gerade studierte, und formte aus ihnen einen neuen Stapel. Anschließend zog er zwei Stühle heran und forderte Eleonore und ihren Vater auf, sich zu setzen.

»Seit unserem letzten Besuch hier in St. Gallen im vergangenen Herbst haben nur die eisigsten Tage uns davon abhalten können, den Spuren alter Werke zu folgen«, begann der Vater und erntete ein anerkennendes Nicken von Bruder Melchior. »Wir haben keine Mühen gescheut, und der Herrgott hat seine schützende Hand über uns gehalten.«

Eleonore hatte von ihrem Vater gelernt, dass ein Geschäft choreografiert werden musste wie ein Drama. Zuerst galt es, die Aufmerksamkeit des Publikums mit einer aufregenden Einstimmung zu gewinnen.

»Dass wir heute hier zusammensitzen können, grenzt fast an ein Wunder. Wir wurden beinahe von einer Lawine verschüttet und gerieten später in einen Hinterhalt räuberischer Wegelagerer, die uns um unser Geld erleichtern wollten. Sie hätten uns auch die Leben nehmen können!«

Bruder Melchior hing an Vaters Lippen. Als sein Blick kurz bei Eleonore Bestätigung suchte, nickte sie eifrig. Immerhin waren Vaters Geschichten nicht gänzlich frei erfunden, sondern vielmehr fantasievoll ausgeschmückt. Bei der Lawine hatte es sich um Schnee gehandelt, der vom Dach einer Wirtschaft gerutscht und neben ihnen gelandet war. Und die Räuber waren in Wahrheit Zöllner gewesen. Der Vater sah Wegezölle als Räuberei auf höchster Ebene an.

»Zum Glück haben die ungelehrten Gesellen die wahren Werte unseres Gepäcks nicht als solche erkannt«, fuhr er fort und nahm das erste Buch aus der Tasche.

Einen Verkauf eröffnet man mit einem Buch, zu dem der Kunde nicht Nein sagen kann, lautete seine Devise. Dem Folianten, welchen er nun vor Bruder Melchior legte, sah man schon am lederbezogenen Einband und den alten Beschlägen an, dass er wertvoll war. Bruder Melchior atmete bei dem Anblick zischend ein. Er strich ehrfürchtig über das jahrhundertealte Schweinsleder und schlug das Buch behutsam auf. Dabei registrierte er sofort, dass die Bindung am Rücken nicht mehr die beste war. Er spitzte die Lippen, sagte aber nichts.

»Ein seltener Winterburger-Druck«, verkündete der Vater.

»Aus dem Jahr 1506!«, ergänzte Bruder Melchior.

Johann Winterburger war, wie Eleonore wusste, ein Buchdrucker, der Gutenbergs Erfindung nach Wien geholt hatte. Drucke von ihm kamen höchst selten auf den Markt.

»Stellt Euch vor, die Schurken wollten diesen Schatz ins Feuer werfen, um sich daran zu wärmen«, steigerte Vater die Dramatik seiner Schilderung.

Allein der Gedanke ließ Bruder Melchior aufschreien: »Nein!«

Der Mönch zog den Folianten beschützend zu sich. Eleonore sah einen Anflug von Zufriedenheit über das Gesicht des Vaters huschen.

Hatte Bruder Melchior das auch wahrgenommen? Etwas

skeptischer fragte er nun: »Wieso kommt ihr mit der Salzburger Messordnung zu uns? War der hochwürdigste Herr Abt Beda Seeauer vor Ort nicht interessiert? Der Umbau seiner Bibliothek müsste doch mittlerweile vollendet sein.«

»So ist es, Bruder Melchior. Die Salzburger Bibliothek ist sehr schön geworden, wenn auch mit der Herrlichkeit der Euren nicht zu vergleichen.« Der Vater machte eine kurze Pause. »Ihr habt natürlich recht. Ich dachte wegen eines Verkaufs zunächst wirklich an Salzburg. Das gebe ich gerne zu. Ihr wisst ja, dass man mich als Geschäftspartner kennt, der stets mit offenen Karten spielt.«

Der Vater wartete Bruder Melchiors Nicken ab, bevor er weitersprach: »Als ich hörte, dass sie dort bereits ein Exemplar besitzen, erinnerte ich mich an die Worte Bruder Gottfrieds.«

»Was genau meint Ihr?«, fragte der Mönch verwirrt.

»Dass ich mich nie scheuen solle, besondere Schätze nach St. Gallen zu bringen, um den Ruhm seiner Bibliothek mehren zu können.«

Eleonore fragte sich, ob der oberste Bibliothekar das wirklich gesagt hatte. Bruder Melchior schien es seinem eifrigen Nicken nach durchaus für möglich zu halten. Er bewunderte die schmuckvollen Initialen und berührte die Seiten fast liebevoll.

Eleonore hatte schon an vielen solcher Verhandlungen teilgenommen. Nach dem ersten Köder erwarteten die Kunden fieberhaft die nächsten Angebote. Zeit für die schwer verkäuflichen Werke mit abgerissenem Buchrücken, Stockflecken oder gar fehlenden Seiten. Wie erwartet wurde Bruder Melchiors Gesicht länger.

»Ihr müsst bedenken, dass die Werke zum Teil schon viele Jahrzehnte oder gar Jahrhunderte überdauert haben«, pries Vater die Bücher an. Leo wusste, dass er nicht davon ausging, sie zu verkaufen. Ihm lag an einem anderen, das er als Höhepunkt präsentieren würde.

Heute handelte es sich dabei um eine sehr gut erhaltene Handschrift, die auf das Jahr 1320 datiert war und mit reicher Bebilderung auftrumpfen konnte. Als er das Buch vor Bruder Melchior aufschlug, war der Mönch vor Begeisterung ganz aus dem Häuschen. Nach eingehender Sichtung landete es auf dem Winterburger-Druck, ebenso wie zwei einfachere Drucke und eine neuere Kopie eines Jahresbuchs, die der Vater ihm zwischendurch gezeigt hatte.

Als die Darbietung des Vaters sich dem Ende näherte, spürte Eleonore, wie ihre Anspannung wuchs. Denn in ihrer Tasche wartete noch ein ganz besonderes Buch darauf, dem Mönch vorgelegt zu werden. Der Vater holte schließlich eine gerade einmal achtzig Jahre alte Bibel hervor, die Bruder Melchior ohne Zögern auf den Stapel legte, für den er sich nicht interessierte. Stattdessen zog es den Mönch nun weg von den Büchern und hin zu den kulinarischen Genüssen. Gregorius hatte zwischenzeitlich Wein und einen großen Teller mit Wurst, Käse und Pastete gebracht, auf einem Brett lag in Scheiben geschnittenes Brot mit einer dicken, dunklen Kruste, die mit viel Mehl bestäubt war.

»Das alte Papier hat meine Kehle ausgetrocknet«, erklärte Bruder Melchior und hielt ihnen seinen Becher zum Anstoßen hin. Während Leo an dem süßen Wein nur nippte und der Vater einen kleinen Schluck nahm, trank Bruder Melchior den Becher in großen Zügen leer. Er wehrte sich nicht, als Eleonore ihm aus dem Krug nachschenkte, sondern griff zum Brot und einer roten würzigen Wurst, die sie von den vorigen Besuchen kannte. Der Vater tat es ihm nach und wirkte durchaus zufrieden.

»Wie kommt Ihr nur immer an diese Schätze?«, wollte Bruder Melchior wissen.

Der Vater antwortete ausweichend: »Ich habe meine Quellen, hochwürdiger Bruder.«

Er lenkte das Gespräch nun auf den Kaufpreis. Er und Bruder Melchior warfen mit Zahlen um sich, der Mönch bot viel zu niedrige Summen an, worauf der Vater den Kopf schüttelte und einen deutlich zu hohen Betrag forderte.

»Die Werke erhalten hier die Fürsorge, die sie verdienen«, argumentierte Melchior.

»Ihr bietet uns weniger an, als wir selbst dafür bezahlen mussten«, behauptete der Vater.

Es dauerte fast eine halbe Stunde, bis eine Einigung gefunden war. Eleonore wusste auch, dass damit der endgültige Kaufpreis noch nicht feststand. Der war noch von der Klosterleitung zu genehmigen. Abt Beda würde vom Vater weiteres Entgegenkommen einfordern und die Summe damit erneut ein Stück weit sinken. Doch das hatte der Buchhändler ohnehin längst eingerechnet. Eleonore grinste.

»Es war mir ein Vergnügen«, sagte Bruder Melchior und reichte ihm zum Abschluss die Hand.

Der Vater packte die beschädigten Exemplare und drei der jüngeren Drucke zurück in die Tasche. »Und nun, lieber Bruder Melchior, habe ich noch eine Bitte an Euch. Könntet Ihr wohl meiner Tochter einen Moment Eurer Zeit und Expertise widmen?«

Der Mönch wandte sich erstaunt zu Eleonore um. Sie spürte, wie sich der Schlag ihres Herzens beschleunigte, als sie endlich ihre Tasche öffnen konnte. Sie zog ein in geprägtes Schweinsleder gebundenes Buch hervor. Die Beschläge und die drei verbliebenen Metallecken waren vergoldet. Auch die drei Schnittseiten waren goldfarben. Deutlich konnte man Spuren der Abnutzung erkennen.

Bruder Melchior nahm das schwere Werk ehrfürchtig entgegen.

»Wieso habt Ihr es mir nicht gleich gezeigt?«, fragte er, ohne den Blick von dem Folianten zu wenden. »Jetzt müssen wir neu verhandeln.«

»Es steht nicht zum Verkauf, ehrwürdiger Bruder«, antwortete Eleonore.

Der Benediktiner strich vorsichtig über den schmuckvollen Einband. Die eingeprägten Verzierungen bildeten eine große Raute, die aus Hunderten kleiner Rauten bestand. In der Mitte befand sich ein rechteckiges, eingeprägtes Bild, dessen linke Hälfte beschädigt war. Auf der anderen sah man einen Mann, der einen Speer abwehrend vor sich hielt. Das Bild ließ ebenfalls Reste einer Vergoldung erkennen.

Bruder Melchior hatte vor Aufregung zu atmen vergessen und zog nun hörbar die Luft ein. Er schlug die erste Seite auf. Das Papier hatte fleckige Ränder, aber war im Inneren sauber. In zwei Spalten standen schwarze Buchstaben, ein riesiges, kunstvoll gestaltetes »U«-Initial bildete den Beginn des Werkes. Er las vor:

Uns ist in alten mæren wunders vil geseit
von helden lobebæren, von grôzer arebeit,
von frôuden, hôchgezîten, von weinen und von klagen,
von küener recken strîten muget ir nu wunder hœren sagen.

Der Mönch drehte sich mit aufgerissenen Augen um und schaute zuerst den Vater und dann die Tochter an. Sein Blick wirkte, als hätte er einen Geist gesehen.

»Ihr kennt das Werk?«, fragte Eleonore in die Stille hinein.

»Das Lied der Nibelungen«, sagte Bruder Melchior ehrfürchtig. »Eine der frühesten Handschriften! Das ist kaum zu glauben!«

»Wartet ab, was meine Tochter dazu entdeckt hat!«, sagte der Vater, und von dem Moment an hing der Mönch an Eleonores Lippen.

2

Neuenburg am Rhein, 5. Juni 1771

Frieder Fischer stieß die Ruderstange in den kiesigen Grund und schob seinen flach im Wasser liegenden Weidling flussaufwärts. Er blickte sich unauffällig nach dem anderen Kahn um, der ihm schon seit der Abfahrt folgte. Die Zahler-Brüder hielten weiten Abstand. Ab und zu fielen sie zurück. Bildete er sich etwa nur ein, dass sie ihm nachfuhren? Doch wenn er die Richtung wechselte, blieben sie ihm wie durch Zauberhand auf den Fersen.

Frieder kannte den Fluss südlich von Neuenburg wie seine Westentasche. An den tiefen, strömungsreichen Hauptarmen konnte man sich gut orientieren, schmalere Läufe veränderten sich mit den jährlichen Flut- und Trockenzeiten. Nutzten sie dem Wasser in seinem Bestreben, dem Meer zuzuströmen, weiteten sie sich aus. Andere fielen dafür wieder trocken oder wurden zu sumpfigen Fallen. Für Fremde war der Rhein ein sich beständig wandelndes Labyrinth, für Frieder ein Zuhause, das mit jedem Hochwasser ein wenig seine Gestalt veränderte. So auch in diesem Jahr. Die Schneeschmelze hatte spät, aber dafür umso heftiger eingesetzt und eine regelrechte Flutwelle durchs Tal schießen lassen. Als die Wasserstände endlich sanken, musste Frieder mehr als eine Woche warten, bis der Fluss wieder sicher befahrbar war. Es fanden sich vielerorts Treibholz und Tierkadaver, die Strömungen fühlten sich nicht mehr wie liebe Familienmitglieder an, sondern wie weit entfernte Verwandte. Manche bekannte Landmarke hatte ihr Aussehen verändert oder war ganz weggespült worden. Trotzdem war Frieder froh über die jährlichen Fluten, denn sie trugen das mit sich, was er suchte: reines, im Licht der Sonne glitzerndes Gold.

Frieder ruderte gegen eine Seitenströmung an und hielt sich nahe an dem mit Pappeln bewachsenen Ufer. Ein Eisvogel stürzte sich neben seinem Kahn ins Wasser und tauchte einen Moment später mit einem silbrig schimmernden Jungfisch wieder auf. Blau glänzende Libellen vollführten ihre zuckenden Tänze über der kühlen Oberfläche. Frieder fühlte, wie sich das Bett des Flusses veränderte. Der Grund wurde sandiger. Knotenlaichkraut wogte in der Strömung und bot kleinen Schwärmen junger Flussbarsche Schutz vor Jägern aus der Tiefe wie aus der Luft. Zuckmücken schwirrten über dem Wasser umher.

Frieder blickte sich ein weiteres Mal nach den Zahler-Brüdern um. Die beiden Burschen waren zwar keine hauptberuflichen Goldwäscher wie Frieder, aber verdienten sich manchmal ein Zubrot damit. Er sah sie gerade noch in einen anderen Arm abbiegen. Offenbar hatten sie doch nicht vor, ihm seine Goldgründe abspenstig zu machen.

Er atmete erleichtert auf und bewegte den Weidling zur Mitte des Flussarmes. An einer ruhigeren Stelle überquerte er ihn und bog ein weiteres Mal ab. Sein Ziel war eine vom Hochwasser angenagte Böschung einer Insel, die er gestern auf einer Erkundungsfahrt entdeckt hatte. Von Bord aus hatte das Gebiet sehr vielversprechend gewirkt. Diese Einschätzung wollte er heute überprüfen.

Mit einem grollenden Geräusch fuhr der Bug des Flachbootes auf den Kies. Frieder balancierte das plötzliche Abbremsen aus, verließ den Kahn mit einem routinierten Sprung und zog ihn weiter an Land.

Das Hochwasser hatte ganze Arbeit geleistet. Von den einst hier wachsenden Pflanzen war kaum etwas übriggeblieben. Auf einer Fläche so groß wie der Müllheimer Friedhof lief das Wasser in Hunderten Rinnsalen durch den Kies, der auf einer schönen Schicht schwarzen Sandes ruhte. Der brachte die Augen eines jeden Goldwäschers zum Leuchten, denn in dem dunklen Gemisch aus schweren Steinchen und Metallen fand sich meist Gold, das nur darauf wartete, dass ein kundiger Mann wie Frieder es einsammelte.

Nun, ganz so einfach war es natürlich nicht. Frieder packte seine Utensilien und Werkzeuge aus, die zum Teil schon sein Großvater für die Arbeit eingesetzt hatte. Die Waschpfanne war neueren Datums. Sein Freund Armin hatte sie ihm aus schwerem Blech gefertigt. Der flache Boden ging in eine breite, schräg verlaufende Seitenwand über, in die verschieden breite Rillen eingearbeitet waren. Darin konnten sich beim Waschen die Goldteilchen absetzen.

Frieder senkte die Pfanne und stellte sie ins flache Wasser. Darüber packte er ein grobes Sieb. Mit seiner Handschaufel füllte er es mit Sand und Kies. Nun half ihm die Strömung: Das Wasser spülte die leichteren Bestandteile des schwarzen Sandes als lang gezogene Fahne über den Rand davon. Schwere Teilchen sanken durch die Maschen des Siebs in die Pfanne, grobe Steine blieben darauf liegen und konnten leicht entfernt werden. Er wiederholte das mehrmals, bis die Waschpfanne genügend schweres Material trug.

Frieder hob sie an und ließ das Wasser mit kreisenden Bewegungen über den Rand laufen und dabei die leichteren Teilchen mitnehmen. Am Boden der Waschpfanne blieben feine Kiesstücke und grober Schmutz zurück. Gleich gab er frisches Wasser dazu und wiederholte die Prozedur. In den gefetteten und gewachsten Lederstiefeln mit kniehohem Schaft blieben seine Füße und Waden trocken. Dicke Wollstrümpfe hielten die Wärme trotz des kalten Wassers eine ganze Weile. Seine Finger fühlten sich nach mehreren Waschgängen etwas taub an, aber da wärmte ihn schon längst das Goldfieber und ließ ihn die Kälte vergessen. Er konnte schon mit bloßem Auge erste Flitter erkennen.

Nach fünf Waschgängen blieben nur noch feine, schwere Teilchen darin übrig. Das war der Moment der Wahrheit: Frieder hielt das Blech in die Sonne, und sein Herz tat einen Sprung. Er zählte zweiunddreißig winzige Flitterchen, das größte davon war fast so lang wie das Weiß seines Daumennagels breit. Das Hochwasser hatte ihm eine reichhaltige Fundstätte beschert!

»Und, hast du was in der Pfanne?«

Frieder fuhr herum. Er war so in seine Arbeit vertieft gewesen, dass er den sich nähernden Kahn nicht gehört hatte.

»Was wollt Ihr hier?«, rief er den Zahler-Brüdern abweisend entgegen.

Mit einem knirschenden Geräusch legten sie neben Frieders Weidling an. Wilhelm sprang heraus und sicherte den Kahn. Sein älterer Bruder Erhard folgte ihm an Land.

Frieder senkte die Pfanne so ins Wasser, dass sein Goldfund weggewaschen werden musste, dann stand er aus seiner Hocke auf und erwartete die beiden Männer aufrecht.

»Sieht gut aus hier. Viel schwarzer Sand, oder?«, bemerkte Erhard. Der ältere Bruder trug einen wirren Bart, der das hühnereigroße rote Mal auf seiner Wange nur zum Teil verdecken konnte.

»Es mag vielversprechend aussehen, aber scheint nichts herzugeben«, erwiderte Frieder. »Ich habe noch nicht einen Fitzel gefunden.«

Er bemerkte, dass Wilhelm sich hinter ihn bewegte und sein Werkzeug begutachtete. Der Jüngere sah bis auf das ihm fehlende Mal aus wie ein Abbild seines Bruders. Mittelgroß, der Kopf nach vorne geneigt, und Hände, die gut zupacken konnten.

»Dann versuch ich mal mein Glück«, kündigte er an und nahm Frieders zweite Waschpfanne, ohne auf Erlaubnis zu warten.

»Was wollt ihr hier?«

»Mit dir reden«, sagte Erhard grimmig.

»Und worüber?«, fragte Frieder feindselig zurück.

»Ich denke, du weißt das ganz gut, oder?«

»Ich habe keine Ahnung, was ihr von mir wollt.«

»Wir wollen mit dir über Lina reden«, rief Wilhelm von hinten.

Mit dieser Antwort hatte Frieder wahrlich nicht gerechnet. Er blickte sich verwirrt um. Wilhelm füllte gerade das Sieb mit Sand.

»Lass die Finger von meinen Sachen!«

»Und du von unserer Schwester!« Erhard packte Frieder am Kragen, zog ihn zu sich und schüttelte ihn. Frieder riss einen Ellenbogen hoch und traf einen seiner Arme. Die Wucht war stark genug, dass Erhard auf dieser Seite seinen Griff verlor. Frieder stieß ihn weg, um auch den anderen Kragenzipfel freizubekommen, doch der andere hielt ihn unnachgiebig fest.

»Lass deine dreckigen Finger von unserer Lina!«, knurrte er.

»Ich bin an eurer Lina überhaupt nicht interessiert. Wie kommst du denn auf so was?«

»Sie hat es mir selbst gesagt.«

Frieder schüttelte ungläubig den Kopf. »In dem Fall hat sie dich wohl angelogen.«

In Erhards Gesicht spiegelte sich erstmals so etwas wie Unsicherheit wider. Der Griff an Frieders Kragen lockerte sich leicht, doch dann packte er umso entschlossener zu.

»Warum sollte Lina lügen? Sie hat mir ganz deutlich zu verstehen gegeben, dass du gestern Abend in ihrer Kammer warst«, blaffte Erhard.

»War ich aber nicht.«

»Das würde jeder behaupten!«, rief Wilhelm hinter Frieder.

»Wenn ihr so weit geht, mich über den halben Fluss zu verfolgen und zu bedrohen, dann solltet ihr euch eurer Anklage sehr sicher sein. Hat mich denn jemand mit eigenen Augen gesehen?«

Erhard ließ endlich seinen Kragen los. Frieder atmete auf. Sein Gegenüber kratzte sich den Bart. Er sagte: »Ich habe was gehört, oder? Ein Rumpeln und dann ein Aufstöhnen. Und Linas Kammer war verschlossen.« Mit jedem Wort verlor Erhards Stimme an Kampfeswillen.

»Und wann genau hast du das gehört?«

»Gestern, kurz nach dem Abendläuten.«

»Glaubt ihr, dass es zwei von meiner Sorte geben könnte?«

»Gott behüte«, rief Wilhelm. Sein älterer Bruder schüttelte langsam den Kopf.

»Denn es müsste mich zweimal geben, wenn eure Anklage stimmt. Ich habe am Abend mit Ruedi, Armin und den anderen im ›Salmen‹ Jass gespielt.«

Erhards Gesicht wurde merklich länger.

»Ihr könnt alle fragen«, setzte Frieder nach. »Jeder wird euch bestätigen können, dass Frieder Fischer schon vor dem Abendläuten da war, ein gebratenes Hähnchen mit Wurzelgemüse verspeist und beim Kartenspiel mit seinen Kameraden etwas zu viel Wein getrunken hat.«

»Aber warum sollte Lina uns denn deinen Namen genannt haben? Und wer soll es sonst gewesen sein?«

Das waren gute Fragen, die Frieder sich selbst auch stellte. Langsam ging ihm ein Licht auf, was hinter diesen Anschuldigungen stecken könnte. Er musste einen Weg finden, die beiden auf andere Gedanken zu bringen.

»Junge Mädchen denken sich gerne mal Geschichten aus«, begann er. »Wie alt ist sie?«

»Sechzehn«, antwortete Wilhelm, der sich mehr auf das Gespräch als aufs Goldwaschen zu konzentrieren schien. Er legte die Pfanne endlich ab und gesellte sich zu seinem Bruder.

»Vermutlich war am Ende gar niemand bei ihr?«

»Aber die Geräusche. Und die abgeschlossene Kammer, oder?«

»Vielleicht wollte sie allein sein und hat sich gestoßen und darum vor Schmerz aufgestöhnt.«

Frieder bemerkte, dass die Saat des Zweifels in Erhard wuchs.

»Was ist?«, fragte der jüngere Bruder.

Erhard antwortete nicht. Seine Worte schienen eher an sich selbst gerichtet zu sein: »Ich habe sie gefragt, wer in ihrer Kammer war.« Er blickte Frieder in die Augen: »Sie hat alles geleugnet, aber als ich ein paar Namen aufgezählt habe, hat sie bei deinem genickt.«

Frieder zuckte mit den Schultern. »Vielleicht solltet ihr es jetzt gut sein lassen. Ich muss arbeiten.«

Erhard schien sich zu ärgern und nahm den Themenwechsel nur zu gern an: »Und, gibt es hier Gold?«

Frieder wandte sich als Antwort an Wilhelm: »Hast du etwa mehr gefunden als ich?«

»Ein paar Flitter. Nicht der Mühe wert.«

Während die Zahler-Brüder aufbrachen, tat er so, als packe er sein Werkzeug zusammen, um anderswo nach Gold zu suchen. Doch kaum war der Kahn außer Sicht, lud er schnell alles wieder aus.

Als Frieder seinen Weidling am Nachmittag an seinem Anleger bei Neuenburg festmachte, führte er ein mit etwas Wasser gefülltes Glasröhrchen in der Jackentasche mit sich. Darin befand sich Gold in Form Hunderter feiner Flitter. Es war fast ein Wunder, dass Wilhelm Zahler nicht mehr gefunden hatte. Bei der Böschung sprang einem das Gold förmlich von allein in die Pfanne. Eine derartige Ausbeute hatte Frieder noch nie erlebt.

»Du siehst recht zufrieden aus«, hörte Frieder eine bekannte Stimme hinter sich.

»Hilf mir lieber beim Ausladen, Armin«, gab er zurück, ohne sich umzudrehen. »Mit dir habe ich sowieso noch ein Hühnchen zu rupfen.«

»Da bekomme ich's fast mit der Angst«, lachte der Freund. Er packte Frieders schwere Tasche, als wäre sie mit Federn gefüllt, und half dabei, die schwere Ausrüstung über die mit Holzstämmen gesicherte Treppe in den Schuppen zu bringen. Dann machten sie sich gemeinsam auf den Weg nach Hause.

»Man erzählt sich, dass die Zahler-Brüder hinter dir her sind. Offenbar haben sie dich nicht gefunden«, bemerkte Armin.

»Du meinst, weil meine Lippe nicht aufgeplatzt und das Auge nicht zugeschwollen ist?«

»So in etwa. Zwei gegen einen kann recht schmutzig werden.«

Armin versetzte Frieder einen freundschaftlichen Klaps gegen die Schulter. Sie kannten sich seit mehr als zwanzig Jahren, hatten schon als kleine Kinder miteinander gespielt, obwohl sie kaum gegensätzlicher hätten sein können. Frieder war mittelgroß und von drahtiger Gestalt. Armin hingegen war schon als Junge unaufhörlich in die Höhe geschossen. Als er die Schmiede seines Vaters übernommen hatte, war er auch in die Breite gegangen. Beeindruckende Schultern saßen auf einem muskulösen Oberkörper, der auf schmalen Hüften saß. Wenn sie zum Tanz gingen, richteten sich die Augen aller Mädchen auf ihn, nicht zuletzt wegen der schimmernden blonden Locken, der auffällig blauen Augen und dem strahlenden Lächeln, das er nur allzu gern an die Weiblichkeit verschenkte.

»Und, was wollten Erhard und Wilhelm von dir?«, fragte Armin betont beiläufig.

»Ich habe den Verdacht, dass du das genau weißt.«

»Hmmm«, machte der Hüne. »Könnte sein.«

»Du bist doch nicht wirklich bei der kleinen Lina gewesen?«, platzte es aus Frieder heraus.

»Wenn du sie dir in letzter Zeit einmal richtig angesehen hättest, wäre dir sicher aufgefallen, dass sie gar nicht mehr so klein ist«, gab Armin grinsend zurück und malte mit seinen Händen weibliche Formen in die Luft.

»Also doch!«

»Wir haben uns nur ein bisschen geküsst ...«

»In ihrer Kammer?«

Sie unterbrachen ihr Gespräch, als ihnen zwei Frauen begegneten, die in ihren Körben Wäsche zum Fluss trugen. Frieder bemerkte, dass die Jüngere Armin verlegen anlächelte und dabei errötete.

»Wie lange geht das schon?«

»Ein Weilchen«, entgegnete der junge Schmied kleinlaut.

»Was bedeutet das?«

»Seit April, seit der Hochzeit vom Stabhalter Bernd.«

»Und warum weiß ich nichts davon? Ich dachte, wir sind Freunde.«

»Die Lina wollte nicht, dass es jemand erfährt.«

»Seit fast drei Monaten also«, rechnete Frieder. »Aber warum hat sie denn jetzt ihren Brüdern gesagt, dass *ich* bei ihr gewesen wäre?«

»Genau genommen hat sie es ihnen nicht gesagt. Ihr Bruder hat uns wohl gehört und wollte nachsehen. Wir hatten zum Glück abgesperrt.« Armin grinste. »Ich bin durchs Fenster stiften gegangen. Die Hose hab ich hinter dem Haus vom Werner angezogen.«

»Ihr habt euch also nur ein bisschen geküsst«, wiederholte Frieder zweifelnd.

Armin lachte. »Lina hat den Erhard dann reingelassen. Und der wollte einen Namen hören. Sie hat dichtgehalten, bis er Namen von allen möglichen Kerlen aus Neuenburg und Umgebung aufgezählt hat. Als dein Name fiel ...«

»... hat sie gedacht, den Frieder schwärz ich mal an. Wenn der Prügel einstecken muss, ist das halb so schlimm«, ergänzte Frieder gereizt.

»Nein, so war es nicht. Sie war nur sicher, dass du dich von allen am besten rausreden könntest«, versicherte Armin. »Und das ist dir ja auch wirklich gelungen. Wie hast du das eigentlich angestellt?«

Frieder schilderte es ihm kurz, ohne ins Detail zu gehen.

»Weißt du, ich glaube, ich mag das Mädchen sehr«, sagte Armin ernst.

»Das hast du bei der Margarethe auch behauptet«, erinnerte Frieder ihn und grüßte in Richtung der Mütter, die am Brunnen im Schatten einer Buche die spielenden Kinder beaufsichtigten.

»Die beiden kannst du ja wohl nicht vergleichen«, erwiderte Armin, als sie außer Hörweite waren. »Lina ist wirklich liebenswert. Es macht Spaß, mit ihr zu reden.«

»Zu reden, aha.« Frieder glaubte seinem Freund kein Wort.

»Ja, zu reden!«, insistierte Armin. Dann grinste er und fügte hinzu: »Und ihre Küsse sind süß wie rote Kirschen.«

Sie erreichten die Kreuzung, an der sich ihre Wege trennen würden.

»Du hast noch gar nichts vom Gold erzählt«, stellte der junge Schmied fest.

Frieder holte das Röhrchen hervor und zeigte es ihm kurz hinter vorgehaltener Hand. Armin gab ein anerkennendes Pfeifen von sich, so als habe er gerade ein besonders reizendes Mädchen gesehen.

3

St. Gallen, 6. Juni 1771

Fürstabt Beda Angehrn war ein nüchtern dreinblickender Mann mit penibel glatt rasiertem Gesicht. Die vergangenen vier seiner fünfundvierzig Lebensjahre stand er den Benediktinern St. Gallens vor und besetzte damit neben dem geistlichen auch den weltlichen Thron der Fürstabtei. An seinen Vorgänger besaß Eleonore kaum eine Erinnerung, da sie ihn nur äußerst selten gesehen hatte. Aber Vater Beda empfing Eleonore und Magnus von Auenstein bei jedem Besuch im Kloster zu einer kurzen persönlichen Audienz. Er wusste, wie man mit seinen Geschäftspartnern umging.

Der Mann saß aufrecht auf einem reich verzierten Sessel mit geschnitzten Beinen und gepolsterten Rücken- und Armlehnen. Über dem mit Goldstickereien geschmückten Habit prangte das große Pektorale, das Smaragdkreuz des Fürstabts. Beda war für seinen Hang zur Pracht bekannt, was sich an vielen Stellen des Klosters widerspiegelte, besonders in der Bibliothek. Sein Arbeitszimmer war nur wenig nüchterner gehalten. Aufwendige Stuckarbeiten zierten die Decke. Die Intarsien auf den Schranktüren zeigten biblische Szenen, gegen die die prächtigen Einlegearbeiten des großen Tisches fast unauffällig wirkten. Eine bunte Glaskaraffe mit Wein und mehrere kunstvoll geblasene und geschliffene Gläser standen in der Mitte. Der wohltönende Glockenschlag, der in diesem Moment erklang, stammte von einer auf einem halbhohen Schränkchen stehenden goldenen Uhr.

An einem einfacheren Stuhl wartete Bruder Melchior darauf, von seinem Abt zum Sitzen aufgefordert zu werden. In Händen hielt er mit zärtlichem Gestus Eleonores Buch, wie sie gleich beim Eintreten zur Kenntnis nahm.

Ihr Vater zog den Hut und verbeugte sich, während sie in einen ehrfürchtigen Knicks sank.

»Der Herr von Auenstein und das Fräulein, welche Freude.«

»Die Freude ist auf unserer Seite, hochwürdigster Vater.«

Eleonore richtete sich auf und lächelte sittsam. Am liebsten hätte sie das einengende Kleid gleich wieder gegen eine gemütliche Hose getauscht.

»Setzt euch!«

Bruder Melchior nahm gleichzeitig mit ihnen Platz und legte Eleonores Buch auf den Tisch.

»Ich hatte mich bei Eurem letzten Besuch gefragt, ob ich die liebreizende junge Dame wohl noch einmal zu Gesicht bekommen würde«, fuhr der Abt, an Eleonore gerichtet, fort. »Sie wird sicherlich bald einen Mann finden, dem sie Kinder schenken kann?«

Sie hätte ihm am liebsten geantwortet, dass ihn das gar nichts anginge, aber sie senkte bescheiden den Kopf und biss sich auf die Zunge.

»Es bleibt natürlich immer der Weg ins Kloster«, fügte Beda Angehrn hinzu.

Eleonore spürte unter dem Tisch eine Berührung von Vaters Bein. Sie atmete durch und blickte den Abt mit ihrem bezauberndsten Lächeln an. »Der Herr hat mich bisher nicht ins Kloster gerufen, hochwürdigster Herr Abt, aber er hat mir auch noch keinen Mann geschickt. Bis er in seiner unendlichen Weisheit entschieden hat, was das Beste für mich sein mag, begleite ich zunächst weiter meinen Vater auf seinen Geschäftsreisen.«

»Ich weiß von einem wohlhabenden Witwer in der Stadt, der gerade ein neues Weib sucht«, erwiderte der Fürstabt. »Vielleicht ist das der Ruf des Herrn, auf den Ihr wartet?«

Die mahnende Berührung des Vaters wurde zu einem vorsorglichen, sanften Tritt. Er wusste genau, dass Eleonore auf dieses Thema sehr gefühlsbetont bis scharf reagieren konnte, und setzte schnell an ihrer Stelle zu einer Erwiderung an: »Ein St. Galler Bürger ist sicher eine gute Partie, sofern er alte Bücher ebenso schätzt wie meine Eleonore.« Dabei zeigte er auf das zwischen dem Abt und Bruder Melchior liegende Werk.

Beda Angehrn ließ sich zum Glück auf den Themenwechsel ein. Er strich mit der Hand über den Einband wie ein Ehemann über die Hand seines Weibes.

»Das Lied der Nibelungen«, sagte er und nickte bedeutsam. »Ich dachte, es gibt seiner nur zwei in alten Handschriften. Eine davon befindet sich bereits in meinem Besitz. Aber Ihr habt nun eine dritte gefunden, Herr von Auenstein. Ich freue mich, dass Ihr mit diesem ungewöhnlichen Exemplar zu mir gekommen seid. Was für ein Betrag schwebt Euch dafür vor?«

»Alle Bücher, die zu verkaufen waren, habe ich vorgestern Bruder Melchior angeboten. Dieses Exemplar gehört meiner Tochter und ist leider unverkäuflich.«

Abt Bedas und Bruder Melchiors Blicke trafen sich. Sie hatten offenbar schon vor dem Eintreffen von Vater und Tochter im Arbeitszimmer des Abts über das Buch gesprochen.

»Ich wäre bereit, der jungen Dame einen Betrag zu zahlen, mit dem sie selbst in Fürstenhäusern als Schwiegertochter willkommen sein dürfte«, erklärte Beda Angehrn.

»Wie mein Vater bereits sagte, hochwürdigster Herr Abt, möchte ich das Buch gern behalten. Ich habe es Bruder Melchior nur gezeigt, um ihn um Rat zu ersuchen.«

Der Abt wirkte für einen Moment übellaunig, fasste sich aber schnell wieder.

»Nun, Bruder Melchior hat mich informiert, dass dieses Werk außerordentliche Kommentare enthält.«

Der Mönch konnte nicht länger an sich halten. Er rief: »Verborgene Kommentare! Kommentare, die einen Weg weisen.«

Eleonores Bauch fühlte sich an, als purzelten winzige Goldperlchen darin herum. Dann hatte sie richtig gelegen mit ihrer Einschätzung!

»Was habt Ihr gefunden, Bruder Melchior?«, platzte sie aufgeregt heraus.

»Es ist ein wahres Wunder!«

»Bruder Melchior!«, ging der Abt scharf dazwischen. »Mäßige deine Worte! Ein Wunder kommt von Gott.«

»Verzeiht, Herr Abt. Ich sprach im Überschwang meiner Gefühle.«

Beda nickte.

»Nun«, fuhr Bruder Melchior ruhiger fort, »es ist ein wahrhaft außergewöhnlicher Fund.«

»Das war auch mein Gedanke«, sagte Eleonore.

»Wie kam das Buch in Euren Besitz?«, wollte der Abt wissen.

Alte Handschriften und Bücher konnten durchaus ein lukratives Geschäft sein. Man musste nur erfahren, wo man sie zu einem günstigen Preis erwerben und wem man sie zu einem höheren Preis verkaufen konnte. Magnus von Auenstein besaß in beide Richtungen gute Kontakte. Allerdings musste das Geschäft auch so manche Durststrecke überstehen. Im Herbst des vergangenen Jahres hatten Eleonore und ihr Vater eine solche erlebt. Und mit ihnen ganz Europa.

»Es schien, als habe der Regen der jüngsten zwei Sommer nicht nur das Getreide in seinen Ähren verfaulen lassen, sondern auch alle alten Bücher fortgespült«, begann sie. »Wie Ihr wisst, hatten sich die Preise für Weizen, Roggen, Hafer und Dinkel verdreifacht, das wenige Obst, das die Bäume trugen, war klein und sauer geblieben. Die Bienenvölker schwärmten nicht, und das Vieh brach sich auf durchweichten Weiden die Beine oder fand selbst kaum genug zum Fressen.«

Der Fürstabt nickte. »Wir haben wegen des Regens für ein

wahres Vermögen Getreide aus Venetien kaufen und an die Armen verteilen müssen. Sonst wären uns alle verhungert.«

Während die Ernten nördlich der Alpen ganz ausgeblieben oder zumindest weit unter den Erwartungen geblieben waren, hatten die Bauern in den Ländern Italiens noch recht gute Erträge erwirtschaften können. Anrainerstaaten gingen mit groß angelegten Käufen gegen den Hunger in ihrer Bevölkerung an, aber je weiter man in den Norden kam, umso dramatischer wurde die Lage. Eleonore hatte gehört, dass in so manches Brot mehr Sägespäne als Mehl eingebacken worden waren.

»Die Leute hatten natürlich ganz andere Sorgen als alte Bücher«, fuhr Eleonore fort. »Mein Vater hatte dennoch von einem frühen Druck eines Jahresbuchs gehört, das in Klagenfurt zum Verkauf stehen sollte. Wir sind sofort aufgebrochen, mussten vor Ort allerdings feststellen, dass ein Konkurrent aus Florenz uns zuvorgekommen war. Doch das sollte sich letztlich als unser Glück erweisen.«

»Wer weiß«, warf Magnus von Auenstein ein, »ob Eleonore dort sonst das Gespräch zweier Männer über einen verstorbenen Adelsmann hätte mithören können.«

Während Vater und Tochter abwechselnd erzählten, schenkte Bruder Melchior ihnen Wein in die Gläser. Sein eigenes füllte er fast bis zum Rand, sodass er schnell etwas abtrinken musste. Abt Beda lauschte gebannt der Geschichte und gönnte sich ebenfalls einen ersten Schluck.

»Der Verstorbene war Freiherr Guido von Moslehner, ein einfacher Adliger, der seinen Lebensabend eine knappe Tagesreise von Klagenfurt entfernt auf einem kleinen Herrensitz in den Bergen verbracht hatte«, berichtete der Buchhändler weiter. »Nach seinem Verscheiden sollte sein Nachlass veräußert werden.«

Eleonore und ihr Vater hatten sich gleich am nächsten Morgen in aller Früh auf den beschwerlichen Weg gemacht. Als sie am späten Nachmittag bei Schneefall und einsetzender Dunkelheit an der Pforte des Anwesens klopften, fanden sie drei entfernt mit dem Toten verwandte Männer vor. Diese verteilten die Güter des alten Freiherrn unter sich, was nicht ohne Streit vonstattenging.

Magnus von Auenstein hielt inne, um an seinem Glas zu nippen. Sie tat es ihm nach. Der süße Tropfen schmeckte hervorragend. Bruder Melchior hatte sein erstes Glas bereits geleert.

Eleonore hatte sich das Porträt des Hausherrn genau angesehen, das über dem Kamin hing. Ein melancholisches Gesicht blickte den Betrachter an. In den dunklen Augen lag eine tiefe Traurigkeit. Guido von Moslehner saß auf einem mit rotem Samt bezogenen Sessel. Auf dem Tisch vor ihm stand ein halb gefülltes Weinglas neben einem sehr alten Buch. Vier Goldmünzen lagen auf dem Einband, daneben Zirkel und Winkel, die Symbole der Freimaurer, zu denen sich sonst aber keine weiteren Bezüge auf dem Gemälde erkennen ließen. Im Hintergrund des Bildes sah man einen geöffneten Schrank voller Bücher.

»Ich konnte die Bibliothek des Freiherrn nach zwei Tagen Verhandlung erwerben«, schloss der Vater.

Doch das war wieder einmal nur die halbe Wahrheit. Denn er hatte den drei Verwandten gegenüber zu keiner Zeit Interesse an den Büchern gezeigt. Stattdessen hatte er mit weiteren eingetroffenen Händlern andere Bestandteile des zu veräußernden Nachlasses gesichtet und schließlich höchstbietend ein klappriges Lastenpferd und einen freundlichen Esel erworben. Erst im Anschluss hatte der Vater auf einigen unbeliebten Hausrat und die Bücher geboten. Die Erben hatten gleich sein erstes Angebot akzeptiert. Offenbar waren sie froh, überhaupt etwas für die alten Schriften zu bekommen.

»Und dieses Buch gefiel mir auf Anhieb so gut, dass mein Vater es mir gleich schenkte«, beendete Eleonore die Geschichte.

Auch sie unterschlug dem Fürstabt damit die Wahrheit, denn ein bisschen anders war das schon abgelaufen. Als sie geholfen hatte, den staubigen Bücherschrank zu leeren, war ihr aus einem Buch ein Blatt entgegengeglitten, das mit pendelnden Bewegungen ganz hinten im untersten Fach zu liegen kam. Beim Herausfischen hatte sie eine feine Kante im Boden des Schranks bemerkt und bei genauerem Hinsehen eine kleine Auslassung entdeckt, gerade groß genug, um eine zarte Fingerspitze hineinzustecken. So konnte Eleonore das Brett anheben und gelangte an einen doppelten Boden im Schrank. Nur ein einziger Gegenstand lag darin, eingewickelt in mehrere Schichten dunkelbraunes, steif gewachstes Tuch. Darunter befand sich eine weitere Verpackungsschicht aus Pergamentbahnen, die den schmuckvollen Einband des Buches schützte, das auf dem Gemälde vor dem Freiherren und jetzt vor dem Fürstabt lag.

»Wann wurde diese Fassung aufgeschrieben?«, fragte Beda Angehrn. Er wandte sich damit an Bruder Melchior, dessen zweites Glas schon wieder zur Hälfte geleert war.

Als der dicke Mönch den fragenden Blick des Abts bemerkte, schreckte er kurz auf. Es wirkte, als habe er die Geschichte und die letzten Worte seines geistlichen Vaters gar nicht wahrgenommen, aber dann antwortete er zu Eleonores Überraschung durchaus konkret: »Die Handschrift dürfte so alt sein wie die unsere, Vater. Ich schätze sie auf die Mitte des 13. Jahrhunderts, anno 1250. Aber das gesichert sagen zu wollen, würde ein ausgiebigeres Studium voraussetzen.«

»Ihr sagtet, das Lied sei kommentiert«, erinnerte ihn Eleonore. Sie konnte es kaum erwarten, Genaueres zu erfahren.

»So ist es«, gab Melchior zurück. Er schlug das Buch auf.

»Es wurde von anderen Händen geschrieben als unser Codex«, sagte er. »Und sehr auffällig ist, dass die Seiten ungewöhnlich großzügig beschriftet sind.«

»Das hat mich ebenfalls gewundert«, bemerkte der Vater.

Melchior nickte eifrig. »Üblicherweise achtet ein Scriptor darauf, kein Pergament zu verschwenden, denn es ist aufwendig in der Herstellung und teuer. Aber der Mann, der dieses Lied aufgeschrieben hat, ließ breite Ränder.«

»Und nun habt ihr festgestellt, dass die Flecken auf den Rändern wirklich zu einer Schrift gehören?«, fragte Eleonore gespannt. Sie hatte beim Durchblättern der Seiten ein paar Stellen bemerkt, wo das Pergament angegriffen wirkte. Als sie diese Flecken genauer betrachtet hatte, war ihr aufgefallen, dass sie sich fast ausschließlich auf den Rändern befanden, und hatte schließlich einzelne Buchstaben ausmachen können.

»So ist es. An den Rändern wurden Bemerkungen mit einer Geheimtinte notiert, die erst nach einer speziellen Behandlung sichtbar wird.«

»Stammen sie von demselben Schreiber?«, wollte der Vater gebannt wissen.

»Nein, ganz sicher nicht. Die geheime Schrift ist weitaus jünger. Wir haben hier drei verschiedene Zeiten vor uns. Die Handschrift stammt aus dem 13. Jahrhundert, gebunden wurde sie erst vor vielleicht achtzig bis hundert Jahren. Die versteckten Notizen hingegen sind erst dreißig bis vierzig Jahre alt.«

»Ich hatte Euch ja die Stelle gezeigt, die mich neugierig gemacht hat, Bruder Melchior«, sagte Eleonore. »Konntet Ihr mehr entziffern?«

Sie hatte einige Zeit mit dem Buch verbracht, nachdem sie das Anwesen des Verstorbenen wieder verlassen hatten. Die Flecken waren ihr mehr und mehr verdächtig erschienen. Sie hatte sie ihrem Vater gezeigt, der ebenfalls ein paar Buchstaben zu erkennen glaubte, aber auch mit seinen Brillengläsern war seine Sehkraft schwächer als die ihre.

»Ja, ich konnte mehr entziffern«, antwortete der Benediktiner. Am Nicken des Abts erkannte Eleonore, dass der Mönch ihn bereits informiert hatte.

»Wie du mir gezeigt hast«, fuhr er fort, »ergeben die Kleckse auf dem vorderen Rand der dritten Seite mit zugekniffenen Au-

gen ein paar erkennbare Worte: ›... *mein Weg zum Gold der* ...‹«
Bruder Melchior griff nach seinem Glas und trank es aus, bevor
er fortfuhr: »Ich habe mit verschiedenen Methoden versucht, die
Schriftzeichen deutlicher zu bekommen. Und schließlich habe
ich einen Weg gefunden und konnte den Satz ganz entziffern.«
Er machte eine Pause, bevor er fortfuhr: »*Folge mir auf meinem
Weg zum Gold der Nibelungen, aber nimm von dem Schatz nur so
viel, wie du benötigst.*«

Bruder Melchior blickte zu jedem Einzelnen von ihnen und
verkündete dann feierlich: »Bei diesem Buch handelt es sich
nicht nur um eine Handschrift des Lieds der Nibelungen, es stellt
zugleich im übertragenen Sinn eine Karte zu ihrem Schatz dar!«

»Zum legendären Rheingold?«, fragte der Vater aufgeregt und
strich sich über den Bart.

Eleonore war begeistert. Wäre sie ein Mann, hätte sie wahrscheinlich laut gejubelt. Doch als Frau genoss sie schweigend das
Gefühl des Triumphes, den Bruder Melchiors Bestätigung für
sie bedeutete. Der Vater hatte sie zuerst verspottet, als sie ihm
den Gedanken vortrug. Er hatte auch vorgesehen, das Buch mit
den anderen zu verkaufen, aber das sture Beharren seiner Tochter hatte ihn verunsichert und zustimmen lassen, einen Experten
zurate zu ziehen.

»Sprecht weiter, Bruder!«, sagte der Abt kühl.

Melchior folgte seinem Befehl sofort: »Ich habe natürlich erst
ein paar Seiten überprüfen können, aber es scheint so, als gäbe jemand in den versteckten Kommentaren Hinweise, wie man bei
der Suche nach dem Nibelungenschatz vorgehen solle. Offenbar hat der Autor dieser Randbemerkungen den Schatz mit eigenen Augen gesehen und einen Teil an sich genommen. Vielleicht
war es jener Freiherr von Moslehner, vielleicht aber auch ein anderer Zeitgenosse. Hiermit jedenfalls gibt jemand den kommenden Generationen eine Anleitung, die richtige Stelle wiederzufinden.«

»Wie kam es, dass er den Schatz gefunden hat?«, fragte Eleonore.

»Wie gesagt, ich habe erst wenige Seiten untersucht«, erwiderte der Mönch. »Am besten lasst ihr das Buch hier und kommt im Herbst zurück. Dann kann ich es euch genau sagen.«

Eleonore schüttelte heftig den Kopf. Und auch dem Vater schien der Gedanke nicht zu behagen, das Buch mit den jetzt gewonnenen Erkenntnissen zurückzulassen. »Nun, so lange wollten wir nicht warten. Könnt Ihr die Schrift einfach sichtbar machen und uns dann das Buch zurückgeben?«

»Das kann nicht nur für einen Gotteslohn geschehen«, warf Fürstabt Beda bestimmt ein. Er wirkte sehr ernst, fand Eleonore. Sein Gesicht war starr wie eine Maske. Was dahinter hervorblitzte, beunruhigte sie.

Der Vater setzte sich auf. »Bedenkt, es ist vollkommen unsicher, ob die Hinweise überhaupt zum Gold der Nibelungen führen, hochwürdigster Vater.«

»Das mag stimmen, aber Ihr scheint davon ebenso überzeugt wie Bruder Melchior. Und dem sieht man die Aufregung an. Was denkt Ihr, Bruder?«

»Nun, ich müsste erst alle Kommentare sichtbar machen«, gab der dicke Mönch zurück. »Aber nach dem, was ich bisher entziffern konnte, bin ich zuversichtlich, dass derjenige, der den Anweisungen folgt, zu einem großen Schatz geführt wird.«

Natürlich war es nicht zu erwarten gewesen, dass der Fürstabt ihnen einfach aus Nächstenliebe helfen würde. Das hatten sie bereits im Vorfeld besprochen. Der Vater schlug dem Abt daher vor: »Ihr sollt als Gegenleistung die Bücher ohne Bezahlung behalten, die Bruder Melchior von mir erwerben wollte.«

Fürstabt Beda Angehrn lachte bitter auf und fragte: »Wisst Ihr, was mich der Einkauf von Korn und Roggen bei den Veneziern gekostet hat?« Er beantwortete sich die Frage nach einem Moment selbst: »240.000 Gulden.«

Eleonore schluckte. Das war ein wirklich gewaltiges Vermögen.

»Der Transport über den Brenner und den Splügenpass kostet noch einmal Unsummen. Vor allem, weil es noch keinen befestigten Weg gibt. Ich habe die vergangenen Tage mit Baumeistern gesprochen. Wir werden die Straße von Rorschach nach Wil anlegen, aber das kostet die Abtei ebenfalls ein Vermögen.«

Streng fuhr er fort: »Und dann kommt Ihr mit einer Karte zu diesem unermesslichen Schatz und bietet mir ein Almosen an? Nehmt Euch in Acht, dass ich ein dermaßen dreistes Angebot nicht als persönliche Beleidigung ansehe, Herr von Auenstein.«

»Ich bin davon ausgegangen, die Arbeitszeit von Bruder Melchior damit gut zu bezahlen«, erklärte der Vater umgehend mit bedauerndem Ton. »Nichts läge mir ferner, hochwürdigster Vater Abt, als Euch beleidigen zu wollen.«

»Das will ich hoffen«, entgegnete Beda Angehrn kaum versöhnlicher. »Ohne unsere Hilfe ist das Buch für euch wertlos. Darum steht uns die Hälfte des Fundes zu.«

Eleonore glaubte ihren Ohren nicht. Und auch in der Miene des Vaters spiegelte sich blankes Erstaunen.

»Aber meine Tochter und ich haben die Arbeit, die Reise und das ganze Risiko auf unserer Seite. Und wir werden Helfer benötigen, um den Schatz zu bergen. Das kostet unser Geld. Wir sollten uns auf einen Zehnten einigen, falls wir tatsächlich einen Schatz finden«, verfiel der Vater gleich wieder in seinen Verhandlungston.

Der Abt schüttelte entschieden den Kopf. »Niemand darf davon erfahren«, sagte er. »Ihr werdet Bruder Melchior mit euch nehmen.«

Der dicke Mönch schaute seinen Abt an, als habe er sich verhört.

»Mich? Aber ...«

»Du musst sie begleiten«, befahl der Abt. »Wenn es stimmt,

was du auf den ersten Seiten entziffern konntest, dann müsst ihr euch beeilen, um den Schatz noch finden zu können.«

»Moment«, ging Eleonore dazwischen und sah Bruder Melchior an. »Was konntet Ihr denn sonst noch entschlüsseln?«

»Der Schatz kann nur am längsten Tag des Jahres gefunden werden. Und der steht uns bald bevor.«

Eine Weile redeten sie alle durcheinander. Abt Beda bestand darauf, dass der Schatz in diesem Jahr zu heben sei. Der Vater vermutete, dass Bruder Melchior vielleicht etwas falsch verstanden habe, der Mönch hingegen klagte, eine solch beschwerliche Reise nicht antreten zu wollen. Es war Eleonore, die schließlich die Männer mit einem energischen Wink zum Schweigen aufforderte.

»Es handelt sich bei diesem Buch um meinen rechtmäßigen Besitz. Aber ich kann die Randbemerkungen nicht entziffern. Wir sollten gemeinsam vorgehen. Hochwürdigster Vater Abt, wir bieten Euch die Hälfte dessen, was wir finden. Finden wir nichts, sind wir Euch nichts schuldig.«

Der Fürstabt spitzte die Lippen und blickte zu dem Vater. Eleonore sah, dass der mit einem Nicken seine Zustimmung kundtat und Beda Angehrn mit einer knappen Kopfbewegung wieder an seine Tochter verwies.

»Dann soll es so sein.«

»Aber zuerst ergibt sich eine bedeutende Frage«, fuhr Eleonore fort. Sie wunderte sich, dass noch niemand sonst daran gedacht hatte. »Wenn der Schatz wirklich nur am längsten Tag des Jahres gefunden werden kann, sollten wir alsbald erkunden, wo er sich befindet. Liegt er in der Nähe oder am Ende der Welt?«

»Laut dem Lied wurde der Schatz von Hagen von Tronje unweit von Worms im Rhein versenkt«, wusste Bruder Melchior. »Von hier aus ist das ein gutes Stück Weg.«

»So weit nun auch wieder nicht«, winkte der Fürstabt ab.

»Auf jeden Fall könnt ihr rechtzeitig dorthin gelangen – vor dem 21. Tag des Juni. Wenn Ihr morgen abreist, habt ihr zwei ganze Wochen Zeit. Das sollte mehr als ausreichen.«

Bruder Melchior schüttelte heftig den Kopf.

Und auch Eleonores Vater schien die plötzliche Eile nicht zu gefallen. »Ich schlage stattdessen vor, hochwürdigster Vater«, sagte er, »dass wir den Bruder in Ruhe an den Kommentaren arbeiten lassen und im kommenden Jahr pünktlich aufbrechen, wenn wir wissen, wie wir uns auf die Suche machen müssen.«

»Es ist nicht verhandelbar. Die Reise beginnt morgen und führt euch zunächst einmal nach Basel. Wie es der Zufall will, befindet sich gerade ein Vertrauter von mir in der Nähe. Ebringen bei Freiburg gehört zu meinem Herrschaftsbereich. Thomas Selinger genießt mein volles Vertrauen und wird euch auf eurer Reise begleiten. Ich werde ihn jetzt sofort per Eilboten unterrichten lassen, dass er euch in Basel treffen soll.«

Eleonore bemerkte Bruder Melchiors Blick, konnte ihn aber nur so weit deuten, dass der Mönch diesen Mann wohl auch kannte.

»Sollten wir nicht Wachleute mitnehmen?«, fragte der Vater.

Der Abt schüttelte den Kopf.

»Für die Suche solltet ihr in kleinstmöglicher Gesellschaft reisen. Habt ihr den Schatz gefunden, können wir prüfen, wie wir ihn bergen. Wir wissen nicht, in welchem Herrschaftsgebiet sich das Gold befindet. Wenn es sich wirklich um einen unermesslichen Schatz handelt, dann liegen ebensolche Schwierigkeiten vor uns. Darum ist es von äußerster Wichtigkeit, dass die Suche im Geheimen vor sich geht und ihr zu niemandem ein Wort darüber verliert.«

4

Neuenburg am Rhein, 6. Juni 1771

A m nächsten Morgen brach Frieder mit dem ersten Trällern der Vögel auf. Im frühen Licht des Tages legte sich vom Rhein her wallender Dunst über das Land und tauchte die Felder und Bäume in pastellenen Schein.

Sein kleines Goldwäscherhäuschen lag knapp außerhalb der Stadtgrenzen Neuenburgs. Frieders Landesvater war somit Karl Friedrich, der Markgraf von Baden-Durlach, während die Stadt selbst unter vorderösterreichischer Herrschaft stand. Um zum Fluss zu gelangen, musste er jedes Mal die Grenze überqueren. Die bestand zurzeit nur aus einem Stein am Wegesrand, wo sich früher das Mühltor erhoben hatte. Durch die Franzosen waren 1704 alle Gebäude der Stadt bis auf die Grundmauern zerstört worden. Die Alten redeten heute noch davon. Erst zehn Jahre später hatte der Wiederaufbau begonnen. Und damals hatte man weitaus dringlichere Sorgen gehabt, als die Grenze nach Baden-Durlach zu befestigen.

Dafür ließen sich der Bürgermeister von Neuenburg und der Oberamtmann in Freiburg von Frieder das Recht gut bezahlen, als Badener die Stadt zum Rhein zu durchschreiten und im Fluss Gold waschen zu dürfen. Gleichzeitig war Frieder gezwungen, seine Ausbeute komplett an seinen Herrn, den Markgrafen, zu verkaufen. Der bestimmte die Preise für Fundgold selbst und hielt sie dementsprechend niedrig. Frieder musste also eine ordentliche Menge des begehrten Edelmetalls finden, um erst alle Zahlungen leisten und dann überleben zu können.

Die Ausbeute des Vortages war vielversprechend gewesen. Die Waschschüssel nutzte er hauptsächlich, um Goldgründe besser einschätzen zu lernen. Heute wollte er mit dem Goldherd arbeiten, mit dem man sehr viel mehr schwarzen Sand auf einmal waschen konnte. Mit einem Herd zum Kochen hatte das Gerät nichts gemein. Er bestand größtenteils aus Holz. Frieder packte eine schwere Kiste aus dem Schuppen in seinen Weidling, dazu die lange Rinne, Holzböcke in verschiedenen Höhen und mehrere Siebbleche mit unterschiedlich großen Löchern. Schwere Bottiche und lange Schaufeln, ein Spaten, Tücher und Eimer vervollständigten seine Ausrüstung.

Als Frieder endlich ablegen konnte und vom aufkommenden Wind fröstelnd den Fluss hinauffuhr, schaute er mehrmals zurück, um zu prüfen, ob ihm doch jemand folgte. Die vergangenen beiden Jahre waren nicht leicht gewesen. Kälte im Sommer und viel zu viel Regen hatten für katastrophale Ernteausfälle gesorgt. Die meisten konnten sich die enorm gestiegenen Getreidepreise nicht mehr leisten. Frieder selbst hatte keinen Hunger leiden müssen, wusste aber von vielen Müttern und Vätern, die am Morgen überlegten, wie sie die Kinder am Abend satt ins Bett schicken sollten. Es hatte mehrere Versuche gegeben, auf seinen Fundstätten zu wildern. Und dreimal waren Einbrecher in das Haus des Goldwäschers gestiegen, um ihn zu bestehlen. Zum Glück bewahrte er nur einen kleinen Teil in einem recht offensichtlichen Versteck auf, während er seine geheimen Vorräte so gut verborgen hatte, dass sie von den Gaunern nicht entdeckt worden waren.

Dass Frieder heute keine Verfolger ausmachen konnte, beruhigte ihn.

Einige Zeit später legte er an seiner Fundstelle an, entlud seinen Kahn und baute den Herd auf.

Das grobmaschige Sieb über der großen Kiste hatte Frieder an Vaters altem Goldherd anbringen lassen. Schaufelte er mit

Kies durchsetzten Rheinsand darauf und spülte mit Wasser nach, passten die größeren Steine nicht durch die Löcher des schräg angebrachten Blechs und landeten auf einem Haufen neben dem Herd. Die feineren Teile jedoch, kleine Steinchen, Sand, Erde und Mineralien, die das Sieb passieren konnten, gelangten auf eine vier Schritte lange Rinne. Die bestand auf der oberen Hälfte aus blankem Holz, weiter unten spannte Frieder jedoch ein grobes dunkelgrün gefärbtes Wolltuch darauf.

Mit dem Herd gewann er gleich auf zwei Arten Gold. Die Rinne war so gebaut, dass sich alle paar Fuß eine Querstufe befand, vor der sich schwere Teilchen absetzen konnten. War genügend Material davon zurückgehalten worden, schaufelte Frieder es in einen der mit klarem Wasser gefüllten Bottiche. Die mit jedem Waschgang dicker werdende Brühe rührte er immer wieder mit einer Stange durch. Das half dem Gold, sich ganz unten abzusetzen.

Sehr kleine Flitter hingegen, die über die Stufen der Rinne hinweggespült wurden, verfingen sich zuletzt in den Fasern des grünen Tuchs. Bald glitzerten sie im dunklen Stoff wie ein goldener Sternenhimmel. Das Tuch wusch Frieder regelmäßig in einem Eimer mit sauberem Wasser aus. Auf dem dunkel lackierten Boden konnte er neben feinen Sandkörnern außergewöhnlich viele Goldflitter ausmachen. Zum Spaß rührte er mit der Hand im Eimer und brachte das Wasser somit in schnell drehende Bewegung. In der Mitte wuchs ein goldfarbener Strudel empor, der Frieders Herz höherschlagen ließ.

Bis zu diesem Zeitpunkt hatte er kaum einen Ton von sich gegeben, doch jetzt konnte er einen Freudenruf nicht unterdrücken. Er konnte noch so viel Gold waschen, er sah sich nie satt daran. Aber das war erst der Anfang!

Frieder wandte sich wieder zu seinem Bottich mit dem sandigen Wasser. Er neigte ihn, damit die Flüssigkeit abfließen konnte. Den obenauf befindlichen Sand entfernte er mit der Handschaufel und gab ihn sicherheitshalber noch einmal durch den Goldherd. Erst als er kurz vor dem Boden angekommen war, ging er behutsamer vor. Er füllte erneut sauberes Wasser ein, rührte und stellte den Bottich auf die Kante, damit sich alles Gold möglichst auf einer Stelle sammelte. Das Wasser hatte nur dazu gedient, das Gemisch beweglich zu halten. Er schüttete es nun ab. Übrig blieb nach der Entfernung einer weiteren Sandschicht ein Haufen, der wie fester, dunkler Schlamm aussah und im Sonnenlicht schemenhaft glitzerte. Dass sich in der Masse Gold befand, konnte Frieder mit bloßem Auge erkennen. Er füllte den Schlamm in einen weiteren Blecheimer um, den er mit einem Deckel verschloss.

Viele Goldwäscher arbeiteten mit Helfern. Aber Frieder fand es durchaus angenehm, nicht ständig jemanden um sich zu haben. Er fühlte sich wohl damit, mit dem Kahn loszufahren und seine Arbeit in seiner eigenen Geschwindigkeit vorzunehmen. Das war ihm so sehr in Fleisch und Blut übergegangen, dass er mit seinen Gedanken oft abschweifte. Er stellte sich vor, wie es wäre, als Markgraf Frieder ein Leben in prunkvollen Schlössern zu verbringen und sich höchstens darüber Sorgen zu machen, wen man zum nächsten Fest einlud. Er malte sich aus, wie er als Kriegsherr seine Truppen gegen böse, übermächtige Feinde anführte, in deren Ländern er nach seinem Sieg jubelnd empfangen wurde. Manchmal träumte er auch einfach nur davon, eine junge Frau zu treffen, die ihn mit funkelnden Augen anblickte und deren Berührung ihn erzittern ließe.

»Warum hat ein Kerl wie du eigentlich keine Liebste?«, fragte Armin immer.

»Weil ich die noch nicht kenne, die ich will«, war Frieders Antwort. Und das entsprach der Wahrheit. Natürlich hatte er schon ein paar Mädchen an den Tanzabenden geküsst, aber zu mehr war es nie gekommen. Denn allzu schnell hatte er einsehen müssen, dass Liebe zwar zum Küssen führte, Küsse aber nicht unweigerlich zur Liebe.

»Irgendwann werde ich über die Richtige stolpern«, sprach Frieder laut vor sich hin. Als einzige Antwort schreckte im Schilf auf der anderen Seite des Flussarms ein Reiher auf und erhob sich in die Lüfte.

Frieders Tagträume von Abenteuern, Schlachten, unerschöpflichen Reichtümern und schönen Frauen ließen ihn das anstrengende Tagwerk fast mühelos bewältigen. Er bemerkte irgendwann, dass die Kälte des Wassers seine Zehen taub gemacht hatte. Der Bottich und die Eimer waren voll genug. Es war Zeit zurückzufahren. Als er schließlich am Heck seines Weidlings stand und auf seine Fundstätte zurückblickte, sah sie bis auf die Haufen ausgewaschenen Gerölls und Sandes fast wieder unberührt aus. Ein anderer Goldwäscher würde sehen, dass hier gewaschen worden war, aber Frieder hatte den ganzen Morgen über keine Menschenseele vor Augen bekommen. Offenbar verirrte sich niemand in diesen Arm des Flusses. Das war gut.

In seinem Bootshäuschen zog er zuerst die Stiefel aus und knetete die eisigen Zehen durch die Wollstrümpfe hindurch. Als ein Prickeln anzeigte, dass bald die Wärme wiederkehren würde, verteilte er das Material aus dem Bottich in Eimer, die er gleichmäßig an einer Stange befestigte. In der Mitte hatte die eine Polsterung, sodass er sie sich auf die Schulter legen konnte. Mit sehr viel feinstem Sand und darin verstecktem Gold machte er sich auf den Weg nach Hause.

»Es scheint, als sei ich zur rechten Zeit erschienen«, sagte der Mann, der auf der Bank vor Frieders Hütte saß und sich von seinem Diener gerade ein Glas roten Wein einschenken ließ. Die mit einem Rappen eingespannte Kutsche hatte Frieder schon von Weitem auf den unerwarteten Besucher vorbereitet.

»Herr Obergoldinspektor Scheffler«, begrüßte Frieder ihn und verbeugte sich tief.

Die Augen des Mannes standen so nahe beisammen, dass

Frieder sich in seiner Nähe kaum auf etwas anderes konzentrieren konnte. Wenn nicht der Rücken eines schweinsartig geformten Näschens zwischen ihnen gestanden hätte, könnten sie sich fast berühren. Der markgräfliche Goldinspektor verbarg seine wuchtige Gestalt unter einem weit geschnittenen Rock, in den sein Diener und Kutscher gleich zweimal gepasst hätte. Denn der war so hager, dass er fast kränklich wirkte. Die dunklen Ringe unter seinen Augen verstärkten diesen Eindruck ebenso wie der leichte Buckel.

»Was verschafft mir die seltene Ehre Ihres Besuchs, Herr Scheffler?«

Vor der Antwort nahm der Dicke einen guten Schluck, bevor er das Glas zur Seite reichte. Sein Diener nahm es ihm ab und half ihm dann hoch.

»Nun, es geht um Gold, wie du dir vielleicht denken kannst.«

»Ich fürchte, ihr kommt zu früh«, gab Frieder zurück. »Der Rhein ist erst seit ein paar Tagen wieder befahrbar. Und ich habe seither noch keine gute Stelle gefunden, die genügend Gold abwerfen würde.«

Karl Leopold Scheffler hörte sich Frieders Worte an. Man sah, dass es hinter seiner Stirn arbeitete.

»Der Markgraf plant eine große Reise und möchte vorher noch seine Geschäfte regeln. Dazu gehören auch die neuen Rheingolddukaten. Es sieht aus, als hättest du einiges an Material in deinen Eimern.«

»Eine winzige Ausbeute eines Tages im kalten Wasser«, erklärte Frieder betont betrübt. »Ich fürchte, das Quecksilber zum Amalgamieren wird mich teurer zu stehen kommen, als ich am Ende als Erlös für das Gold erwarten kann.«

»Wir behalten dich im Auge«, erwiderte Scheffler. Es klang wie eine Drohung. »Du solltest den Markgrafen besser nicht verärgern. Er braucht Gold! Was macht dein Fuß?«

Frieder blickte den Obergoldinspektor verwirrt an. Dann fiel es ihm siedend heiß ein: Eine Verletzung am Fuß war beim letzten Besuch seine Ausrede gewesen, weniger Gold gefunden zu haben!

»Die Verstauchung ist Gott sei Dank geheilt, Herr. Ich kann ihn wieder normal belasten. Zum Glück.«

Frieder hob die Tragestange mit den Eimern von den Schultern und stellte die Gefäße neben der Tür ab.

»Darf ich Euch in meine bescheidene Hütte einladen, Herr?«, fragte er.

Scheffler winkte ab. »Auf keinen Fall! Was soll ich denn in deinem Loch? Ich habe hier nur auf dem Weg zurück nach Karlsruhe eine Pause eingelegt. In zwei Wochen komme ich wieder, dann will ich viel Gold sehen!«

»Ich kann dem Markgrafen nur geben, was der Herrgott mich finden lässt, Herr. Es kommt mir vor, als seien die Zeiten schlechter geworden.«

Scheffler stand auf und wandte sich der Kutsche zu, hielt aber noch einmal inne. »Das Gold liegt im Fluss, und der Tüchtige wird es finden. Versuche besser, tüchtig zu sein, sonst wirst du es bereuen.«

Als der Obergoldinspektor verschwunden war, trug Frieder erleichtert die Eimer hinter das Haus, wo sich Holzkohle, ein kleiner Lehmofen und eine Vielzahl von Eimern und anderen Behältnissen befanden. Dazu die Regenfässer, deren Wasser er zum weiteren Auswaschen benötigte. Zum Glück floss der Klemmbach in der Nähe vorbei. Schon Frieders Vater hatte einen schmalen Kanal gegraben, der den Teich hinter dem Haus speiste, in dem ein paar fette Karpfen darauf warteten, an besonderen Feiertagen verspeist zu werden.

Scheffler machte Frieder keine Angst. Solange er dem Obergoldinspektor genügend Gold präsentieren konnte, blieben er und die ihm unterstellten Inspektoren zahm. Viel unberechenbarer waren die Wünsche des Markgrafen selbst. Es hieß zwar, er sei ruhiger geworden, dennoch brauchte er beständig neues Geld für seine Projekte und Reisen. Und wenn er nicht zufrieden war mit seinen Goldwäschern, konnte er die Ankaufspreise durchaus nachträglich so weit senken, dass man nur noch große Augen machen und den Gürtel enger schnallen konnte.

»Damit schneidet er sich ins eigene Fleisch«, sagte Armin immer und hatte natürlich recht. Schon bei der jüngsten Kürzung hatten zwei halbberufliche Goldwäscher aus Müllheim die Schüssel an die Wand gehängt. Sie verdienten mehr, wenn sie auf den Feldern aushalfen und sparten sich die Plackerei im kalten Wasser. Je weniger Goldwäscher Scheffler aber zu besuchen hatte, desto mehr konzentrierte er sich auf die wenigen verbliebenen. Und allzu genau wollte Frieder sich nicht unter seiner Beobachtung wissen.

Auch am Freitag blieb ihm Petrus hold und sorgte für angenehmen Sonnenschein. Am Abend allerdings zogen Wolken auf, die in der Nacht über dem Land abregneten. Aus Frankreich wehte ein kühler Wind weiteren Wolkennachschub heran, sodass er den Samstag zu Hause verbrachte. Er nutzte die Zeit, sich um seine Ausrüstung zu kümmern. Er fettete die Stiefel, richtete die Werkzeuge und entfernte an manchen Stellen den Rost. Dann trennte er die im Stoff hängen gebliebenen Flitter vom Sand. Das Gold schüttete er in ein Glas, von dessen Existenz Scheffler nichts ahnte. Es war bereits wieder gut gefüllt.

Den Hauptfund wollte er auch noch reinigen. Frieder hatte in den vergangenen Tagen acht Eimer mit dem feinen Sand-Gold-Gemisch aus dem Goldherd angesammelt. Das war genug, dass es sich lohnte, es zu amalgamieren.

In der sandigen Masse Flitterchen für Flitterchen von Hand herauszuklauben, hätte ewig gedauert. Zum Glück gab es eine einfachere Möglichkeit. Frieder löffelte einen Teil des schlammigen Gemischs in eine irdene Schale und holte die große Quecksilberflasche dazu, die ihm aus Freiburg geliefert worden war. Während der Regen auf das Dach prasselte, mischte er die Stoffe konzentriert miteinander. Er hatte in den Jahren ein Gefühl für die richtigen Mengen entwickelt und achtete darauf, nichts von dem teuren Quecksilber zu verschwenden. Unter Rühren zog das flüssige Metall das Gold und kleine Spuren von Silber an, ohne sich mit dem Sand und Schmutz zu verbinden. Nach etwas Trocknungszeit wurde diese Masse aus Quecksilber und Edelmetallen fest und konnte aus dem Sand herausgehoben werden. Allerdings hatte Frieder das Gold nun noch immer nicht in seiner reinen Form.

Als der Regen nachließ, feuerte er den Ofen hinter dem Haus an und stellte einen großen Schmelztiegel darauf. Nach und nach legte er die Amalgamkörner hinein. Es dauerte nicht lange, und das Quecksilber war verdampft. Frieder bemühte sich, so gut es ging, den Rauch nicht einzuatmen. Wenn der Wind drehte, bewegte er sich schnell mit. Das hatte sein Vater schon so gemacht, weil er fürchtete, dass das wieder abgekühlte Quecksilber sich sonst im Körper verflüssigen und sammeln könnte. Die meisten Goldwäscher machten sich darüber allerdings keine Gedanken.

Bei dem Vorgang blieben wunderbar runde Kügelchen reinen Goldes übrig, die nach dem Abkühlen schwer in der Hand lagen. Etwas mehr als die Hälfte legte Frieder in eine Kiste, deren Inhalt er Scheffler für den Markgrafen übergeben würde. Den Rest packte er zu seinen übrigen geheimen Goldvorräten. Er hatte genug, um sich mit Armin und Ruedi zu treffen.

»Wer sich nicht zu helfen weiß, dem hilft keiner«, sagte Armin grinsend, als er die Goldtropfen in der Hand abwog.

»Das gibt schon einmal eine ganz passable Menge«, bekräftigte Ruedi.

Ruedi Greiner war der Dritte im Bunde. Der junge Holzschnitzer und Vergolder hatte vor drei Jahren das Haus eines verstorbenen Schreiners samt Werkstatt übernommen. Er lebte dort mit seiner jüngeren Schwester Anna, die ihm den Haushalt führte. Frieder und Armin hatten Ruedi bald kennengelernt, und sie waren Freunde geworden. Sie hielten sich meist im »Salmen« oder im nebenan gelegenen »Schwarzen Adler« auf, spielten Karten, würfelten, tranken dabei oft zu viel Wein und trieben ihre Späße mit den anderen Gästen. Aus der Freundschaft entwickelte sich bald eine geschäftliche Idee, von der sie alle drei profitierten. Und genau das war der Grund, wieso sie den Samstagabend statt in der Wirtschaft in Armins Schmiede verbrachten. Armins Mutter hatte ihnen einen Krug Wein, Würste und etwas Brot gebracht.

»Wie viel Blatt Gold kannst du daraus treiben?«, fragte Ruedi mit vollem Mund.

Armin überschlug die Menge im Kopf. »Es sind ein bis zwei Quentchen«, schätzte er und fügte hinzu: »Vielleicht fünf Goldgran.«

»Gut geschätzt«, lobte Frieder seinen Freund. Natürlich hatte er das Metall aufs Genauste abgewogen. »Es sind viereinhalb Goldgran.«

Ruedi wirkte nicht völlig zufrieden.

»Das wären grob hundertachtzig Blatt«, überschlug er im Kopf. »Ich habe einen neuen Auftrag, für den ich weit mehr brauchen könnte. Eher neunhundert Blatt.«

Frieder und Armin wurden sofort hellhörig.

»Neunhundert Blatt Doppelgold?«, fragte Frieder skeptisch. Das war eine riesige Menge, für die er fast dreißig Goldgran am Markgrafen vorbeibringen müsste. Im gesamten Jahr 1770 hatten sie gerade einmal fünfzehn Goldgran verarbeitet.

»Abt Paul Erhard von St. Trudpert will die Vergoldungen in der Klosterkirche und im Armarium restaurieren und erneuern lassen«, erklärte Ruedi weiter. »Wenn ich ein Drittel des Goldes, das dafür benötigt wird, von uns nehme, dann brauche ich neunhundert Blatt.«

»Das ist viel«, bekräftigte Armin. »Das Schlagen bekomme ich hin, aber ob Frieder so viel Gold zur Seite schaffen kann?«

Armins Schmiede war auf den täglichen Bedarf der Neuenburger ausgerichtet. Er fertigte Eisenbänder um die Holzräder von Kutschen, beschlug Pferde und Ochsen, stellte Werkzeuge und Nägel her und reparierte, was die Leute ihm brachten. Vor der großen Esse, in der ein kleines Feuer gemütliche Wärme verbreitete, stand der eiserne Amboss, der mit den Hämmern, Zangen und Eisenstangen Armins wichtigstes Werkzeug war.

Aber der Schmied stellte mithilfe seiner Walze auch kleine Bleche her. Und diese Walze taugte auch, um das zuvor zu einem Barren geschmolzene Gold in ein dünnes Band auszurollen. Mit der Blechschere schnitt er gleich große, quadratische Stücke ab, die dann zwischen Pergamentpapier gepackt immer dünner geschlagen wurden. Es hatte einige Versuche gebraucht, bis Armin es in mehreren Durchgängen hinbekam, hauchdünnes Blattgold herzustellen, das der leiseste Windhauch fortwehen konnte. Für Ruedis Zwecke musste es so fein sein, dass man es zwischen den Händen verreiben konnte, als hätte es das Gold nie gegeben.

»Es wird ein bisschen dauern, bis ich genug zusammen habe«, gab Frieder zurück. »Wobei ich im Moment auf einem wirklich vielversprechenden Grund arbeite.«

»Du scheinst ja eine wahre Goldgrube gefunden zu haben«, sagte Ruedi begeistert.

»Die beste, die ich je gesehen habe«, meinte Frieder grinsend und nahm einen Schluck Wein. »Es ist fast, als hätte jemand an der Stelle einen Goldschatz versenkt und ich müsste ihn nur aus dem Sand schaufeln.«

Ruedi lachte. »Lasst uns hoffen, dass das noch etwas so bleibt, dann sind wir bis zum Herbst gemachte Leute.«

Frieder wusste nicht, wie lange sein Glück halten würde, aber der jetzige Goldgrund war wirklich aussichtsreich. Er hatte nur die Sorge, dass andere Goldsucher ebenfalls darauf aufmerksam werden könnten. Gerade bei den aktuellen Getreidepreisen wegen der schlechten Ernten in den vergangenen zwei Jahren bestand durchaus die Möglichkeit, dass jemand sich ein Zubrot verdienen musste. Wenn ich nur das ganze Areal schneller durchsieben und auswaschen könnte, dachte er. Mit diesem Gedanken reifte in ihm eine Idee.

»Was ist mit dir, Frieder?«, fragte Armin.

»Ich denke über etwas nach.«

»Überlassen wir das Denken lieber denen, die es können«, erwiderte der Schmied und amüsierte sich über Frieders empörten Blick.

»Ich habe mir nur gerade überlegt, dass ich ja derjenige von uns mit dem größten Zeitaufwand für unser Arrangement bin.«

Die beiden anderen sahen ihn fragend an.

»Du willst jetzt aber nicht einen größeren Anteil für dich aushandeln?«, schoss es aus Ruedi heraus.

Frieder winkte ab. »Nur die Ruhe. Mir ist bewusst, dass keiner den Gewinn ohne den anderen machen könnte. Jeder von uns bekommt den gleichen Teil, so wie wir es vereinbart haben.«

Ruedi und Armin nickten.

»Trotzdem«, erklärte Frieder, »habe ich die meiste Plackerei, weil ich für ein bisschen Gold große Mengen an Kies schaufeln muss. Währenddessen erledigst du, Armin, die meiste Arbeit mit dem Schwanzhammer, und du, Ruedi, machst ohnehin deine normale Arbeit des Vergoldens, nur eben mit unserem Gold.«

»Moment«, ging Armin dazwischen. »Niemand bestreitet, dass du viel Arbeit beim Suchen hast, aber das Gold schlägt sich auch nicht von allein.« Er hob beide Arme und spannte seine beeindruckenden Muskeln an. »Ohne die, meine Schmiede und mein Werkzeug und den Schwanzhammer könnten wir gar kein Blattgold machen. Und zum Schlagen gehört auch das Einsortieren zwischen das Papier, das Zuschneiden und das zweite Schlagen. Du solltest eigentlich wissen, wie viel Arbeit das ist.« Eine Spur von Verärgerung lag in seiner Stimme.

Frieder wollte Armin beschwichtigen, aber kaum war der Schmied mit seiner Litanei fertig, da legte auch schon Ruedi los: »Und ohne mich könntet ihr das Gold überhaupt nicht zu Geld machen. Wenn ich es nicht teuer verwerten würde, könntest du es nur zu einem Spottpreis an deinen Markgrafen abgeben.«

»Ja, ihr habt ja beide recht«, versuchte Frieder, die aufgebrachten Gemüter zu beruhigen. »Ich will doch niemandes Leistung herabwürdigen. Ich will nur eine Idee vorbringen, wie wir schneller an die dreißig Goldgran kommen können, die du brauchst, Ruedi.«

»Dann mach das gefälligst, ohne uns so darzustellen, als würden wir dich ausnutzen!«, sagte Armin energisch. Ruedi nickte heftig und wies mit dem Zeigefinger auf ihn.

Frieder atmete tief durch. »Ich wollte damit nur sagen, dass ich bei unserem Geschäft der Langsamste bin. Erst einmal muss ich genug Gold finden, um den markgräflichen Obergoldinspektor zufriedenzustellen. Uns steht nur zur Verfügung, was darüber hinausgeht. Das Waschen ist harte körperliche Arbeit ...«

»Das Schmieden etwa nicht?«, fiel ihm Armin ins Wort.

»Den ganzen Tag über Kopf zu vergolden ist auch kein Kinderspiel«, warf Ruedi ein.

»Jetzt lasst mich endlich ausreden!«, rief Frieder gereizt.

Die beiden nickten.

»Nun, sagen wir, ich finde an einem Tag ein Goldgran. Dann muss ich die Hälfte davon an Scheffler und den Markgrafen verkaufen zu einem Preis, der kaum zum Leben reicht. Uns bleibt ein halbes Goldgran über.«

Frieder befeuchtete seine Kehle mit einem weiteren Schluck Wein. Seine Idee nahm Gestalt an, während er redete. Und er hatte das Gefühl, dass es ein wirklich guter Einfall sein könnte.

»Scheffler rechnet also mit einem halben Goldgran pro Tag,

das ich ihm liefern kann. Wenn mein Goldgrund weiter so ergiebig ist, schaffe ich an einem guten Tag anderthalb Goldgran, ohne amalgamieren und schmelzen. Wenn wir aber zu dritt waschen würden ...«

Er ließ diesen Vorschlag wirken.

»Du meinst ...?«, fragte Armin.

Ruedi hingegen hatte schon verstanden. Frieder sah ihm an, dass es hinter den dunklen Augen arbeitete.

»Er meint, dass wir in kurzer Zeit mehr finden können, wenn wir ihm helfen, sagen wir vier Goldgran an einem Tag. Und trotzdem müsste er nur einen halben an den Markgrafen verkaufen. Wir hätten dann dreieinhalb für uns und den Gewinn deutlich erhöht.«

»Da komme ich nicht mit«, stöhnte Armin und biss in seine Wurst.

Ruedi erläuterte es ihm noch einmal. Frieder kannte den Schmied gut genug, um zu wissen, dass er bei Rechnereien abschaltete. Armin brauchte es handfest. Er nahm eine Handvoll der Eisennägel aus einem Eimer und legte ein paar vor ihn hin.

»Schau, stell dir vor, die Nägel wären aus Gold.«

»Das wären recht nutzlose, aber teure Nägel.« Armin lachte laut auf.

»Stell dir vor, das ist die Menge Gold, die ich an einem Tag finde. Die Hälfte geht an Scheffler.«

Frieder teilte den kleinen Haufen und schob die eine Hälfte zur Seite.

»Wenn ihr mir für ein paar Tage im Wasser helfen würdet, könnten wir mehr Gold finden.«

Frieder packte zwei weitere Hände mit Nägeln und legte sie zu dem halben vor Armin. »Und das müssten wir nicht teilen.«

Armin betrachtete den großen Haufen vor sich.

»Wir hätten also viel mehr Gold, das ich schlagen und Ruedi dann zu Geld machen kann«, sagte er langsam nickend. Ein zufriedenes Lächeln zog sich über sein Gesicht. Ruedi setzte ein fast gierig wirkendes Grinsen auf.

»Dann seid ihr dabei?«, fragte Frieder. Er kannte die Antwort, bevor beide sie gaben.

5

St. Gallen, 8. Juni 1771
Noch dreizehn Tage bis zum längsten Tag des Jahres

Die Stadt war bereits erwacht, als Eleonore sich mit ihrem Vater und Bruder Melchior am Morgen nach dem Gespräch mit dem Fürstabt auf den Weg begab. Der Duft frischen Brotes drang aus dem Fenster einer Backstube und ließ den Esel des Mönchs wohlig aufschnauben. Bruder Melchior erschrak von dem Geräusch und zuckte auf dem Rücken des Tieres zusammen. Er hielt sich krampfhaft am Zügel fest. Das graue Langohr blieb mit aufgerissenen Augen stehen. Alte Bücher mochten Bruder Melchior bestens vertraut sein, aber reiten konnte er nicht.

»Lasst die Zügel lockerer, ehrwürdiger Bruder.«

»Und woran soll ich mich sonst festhalten? Dieses Untier wackelt ständig hin und her und auf und ab!« Während er das sagte, hieb er dem Esel seine Hacken in die Seiten, um ihn zum Weitergehen zu bewegen. Das führte dazu, dass er plötzlich auf dem voranstürmenden Tier versuchen musste, sein Gleichgewicht zu halten. Erst ein erneutes kräftiges Ziehen am Zügel brachte den Esel wieder zum Stehen.

»Ich mochte diese elende Reiterei noch nie!«, zeterte der Mönch. »Und dann noch so ein stures Vieh!«

»Ihr müsst vorsichtigere Zeichen geben, Bruder«, riet ihm der Vater, der selbst einen Rappen über das Pflaster führte. Eleonore folgte ihm mit einer stämmigen braunen Stute, der sie ihre Habseligkeiten aufgebunden hatten.

Bruder Melchior hatte beim Aufbruch zu ihrer Reise gleich Zweifel angemeldet, den Weg bis Rorschach zu Fuß zu schaffen. Er hatte darauf bestanden, zum Seeufer zu reiten, aber Pferde waren ihm zu groß. Er wollte den Esel. Als Eleonore es ihm auszureden versuchte, hatte er einen seiner berüchtigten Wutanfälle bekommen, vor denen der Novize Franz Anton sie gestern beim Abendessen gewarnt hatte. Der Bruder hatte getobt, ihr stehe nicht zu, ihm Vorschriften zu machen. Das stimmte natürlich. Aber ihm auf den Esel zu helfen, dafür war sie ihm dann wieder gut genug. Immerhin war der Mönch nicht lange erzürnt gewesen, sondern hatte sich nach dem Aufsteigen bedankt und sie in besserer Laune um Verzeihung gebeten. Der alte Geistliche war ziemlich eigen, aber Eleonore hatte das Gefühl, dass man sich mit ihm arrangieren konnte.

Sein bedauernswertes Reittier sah das sicherlich anders. Die zweieinhalb Stunden, die sie bis zum Ufer des Bodensees benötigten, zerrte er unbelehrbar an den Zügeln oder drückte dem zum Glück meist äußerst langmütigen Esel die Fersen in die Seiten. Nur gut, dass sie in Rorschach die Tiere wieder abgeben würden, denn die Weiterreise bis Basel war per Schiff geplant.

Bruder Melchior trug als Reisegepäck zwei Ledertaschen bei sich. Sie hatten lange Schulterriemen, die auf seiner Brust und dem breiten Rücken über Kreuz verliefen. In einer regenfesten dunkelbraunen Tasche steckten das Buch und all die Utensilien, die er benötigte, um die Kommentare sichtbar zu machen. Die zweite, noch etwas größere Tasche, war mit Proviant gefüllt. Dem bei jeder Bewegung des Esels klirrenden Geräusch nach zu urteilen, gehörten auch mehrere Weinflaschen dazu.

Eleonore trug statt ihres Kleides wieder die bequeme Reisehose. Sie hatte ihr Haar unter den Hut geschoben, und damit hatten sich auch ihre Bewegungen unwillkürlich verändert. Die Schritte wurden länger und zugleich schlurfender, die Arme hingen locker an der Seite herab. Die linke Hand hielt den Führstrick der braven Stute, die Rechte stützte sie auf dem Knauf des Degens, der an ihrer schmalen Hüfte baumelte. Sich als Junge zu geben, hatte sich im Laufe der Zeit so tief in ihr Wesen eingebrannt, dass sie außer der Männerkleidung keine weitere Maskerade benötigte, um zumindest auf einen flüchtigen Blick hin als Mann durchzugehen.

Die meisten Menschen urteilten nach dem, was sie sahen: Wer sich kleidete wie ein Mann und sich auch so bewegte, musste wohl auch einer sein. Wenn Eleonore dann ihre ohnehin tiefe Stimme noch senkte, bestärkte das die Leute in ihrem Eindruck: Mädchen trugen keine Degen und schmutzige Hosen, und nur Männer hatten tiefe Stimmen. Natürlich gab es auch ein paar aufmerksame Menschen, die sie durchschauten. Wenn jemand sie offen und freundlich darauf ansprach, log sie nicht. Aber für gewöhnlich kam es nicht so weit, und die Leute gingen davon aus, es mit einem schmächtigen Knaben zu tun gehabt zu haben, dem der erste Flaum noch nicht gewachsen war.

Bei den Bodenseeschiffern in Rorschach verhielt es sich nicht anders. Einem Mädchen wie Eleonore hätten die jüngeren Kerle der Besatzung erst das Gepäck über die Planke getragen und ihr dann mit einem Zwinkern die Hand geboten, um ihr an Bord zu helfen. Doch den Jungen Leo ließen sie die Tasche selbst tragen und ohne Hilfe über das wackelige Brett balancieren.

Ohnehin war es Bruder Melchior, der Beistand brauchte, den er mit unüberhörbaren Stoßgebeten beim Herrgott einforderte und von Eleonore erhielt. Er stützte sich auf einen Gehstock aus dunklem Holz mit schwerem Knauf. Sie übernahm die Bücher- und die Proviantasche und brachte beides an Bord. Dann lief sie erneut über die schmale Planke an Land. Der Mönch betrat die Holzbohle an ihrer Hand mit viel Gottvertrauen. Er richtete den Blick gen Himmel und lamentierte lautstark. Als er endlich sicher an Bord war, rief er: »Herr im Himmel, was habe ich bloß angestellt, dass du mich solchen Prüfungen unterziehst?« Er legte seinen Gehstock zur Seite und ließ sich mit einem müden Stöhnen auf einem Stoffballen nieder.

»Seid so lieb, Eleonore, und reicht mir die Tasche! Ich sterbe vor Hunger.«

Sie holte sie und setzte sich neben den Mönch.

»Darf ich Euch um etwas bitten?«, fragte sie.

»Hast du auch Hunger?«

»Es geht um etwas anderes. Ihr habt eben meinen Namen genannt. Aber da ich als Mann reise, führt das nur zu Verwirrungen, wenn das jemand hört.«

»Selbstverständlich«, sagte Bruder Melchior. »Ich werde darauf achten.«

Während er ein Tuch auf dem Ballen neben ihnen ausbreitete, klagte er bildreich über Schmerzen im ganzen Leib, die ihm der Eselsritt bereitet habe. Auf dem Tuch landeten trockene Würste, kleine gesalzene Brote und drei verschrumpelte Äpfel. Zu guter Letzt entkorkte er eine der Rotweinflaschen. Er schnupperte am Flaschenhals und nickte zufrieden. Dann nahm er den ersten Schluck und hielt die Flasche in Richtung des Vaters.

»Esst und trinkt!«, lud er sie ein.

Der Vater wollte keinen Wein, sondern nahm sich eine Kelle aus dem Wasserfass. Und auch Eleonore lehnte mit einem Kopfschütteln ab, bediente sich aber am Essen. Bruder Melchior schien es nicht zu stören, die Flasche allein leeren zu müssen. Schließlich schlug er die Reste der Mahlzeit wieder in die gewachsten Tücher ein, packte alles zurück in seine Tasche und fiel in einen tiefen, von lautem Schnarchen begleiteten Schlaf.

Die Sonne strahlte angenehm warm vom Himmel. Das Schwanken des Lastkahns, der in Ufernähe in Richtung Westen glitt, wirkte beruhigend. Die Luft war klar, sodass man auch in weiter Entfernung Boote und Schiffe auf dem riesenhaften See beobachten konnte. Es war ein friedlicher Moment. Trotz der immer wieder laut gerufenen Befehle der Besatzung und des

Schnarchens des Mönchs schlief auch Eleonore bald ein und erwachte erst, als sie in Konstanz anlegten.

Der Vater verließ den Kahn als Erster. Sie sah, dass er mit Eignern anderer Schiffe verhandelte, wahrscheinlich, um die nächste Passage ihrer Reise zu buchen. Sie half derweil Bruder Melchior an Land und holte dann das Gepäck.

»Wir suchen uns eine Unterkunft und fahren morgen früh weiter«, erklärte der Vater.

Sie übernachteten in einem guten Gasthaus mit sauberen Zimmern und reichhaltigem Essen. Der Mönch ließ sich gleich zwei Portionen des fettigen Schweinebratens mit würzigem Getreidebrei und Bohnen schmecken. Dazu leerte er drei große Humpen Bier, ohne je den Eindruck zu erwecken, angetrunken zu sein.

Sie teilten ihren Tisch mit zwei Stuttgartern, die auf dem Weg nach Italien waren. Der Vater vermied es ihretwegen, mit Bruder Melchior über das anstehende Abenteuer zu sprechen. Sie redeten allgemein über alte Bücher und Tinten.

Nach dem Essen gingen sie zu Bett. Eleonores Kammer grenzte an das Zimmer des Mönchs. Die Wände waren dünn und hielten den Lärm von Bruder Melchiors Schnarchen kaum zurück.

Am nächsten Morgen konnte sie kaum glauben, dass sie irgendwann eingeschlafen war. Am liebsten wäre sie noch liegen geblieben, aber ihr Vater klopfte so lange an die Tür, bis sie versprach aufzustehen. Viel Zeit hatten sie nämlich nicht. Der Kahn, auf den der Vater sie als Passagiere bis nach Schaffhausen eingekauft hatte, wollte früh ablegen und würde nicht auf sie warten.

Zuerst fuhren sie über den Untersee und ließen sich dann auf den Rhein treiben. Eleonore suchte sich vorn auf dem Boot ein stilles Plätzchen, wo sie ihren Gedanken freien Lauf lassen konnte.

Zwar lag ein gewaltiges Abenteuer vor ihnen, aber bis jetzt fühlte die Reise sich an wie immer. Eleonore kannte den Ablauf seit frühester Kindheit: Der Vater hörte von einer Bibliothek oder vom Nachlass eines Adligen, die zur Veräußerung standen, und schon machten sie sich auf den Weg, um möglich schneller als irgendwelche Konkurrenten ein Angebot abgeben zu können und die wertvollsten Bücher in ihren Besitz zu bringen. Von Frühling bis Herbst waren sie unterwegs, manchmal gar im Winter. Wirkliche Ruhephasen gab es meist nur für ein paar Wochen im Jahr in Landsberg, wo ihr Haus stand. Ihr Diener Silvio kümmerte sich verlässlich darum, dass alles in Ordnung war, wenn sie nach einer Reise häufig ohne Vorankündigung eintrafen. Eleonore freute sich zwar jedes Mal, das uralte Fachwerkhaus zu betreten, fürchtete jedoch auch die Schatten der Vergangenheit, die hier alsbald das Gemüt ihres Vaters verdüsterten. Das Loch, das der Tod der Mutter in ihre Familie gerissen hatte, war nirgends so bodenlos wie an dem Ort, wo er mit ihr am glücklichsten gewesen war. Eleonore konnte sich nur bruchstückhaft an ihr glockenhelles Lachen, das weiche, duftende Haar und ihre zarten Liebkosungen erinnern. Es schmerzte sie manchmal, dass ihr Gefühl der Trauer nicht so tief war wie das ihres Vaters. Aber sie war erst fünf Jahre alt gewesen, als die Mutter krank wurde und bald darauf starb. Sie hatte gar nicht richtig verstanden, was geschehen war, und hatte sich bald an das neue Leben ohne Mutter gewöhnt. Zuerst blieb sie bei Silvio und seiner Frau Emma, wenn der Vater auf Reisen ging, aber ab ihrem achten Geburtstag hatte sie ihn erst dann und wann begleitet und schließlich immer regelmäßiger.

Bis auf die Anwesenheit des Mönchs fühlte es sich an, als wären sie wieder einmal unterwegs, um weitere alte Bücher anzukaufen. Dabei ging es dieses Mal um weitaus mehr: einen der größten Schätze der Menschheit – das Rheingold der Nibelungen. Nun, man musste immer noch die Möglichkeit in Betracht ziehen, dass die Kommentare im Buch ein übler Scherz waren, dass es am Ende vielleicht gar kein Gold zu finden gab. Aber das glaubte Eleonore mittlerweile ebenso wenig wie der Fürstabt oder Bruder Melchior.

Während sie ihren Gedanken nachhing, ließ sie ihren Blick über die Ufer schweifen, die an ihnen vorüberzogen wie Kulissen in einem Theater. An den sanften Gestaden stand Vieh im Fluss und soff Wasser, Fischer flickten ihre Netze, und Waschfrauen breiteten weiße Tücher zum Trocknen aus. Dahinter begannen die Berge, im Süden die welligen Voralpen und im Norden der schroffe Schwarzwald. Die Luft roch nach Frühling, bunte Vögel sausten über sie hinweg, und das frische Grün der Bäume ließ in Eleonore die Hoffnung wachsen, dass das Wetter in diesem Jahr gnädiger mit den Feldern sein und der Mangel an Roggen, Dinkel, Weizen und Hafer ein Ende finden würde.

Die Strömung des Rheins brachte sie schnell voran. Der Kahn lag tief im Wasser, sodass es schwierig wurde, ihn abzubremsen, wenn vor ihnen Fischer in ihren Booten unaufmerksam waren oder die Fährboote den Abstand falsch einschätzten und glaubten, noch an ihnen vorbeifahren zu können. Doch die Lastenschiffer waren erfahrene Flussfahrer und begannen schon ein gutes Stück vor Schaffhausen, ihr träges Fahrzeug in ruhigeres Wasser zu bringen. Wegen des großen Wasserfalls hieß es umsteigen. Der Vater erkundigte sich, ob am unteren Hafen Schiffe zur Abfahrt bereitstünden, aber man riet ihnen, sich besser eine Unterkunft zu suchen.

Sie wählten ein Gasthaus unterhalb der Wasserfälle. Der Vater kümmerte sich wieder am Hafen um die nächste Passage. Eleonore setzte sich derweil mit Bruder Melchior in die Wirtschaft. Seine Vorliebe erahnend übernahm sie die Bestellung: »Einen guten Wein für den ehrwürdigen Bruder und einen verdünnten Apfelsaft für mich.« Offenbar hatte sie damit richtig gelegen, denn der Mönch klopfte ihr anerkennend auf die Schulter und bewies kurz darauf einen großen Durst.

Die Tische im Wirtsraum füllten sich nach und nach. Aus der Küche drang der Geruch von Feuer und gebratenem Fleisch. Eine blonde Schankmagd mit Zöpfen und einer weißen Schürze bediente geschäftig die Gäste. Als sie drei Kerle am Nebentisch mit Bier in großen tönernen Humpen versorgt hatte, zog einer sie heran und packte ihr an den ausladenden Hintern.

»Lass deine Hände, wo sie hingehören, Urs!«, fauchte sie und ging davon.

Die Kerle lachten dreckig und stießen miteinander an. Eleonore blickte finster in ihre Richtung.

»Worum geht es eigentlich genau im Nibelungenlied?«, fragte sie Bruder Melchior leise.

»Du kennst die Geschichte nicht?«

»Nur das, was man erzählt, die Geschichte vom Siegfried mit der Hornhaut«, sagte sie. »Er wurde durch ein Bad im Blut eines Drachen bis auf eine Stelle, auf die ein Blatt fiel, an seinem Leib unverwundbar. Trotzdem wurde er später hinterhältig ermordet.«

Bruder Melchior nickte. »Von Hagen von Tronje«, sagte er. »Aber das ist nur ein Bruchteil der ganzen Sage. Mehr weißt du nicht?«

»Nur noch, dass Hagen später den Schatz im Rhein versenkt hat«, fügte sie hinzu, was ihr von Erzählungen des Vaters im Kopf geblieben war. »Mein Vater hat mir die Geschichte auf einer unserer ersten Reisen erzählt. Das ist fast fünfzehn Jahre her.«

»Es ist auch kein Stoff für ein Mädchen, mein Kind.«

Der Mönch hatte sich schon wieder verplappert! »Psst«, mahnte Eleonore schnell. Doch es war zu spät. Der Kerl vom Nebentisch, den die Schankmagd Urs genannt hatte, blickte mit zusammengekniffenen Augen zu ihnen herüber. Sein Blick glitt über Eleonores Gesicht und ihre Gestalt.

»Was glotzt du so?«, fuhr sie ihn mit eingedunkelter Stimme an. Angriff war, wie sie wusste, bei solchen Männern die beste Verteidigung.

Einen Moment starrte Urs sie mit offenem Mund an. Einer seiner Schneidezähne war zur Hälfte abgebrochen. Sie schätzte ihn auf ungefähr dreißig Jahre. Ihrem finsteren Blick hielt er nicht stand. Er murmelte eine Beleidigung und wandte sich wieder seinen Freunden zu.

Bruder Melchior schien all dem keine große Bedeutung beizumessen. Er trank seinen Wein aus und winkte der Bedienung, ihm nachzufüllen.

»Das Nibelungenlied ist eine bedeutende Erzählung, in der es um Liebe, Verrat und Rache geht«, sagte er schließlich und wandte sich Eleonore wieder zu. »Du hast recht. Ein Teil davon befasst sich mit Siegfried, seiner Ermordung durch Hagen und das Schicksal des Schatzes, des Horts. Im zweiten Teil steht Kriemhilds Rache im Mittelpunkt. Da wird uns gezeigt, dass aus Unrecht kein Glück erwachsen kann.«

»Kriemhild war Siegfrieds Frau, oder?«, fragte Eleonore nach.

Der Mönch nickte. »Kriemhild war zunächst eine Burgundentochter in Worms, eine wunderschöne, edle Frau, die jedoch niemals heiraten wollte, weil sie beobachtet hatte, dass die Liebe den Frauen nur Leid bescherte.«

»Ganz von der Hand zu weisen ist das ja auch nicht«, bemerkte Eleonore.

»Das kann man wohl sagen«, erwiderte der Mönch leise. Sein Blick schien dabei in weite Fernen zu schweifen – und machte sie neugierig, was ein Klosterbruder wohl von der Liebe wissen konnte.

»Woran denkt Ihr, Bruder?«

Ihre Frage brachte diesen zurück in die Schaffhausener Gaststube. Statt sie zu beantworten, schüttelte er den Kopf. »Zurück zu Kriemhild. Natürlich verliebte sie sich schließlich doch.«

»In Siegfried.«

»So ist es, in unseren Helden Siegfried. Er war der Thronfolger von Xanthen in den Niederlanden und kam nach Worms, weil er von Kriemhilds Schönheit und Anmut gehört hatte und um sie werben wollte. Die beiden fanden im ersten Teil des Lieds zueinander, aber am Ende stellte sich heraus, dass Kriemhild mit ihrer Abwehr der Liebe recht gehabt hatte. Aus ihrer Liebe zu Siegfried erwuchs größtes Leid.«

»Weil Hagen ihn ermordet hat«, stellte Eleonore trocken fest.

»Du sprichst wahr. Aber ganz so einfach war das alles nicht. Es gab noch Hunderte andere Beteiligte und so viele Intrigen.«

Die Schankmagd füllte Bruder Melchiors Becher aus einem Weinkrug nach.

»Wollt ihr auch etwas essen?«, fragte sie mit müdem Lächeln.

»Wir warten noch, bis der Vater der jungen Dame zurück … Au!«

Eleonores Tritt hatte den Mönch am Schienbein getroffen und war fester gewesen, als sie es vorgehabt hatte. Und doch hatte es nichts genutzt, denn er hatte es bereits ausgesprochen.

»Ich hab's mir doch gedacht!«, rief der Kerl vom Nebentisch. »Ei der Daus! Der Knabe ist ein Mädchen!«

Seine Kumpane blickten nun auch herüber. Urs stand auf und stützte sich auf ihrem Tisch ab.

»Was soll der Mummenschanz?«, fragte er. Eleonore spürte, dass sie Raum gewinnen musste. Sie stand ebenfalls auf und stellte sich so, dass der Tisch zwischen ihnen blieb. Doch Urs machte Anstalten, darum herumzugehen.

»Ich hab doch eben schon gedacht, dass du ein Weib sein musst. Wo hast du nur deine Brüste versteckt?«

Sie schlug die Hand zur Seite, mit der er die Antwort auf seine Frage selbst ertasten wollte.

»Lass sie in Ruhe!«, rief Bruder Melchior von seinem Platz.

Wenn er nur endlich begreifen würde, sie nicht als Frau zu bezeichnen. Aber jetzt war ohnehin alles zu spät.

Dass seine Hand weggestoßen wurde, schien Urs in seiner Absicht nur zu bestärken. Ohne auf den Mönch zu hören, packte er blitzschnell erneut zu und bekam diesmal Eleonores Kragen zu fassen. Er zog sie zu sich heran. Seiner Kraft hatte sie nicht viel entgegenzusetzen.

»Bei Gott, lasst das Kind in Ruhe«, donnerte Bruder Melchior erneut und wuchtete seinen mächtigen Leib aus dem Sitz. Die Bedienung rannte in Richtung Küche. Die Leute von den anderen Tischen sahen zu, als würde ihnen ein Schauspiel geboten. Eleonore roch den nach einer Mischung aus Bier und Zahnfäule stinkenden Atem des Mannes, der Bruder Melchior abschätzig musterte.

»Sicher auch kein echter Mönch«, sagte Urs. Spucke traf sie auf der Wange. Sie nutzte diesen Moment der Unaufmerksamkeit, um dem Kerl ihre freie Faust ins Gesicht zu rammen. Ihre Knöchel schlugen hart mitten darin auf. Mit einem erschrockenen Schrei löste sich der Griff um ihren Kragen. Urs hob die Hände instinktiv zur Nase. Einen Moment lang war er mit seinem Schmerz beschäftigt, doch dann funkelten seine Augen vor blinder Wut.

Jetzt mischten sich seine beiden Kumpane in den Streit ein. Doch sie hatten die Rechnung ohne Bruder Melchior gemacht. Der hob den am Tisch lehnenden Stock am Schaft kampfbereit empor.

»So wahr mir Gott helfe. Zwingt mich nicht, euch wehzutun!«, befahl er mit erstaunlich fester, aber nicht lauter Stimme. Eleonore brachte sich mit einem Schritt zurück aus der Greifweite ihres Gegners und zog ihren Degen. Es sah so aus, als müsse sie nicht nur sich selbst verteidigen, sondern auch einem alten dicken Mönch zur Seite stehen.

Urs rann Blut aus der Nase, doch das hinderte ihn nicht daran, auf Eleonore zuzustürzen. Sie sprang einen weiteren Schritt zurück und hieb Urs dann gegen den erhobenen Arm. Ihr Degen war im Stich tödlich, aber beim Schlag nur schmerzhaft. Der Mann hielt in seinem Vorstoß inne und starrte auf seinen Oberarm, als erwarte er, ihn abgeschnitten vorzufinden.

Im gleichen Moment hörte Eleonore einen Schmerzensschrei eines der anderen Männer, der vom wütend geschwungenen Gehstock von Bruder Melchior getroffen worden war und zu Boden ging.

»Was ist hier los?«, drang ein lauter Ruf von der Tür her. Eleonore erblickte ihren Vater, der nur einen Augenblick benötigte, um die Situation zu überschauen. Er zog ebenfalls seine Klinge und ließ die messerscharfe Spitze zischend durch die Luft fahren.

Die beiden Kerle, die noch aufrecht standen, drehten sich um und sahen sich nun nicht nur plötzlich drei bewaffneten Gegnern gegenüber, sondern auch dem Wirt, der mit einer Knochenaxt aus der Küche stürmte.

»Ich hab euch schon zigmal gesagt, dass ihr euch benehmen sollt!«, brüllte der dunkelhaarige Mann mit der fettverschmierten Schürze. Er hatte einen ähnlichen Leibesumfang wie Bruder Melchior.

Die Störenfriede zogen ihren Kumpan hoch und verließen auf seinen Befehl unter Murren und derbem Fluchen die Wirtschaft.

»Seid ihr wohlauf?«, fragte der Wirt. Seine Sorge galt Bruder Melchior, der den Stock zu Boden und sich selbst auf seinen Stuhl sinken ließ. Er war blass um die Nase und atmete in abgehackten Zügen.

»Gleich geht es mir wieder besser«, keuchte er. »Bringt mir ein Stück von dem Braten und einen neuen Krug Wein, damit ich mich von diesem Schrecken erholen kann!«

6

Vor den Toren von Basel, 10. Juni 1771
Noch elf Tage bis zum längsten Tag des Jahres

Thomas Selinger würde den Kleinbasler Torwächtern ein kleines Sümmchen bieten müssen, damit sie ihm so spät noch Einlass in die Stadt gewährten. Die Dämmerung war bereits fast in die Nacht übergegangen. Nur zu seiner Linken zeichnete sich der Horizont noch ganz leicht zum Himmel ab. Die Türme Basels vor sich konnte er schon nicht mehr erkennen, den Weg zu seinen Füßen aber immerhin im fahlen Mondlicht ausmachen.

Thomas ging neben seinem Schimmel einher und redete dem Wallach gut zu. Er wäre längst in Basel angekommen, wenn das Tier nicht vor einer Stunde gestolpert wäre und seither lahmte. Er hoffte, dass sich das Bein wieder besserte, denn der Schimmel war ein gutes Tier, das er ungern verlieren wollte.

Doch nicht nur das Lahmen hatte seine Ankunft verzögert. Thomas war deutlich später aufgebrochen als geplant. Er hatte Zeit mit Elena verbracht, die heute ihre ersten unsicheren Schritte auf ihn zugetan hatte. Das Kind war sicher in seinen Armen gelandet. Als es sich an seine Brust schmiegte, fühlte es sich an, als sei das kleine Mädchen seine eigene Tochter. Tief in seinem Herzen wünschte er sich, es wäre so. Doch sie war nicht sein Fleisch und Blut.

Katharina, Elenas Mutter, diente und lebte in Thomas' Haus, wo sie auch schon die Kleine zur Welt gebracht hatte. Da er als Vertreter des Fürstabts in Ebringen alleinstehend war, wäre der gemeinsame Hausstand ein Skandal gewesen, wenn nicht alle die Geschichte der jungen Frau gekannt hätten. Katharina war eine Waise. Ab und zu hatte sie sich ein Zubrot verdient, indem sie einem Freiburger Tuchhändler aushalf. Vor knapp zwei Jahren war dann das Grauen über sie gekommen. Ein Dreckskerl hatte ihr auf dem Rückweg durch die Weinberge aufgelauert, ihr Gewalt angetan, sie fast totgeschlagen und zum Sterben liegengelassen.

Thomas sah es als göttliche Fügung, dass er an diesem Tag ebenfalls unterwegs gewesen war und sich ungewöhnlicherweise für den Weg durch die Reben entschieden hatte. Wäre er nur etwas früher aufgebrochen, hätte er Katharinas Schicksal vielleicht abwenden können, doch so hatte er bei der Heimkehr nur ihren leblosen, geschundenen Leib in zerrissenen Kleidern zwischen den Reben entdeckt.

Seither war sie bei ihm. Die ersten Tage dem Tod näher als dem Leben. Doch dank der Behandlung durch einen Freiburger Arzt erholte sie sich schnell. Die Schwellungen im Gesicht klangen langsam ab, die gebrochenen Knochen heilten wieder zusammen. Nur die Narben blieben zurück – in ihrem Gesicht wie auf ihrer Seele.

Die Bestie, die ihr das angetan hatte, war bis heute nicht gefunden worden. Sie hatte den Mann genau beschreiben können: groß, mit Bart, der Schädel unter dem Hut an einer Stelle wie eingedrückt, der Zeigefinger der rechten Hand fehlte ab dem Mittelknochen. Es gab sicher nicht viele Männer, auf die diese Beschreibung passte, aber obwohl Thomas nach ihm suchen ließ und ein hohes Kopfgeld auf ihn ausgesetzt hatte, meldete sich niemand, der ihn kannte oder gesehen hatte.

Katharina, die einst so selbstständige junge Frau, war seit dem schrecklichen Vorfall nicht in der Lage, in ihr altes Zuhause zurückzukehren, wo sie allein gewohnt hatte. Sie flehte Thomas an, bei ihm bleiben zu dürfen. Und da er sich in ihrer Gesellschaft wohlfühlte und ihr auch helfen wollte, hatte er schließlich zugestimmt. Soweit sie es schon konnte, half sie im Haus und kümmerte sich darum, dass es Thomas an nichts fehlte. Ansonsten war sie still und zog sich früh in ihre Kammer zurück. Bis auf den einen Abend, als sie weinend zu ihm kam und stockend von ihrer Sorge berichtete, schwanger zu sein. Sie fürchtete, dass sie das Kind ihres Peinigers nur hassen könnte. Fünf Monate später kam Elena zur Welt, und Katharinas Mutterinstinkte obsiegten. Sie liebte das Mädchen vom ersten Moment an.

Thomas war doppelt so alt wie die junge Magd; im Herbst plante er, eine kleine Feier zu seinem vierzigsten Geburtstag auszurichten. Er hatte sein Leben Gott gewidmet und dem Herrn ewige Keuschheit geschworen. Die Nähe der jungen Mutter hatte ihn bald in einen Zwiespalt gebracht. Er verspürte eine innige und stets wachsende Zuneigung zu ihr und seit der Geburt vor einem Jahr auch zu ihrem Kind. Während er die kleine Elena jederzeit im Arm wiegen konnte, wagte er es nie, ihre Mutter zu berühren. Aber er rief sie manchmal unter einem Vorwand zu sich, nur um sie in der Nähe zu wissen und ihren betörenden Duft einzuatmen.

Auch fast zwei Jahre nach der Schändung lebte Katharina in der ständigen Angst, dem nie gefundenen Täter wieder zu begegnen. Thomas ging davon aus, dass der Kerl die Gegend längst verlassen hatte, aber Katharina war sich dessen nie sicher. Er hörte regelmäßig, wie sie sich in ihrer Kammer in den Schlaf weinte, und verzweifelte daran, sie nicht tröstend in den Arm nehmen und ihr die Tränen wegwischen zu können. Wenn ihre Schwermut besonders schlimm war und das Weinen nicht enden wollte, setzte er sich auf einen Hocker vor dem Zimmer und wachte über sie. Katharina schlief dann schneller ein, denn in seiner Nähe fühlte sie sich sicher.

Umso größer war ihre Sorge, wenn er sich auf Reisen begeben musste. Und so war es auch heute gewesen. Sie hatte es hinausgezögert, das Essen aufzutischen, hatte ihm Elena gebracht im

76

Wissen, dass er mit dem Kind die Zeit vergaß. Und als die Kleine dann ihre ersten Schritte tat, war es auch wirklich so gekommen. Als er die Kirchturmuhr drei Mal schlagen hörte, war ihm klar geworden, dass er schon lange unterwegs sein wollte. Er war eilig aufgebrochen. Die Nachricht des Fürstabts war so unglaublich wie eindeutig gewesen und ließ nicht zu, dass er sich stark verspätete.

Es konnte jetzt nicht mehr weit sein bis zur Brücke über das Flüsschen Wiese. Thomas kannte den Weg, weil er für Beda Angehrn öfter Aufgaben in Basel zu erledigen hatte. Meist hatte er dann nur eine oder zwei Nächte von Ebringen entfernt verbracht. Dass der Weg nach Basel dieses Mal eine vermutlich weit längere Abwesenheit einläuten sollte, hatte Katharina tief getroffen. Sie hatte ihn gebeten, nicht zu gehen, und sogar einen Moment lang ihre Hand auf seine Brust gelegt, genau auf die Stelle, wo sich der Kreuzanhänger seiner Goldkette unter dem Hemd befand. Errötend hatte sie die Hand sogleich wieder fortgezogen. Seine Haut fühlte sich dort noch immer ganz warm an.

Thomas blinzelte in die Dunkelheit. Waren das Lichter vor ihm? Die einen waren weiter weg und mochten durch Fenster der Horburg dringen, doch zwei andere flackerten näher in der Nacht. Mit jedem Schritt nahm auch ein rauschendes Geräusch an Lautstärke zu, das von dem Flüsschen herrühren musste. Offenbar war er endlich an der Brücke angelangt.

Jetzt sah er es deutlicher: Die Lichter stammten von Laternen. Eine beleuchtete diesseits der Brücke zwei Männer, die zweite befand sich jenseits des Stegs.

»Wer da?«, fragte eine raue Stimme. Sie gehörte einem Hünen von Mann. Im schwachen Schein seiner Laterne und des Mondes konnte Thomas derbe Kleidung mit Lederbesätzen erkennen. Beide Männer hatten Degen an ihren Gürteln befestigt.

»Ein später Wanderer auf dem Weg nach Basel«, antwortete Thomas, ohne den Schritt zu verlangsamen. Instinktiv wechselte er auf die rechte Seite des Pferdes, um die Waffenhand frei zu haben. Was machten diese Männer hier?

»Und wer seid ihr?«, fragte er kühl zurück.

»Sag uns erst deinen Namen!«, befahl der Riese. Er trug einen Vollbart und einen einfachen Hut. Im Gesicht des zweiten, kleiner gewachsenen Mannes erkannte Thomas einen gezwirbelten Schnurrbart und einen Spitzbart am Kinn. Auf seinem Kopf thronte ein Dreispitz mit reichem Federbesatz und aufwendiger Goldborte, auf der sich das Licht der Laterne spiegelte.

Thomas machte vor den beiden mit genug Abstand Halt, um im Notfall seinen Degen ziehen zu können.

»Ich heiße Thomas Selinger, Verwalter in Ebringen im Dienst des Fürstabts Beda Angehrn.«

Die beiden Männer blickten sich an.

»Dann seid Ihr der, auf den wir warten«, sprach erstmals der mit dem Spitzbart. Thomas machte einen elsässischen Akzent in seiner schmeichelnd weichen Stimme aus.

»Ihr habt mir noch immer nicht gesagt, wer mir die Ehre erweist, meine Ankunft hier zu erwarten«, antwortete Thomas vorsichtig.

»Ihr habt doch die Nachricht vom Fürstabt erhalten?«, fragte der elegant gekleidete Mann.

Thomas hörte Schritte von weiteren Stiefelpaaren auf der Brücke. Mit ihnen näherte sich die zweite Laterne.

»Ich bin Magnus von Auenstein«, stellte sich der Spitzbärtige endlich vor und verbeugte sich höfisch. »Der Fürstabt hat uns aufgetragen, Euch aufzusuchen.«

Thomas entspannte ein wenig. »Wieso wartet ihr denn hier auf mich? Ich dachte, wir treffen uns in der Stadt.«

»Wir wollten Zeit sparen«, gab Magnus von Auenstein zurück und kam zögerlich auf Thomas zu. »Lasst mich Euer Pferd nehmen«, bot er seine Hilfe an.

Zwei weitere Männer traten von der Brücke in den Lichtschein der Laterne. Sie trugen dieselbe Kleidung wie die beiden anderen. Beide hatten Degen umgeschnallt, einer hielt zusätzlich eine Muskete im Arm.

Thomas stellte sich zwischen Magnus von Auenstein und den Schimmel.

»Wo ist Euer Fräulein Tochter?«

Von Auenstein zögerte. Für Thomas' Geschmack einen Moment zu lange.

»Sie ... sie ist schon vorausgegangen«, entgegnete er.

Thomas verspürte ein seltsames Gefühl in der Magengegend, als müsse er gleich sauer aufstoßen. Er hatte das öfter, wenn eine Situation sich als unstimmig erwies.

»Wohin ist sie vorausgegangen?«, wollte er wissen.

Magnus von Auenstein lächelte kühl. Er wirkte jünger, als Thomas ihn erwartet hatte. Die Neuankömmlinge blieben am Brückenende stehen. Der mit der Muskete hob seine Waffe langsam an. Und der andere bewegte sich auf Thomas' rechte Seite.

Hier lag eindeutig etwas im Argen! Thomas zog seinen Degen aus der Scheide, gerade noch rechtzeitig, um den plötzlich von Magnus von Auenstein ausgeführten Degenhieb zu parieren. Dann ging alles Schlag auf Schlag. Thomas ließ das Pferd los und sprang einen Schritt zurück, während er den zweiten Angriff abwehrte.

Vier bewaffnete Männer gegen einen. Dazu eine Muskete. Seine Chancen waren gleich null. Auch dem jetzt folgenden Sperrstoß Magnus von Auensteins konnte Thomas seine Klinge noch entgegensetzen, doch in dem Moment bemerkte er, dass der Riese in seine Flanke gelangt war und vermutlich sogleich die ungedeckte Seite attackieren würde.

Es blieb nur eines. Thomas stürmte voraus, direkt auf den Mann mit der Muskete zu. Der ungeschlachte Kerl mit dem Vollbart und der Laterne zog einen Dolch. Noch bevor dieser ganz aus der Scheide war, traf Thomas mit dem hinteren Drittel seiner Klinge den Lauf der Muskete. Sie wurde dem Mann fast aus der Hand gestoßen. Thomas rannte gegen den Musketier an und drückte ihn weg. Hinter ihm durchschnitt eine Klinge die Luft, wo er sich den Bruchteil eines Augenblicks vorher noch befunden hatte.

Der Elsässer rief: »Gabriel!«

»Ja, Baron«, erklang die Antwort des großen Kerls.

Thomas hatte durch den Aufprall nicht nur den Musketier ins Stolpern gebracht, sondern selbst die Balance verloren. Ein neues Zischen erfüllte die Luft hinter ihm, ganz kurz. Thomas spürte sofort, was geschehen war. Eiskaltes Eisen bohrte sich ihm unterhalb des Schulterblattes in den Leib und raubte ihm den Atem. Erst als die Klinge wieder herausgezogen wurde, setzte ein höllischer Schmerz ein, der ihm augenblicklich jedwede Kraft raubte. Thomas stürzte auf die Knie, direkt neben dem Mann mit der Muskete. Es folgte ein Tritt in seinen Rücken, der ihn endgültig fällte. Mit dem Gesicht voran landete er im Dreck. Kräftige Hände packten ihn und drehten ihn brutal auf den Rücken.

»Ich habe ihn erwischt, Baron«, prahlte der Gabriel genannte Kerl. In seiner kratzigen Stimme lag ein unverständliches Amüsement. Seinen Dolch hielt er weiter erhoben. Thomas sah Blut von der dünnen Klinge tropfen. Es war sein eigenes, wurde ihm plötzlich bewusst. Gabriel beugte sich zu ihm herunter, um ihm die Schneide an den Hals zu halten. Dabei rutschte ihm der Hut vom Kopf. Eigenartig. Sein Schädel war verformt, als habe er in einer Schraubzwinge gesteckt.

»Was hat der Fürstabt dir geschrieben?« Magnus von Auenstein tauchte in Thomas' Gesichtsfeld auf. Das war gewiss nicht sein wahrer Name. Der andere hatte ihn Baron genannt. Ein französischer Adliger?

»Woher ... wisst Ihr ...?«, brachte Thomas stockend hervor. Das Reden fiel ihm schwer. Er spürte, wie sein Blut unablässig aus der Wunde strömte.

»Man berichtet uns, wenn Ungewöhnliches geschieht«, verkündete der Baron lächelnd und so sanft wie vor dem Angriff. »Wo habt Ihr den Brief?«

»... ihn ... verbrannt«, log Thomas.

»Hast du das gehört, Gabriel?«, fragte der Baron.

Der Bärtige lachte heiser auf. Etwas stimmte nicht mit der Hand, die den Schaft hielt. Der Zeigefinger war am mittleren Glied abgetrennt.

Ein fehlender Zeigefinger, ein verformter Schädel? In Thomas' gemarterten Geist brach sich eine grauenhafte Erkenntnis Bahn. Dieser Gabriel musste die Bestie sein. Der Kerl, der sich an Katharina vergangen hatte. Es gab keinen Zweifel.

Seine Gedanken rasten. Diese Verbrecher wollten Abt Bedas Brief in die Hände bekommen. Er durfte ihn ihnen nicht geben. Was, wenn sie ihn nicht bei ihm fanden? Würden sie ihn in seinem Haus erwarten? Das durfte nicht sein! Katharina war in Gefahr. Und Elena. Er musste sie täuschen.

»Der Brief ... ist ... hier«, flüsterte er und schlug sich mit der rechten Faust auf die Brusttasche auf der Seite seines Herzens.

Die Verzweiflung weckte ungeahnte Kräfte in Thomas. Sein Körper bäumte sich auf. Mit einer Hand schlug er den Dolch zur Seite. Überrascht von dem Angriff des als wehrlos erachteten Opfers wurde Gabriel gegen seinen Herrn geworfen.

Thomas empfand den körperlichen Schmerz, als er sich hochdrückte und auf die Beine wuchtete, aber sein Geist achtete nicht darauf. Auch nicht auf den Degenschlag, der seine Wade traf. Doch da war er schon in der Höhe des Brückengeländers. Einen Moment flog er, dann tauchte er ins Wasser und verlor jede Orientierung.

Als er wieder Luft im Gesicht spürte, atmete er gierig ein. Aber seine Lungen schienen sich nicht füllen zu wollen. Über ihm erschollen hektische Rufe, wildes Fluchen. Die Strömung schleuderte Thomas unter Wasser mit der Schulter gegen einen Fels, dass ihm fast die Sinne schwanden. Doch ein Donnern holte ihn zurück. Gleichzeitig spürte er einen weiteren Stich im Rücken, aber diesmal war es keine Klinge, sondern eine Kugel aus Blei.

Er war sich auf einmal deutlich bewusst, dass der seidene Faden, an dem sein Leben hing, längst gerissen war.

»Herr, steh Katharina und Elena bei!«, waren seine letzten Gedanken, bevor er das Bewusstsein verlor.

7

Im Palais Rohan zu Straßburg, 12. Juni 1771

Frédéric Martin de Vuillery befahl Gabriel Wüller und seinen Leuten, auf dem Innenhof des Straßburger Palais Rohan zu warten, und trat in das Stadtschloss des Fürstbischofs. Ein livrierter Diener erwartete ihn bereits, um ihn zum Koadjutor zu bringen. Der Baron wunderte sich nur kurz, dass sie die Treppen ins Untergeschoss nahmen. Die Räume der oberen Etagen dienten Repräsentationszwecken und als örtliche Bleibe und Arbeitsstätte für ihren zeitweiligen Bewohner, den Fürstbischof des Bistums Straßburg, Louis César Constantin de Rohan-Guéméné. Der alte Kardinal residierte normalerweise in seinem Schloss in Saverne. Das Stadtpalais nutzte er nur, wenn es Aufgaben vor Ort gab. Es war deutlich kleiner als die Residenz, bot aber dennoch genügend Luxus und Prunk in Form kostbarer Möbel, weicher Teppiche, wertvoller Gardinen und meisterhafter Gemälde.

Der Raum, in den der Diener de Vuillery nun führte, war in einem solchen Umfeld außerordentlich kahl zu nennen. In hohen Schränken lagerten Tischdecken, Bettzeug, Geschirr und Besteck. Auf einem schweren Tisch stand ein Kerzenleuchter, dessen flackerndes Licht über die grob verputzten Wände und die Decke kroch. Ein mit grünem Samt bezogener Sessel mit Fußbank wirkte im Vergleich zu der restlichen Einrichtung fehl am Platz. Darauf thronte sinnierend Louis René Édouard de Rohan-Guéméné, seines Zeichens der Neffe des Kardinals und sein Koadjutor, sein ausgewiesener Nachfolger in Amt und Würden.

Seine in Lackschuhen steckenden Füße ruhten auf der Fußbank. In Händen hielt der Siebenunddreißigjährige einen Glaspokal mit Rotwein, den er nun einem der beiden Diener reichte, die bisher regungslos neben ihm ausgeharrt hatten.

»Ihr könnt gehen«, entließ René Édouard die Bediensteten.

Der Baron verbeugte sich mit gezogenem Hut tief vor seinem Herrn.

»Es ist gut, Frédéric. Ich bestelle Ihn nicht an einen solchen Ort, um die Etikette zu wahren.«

De Vuillery richtete sich wieder auf. Sein Gegenüber war ein mittelgroßer Mann mit einer Vorliebe für die reichhaltige Küche des Elsass, der er seinen Bauch und das füllige Doppelkinn verdankte. Schon früh hatte seine Stirn das weiße Haar zurückgedrängt. Manche sagten, es habe die Farbe vor Gram verloren, dass sein Onkel mit vierundsiebzig Jahren noch immer die Zügel in der Hand hielt, statt endlich zu sterben.

René Édouard war zunächst Priester gewesen und vor Jahren zum Titularbischof geweiht worden. Neben seinen Aufgaben im Dienst seines Onkels kümmerte er sich darum, gefallenen Mädchen den Weg zurück zu Gott zu weisen. Er beauftragte dann den Baron, ein oder zwei zu rettende Seelen ausfindig zu machen und ihm zuzuführen. De Vuillery kannte den Geschmack seines Herrn genau. Bisher war dieser von seiner Auswahl stets angetan gewesen.

»Hat Er den Brief?«, fragte der Koadjutor gereizt.

Die Antwort auf diese Frage hatte den Baron um den Schlaf gebracht. »Ich bitte untertänigst um Verzeihung, Monseigneur. Es war uns nicht möglich, den Brief in unseren Besitz zu bringen.«

René Édouard sprang wütend aus seinem Sessel auf.

»*Merde!*«, brüllte er und versetzte ihm eine schallende Ohrfeige mit der Rückseite seiner Hand.

De Vuillery spürte, wie der Rubinring die Haut auf seiner Wange ritzte. Er widerstand dem Drang, die Hand auf die Stelle zu legen.

Der Koadjutor wandte sich wieder um und trat heftig gegen den Sessel, der polternd an die Wand flog.

Der Baron wusste, dass Besänftigungen oder Erklärungen den Koadjutor nur noch zorniger machen würden. Er blieb still stehen und wartete.

»Warum hat Er mich so enttäuscht?«

»Selinger hat es geschafft, in den Fluss zu springen. Der Musketier hat ihn getötet, aber seine Leiche wurde vom Rest des Pfingsthochwassers zu schnell davongespült.«

»Er ist tot?«, fragte René Édouard lauernd.

»Ja, Herr.«

Der Koadjutor war kein großer Mann, aber überragte Frédéric Martin de Vuillery noch um einen Fingerbreit. Er stellte sich ihm direkt gegenüber.

»Hat Er die Ufer absuchen lassen?«

»Es war Nacht, als wir auf ihn trafen. Ich musste davon ausgehen, dass wir mit einer Suchaktion zu viel Aufmerksamkeit auf uns lenken würden. Darum haben wir erst gestern in der Früh beide Seiten des Ufers bis zur Einmündung in den Rhein abgesucht, ihn aber nicht gefunden.«

»Wieso glaubt Er dann, dass er tot ist?«

»Weil er vor seinem Sprung bereits schwer verletzt war und ich anschließend gesehen habe, wie er von der Muskete getroffen wurde.«

»Wie lange dient Er dem Hause Rohan mittlerweile?«, fragte der Koadjutor auf einmal beiläufig.

»Seit Euer Vater mir vor vierzehn Jahren half, den Landsitz meiner Familie zu retten, Monseigneur.«

René Édouard zog den weggetretenen Sessel zu sich und nahm wieder Platz.

»Seit vierzehn Jahren? Sehr schön. Sag Er mir, hat Er je von der *Légende des Nibelungen* gehört?«

Der Baron kannte die Themensprünge seines Herrn. Er

wusste, dass sie allzu oft dazu dienten, seinem Gegenüber eine Falle zu stellen. Er nahm sich vor, auf der Hut zu sein. Trotzdem musste er antworten. Er hatte irgendwann schon einmal von diesem Lied gehört.

»Ich glaube, mein Großvater hat früher davon erzählt, aber ich fürchte, ich weiß nichts mehr davon.«

»Macht nichts, macht nichts. Er braucht sie gar nicht zu kennen. Es handelt sich ohnehin um eine gottlose Geschichte.«

De Vuillery schwieg, während der Koadjutor ihn nachdenklich musterte.

»In meinem Herzen fühle ich eine herbe Enttäuschung«, sagte er schließlich. »Ist Ihm nicht klar, wie sehr ich Enttäuschungen verabscheue?«

Das war keine Frage, sondern eine Feststellung. Niemand wusste das besser als der Baron. Denn normalerweise war er es, der andere von des Koadjutors Missfallen in Kenntnis setzte und einer gottgefälligen Strafe zuführte.

»Vierzehn Jahre, mein Gott, wie schnell die Zeit vergeht«, sagte René Édouard. »Findet Er nicht?«

»Doch, Herr. Ich habe jeden Tag versucht, Euch treu und ergeben zu dienen.«

»Oh, lieber Frédéric, das weiß ich wohl«, säuselte der Koadjutor. »Ich hätte längst einen anderen Vertrauten, wenn Er sich als unloyal, unwillig oder unfähig erwiesen hätte.«

De Vuillery wollte schlucken, aber sein Mund war so trocken wie verdorrter Acker.

»Ich glaube Ihm, dass Er mich nicht enttäuschen wollte. Ihn trifft damit keine Schuld. Vielmehr denke ich, dass man in diesem Falle mich als den Schuldigen ausmachen sollte.«

»Euch?«

»Mich. Ich habe Ihm vielleicht nicht deutlich genug machen können, von welcher Bedeutung die Erfüllung Seines Auftrags für mich war. Leider ist durch diesen bedauerlichen Fehler eine einfache Mission, die selbst ein Idiot hätte erfüllen können, zu einer weit schwierigeren Aufgabe angewachsen, versteht Er meine Worte?«

Der Baron wusste nichts zu sagen und blieb darum still.

»Das Haus Rohan beherrscht seit Jahrhunderten die Kunst, für Frankreich und den König von größter Bedeutung zu sein.«

De Vuillery nickte.

»Mein Großvater Charles war stets bestrebt, den Ruf und Einfluss der Familie zu stärken«, fuhr der Koadjutor fort. »Vielleicht auch, weil er aus einem Fehler gelernt hat, den er mit sechzehn Jahren beging. Damals traf er mit einem gleichaltrigen Jungen zusammen, der alte Handschriften mit sich führte. Eine davon war die *Légende des Nibelungen*. Wie gesagt, eine gottlose Geschichte aus alten Zeiten, in der ein unermesslicher Schatz eine Rolle spielt.«

»Ein Schatz?«, fragte der Baron, überrascht über die Wendung, die das Gespräch nahm.

»Ein gigantischer Goldschatz, der einst im alten Burgunderreich im Rhein versenkt wurde, sodass ihn niemand finden sollte. Der Legende nach gehörte zu allen Reichtümern auch eine goldene Rute, die mein Großvater unbedingt in seinen Besitz bringen wollte. Die zweite Handschrift des Knaben enthielt eine Beschreibung, wo der Schatz verborgen liegt und wie man an ihn gelangen kann. Mein Großvater gewährte seinem Kameraden großzügige Hilfe zum Heben des Schatzes. Neben seinem Anteil wollte er dafür nur die Rute, an der sein Herz so hing. Doch während sie danach suchten, schickte der Junge die ihm beigestellten Männer in die Irre und verschwand für immer.«

Frédéric Martin de Vuillery sah den Koadjutor mit offenem Mund an. Er konnte nicht glauben, was er hier erzählt bekam.

»Mein Verbindungsmann in St. Gallen informierte mich, dass eine Nibelungenhandschrift aufgetaucht sei, in der es geheime Notizen gebe.«

»Spion« wäre wahrscheinlich die bessere Bezeichnung als Verbindungsmann, dachte der Baron. Für den alten Fürstbischof verdingten sich an vielen Höfen geheime Informanten. Louis René Édouard de Rohan-Guéméné eiferte seinem Onkel nach und hatte seinerseits eigene Spitzel installiert, die ihm verpflichtet waren oder Gegenleistungen für ihre Tätigkeit erhielten.

»Und dieser Magnus von Auenstein, von dem ich Ihm erzählt habe, seine Tochter und der St. Galler Benediktinermönch sind im Auftrag von Fürstabt Beda mit dem Buch aufgebrochen, um eben Thomas Selinger zu treffen, einen alten Freund Beda Angehrns.«

»Ihr wünscht, das Buch in Euren Besitz zu bringen«, stellte de Vuillery fest.

»Erst das Buch, dann den Schatz samt der goldenen Rute. Ich hatte gehofft, im Schreiben des Abts mehr über die Suche zu erfahren. Doch nun müssen wir andere Wege einschlagen.«

»Was sind Eure Befehle?«

»Beschaffe Er mir dieses Buch! Koste es, was es wolle«, entgegnete sein Herr kalt.

Der Baron de Vuillery nickte zwar, hatte aber noch keine rechte Idee, wie er das anstellen sollte. Der Koadjutor hatte das seinem Gesichtsausdruck wohl angesehen, denn er sprach weiter: »Halte Er die Augen und Ohren offen! Die Gruppe um Magnus von Auenstein sollte in Basel auf Selinger warten. Wenn er nicht auftaucht, werden sie sicher ohne ihn aufbrechen. Nach allem, was mir bekannt ist, liegt der Schatz vermutlich in der Gegend von Worms, wo das Volk der Burgunden in der Vorzeit residierte. Ein fettleibiger Mönch, ein Edelmann mit einer Tochter im heiratsfähigen Alter: Die sollten nicht allzu schwer zu finden sein.«

»Ich werde sofort Leute nach Basel senden und zusätzlich einige an allen Straßen nach Norden postieren, Monseigneur«, beteuerte der Baron. »Wir finden diesen von Auenstein.«

»Das will ich Ihm geraten haben, Frédéric.«

8

Am Rhein bei Neuenburg, 13. Juni 1771
Noch acht Tage bis zum längsten Tag des Jahres

W o bleibst du denn?«, rief Frieder Armin ungeduldig entgegen.

»Wir haben den Weidling schon allein beladen«, fügte Ruedi hinzu, der gerade schnaufend die Treppen vom Anlegeplatz hochkam.

»Nur die Ruhe, das kann jedem passieren«, gab Armin zurück.

»Was?«, wollte Frieder wissen.

»Dass man verschläft.«

»Du hast nicht verschlafen«, entgegnete Frieder bestimmt. »Wir waren bei dir daheim.«

»Man kann auch anderswo verschlafen«, erwiderte der Schmied mit einem vielsagenden Grinsen.

Frieder ahnte Übles. »Du sprichst aber nicht von Lina Zahler?«, fragte er.

»Es könnte sein, dass ich mich vielleicht endlich wirklich verliebt habe.«

Ruedi ging zu dem Freund und stieß ihm aufgebracht die Faust gegen die Schulter. »Du weißt genau, dass ihre Brüder dich umbringen werden, wenn sie davon erfahren.«

Armin winkte ab. »Die Kleine kann schweigen wie ein Grab. Und sogar, wenn andere ganz laut quietschen vor Glück, kann sie sich still für sich freuen.«

Ruedi boxte erneut auf die gleiche Stelle, diesmal noch fester als zuvor. Aber sein Schlag prallte an den breiten Schultermuskeln wirkungslos ab. Armin lachte.

»Lasst uns endlich loslegen«, bestimmte Frieder. »Wir haben einiges vor.«

Seit sie ihren Plan gefasst hatten, waren sie an jedem zweiten Tag gemeinsam zum Schürfen ans »Goldufer« gefahren, wie Ruedi den Fundort getauft hatte. Mit Armins Kraft, Ruedis Sorgfalt und Frieders Erfahrung gelang es ihnen, so große Mengen von Sand und Kies zu waschen, dass sie schon bald mit dem Gebiet fertig sein würden und einen neuen Grund suchen müssten. Deshalb hatte Frieder seine beiden Freunde vorgestern allein arbeiten lassen und andere mögliche Fundstellen geprüft. Aber es war wie verhext. Am Goldufer wuschen sie sich reich, doch nur eine Biegung weiter war nicht mehr als die gewöhnlichen paar Flitterchen zu finden.

Frieder hätte die beiden am liebsten jeden Tag bei sich gehabt, weil er noch immer fürchtete, ein Konkurrent könne versuchen, ihnen den Fundort streitig zu machen. Aber Armins Kunden beklagten sich ohnehin schon lautstark, dass es mit den Schmiedearbeiten nicht voranging. Und auch Ruedi konnte die Erledigung seiner Aufträge nicht ewig nach hinten verschieben. So kam es, dass sie sich auf einen zweitägigen Rhythmus geeinigt hatten und mittlerweile dreimal gemeinsam an den Vormittagen auf Goldsuche gewesen waren. Frieder hoffte nur, dass das Wetter hielt, denn er war sich sicher, dass die beiden bei Regenwetter kneifen würden.

Über Nacht waren erste Wolken aus dem Elsass über Fluss und Land gezogen wie Spähtrupps eines Franzosenheeres. Am frühen Morgen hatten sie sich zu breiten Wolkenbändern vereint. Die Momente, in denen man blauen Himmel erkennen konnte, wurden rar. Als die drei Freunde die Hälfte der Strecke zum Goldufer gefahren waren, setzte leichter Nieselregen ein. Frieder bereitete das noch keine Sorgen.

»Ich denke, wir sollten umdrehen«, meinte hingegen Ruedi. Er trug zwar eine von Frieders Wachsjacken, hatte aber keinen Hut dabei.

»Unsinn«, sagte der Goldwäscher. »Das ist doch noch kein Regen.«

»Aber wenn es richtig anfängt, sind wir völlig durchnässt, bis wir wieder zurück sind.«

Frieder wechselte das Thema, indem er Armin fragte: »Du hast dich also wirklich verliebt in Lina?«

Der Versuch zeigte Wirkung. Ruedi richtete seine Aufmerksamkeit ebenfalls auf den jungen Schmied, der sich vorn im Weidling zu ihnen umdrehte.

»Woher weiß man, ob man wirklich verliebt ist?«, fragte er philosophisch.

Frieder wollte zuerst lachen, bemerkte aber dann, dass die Frage ernst gemeint war und es ihm auch gar nicht leicht fiel, selbst eine Antwort darauf zu geben.

»Wenn du immer nur an die Eine denken kannst und alles für sie tun würdest«, schlug er vor.

»Wenn du dir vorstellen kannst, den Rest deines Lebens mit ihr an deiner Seite aufzuwachen«, ergänzte Ruedi.

»Nein, nein, nein«, wiegelte Frieder ab, »nicht, wenn du es dir vorstellen kannst, sondern wenn du es dir wünschst! Dann bist du wahrhaft verliebt. Wünschst du dir das, Armin?«

Der Freund blickte in den Himmel, der seine Pforten zu Frieders Freude nicht weiter öffnete. Nach kurzem Überlegen entgegnete Armin: »Auf der einen Seite ja, aber auf der anderen Seite: Woher weiß ich, dass es nicht noch eine andere gibt, bei der ich mir das noch mehr wünschen würde?«

»Dann bist du nicht richtig verliebt«, befand Frieder.

»Ach, hör doch auf. Woher willst ausgerechnet *du* das wissen?«

»Ich warte einfach auf die Frau, die mein Herz für sich gewinnt und mir das Gefühl gibt, dass ich nie wieder ohne sie sein will.«

»Aber du musst selbst auch etwas dafür tun. Auf dem Fluss beim Goldwaschen wirst du ihr schwerlich begegnen. Oder du, Ruedi, gehst entweder in Klöstern ein und aus oder vergräbst dich in deiner Werkstatt. Wie wollt ihr da eure Frauen kennenlernen?«

Armin hatte recht. Goldwaschen war eine stille, einsame Arbeit. Auf den Rheininseln lief einem keine junge hübsche Frau über den Weg. Frieder ging darum gern abends aus dem Haus. Aber wenn sie sich im Wirtshaus trafen, saßen sie doch meist zusammen am Stammtisch der jungen Männer. Und wenn es zum Tanz ging, forderte er zwar die eine oder andere auf, aber bisher war eben die, die sein Herz höherschlagen ließ, nicht dabei gewesen. Dabei hatte er einiges versucht. Er hatte sich sogar einmal Anna genähert, Ruedis Schwester. Doch Anna wollte mit Frieder immer nur zusammen beten. Als er ihr einmal überraschend einen Kuss gab, hatte sie ihn erbost von sich gestoßen und fortgeschickt. Sie hatten nie wieder ein Wort darüber verloren. Und das war auch gut so. Denn Ruedi witterte überall Gefahren für seine jüngere Schwester. Dass ausgerechnet sein Freund Frieder ihr Avancen gemacht und sie geküsst hatte, wäre in seinen Augen ein Verrat unter Freunden gewesen, den er ihm nie verzeihen könnte.

Frieder war trotzdem fest davon überzeugt, dass er die richtige Frau eines Tages treffen würde. Früher oder später wäre es so weit. Er hoffte nur, dass der entscheidende Moment nicht mehr ewig auf sich warten ließe.

Während Armin wieder von den Vorzügen seiner Lina schwärmte, lenkte Frieder den Weidling sicher durch eine Strömung, die gestern an der gleichen Stelle noch schwächer gewesen war. Der Wasserstand war nahezu unverändert. Wahrscheinlich hatte sich ein Teil des Flussbetts ausgewaschen und vertieft. Jeden Tag konnten sich die Verhältnisse auf dem Rhein ändern.

Oder hatte es in der Nacht flussaufwärts ein Gewitter gegeben, und die Welle eines Starkregens begann, sich durch den Fluss zu arbeiten?

Der Regen wurde etwas stärker, blieb aber gerade noch erträglich. Frieder zog seinen gewachsten Hut tiefer ins Gesicht und stakte trotz Ruedis Protesten weiter. Ein Blick in den Westen ließ ihn hoffen, dass der Regen nicht lange andauern würde. Auf die dunkle Wolke folgte erst einmal wieder blauer Himmel.

Frieder fuhr in einen ruhigeren Nebenarm ein. Nur noch ein kleines Stück, dann konnten sie den Goldherd auspacken und mit ihrer Arbeit beginnen. Drei, vier Stunden konzentrierter Arbeit würden genügen. Dann hätten sie hoffentlich so viel zusammen, dass sie den Obergoldinspektor des Markgrafen bedienen und Ruedis Goldbedarf für seine Klosterarbeiten stillen konnten. Wahrscheinlich behalten wir sogar noch etwas übrig, dachte Frieder.

Natürlich war es in Neuenburg nicht verborgen geblieben, dass Frieder und Ruedi ihrem Freund beim Goldwaschen halfen. Sie hatten rechtzeitig eine Ausrede in die Welt gesetzt, die die Neuenburger ruhigstellte – und den Inspektor dazu. Statt davon zu berichten, dass Frieder eine besonders ergiebige Sandbank gefunden hatte, erzählten sie das Gegenteil. Sie machten den Leuten weis, dass derzeit kaum Gold zu finden wäre und seine Freunde ihm darum halfen, die Forderungen des Obergoldinspektors zu erfüllen.

»He!«, rief Armin von vorn. »Was ist das?« Er zeigte auf ihr Goldufer.

Frieder sah an ihm vorbei. Er hielt die Luft an. Auf der Kiesbank war ein Körper angespült worden.

»Schneller!«, befahl Ruedi aufgeregt. »Vielleicht lebt er noch!«

Frieder jedoch war von dem Anblick wie gelähmt. Fast ebenso hatte er vor neun Jahren seinen Vater aufgefunden, nachdem der wahrscheinlich von französischen Freischärlern erschlagen und beraubt worden war: der Leib regungslos, das Gesicht zum nassen Boden gerichtet.

»Frieder, was ist?«, holte Ruedis Stimme ihn zurück. »Die Stange!«

Frieder bemerkte erst jetzt, dass ihm unbemerkt die Stange durch die Hände geglitten war. Geistesgegenwärtig beugte er sich zur Seite und bekam sie gerade noch zu packen. Er zog sie heran und zurück an Bord.

»Los, bring uns zu ihm!«, rief Armin erneut.

Frieder hatte keine große Hoffnung, dem Mann noch helfen zu können. So steif und aufgedunsen, wie sein Körper dalag, musste er schon einige Tage tot sein.

Endlich kratzte der Boden des Weidlings über Kies. Das Fahrzeug wurde direkt neben der Leiche harsch abgebremst und kam ruckartig zum Stehen.

Armin war bereits an Land gesprungen und zog den Kahn weiter, während Ruedi sich dem Mann zuwandte.

Ruedi blieb ganz still und wartete, bis seine Freunde dazugestoßen waren. Die Jacke des Mannes war am Rücken zerrissen. Im Hemd darunter konnte man eine Einstichstelle erkennen und dazu ein Loch, das von der Kugel einer Schusswaffe verursacht worden sein musste. Ruedi bekreuzigte sich. Frieder und Armin taten es ihm nach. Hier half nur noch beten.

»Dreh ihn um!«, befahl Ruedi.

Armin packte die Leiche an den Schultern und zog sie auf den Rücken.

Der Anblick war grauenvoll. Eine dunkle, leere Augenhöhle starrte ihnen aus weißer, aufgedunsener Haut entgegen. In der anderen befand sich eine trübe Kugel wie bleicher Fischlaich. Ein paar Fliegen stoben von dem Körper auf. Aus dem weit offenstehenden Mund schlüpfte ein kleiner Steinkrebs, der über das Kinn in den Kies kroch.

Ruedi wich würgend vor dem Anblick und dem süßlichen

Verwesungsgeruch zurück. Frieder hörte, dass er sich übergab. Auch Armin war bleich im Gesicht.

Frieder hatte schon öfter Flusskadaver gesehen. Meist Hunde oder Schafe, die im Hochwasser ertrunken waren, seltener Kühe, ein Schwein oder Wild. Einen Menschen hatte er so noch nie vor sich gehabt. Nur seinen Vater, doch der war weder ertrunken, noch hatte er so lange tot im Wasser gelegen. Aber genau genommen war auch dieser Mann nicht ertrunken.

»Er wurde umgebracht und dann in den Fluss geworfen«, schloss er aus den Wunden.

»Wie kommst du darauf?«, wollte Armin wissen und schien froh zu sein, sich statt auf das grauenerregende Gesicht des Toten auf seinen Freund konzentrieren zu können.

»Der Einstich und die Schusswunde. Der Stich zwischen seinen Schulterblättern hat wahrscheinlich die Lunge verletzt. Und der Schuss ist absolut tödlich gewesen. Eine Musketenkugel in die Herzgegend überlebt keiner.«

Frieder begutachtete den Toten.

»Vorn sind keine größeren Wunden zu sehen«, stellte Frieder fest. »Man hat ihm wohl hinterrücks ein Messer in den Leib gerammt. Ich vermute, er ist geflohen.«

»Wie kommst du denn darauf?«

»Der Stich scheint ihn nicht gestoppt zu haben, sonst hätte man ihm nicht noch nachgeschossen.«

Ruedi beruhigte sich etwas. Er lief flussaufwärts und wusch sich den Mund aus.

»Wer war er?«, fragte Armin derweil.

»Der Kleidung nach jedenfalls kein armer Schlucker«, meinte Frieder. »Vielleicht hat er noch etwas in seinen Taschen?«

»Ich fasse ihn nicht an«, winkte Armin gleich ab. Ruedi schüttelte aus der Entfernung den Kopf.

Frieder bückte sich hinunter und vertrieb die bereits wieder auf dem Gesicht gelandeten Fliegen. Er hielt die Luft an, als er die Jacke zur Seite zog und in den Taschen nach den Besitztümern des Mannes tastete. Zuerst kam eine Schnupftabakdose aus Silber zum Vorschein. In das in der Sonne glitzernde Metall waren Pflanzenranken eingraviert, die sich um ein Oval formten, in dem die Initialen *TS* zu sehen waren. Ein zweiter Griff förderte ein Taschentuch aus Damaststoff zutage, es folgten zwei deutlich angefaulte Mohrrüben, die Frieder wegwarf. Beim Aufknöpfen der Weste erspürte Frieder eine Taschenuhr. Er holte sie hervor.

»Er muss wirklich reich gewesen sein«, sagte Armin.

Die Sackuhr war aus purem Gold und mit einer Kette gleichen Materials in der Tasche befestigt. Frieder riss sie ab. Wasser lief aus dem Gehäuse.

»Wenn wir die Uhr schmelzen, haben wir ein Vermögen!«, jubilierte Ruedi aus sicherer Entfernung.

»Wir können die Sachen nicht behalten!«, protestierte Frieder. »Das wäre Raub an einem Toten.«

»Der braucht die Uhr gewiss nicht mehr«, argumentierte Ruedi.

Frieder öffnete den goldenen Deckel und erblickte ein kunstvoll gearbeitetes Uhrwerk. Auf der Innenseite fanden sich die gleichen Initialen wie auf der Schnupftabakdose: *TS*.

»Wir geben die Sachen ab, damit die rechtmäßigen Erben sie erhalten«, sagte Frieder und steckte die Uhr in seine Tasche.

»So machen wir es«, trat ihm Armin zur Seite.

Ruedi gab ein widerwilliges »Natürlich« von sich. Frieder schaute den Vergolder streng an. Er wusste genau, dass Ruedi ein guter Mensch war. Manchmal sah es aus, als sei er nur auf seinen eigenen Vorteil bedacht, aber am Ende zählte für ihn Freundschaft mehr als schnöder Mammon.

»Was machen wir jetzt?«, fragte Frieder, doch da sah er noch etwas. Noch mehr Gold. Der Tote trug eine Kette um den Hals, an der ein daumengroßes Kreuz aus Gold hing. In dessen Mitte befand sich ein großer, dunkler Saphir, umrahmt von einer Vielzahl winziger Diamanten. Um die Kette zu lösen, musste Frieder die Leiche berühren, deren Haut sich wie eingeseiftes Wachs anfühlte. Er wusch Kette und Anhänger in einer Wasserlache neben sich.

»Wir lassen ihn hier«, sagte Ruedi.

»Das können wir nicht machen«, ging Armin dazwischen.

Frieder sah es genauso. »Wir müssen ihn mitnehmen und dem Bürgermeister Bescheid geben. Immerhin ist ein Verbrechen geschehen.«

»Aber ich fahre nicht mit ihm in einem Boot«, beteuerte Ruedi und zeigte auf den Toten.

Letzten Endes tat er es dann doch. Denn die Alternative, sonst allein am Goldufer bleiben zu müssen, fand Ruedi noch weitaus unheimlicher.

Sie schufen im Weidling Platz für den Toten, indem sie den Goldherd ausluden. Sie würden ihn zu einem späteren Zeitpunkt wieder abholen. Frieder und Armin breiteten daraufhin neben der Leiche eine der Wachsplanen aus und rollten den Körper darauf. Sie wickelten ihn darin ein und hievten die Rolle an Bord. Dann fuhren sie wieder los. Auf dem Weg zurück nach Neuenburg fiel kein einziges Wort.

Während Frieder und Armin den Leichnam aus dem Weidling hievten und die Stufen hinaufschleppten, rannte Ruedi los zum Rathaus. Es dauerte nicht lange, bis er mit Franz Ansteller zurückkehrte, der rechten Hand des Bürgermeisters. Im Schlepptau folgten ihnen die ersten Neugierigen.

»Wenn das ein schlechter Scherz ist, dann gnade euch Gott!«, warnte Ansteller vor Eile ganz außer Atem.

Als Antwort zog Frieder die Plane zur Seite. Ansteller erstarrte. Durch die wachsende Menge der Schaulustigen lief ein lautes Raunen. Zartere Gemüter wandten sich ab, während andere bloß kein Detail verpassen wollten.

Der Tote lag auf dem Bauch.

Ansteller betrachtete den starren Körper. »Eine Stichwunde«, murmelte er. »Sieht aus wie von einem Degen. Und ein Einschussloch. Und da ist noch ein Schnitt an der Wade. Dreht ihn um!«

Frieder und Armin rollten den Körper auf den Rücken. Das Raunen brandete ein weiteres Mal auf, als das furchtbar entstellte Gesicht zum Vorschein kam. Ansteller zuckte kurz zurück, klopfte dann aber doch die Taschen des Toten ab, ohne jedoch etwas zu finden.

Auf sein Zeichen hin schlugen Frieder und Armin das Wachstuch zurück über den Körper. Ansteller verpflichtete die am weitesten vorn stehenden Männer, den Toten auf einen gerade eingetroffenen Karren zu heben und zum Rathaus zu transportieren. Dort sollte er für weitere Untersuchungen in einem Kellerraum aufgebahrt werden.

Während die nun murrenden Gaffer arbeiteten, nahm Ansteller Frieder, Armin und Ruedi zur Seite, um das Gespräch ungestört mit ihnen weiterführen zu können.

»Wo genau habt ihr die Leiche gefunden?«, fragte er.

»Sie trieb flussaufwärts in einem ruhigen Rheinarm«, ergriff Frieder das Wort. Das war natürlich zum Teil gelogen. Aber würde der Mann wieder lebendig, wenn er ihren goldreichen Fundort verraten hätte? Nein. Armin und Ruedi sahen das offenbar genauso, denn sie bestätigten seine Worte mit einem eifrigen Nicken.

»Habt Ihr sonst irgendetwas gesehen? Ein kaputtes Boot, weitere Kleidung? Vielleicht irgendwelche Wertsachen?« Die letzte Frage hatte er geflüstert.

»Frieder hat was gefunden«, begann Ruedi. »Eine Dose und …«

»… die Dose habe ich hier«, unterbrach Frieder ihn und zog das Schnupftabakdöschen aus der Tasche. Ansteller nahm es mit einem kritischen Blick in Empfang. Er rieb mit einem Leuchten in den Augen über die glänzende Oberfläche.

»Das ist reines Silber!« Er wog das Döschen in einer Hand.

»Es sind Initialen eingraviert«, bemerkte Frieder. »TS. Das dürfte helfen, herauszufinden, wer er war.«

»Sicher, sicher«, sagte Ansteller und ließ das Silberdöschen in seiner Hosentasche verschwinden. »Sonst noch etwas von Wert?«

Frieder griff wieder in die Tasche, um die goldene Uhr hervorzuholen, aber ein Impuls ließ ihn zögern. Er zog nur das Damasttaschentuch heraus. Die Sackuhr und den wertvollen Kreuzanhänger behielt er samt Kette zurück. Er sah Ruedi an, dass der etwas sagen wollte, aber Armin stieß ihm den Ellenbogen in die Seite, dass dem Vergolder schier die Luft wegblieb.

»Ansonsten hatte er das hier dabei.« Frieder überreichte Ansteller nur das Taschentuch.

Die Nachricht vom Fund der Wasserleiche verbreitete sich in Neuenburg und Umgebung wie ein Lauffeuer. Frieder und seine Freunde wurden dazu von allen Seiten gelöchert. Im Rathaus vom Bürgermeister und dem Amtmann, auf der Straße von Bekannten und Freunden und beim Essen im »Adler« von den anderen Gästen. Alle fragten sich, wer der Tote gewesen sein mochte. Aber die zahlreichen Annahmen und Überlegungen liefen ins Leere. Wessen sterbliche Überreste im kalten Keller unter dem Rathaus warteten, blieb ein Geheimnis. Da er aber ein Herr gewesen sein musste, kündigte der Pfarrer eine Messe für die arme Seele am nächsten Morgen an und äußerte seinen Wunsch, dass Neuenburgs Bürger möglichst vollständig daran teilnehmen sollten.

9

Nachdem sie in Basel angekommen waren, hieß es warten. Der Mann des Fürstabts, der mit ihnen reisen sollte, war noch nicht eingetroffen. Eleonores Vater verlängerte die Zimmer in dem Gasthaus. Nach hinten ging es auf den Birsig, ein stinkendes Flüsschen, in dem Exkremente und Schlachtabfälle entsorgt wurden, nach vorn auf eine belebte Straße mit vielen Geschäften.

Er wäre nicht Magnus von Auenstein gewesen, wenn er die Zeit nicht genutzt hätte. Er war kein unsteter Mann, der keine Ruhe halten konnte, sondern eher so abwägend, dass er gern durch Taten neuen Platz für seine Gedanken schuf. Kaum überlegte er, wie sie am besten weiterreisen sollten, da begab er sich auch schon ins Rathaus, um herauszufinden, wer ihm Auskünfte geben könnte.

Der Rhein war in seinem oberen Lauf, so wie man den nächsten großen Abschnitt bis über Worms hinaus bezeichnete, ein mäanderndes Band sich ständig verändernder Flussarme. Man konnte etwa ab Straßburg durchaus mit größeren Schiffen oder gar Flößen fahren, aber die machten wegen der Schleifen des Flusses und der Notwendigkeit, Lotsen an Bord zu holen, nur wenig Strecke. Viel schneller konnte man vorankommen, wenn man zu Fuß oder gar auf dem Rücken eines Pferdes die Biegungen abkürzte.

Der Vater hatte nicht lange gezögert und bei einem Viehhändler vor den Toren der Stadt die nötigen Pferde erworben: zwei schnelle Rösser für Eleonore und sich selbst und ein flinkes, aber besonders braves Pony für Bruder Melchior, dazu ein Packpferd. Sättel und Zaumzeug, Packtaschen und schließlich Proviant und weitere Ausrüstung für die Reise vervollständigten seine Einkäufe, für die er einen ganzen Tag brauchte. Für Thomas Selinger hatte er kein Pferd gekauft, da Fürstabt Beda angekündigt hatte, dass sein Mann mit einem eigenen Tier ankommen würde. Aber der Mittelsmann blieb weiter aus. Bruder Melchior war besorgt. Er sagte, er habe Thomas Selinger einst als vertrauenswürdigen Mann kennengelernt, der Verabredungen einzuhalten pflege. Als er auch am zweiten Tag nicht auftauchte, sandte der Vater einen berittenen Boten nach Ebringen.

Doch nicht nur Magnus von Auenstein wusste die Wartezeit in Basel zu nutzen. Bruder Melchior saß die Tage mit Eleonore am Tisch in der Stube. Dort arbeiteten sie am Sichtbarmachen der Geheimschrift. Eleonore hatte mehrere Bögen Papier vor sich liegen, ein Tintenfass, Streusand und eine wunderschöne Gänsefeder. Die war so weiß, dass sie blendete, wenn man sie ins Sonnenlicht hielt.

Bruder Melchior träufelte eine milchig wirkende Flüssigkeit aus einer kleinen dunklen Glasflasche auf ein Tuch, mit dem er die Ränder des Pergaments vorsichtig benetzte. Sobald das Blatt wieder getrocknet war, hielt er eine Kerze dahinter. Eleonore erkannte im durchscheinenden Licht verschwommene Flecken, die aber unmöglich zu deuten waren.

»Flamme und Pergament müssen ganz nah zusammengeführt werden, dürfen sich aber nicht berühren. Das wäre das Ende«, flüsterte der Mönch konzentriert, als rede er zu sich selbst. »Wie Liebende, die nicht zueinander dürfen.«

Er hielt die Kerze beängstigend nah an das Pergament heran. Als Eleonore schon befürchtete, das Feuer werde gleich übergreifen, tat die Hitze ihre Wirkung und schärfte die Konturen der Flecken wie von Zauberhand zu säuberlich aneinandergereihten Buchstaben.

Bruder Melchior diktierte ihr die Anweisungen, die er auf den Seiten fand. Denn sobald er die Kerze nur ein Stück wegbewegte, verblassten die rötlichbraunen Lettern ein paar Herzschläge später wieder. Bald sah es aus, als hätte es die Behandlung nie gegeben und die Hinweise ihr Geheimnis nie verraten.

Auf den ersten Seiten stellte sich der Autor der geheimen Schrift vor, ohne Namen oder Rang zu nennen. Er bezeichnete sich als einen Diener Gottes, dem das Schicksal den Weg zu einem Schatz gewiesen habe.

»War er ein Mönch oder Priester?«, fragte Eleonore.

»Weil er sich ›Diener Gottes‹ nennt? Aber auch ein anderer Christ könnte sich so bezeichnen.«

»Vielleicht der Freiherr von Moslehner, in dessen Nachlass ich das Buch gefunden habe?«

Bruder Melchior wiegte den im Kerzenlicht glänzenden Kopf, was seinen ganzen Leib in Bewegung brachte. »Solange der geheimnisvolle Schreiber es uns nicht verrät, können wir nur ahnen, ob er es gewesen ist. Das Gemälde, von dem du erzählt hast, spricht dafür.«

»Und die Zeit. Ihr sagtet, die geheime Schrift könne dreißig bis siebzig Jahre alt sein. Der Freiherr war zweiundsiebzig, als er starb. Wenn er den Hort der Nibelungen mit zwanzig gefunden hätte, würde das passen.«

Bruder Melchior überschlug die Zahlen und sagte: »Ja, trotzdem habe ich meine Zweifel. Hätte man nicht aus dem Fund mehr profitieren müssen, als sein Ende in einem kleinen Anwesen in den Bergen zu verbringen?«

Eleonore hoffte, auf den kommenden Seiten deutlichere Anhaltspunkte auf den Autor zu erhalten. Auf jeden Fall gab er von sich preis, dass er den Schatz in der Nähe von Worms gefunden hatte. Auch er war alten Hinweisen gefolgt, die er aber nicht weiter erläuterte.

»Schreib auf!«, sagte Bruder Melchior, als er das nächste Blatt behandelt hatte. Wort für Wort erschien im Schein der Flamme auf dem Papier. Und Wort für Wort diktierte er Eleonore, die mit vor Aufregung klopfendem Herzen schrieb.

Sei gewarnt, Leser dieser Zeilen, wie ich gewarnt wurde. Die alten Schriften nennen Kriemhild die rechte Gebieterin des Hortes. Wer ihn ganz raubt, muss ihre Rache fürchten wie einst der Schurke Hagen.

»Interessant, interessant«, murmelte der Mönch und bewegte die Kerzenflamme weiter.

Handele weise, und nimm nur mit, was nötig ist. Doch findest du eine Rute aus Gold, so hüte dich davor, dem Schatz sein Herz zu nehmen. Widerstehe der Versuchung, dann wird Kriemhild sich dir gütig erweisen. So stand es in den alten Schriften.

Eleonore merkte, dass sie vor Aufregung vergessen hatte, den letzten Satz zu notieren. Sie holte das schnell nach, während Bruder Melchior in der Mitte des Buches herumblätterte.

»Was ist das für eine Rute, von der er schreibt?«, fragte sie.

Der Mönch reagierte nicht auf ihre Frage. Er überflog ein Stück des sichtbaren Textes, blätterte hektisch und las vor sich hinmurmelnd weiter.

»Hier ist es!«, rief er aufgekratzt. »Die Stelle, an der der Schatz der Nibelungen nach Worms gebracht wird. Zwölf schwere Trosswagen voller Gold und Edelsteine mussten jeweils zwölfmal voll beladen fahren, um alles zu bergen. Es heißt, dass es so viel war, dass man jedem Menschen auf Erden etwas hätte abgeben können, ohne dass der Schatz merklich kleiner geworden wäre.«

Er schaute Eleonore bedeutungsschwer an und zitierte dann die nächste Stelle:

Der Wunsch, der lac dar under:
Von golde ein rüetlîn,
der daz het erkunnet,
der mohte meister sîn
wol in aller werld
ueber einen ietslichen man.

»Verstehst du?«, fragte er und wiederholte den ersten Vers: »*Der Wunsch, der lac dar under.*«

»Der Wunsch, der darunter lag?«, schlug sie als Übersetzung vor.

»Nein, nein, nein! *Wunsch* bedeutet hier mehr, als wir heute darunter verstehen«, erklärte er. »Ein Wunsch ist das stärkste Sehnen, das höchste Streben. Das, was man von ganzem Herzen begehrt, oder anders gesagt: das Kostbarste.«

»Das Kostbarste darunter war eine Rute aus Gold«, versuchte Eleonore es erneut.

Diesmal nickte ihr Lehrer und forderte sie auf, weiter zu übersetzen.

»Wer das erkannt hat, der möchte der Meister sein in aller Welt über einen jeglichen Mann.«

»Gut«, lobte Bruder Melchior, »aber *erkunnet* ist nicht nur erkennen, sondern bedeutet auch erkunden. Richtiger wäre wohl: Wer diese – also die Rute – erkundet, der könnte Herr über jegliche Menschen der Welt sein.«

Er blickte noch einmal in den Text und ergänzte: »Wenn ich darüber nachdenke, kann es kein Zufall sein, dass Rute und Wunsch im gleichen Satz auftauchen. Es muss sich um eine Wünschelrute handeln.«

»Eine Wünschelrute, die ihren Besitzer zum Herrn über alle

Menschen macht«, sinnierte Eleonore. »Die sollte wirklich besser nicht in die falschen Hände geraten.«

Am Donnerstag nahm der Vater Bruder Melchior mit zu einem Besuch in einem der Domherrenhäuser am Münster. Magnus von Auenstein konnte selbst bei einem solchen Abenteuer nicht aus seiner Haut. Er hatte erfahren, dass ein altes Manuskript aufgefunden worden war, und wollte den Mönch als Experten mitnehmen, um es sich anzusehen – und ihm im Anschluss zu verkaufen, wie Eleonore vermutete. Sie sollte zurückbleiben, um die Rückkehr des Boten abzuwarten, den sie nach Thomas Selinger ausgeschickt hatten.

Eleonore war noch nicht lange allein, als jemand an die Tür ihrer Herberge pochte. Es war eben dieser Bote.

Eleonores Anblick ließ den jungen Mann kurz stutzen.

»Ich bringe eine Nachricht für Magnus von Auenstein«, sagte er vorsichtig.

»Mein Vater ist noch unterwegs. Ihr könnt mir die Botschaft ausrichten.«

Er sah sie prüfend an. Sie hatte bereits ihre Reisekleidung und den Degen angelegt, trug die Haare aber noch offen. Sie trat zur Seite, um ihn einzulassen, und bemerkte sein Zögern. Das stammte wohl daher, dass ein Mann sich normalerweise nicht allein mit einer jungen Frau in einem Raum befinden sollte.

»Wir sollten das nicht in der offenen Tür besprechen«, forderte sie ihn auf und wies auf einen der Stühle.

Endlich trat er ein. Er war vielleicht ein oder zwei Jahre jünger als sie und einen halben Kopf kleiner. Die fast schwarzen Haare waren fettig-matt. Auch sein Stoppelbart und der intensive Geruch nach Schweiß und Pferd belegten, dass ihm eine schnelle Überbringung der Nachricht wichtiger war als Reinlichkeit. Staub hatte sich in den Falten seines Rockes festgesetzt. Das

Glas Wasser, das Eleonore ihm am Tisch einschenkte, trank er in einem Zug aus. Sie füllte nach.

»Habt Ihr Thomas Selinger gefunden?«

»Nein, gnädiges Fräulein«, erwiderte er. »Die Haushälterin des Herrn war sehr überrascht über meine Ankunft und Begehr. Ihr Herr sei bereits am Montag aufgebrochen. Sie …«, er zögerte einen Moment, »sie brach in bittere Tränen aus vor Sorge, ihm könne etwas zugestoßen sein.«

»Diese Sorge wächst jetzt auch in meiner Brust.«

»Vielleicht zu Recht. Auf dem Weg zurück nach Basel habe ich einen Pferdewechsel in Neuenburg vorgenommen. Dort haben Goldwäscher heute früh eine Leiche am Rheinufer gefunden.«

Eleonore überkam eine dunkle Vorahnung.

»Es handelte sich wohl um einen Mann, der Schnitt- und Stichverletzungen aufwies und dazu von einer Muskete getroffen worden war. Alle haben davon gesprochen.«

»Aber Ihr wisst nicht, ob das Thomas Selinger war?«

»Nein. Bisher weiß niemand, wer der Tote ist. Ich fragte mich nur …«

»… ob es Zufall sein kann, dass wir jemanden vermissen und dort eine Leiche aufgetaucht ist«, vervollständigte sie den Satz des Boten. Er nickte.

Sie gab dem Jungen einen Gulden extra und wartete auf den Vater und Bruder Melchior, die bald darauf zurückkehrten, noch immer im Gespräch über das Buch vertieft.

»Es muss sich nicht um Selinger handeln«, sagte der Vater, nachdem Eleonore ihm alles berichtet hatte.

»Aber es wäre eigentlich zu viel des Zufalls«, gab Bruder Melchior zu bedenken. »Wenn Thomas lebt, bleibt das Rätsel, wieso er seit Montag verschollen ist. Falls es aber seine sterblichen Überreste sind, die gefunden worden sind …« Er brachte den Satz nicht zu Ende.

Vater half ihm aus: »… dann wäre es wichtig zu erfahren, ob seine Ermordung mit unserer Reise in Verbindung steht.«

Der Mönch nickte eifrig. »Wir müssen unbedingt herausfinden, ob er es war. Wir sollten sofort nach Neuenburg aufbrechen und uns die Leiche ansehen.«

»Ihr kanntet diesen Thomas Selinger gut?«, fragte Eleonore.

»Es ist lange her. Wir waren noch junge Novizen. Aber ich würde ihn jederzeit wiedererkennen. Ich bete, dass der Herr eine andere arme Seele zu sich gerufen hat.«

10

Die Kirche war zum Trauergottesdienst für den immer noch unbekannten Toten gut gefüllt. Der Pfarrer predigte über Leben und Tod, über Gottes Plan und erwähnte auch, dass es bereits das zweite Mal war, dass Frieder Fischer einen Toten am Flussufer finden musste.

Nach dem Kirchgang zog es die meisten Neuenburger normalerweise entweder nach Hause oder die alleinstehenden Männer in die Wirtschaft. Heute war alles anders. Die Leute bildeten vor der Kirche Trauben. Die ernsthaften Gespräche der Älteren drehten sich natürlich weiter um den Leichnam. Die Gruppen der jüngeren Leute zeigten sich hingegen eher dem Leben zugeneigt. So auch die der jungen Männer, zu der sich auch Frieder, Armin und Ruedi gesellt hatten.

Armin schaute schon zum wiederholten Male zu den Jungfrauen. Als auch Frieder hinübersah, konnte er Lina ausmachen. Wann war aus dem ungelenken Mädchen eine so hübsche junge Frau geworden, fragte er sich.

Lina spähte ebenfalls mehrfach in ihre Richtung. Frieder bemerkte ein inneres Strahlen, das von ihr auszugehen schien, wenn sich ihre Blicke mit denen von Armin trafen. Dann wandte sie sich errötend ab.

Ihren Freundinnen war das nicht entgangen. Sie kicherten hinter vorgehaltener Hand.

»Was starrst du die ganze Zeit zu unserer Schwester?« Wilhelm Zahlers Ellenbogen landete schmerzhaft in Frieders Rippen.

»Was soll das?«, protestierte er.

»Ich hab genau gesehen, wie du rübergeschaut hast«, erwiderte Wilhelm. Erhard, sein älterer Bruder, trat ihm zur Seite.

»Was hat er?«, fragte er.

»Er hat Lina schöne Augen gemacht!«

»Also doch!«, rief Erhard entrüstet, und für einen Moment sah es aus, als wolle er Frieder vor den Stufen der Mariä-Himmelfahrtskirche an den Hals gehen. Doch Armin stellte sich zwischen sie. Immerhin.

»Na und, ich habe auch rübergeschaut zu den Mädchen. Und es würde mich schwer wundern, wenn ein Einziger der unverheirateten Kerle hier keinen Blick riskiert hätte.«

Das brachte ihm zustimmendes Murmeln der anderen ein und bremste die Wut der Zahler-Brüder erst einmal aus.

»Wollt ihr meinen Freund Frieder etwa verprügeln, weil er in die Richtung geschaut hat, in der zufällig eure Schwester steht? Denn dann müsst ihr's mir auch geben, weil ich die Lina heute ebenfalls angesehen habe.« Er wandte sich zu den Mädchen, die das Gespräch mit ein paar Schritten Abstand interessiert verfolgten und immer wieder mit Kichern kommentierten. Da Armin den Kopf von ihnen weggedreht hatte, konnten die Brüder nicht sehen, dass er ihrer Schwester zuzwinkerte. Die Mädchen lachten auf.

»Ihr könnt mir wahrlich glauben«, sagte Frieder an die Brüder gewandt, »dass ich trotz der sichtbaren Schönheit eurer Schwester nicht um sie werbe.«

Erhard Zahler wusste offenbar nicht, ob er wütend bleiben sollte. Schließlich gab er seine drohende Haltung auf. Sein jüngerer Bruder senkte ebenfalls den Kopf.

»Ich denke, Wilhelm sollte Frieder ganz offiziell um Verzeihung bitten«, trieb ausgerechnet Armin es auf die Spitze. Frieder musste sich zusammenreißen, um nicht aufzulachen, aber die Nähe der beiden Schläger ließ ihn doch den Ernst der Lage erkennen.

Alle sahen Wilhelm Zahler an, der sich sichtlich unwohl fühlte.

»Jetzt mach schon!«, befahl sein älterer Bruder schließlich.

Es brauchte noch einen grimmigen Blick, dann knirschte Wilhelm ein »Verzeihung« hervor, das kaum zu verstehen war.

»Keine Ursache«, gab Frieder grinsend zurück.

»Los«, kündigte Erhard den Aufbruch an und forderte seine junge Schwester mit einem Wink auf, ihm und Wilhelm zu folgen.

»Alle lachen mich aus wegen euch. Lasst Armin und seine Freunde endlich in Ruhe«, hörten sie Lina noch sagen. Armin beobachtete mit einem verliebten Blick, wie sie sich in Begleitung ihrer Brüder entfernte.

Nach diesem Vorfall lösten sich die beiden Gruppen auf. Die jungen Frauen folgten ihren Eltern, die jungen Männer taten es ihnen entweder gleich oder zogen allein los.

Frieder, Armin und Ruedi wandten sich in Richtung Rhein. Während seine beiden Freunde sich noch über die langen Gesichter der Zahler-Brüder amüsierten, blieb Frieder still. Er hatte nicht gelogen, als er sagte, dass Lina ihn nicht interessiere, aber er wünschte, dass er endlich ein Mädchen treffen möge, das sein Leben auf den Kopf stellen würde. Der Vater hatte das mit Frieders Mutter erlebt, an die Frieder sich kaum noch erinnern konnte. Der dünne Ring aus Rheingold, den er am kleinen Finger seiner rechten Hand trug, war alles, was ihm von seiner Mutter geblieben war. Der Vater hatte als junger Kerl zwei Jahre lang jeden Tag ein paar Flitter zur Seite getan, um ihn seiner Angebeteten zu fertigen und an ihrem sechzehnten Geburtstag zu überreichen. Er hatte sie gefragt, ob sie ihn denn leiden könne und heiraten wolle. Sie hatte beides bejaht, und ihr Vater, Frieders Großvater, hatte der Verbindung der beiden jungen Leute zugestimmt.

Der Vater war Frieders Fragen zur Mutter und ihrem frühen Tod immer ausgewichen. Er hatte nie wieder eine andere angesehen. Sie sei die Eine gewesen, die der Herrgott für ihn bestimmt hatte. Das waren seine Worte. Frieder fragte sich, wo seine eigene »Eine« nur sein mochte. Was, wenn sie an einem anderen Ort lebte? In einem anderen Land? Oder gar auf der anderen Seite der Welt? Wie sollten sie je zusammenfinden?

»Was träumst du?«, unterbrach Ruedi seine Gedanken. »Vielleicht von der Edith? Ich denke, als sie rübergelacht hat, galt das dir.«

»Die Edith?« Frieder schüttelte den Kopf. »Die interessiert mich gar nicht.«

»Aber sie ist sehr weiblich gebaut«, betonte Ruedi mit seinem typischen Grinsen.

Frieder spürte, wie sich seine Nackenhaare aufstellten. Bestimmt ein kühler Lufthauch, dachte er.

»Sie ist ein feines Mädchen, aber ich kann mit ihr nichts anfangen«, entgegnete Frieder leise.

Ruedis feixende Antwort bekam er gar nicht richtig mit. Ein seltsames Gefühl wie von Blicken in seinem Rücken ließ ihn sich umdrehen. Sie hatten die Stadt verlassen und befanden sich auf dem Weg zu Frieders Schuppen und Anleger, um sich dort umzuziehen und den Goldherd zu holen. Der Weg schlängelte sich durch dichtes Gestrüpp, das im Sonnenschein wucherte. Überall stoben Vögel auf, die sich von ihnen gestört fühlten, aber sonst war nichts zu erkennen.

»Warum bleibst du stehen, Frieder?«, fragte Armin.

Statt einer Antwort schloss er wieder zu seinen Freunden auf. Das Gestrüpp wich zurück, der Weg führte auf eine steinige Lichtung, die am Ufer zum Fluss abfiel. Davor stand Frieders Fischerhütte. Hier auf dem Boden hatten sie gestern das Wachstuch ausgebreitet.

Sie zogen sich drinnen um und packten die Sonntagskleidung in die mitgebrachten Taschen, die sie nachher mitnehmen würden.

»Wenn alles gut läuft, sind wir in anderthalb Stunden wieder zurück. Das Mittagsbier im ›Schwarzen Adler‹ geht heute auf mich«, sagte Frieder, als er die Tür zuzog und die Ruderstange für seinen Weidling packte. Armin trug zwei Eisenstangen, Ruedi ein paar Bretter, mit denen der schwere Goldherd sich in den Kahn packen lassen würde, ohne dass sie ihn zuvor zeitaufwendig auseinanderbauen mussten.

»Guten Tag, die Herren.«

Frieder drehte sich erschrocken nach der tiefen Stimme um.

Drei Männer standen auf dem Weg. In vorderer Reihe ein älterer, edel aussehender Herr und ein fetter Mönch, etwas hinter ihnen wartete ein recht junger Kerl, hochgeschossen, aber noch ohne Bartwuchs und mit den schmalen Schultern eines Knaben. Der Mönch trug zwei schwere Ledertaschen über den Schultern und stützte sich auf einen massiven Gehstock.

»Wer seid ihr?«, fragte Frieder erschrocken. Er fasste die lange Ruderstange fester, die er eigentlich zum Weidling bringen wollte. Offenbar hatte ihn vorhin das Gefühl, verfolgt zu werden, doch nicht getrogen. »Und was wollt ihr von uns?«

Armin baute sich zur Vorsicht zu seiner ganzen beeindruckenden Größe auf.

Der ältere der beiden Männer war der Sprecher der Gruppe. Er mochte etwas über fünfzig Jahre alt sein. Er wirkte kräftig und beweglich und konnte mit dem an seinem Gürtel hängenden Degen sicherlich gut umgehen. Der Mönch stellte keine Gefahr dar. Den jungen Kerl, der sich abseits hielt und den Hut tief im Gesicht gezogen hatte, konnte Frieder nicht einschätzen. Allerdings bemerkte er, dass auch dieser mit einem Degen bewaffnet war.

Frieder schoss die Erkenntnis nur so durch den Kopf. Der

Tote hatte eine Stichwunde gehabt. Waren diese Männer etwa seine Mörder? Er blickte sich nach einem weiteren Kerl mit Muskete um, sah aber sonst niemanden. Also drei gegen drei, schätzte er ihre Chancen ab. Im Faustkampf hätte er ein paar Gran Gold darauf gesetzt, dass Armin es mit allen allein aufnehmen könnte. Aber in einem Kampf gegen scharfe Klingen konnten sie nicht gewinnen.

»Mein Name ist Magnus von Auenstein«, sagte der Mann ruhig. »Wir wollen nur mit euch reden.«

»Ich wüsste nicht, worüber.«

»Man sagt, drei Männer aus Neuenburg hätten gestern einen Toten gefunden. Die Beschreibung passt auf euch.« Der junge Mann trat vor, bis er neben dem Mönch stand – und damit Frieder direkt gegenüber. In seinen Bewegungen spiegelten sich mehr Kampferfahrung und Selbstsicherheit, als man von einem Knaben erwarten mochte. Die rechte Hand ruhte auf dem Knauf des Degens.

»Die Beschreibung passt auf uns? Wie beschreibt man uns denn?«, fragte Ruedi kühl.

»Ein Esel, ein Bulle und ein Bock«, sagte der junge Kerl und lachte. Er hatte eine markante, wohlklingende Stimme. Und obwohl man seine Worte und das Lachen eigentlich als eine Beleidigung verstehen musste, spürte Frieder, wie sich seine Mundwinkel nach oben bewegten.

»Leo!«, mahnte der ältere Mann. »Also: Seid ihr die drei, die den Toten gefunden haben?«

»Und was, wenn wir es sind?«, entgegnete Armin.

»Dann haben wir eine Frage an euch.«

»Dann fragt.«

»Vor mehreren Tagen sollte in Basel ein Mann namens Thomas Selinger zu uns stoßen, der aber nicht eingetroffen ist. Nun fürchten wir, dass er der hier angespülte Tote sein könnte«, sagte der ältere Mann.

Frieder entspannte sich etwas. Er zweifelte, dass die wahren Mörder ihnen eine solche Geschichte aufgetischt hätten. Trotzdem blieb er vorsichtig. »Er dürfte wohl in Ihrem Alter gewesen sein und seine Kleidung war wie Ihre – feiner und teurer, als wir einfache Leute sie uns leisten können«, erklärte er.

Der ältere Mann nickte.

»Wenn Ihr mehr wissen wollt: Der Tote ist im Rathaus aufgebahrt«, sagte Ruedi und zeigte Richtung Stadt.

Doch Magnus von Auenstein ließ sich nicht so einfach abwimmeln. Er fragte: »Wir hörten, dass der von euch gefundene Mann keines natürlichen Todes gestorben sei. Was für Wunden wies sein Körper auf?«

»Einen Einstich und eine Schusswunde. Beides im Rücken. Und man fand beim Untersuchen auch einen Schnitt in der Wade. Wohl von einem Degen.«

»Dann wurde er hinterrücks ermordet?«, fragte der Mönch sichtlich bewegt.

»So ist es«, antwortete dieses Mal Armin, weil Frieder schwieg.

Frieder musterte den jüngeren Kerl genauer, den der andere Leo genannt hatte. Je genauer er ihn betrachtete, umso mehr wuchs seine Verwunderung. Etwas stimmte nicht mit diesem Leo. Aber Frieder konnte sich keinen Reim darauf machen, was es sein mochte.

»Was starrst du so?«, blaffte der Kerl ihn an und umfasste den Griff des Degens, als wollte er ihn gleich ziehen.

»Leo!«, kam umgehend eine erneute, schärfere Mahnung von Magnus von Auenstein.

Frieder trat einen Schritt auf den anderen zu. Sie waren etwa gleichaltrig. Dieser Leo zog die Klinge ein Stück aus der Scheide und starrte ihm feindselig entgegen.

»Frieder, was ist los mit dir?«, drang Armins Stimme an sein Ohr.

Er antwortete nicht, sondern hielt seinen Blick befremdet auf diesen jungen Mann gerichtet. Er konnte einfach nicht greifen, was genau ihn an seiner Erscheinung störte. Es fühlte sich ungefähr so an, als hätte er ein Wort auf der Zunge, ohne es aussprechen zu können.

11

Am Rhein bei Neuenburg, 14. Juni 1771
Noch sieben Tage bis zum längsten Tag des Jahres

Der Bursche, den sein großer Freund eben Frieder genannt hatte, fixierte sie weiterhin unverhohlen. Eleonore strafte ihn mit ihrem erbittertesten Gesichtsausdruck. Sie zog ihren Degen drohend ein weiteres Stück hervor und atmete fauchend aus.

Sie waren gestern erst bei Einbruch der Dunkelheit in der Gegend angekommen. Grund für die Verzögerung waren Bruder Melchiors mangelhafte Reitkünste. Sein Pony hatte den zögerlichen Mönch so lange zum Narren gehalten, dass Eleonore mit ihm die Pferde wechseln musste. Doch auch auf dem großen Tier hatte er ständig geklagt. Wegen Schmerzen im Gesäß oder einem Krampf im Oberschenkel mussten sie auf ihrem Ritt mehrfach längere Pausen einlegen. Auf einem Bauernhof vor der Stadt hatten sie spät eine äußerst einfache Unterkunft gefunden. Schon heute früh plagte den Mönch ein so heftiger Muskelkater, dass er nicht mehr auf einen Pferderücken zu bekommen war. Darum waren sie jetzt zu Fuß unterwegs. So hatten sie den drei Männern, zu denen die Beschreibung passte, von der Kirche aus hierher folgen können. Sie waren mit dem Sonntagsstaat in der Hütte verschwunden und bald darauf in Alltagskleidung wieder herausgekommen.

Dieser Frieder war ein stattlicher Mann in ihrem Alter. Das Leinenhemd, auf dem sich ein paar Dreckspritzer befanden, ließ einen drahtigen Oberkörper erahnen. Seine Hüften waren schmal, die leichten O-Beine steckten in einer einfachen Hose und von den Füßen bis zu den Knien in schweren, glänzenden Lederstiefeln. Starke Hände hielten eine Ruderstange, die noch mal einen Schritt länger war als er selbst.

Der zweite war fast ein Riese. Einen ganzen Kopf größer als Frieder und gebaut wie ein Stier. Blonde Locken krönten das gebräunte Gesicht. Er hielt seit Beginn ihrer Begegnung zwei sehr schwer aussehende, dicke Eisenstangen im Arm, als sei das nichts. Der dritte im Bunde war eher schmächtig als imposant. Der kleinste der Männer behielt die Lage mit wachem Blick im Auge. Seine Hände wirkten so zartgliedrig und zierlich, dass sie eher zu einer Frau passen würden.

»Frieder? Was ist mit dir?«, wiederholte der Riese. Das riss den Angesprochenen aus seiner Trance. Er trat wieder nach hinten, und Eleonore stieß ihren Degen hörbar in die Scheide zurück.

»Wisst ihr, was der Mann bei sich trug? Weiß man, wer er war?«, fragte Bruder Melchior mit zitternder Stimme.

»Er hatte eine Schnupftabakdose bei sich«, antwortete Frieder. Er schaute erneut zu Eleonore, wandte sich aber schnell wieder ab wie ein schüchterner Knabe beim Tanzabend.

»Es waren Initialen eingraviert, ein T und ein S.«

Bruder Melchior wankte, als sei er geschlagen worden.

»Dann ist er es?«, fragte der Vater den Mönch.

Statt einer Antwort fragte er diesen Frieder: »Was hatte er sonst dabei?«

»Nur ein Damasttaschentuch.«

»Hatte er keine Kette?«

Der junge Mann blickte zu seinen Freunden.

»Euer Schweigen ist mir Antwort genug«, sagte der Mönch. »War ein goldenes Kreuz daran mit einem blauen Stein?«

Frieder nickte.

»Wo ist sie? Habt ihr sie genommen?«

»Nicht, um uns zu bereichern«, schoss es aus Frieder heraus. »Ich werde die Sachen den rechtmäßigen Erben aushändigen.«

Doch das schien Bruder Melchior nicht einmal mehr zu hören. Er taumelte, als raube die Gewissheit ihm die Kraft. Der Vater stützte ihn. Und auch Eleonore machte besorgt einen Schritt auf ihn zu.

»Vielleicht war Selinger einfach nur dumm und wollte nicht tun, was besser gewesen wäre für ihn«, erscholl eine markante, kratzige Stimme hinter Eleonore. Sie schnellte erschrocken herum und sah drei weitere Männer vom Weg durch das Gestrüpp auf die Lichtung treten.

Der Sprecher war ein beeindruckend groß gewachsener Mann mit rohen Augen und dunklem Bart. Seine beiden Begleiter trugen ganz ähnliche Kleidung wie er: Stoffhosen mit verstärkten Schenkelseiten und Applikationen auf den Knien, schwarze Stiefel und eine enganliegende, ebenfalls aus geschwärztem Leder gefertigte Jacke über einem hellgrauen Hemd mit hochgestellten Kragen. Am Dreispitz des Sprechers steckte eine stark beschädigte Feder. Er zog in diesem Moment ein langes, dolchartiges Messer. Einer seiner Begleiter hielt einen Degen, der dritte Kerl zielte mit dem Lauf seiner Muskete auf Eleonore.

Sie brauchte einen Augenblick, um sich auf die neue Situation einzustellen und die Worte des Mannes zu begreifen. Hatten sie hier die Mörder von Thomas Selinger vor – oder besser hinter sich?

Offenbar war das genau der Schluss, zu dem Bruder Melchior gekommen war. »Warum habt ihr ihn getötet?«, fragte er schwer atmend.

»Wie gesagt, er wollte nicht mit uns zusammenarbeiten. Sein Tod war jedoch gewissermaßen ein Unfall, wenn Euch das tröstet.«

Eleonore versuchte, die Hand unauffällig zurück zu ihrem Degen zu führen.

»Lassen Sie das, Mademoiselle«, rief der ungeschlachte Hüne.

»Mademoiselle?«, stieß dieser Frieder aus. »Mademoiselle!«,

wiederholte er. Offenbar hatte er jetzt erkannt, dass sie kein Junge war. Eleonore warf ihm einen kurzen, gereizten Blick zu.

»Wir hatten gedacht, Selingers Brief von euch zu bekommen«, fuhr der Große fort. »Aber das ist ja jetzt egal. Überlasst uns das Buch, dann könnt ihr alle eurer Wege gehen, ohne zu enden wie dieser arme Teufel.«

»Ihr seid zu dritt, und wir sind zu dritt«, gab sich der Vater stur.

Eleonores Rechnung sah etwas anders aus. Die Muskete verschaffte den Gegnern einen deutlichen Vorteil. Und der Mönch zählte sicher nicht als Kämpfer.

»Zu sechst«, sagte Frieder auf einmal und trat an ihre Seite. Er hielt seine lange Ruderstange als Waffe vor sich.

»Aber die wollen doch gar nichts von uns«, murrte der Kleinste der Neuenburger, während sich der blond gelockte Stier mit seinen schweren Eisenstangen neben seinem Freund aufbaute.

Die Angreifer zögerten einen Moment, dann blitzte in den Augen des Sprechers ihrer Gegner eine Flamme auf, die Eleonore bestens zu lesen wusste. Sie zog den Degen gerade noch rechtzeitig, um seinen Angriff mit dem langen Dolch klirrend abzuwehren. Der Kampf hatte begonnen. Ein Kampf auf Leben und Tod!

Ihre ganze Konzentration war auf den Anführer gerichtet, der nicht nur schnell und gezielt attackierte, sondern auch erstaunliche Kraft in seine Hiebe zu legen verstand. Den Schlag von rechts lenkte sie ab, dem von links wich sie aus und ging selbst zum Angriff über. Ihr Degen wurde beim Stichversuch von der Waffe des zurückweichenden Mörders abgelenkt. In diesem Moment fiel ein Schuss wie ein Donnerschlag. Eleonore wich alarmiert zurück. Den Lärm der aufeinandertreffenden Klingen des Vaters und seines Gegenübers vernahm sie nur noch dumpf, als habe man ihre Ohren mit dicken Verbänden umwickelt. Ein lautes Pfeifen setzte ein. Mit einem kurzen Blick stellte sie fest, dass niemand zu Boden gegangen war. Der Schütze musste in der Aufregung sein Ziel verfehlt haben.

Diesen Moment ihrer Unaufmerksamkeit nutzte wiederum ihr Kontrahent aus. Sein scharfes Messer schnellte hoch und auf sie zu. Es war zu spät. Sie riss ihre Waffe zwar empor, aber der eiskalte Stahl würde sie vorher treffen.

Es hieß, dass das Leben zum Zeitpunkt des Todes noch einmal an einem vorbeirase. Eleonore erlebte nun genau das. Die Zeit fühlte sich an, als habe eine höhere Macht sie angehalten. Sie sah ihre Mutter vor sich, ihr liebevolles Lächeln, den Glanz in ihren Augen. Sie erinnerte sich bildhaft, wie sie zu Grabe getragen wurde. An diesen Tag hatte sie seit Jahren nicht mehr gedacht. Immer weitere Momente tauchten vor ihr auf, Ausschnitte ihres Lebens, die wie zufällig von Blitzen erhellt wurden. Das gebrochene Kutschenrad auf der ersten Reise mit dem Vater. Die Lektionen im Fechten, die sie von Silvio Emilio Tedesci erteilt bekommen hatte. Das Gesicht Marias, der Tochter eines Schweizer Tuchhändlers. Den Schrecken, als ihr Lastpferd in den Dolomiten abstürzte und sie beinahe mitgerissen hätte. Wie sie mit vierzehn Jahren in der Kammer eines Wirtshauses vom Druck eines Kissens in ihr Gesicht erwacht war, während eine fremde Männerhand unter ihr Nachthemd fuhr. Sie erinnerte sich an Giuseppe, einen kleinen, räudigen Straßenköter, der sich ihnen für ein paar Wochen angeschlossen hatte. Und sie sah das Buch – den Moment, als sie den doppelten Boden im Schrank entdeckt hatte und es aus seinem Schutz wickelte. Sie spürte dem Gefühl nach, dass dieser Fund ihr Leben prägen würde.

Doch jetzt ging es zu Ende. Ihre Waffe kam zu spät, um die Klinge des Mörders zu parieren, die unweigerlich weiter auf ihren Körper zuraste.

Und während sie all das dachte, nahm sie wahr, dass es beim Gestrüpp hinter ihren Angreifern zu weiterer emsiger Bewegung kam. Mehr Männer näherten sich, gekleidet in die gleiche Uniform, die der Riese vor ihr trug. Damit schwand auch die letzte Hoffnung.

Mit dieser Erkenntnis rückte die Zeit zurück in ihre normale Geschwindigkeit. Ihr Degen kam wirklich zu spät, aber die Klinge vor ihr verschwand auf einmal. Eine lange Holzstange war erstaunlich heftig vorgeschnellt und traf den Waffenarm ihres Gegners. Das lenkte die Klinge so weit ab, dass der Dolch ins Leere ging. Eleonore sprang zurück an die Seite von Frieder, der seine Stange zurückzog und für einen neuen Angriff vorbereitete. Dabei brüllte er wütend wie ein Tier. Ihr Gegenüber war nur kurz verwundert und griff sofort wieder an. Diesmal wehrte sie seinen Hieb mit Leichtigkeit ab.

Der Vater brachte derweil seinen Gegner in die Defensive, was Bruder Melchior nutzte, um diesem den Knauf seines Gehstocks gegen das Knie zu donnern. Er sank zusammen, und der Vater versetzte ihm einen Stich in die Schulter.

Auch der Mann mit der Muskete ging zu Boden. Frieders großer Freund landete mit der schweren Eisenstange einen Treffer in dessen Gesicht. Mit lautem Knacken brach der Kiefer. Frieders dünner Freund klaubte derweil die großen Kiessteine vom Boden auf, mit denen er mit erstaunlicher Wucht und Präzision die Neuankömmlinge auf Abstand hielt.

Der Riese hingegen gab nicht auf. Er startete einen neuen Angriff, diesmal auf Frieder. Eleonore ging mit ihrer Klinge dazwischen. Endlich zog er sich zurück, weil nun auch der Vater gegen ihn vorrückte. Ein Stein traf seinen Hut und riss ihn ihm vom Kopf. Eine seltsame Verformung wurde sichtbar, als habe ihm ein schweres Tier auf dem Schädel gestanden. Dann wich er weiter zurück.

Aus dem Wald drang ein Befehl auf Französisch zu ihnen: »*Mousquets, en avant!*«

Sie haben noch mehr Musketen, dachte Eleonore verzweifelt.

»Wir müssen weg!«, brüllte Frieder. »Los, mir nach!«

Er sprang die grob ins Ufer gehauenen Stufen hinab in Richtung des Flusses. Dort lag ein langer, flacher Kahn an einem kurzen Anleger.

»Bring Bruder Melchior hinunter«, befahl Vater ihr. »Ich komme gleich nach.« Dann wandte er sich an den Kerl, der so gut werfen konnte, und sagte: »Wir müssen den Rückzug decken.«

Frieder löste bereits das Seil, und sein starker Freund schob die Nase des Kahns vom Ufer ganz ins Wasser.

»Schnell, steigt ein, wenn euch euer Leben lieb ist!«, rief Frieder.

Der dünne junge Mann sammelte mehr der hühnereigroßen Kiesel auf und feuerte sie in Richtung der Gegner. Es mussten mindestens sieben oder acht sein, die sich in den Schutz des Gebüschs zurückgezogen hatten. Aber gegen die Musketen, die gerade geladen wurden, würden seine Steinchen nichts ausrichten können.

»Papa, komm schon!«, rief Eleonore.

»Bring den Bruder in Sicherheit!«

»Nein, lass mich! Ich prügele diesen Mördern ihre dunklen Seelen aus dem Leib!«, brüllte der Mönch. Eleonore ergriff seine Hand und zerrte ihn die Treppe hinab. Sein Widerstand hielt sich in Grenzen. Er war ohnehin schon außer Atem.

»Ruedi, ihr könnt kommen!«, brüllte jetzt auch Frieder.

Als Bruder Melchior mithilfe des großen Blonden in den Kahn sprang, wackelte das Gefährt bedenklich. Einen Moment später landete auch Eleonore auf den Planken. Sie drehte sich nach dem Vater um, der nun mit eingezogenem Kopf zu ihnen heruntergerannt kam. Plötzlich durchschnitt ein zweiter Schuss die Luft.

Jubel gab es keinen. Stattdessen sah sie den Steinewerfer, der sich auf der obersten Stufe noch einmal umdrehte und seine letzte Munition verfeuerte. Dann stürmte er dem Vater nach. Während sie zum Anleger liefen, stieß Frieder die Stange bereits mit voller Kraft in den Boden und drückte sie vom Ufer weg.

»Nein, mein Vater fehlt noch!«, rief Eleonore ihm zu. Doch das war unnötig. Der Kahn setzte sich nur mit einiger Verzögerung in Bewegung. Trotzdem mussten der Vater und der Werfer schon ein Stück weit an Bord springen.

»Zu Boden, sonst kentern wir!«, befahl Frieder auf das heftige Wackeln des Kahns hin.

Bruder Melchior brauchte keine weitere Aufforderung. Er ließ sich sofort auf das nächste Sitzbrett sinken. Eleonore ging zugleich in die Hocke, wie alle anderen auch. Nur Frieder blieb aufrecht stehen und trieb mit vor Anstrengung gerötetem Kopf die Stange in den Boden unter dem sich wieder stabilisierenden Kahn. Der Abstand zum Ufer wuchs nur quälend langsam.

Mit wütendem Kampfgeschrei stürmten nun die uniformierten Männer zum Wasser. Der Vorderste glaubte, sie noch einholen zu können, und sprang vom Ende des Anlegers. Für einen Moment sah es aus, als könne er sie erreichen, aber er stürzte dann doch ein Stück davor in den Fluss. Nahe genug allerdings, dass Eleonore Spritzer von seiner Landung abbekam.

Oben tauchte ein weiterer Mann mit einer Muskete auf. Ein anderer schob ihn zur Seite. Er war gekleidet wie ein Edelmann, hatte einen gezwirbelten Schnurr- und einen Spitzbart und trug einen gefiederten Dreispitz nach neuster Mode. Er stellte einen Fuß affektiert vor, während er eine Pistole hob, ein Auge zukniff und in ihre Richtung hielt. Eleonore sah die Flamme aus dem Lauf der Waffe dringen, bevor sie den Knall hörte. Frieder gab einen lauten Schmerzensschrei von sich.

12

Auf dem Rhein, 14. Juni 1771
Noch sieben Tage bis zum längsten Tag des Jahres

Es fühlte sich an, als habe ihn eine Schlange ins Ohr gebissen. Schlimmer als der Schmerz traf ihn der Schrecken, der beinahe dazu geführt hätte, dass ihm die Ruderstange entglitten wäre. Rund zehn Männer standen dort am Ufer an seinem Anleger. Der Mann mit der Pistole verschwand, dafür trat der Musketier vor. Er legte an.

»Achtung! Duckt euch!«, befahl Frieder. Nur einen Moment später drückte der Schütze ab – und verfehlte. Unter Frieders Ruderstößen und mithilfe der Strömung waren sie schon zu weit entfernt.

Frieder strengte sich unter einem heftigen Pochen an seiner Ohrmuschel an, die Distanz zwischen ihnen und ihren Feinden weiter zu erhöhen. Er spürte warme Flüssigkeit an seinem Hals. Dann bemerkte er, dass alle Gesichter im Kahn auf ihn gerichtet waren. Der Mönch rief ihm irgendetwas zu. Der Sinn der Worte drang nicht an ihn heran. Armin war auf einmal an seiner Seite und nahm ihm die Stange ab.

»Setz dich!«, befahl er. Und irgendwie kam das keinen Moment zu spät, denn auf einmal fühlten sich Frieders Knie ganz weich an, und er sank zu Boden, wo er in ein Paar Augen blickte, aus denen Sorge sprach. Junge? Frau?

»Du bist wohl ein Glückskind«, sagte sie mit ihrer tiefen, samtenen Stimme. »Hörst du mich?«

Frieder nickte. Glückskind. Das hörte ein Goldwäscher gern.

Aber im Moment fühlte er sich gar nicht als ein solches. Wohinein waren sie hier nur geraten?

»Du ... du bist eine Frau«, bemerkte er stockend.

»Ich dachte, das wäre mittlerweile klar.«

»Wer seid ihr überhaupt? Und ... warum wollen die ... euch umbringen?«

Schon das Reden fiel ihm schwer. Statt einer Antwort sah sie zum Ufer. Er folgte ihrem Blick. Zwei Männer blieben am Anleger zurück, die anderen beeilten sich, die Böschung hochzulaufen.

»Ich denke, sie wollen andere Boote suchen, um uns zu verfolgen«, sagte sie. »Wir sollten zusehen, dass wir schnell außer Sicht gelangen!«

»Wie geht es Frieder?«, fragte Armin besorgt vom Steuer.

»Ein Streifschuss am Ohr. Nichts, was ihm gefährlich werden kann.«

Sie untersuchte die Wunde genauer, kam ihm dabei ganz nah. Wie hatte er sie nur je als Mann wahrnehmen können. Sie war eindeutig ein Mädchen. Diese Augen, die zarten Lippen und die Haut, die so weich wirkte, dass er ihr am liebsten mit der Hand über die Wangen gestrichen hätte. Dazu ging von ihr ein Geruch aus, der an eine Wiese voller blühender Frühlingsblumen erinnerte. Frieder konnte seine Augen nicht von ihr abwenden.

Sie kramte ein weißes Tuch aus ihrer Tasche, faltete es und presste es ihm ans Ohr. Dass er heftig zusammenzuckte, lag weniger am stechenden Schmerz als an der Berührung.

»Tut es sehr weh?«, fragte sie.

»Ja!«, gab Frieder zurück und hoffte, dass ihre fürsorgliche Hand noch lange an seinem Kopf verharren würde.

Mit der anderen ergriff sie Frieders Hand. Ein Ruck fuhr durch seinen Körper.

»Hab dich nicht so. Sonst denkt irgendjemand noch, *du* wärst das Mädchen von uns beiden«, sagte sie amüsiert.

Frieder bemerkte nun, dass sie seine Hand gar nicht halten wollte, sondern nur zum Taschentuch auf seinem Ohr führte.

»Press das fest gegen die Wunde, bis die Blutung aufhört!«, riet sie ihm.

Damit wandte sie sich an den älteren Mann, der ihren Worten beim Einsteigen nach ihr Vater sein musste.

Frieders Sinne waren gerade einzig auf sie konzentriert gewesen, doch jetzt weiteten sie sich wieder und nahmen auf, was um ihn herum geschah: das Wackeln des Weidlings, der tief in der Strömung lag, die hochstehende Sonne, ein Durcheinander von Stimmen. Ruedi spornte Armin an, schneller zu machen. Armin schimpfte zurück, dann solle er selbst das Ruder übernehmen. Der Mönch und der Vater des Mädchens diskutierten, wer die Angreifer gewesen sein könnten. Der Mann nannte seine Tochter Leo. Was für ein eigenartiger Name für eine Frau.

»Auf jeden Fall wissen sie Bescheid«, sagte sie.

»Bescheid worüber?«, schaltete sich Frieder in das Gespräch ein und setzte sich weiter auf. »Was, um Himmels willen, ist hier los?«

Auf seine Worte hin wurde es still auf dem Kahn.

»Wer seid ihr überhaupt?«, fragte Frieder, weil er die entstandene Pause als unangenehm empfand.

»Mein Name ist Magnus von Auenstein und …«

»Das haben Sie vorhin schon gesagt, bevor Sie uns in diese Bredouille gebracht haben«, fiel ihm Frieder ins Wort.

Der Mann gebot ihm mit einem Wink zu schweigen.

»Meine Tochter Eleonore«, stellte er seine Begleiter weiter vor. »Sie tritt auf unseren Reisen als junger Mann auf, und wir nennen sie Leo. Das ist ungefährlicher, das versteht ihr doch sicher? Und das schließlich«, fuhr er fort und zeigte auf den Mönch, »ist Bruder Melchior, der zur Fürstabtei St. Gallen gehört. Ich vermute, du bist Frieder Fischer?«

Die Frage war an ihn gerichtet. Er kam sich ein wenig seltsam vor, wie er noch immer das Taschentuch auf sein pochendes Ohr hielt.

»Woher wisst Ihr das?«

»Man sagte uns, dass der Goldwäscher Frieder Fischer den Toten gefunden habe. Zusammen mit Armin und Ruedi.«

»Ich bin Armin«, erklärte der Schmied.

»Und ich Ruedi. Aber das konntet ihr euch jetzt sicher schon denken.«

»Ich danke euch allen dreien für eure Hilfe. Ohne euch würden jetzt wahrscheinlich unsere Leichen ebenfalls im Rhein treiben«, sagte Magnus von Auenstein.

Das brachte Frieder dazu, sich nochmals zu seiner Anlegestelle umzusehen. Die beiden verbliebenen Männer waren nur noch winzig zu erkennen. Armin hatte den Weidling in die Hauptströmung gesteuert, die den Kahn schnell mit sich forttrug. Gleich würden sie an der nächsten Kurve ganz außer Sicht geraten.

»Frieder«, rief Armin erschrocken. »Ich fühle keinen Grund mehr.«

Frieder nahm das Taschentuch vom Ohr. Die Blutung hatte schon stark nachgelassen. Er übernahm den Ruderstab von seinem Freund. Der klopfte ihm anerkennend auf die Schulter.

»Ich bin froh, dass sie nur dein Ohr getroffen haben«, sagte er.

»Und ich erst.«

Der Wechsel am Ruder kam gerade zur rechten Zeit, denn der Fluss war hier weit stärker befahren als im vorigen Abschnitt. Frieder wich zwei Booten aus, deren Besatzungen ein Netz zwischen sich ausgeworfen hatten. Er kannte einen der Fischer und winkte ihm zu. Dann lenkte er den Weidling aus dem tiefen Wasser, hielt ihn aber in der Strömung.

»Was machen wir jetzt?«, fragte er nach vorn. »Soll ich euch hier irgendwo an Land absetzen?«

»Ich glaube, du bist dir über den Ernst der Lage nicht im Klaren«, erwiderte Magnus von Auenstein. »Diese Kerle sind nicht verschwunden. Du kannst uns nicht einfach an Land absetzen. Wahrscheinlich warten sie da schon.«

»Wollt ihr mit uns zurück nach Neuenburg? Ich bringe euch ins Rathaus. Da seid ihr sicher.«

Eleonore verdrehte die Augen.

»Ihr könnt im Moment so wenig zurück wie wir, mein junger Freund.«

»Natürlich können wir zurück. Von uns wollen die doch nichts«, zeigte Ruedi sich überzeugt.

»Das mag sein, aber hast du ihnen nicht Steine gegen die Köpfe geworfen? Oder du, Armin? Hast du nicht einem mit der Eisenstange den Schädel gebrochen?«

»Den Kiefer«, korrigierte der Schmied und merkte dann selbst, dass das die Sache nicht besser machte. »Aber wir haben uns doch nur verteidigt!«

»Und ihr meint, dass diese Leute sich mit euch zusammensetzen, euch alles erklären lassen und dann verständnisvoll nicken?«, warf Eleonore schnippisch ein.

»Wer sind *die* denn überhaupt?«, fragte Armin.

Magnus von Auenstein ergriff wieder das Wort: »Ich weiß es selbst nicht. Aber sie haben Thomas Selinger umgebracht, der sich mit uns treffen sollte. Und wie ihr mit eigenen Augen miterlebt habt, werden sie auch mit uns nicht zimperlich umgehen.«

»Von welchem Buch haben sie gesprochen?«, fragte Frieder.

Der Mann blickte zu dem Mönch. Offenbar hatte der mit dem Buch zu tun. Frieder vermutete, dass es in einer der beiden Taschen steckte, die er um die Brust trug und deren Riemen sich darüber kreuzten.

»Ich bin Buchhändler«, erklärte Magnus von Auenstein nach einem Nicken des Bruders. »Es ist eine uralte, sehr wertvolle Handschrift. Das Nibelungenlied.«

»Das Märchen vom Gold im Rhein?«, fragte Frieder ungläubig.

»Es handelt sich um hohe Dichtung!«, protestierte der Mönch. »Der Schatz im Rhein ist nur ein kleiner Teil einer Geschichte um Liebe, Verrat und Rache.«

»Mein Vater hat mir manchmal davon erzählt, als er noch lebte«, sagte Frieder. »Für uns war das Gold im Rhein immer am wichtigsten.«

»Bei einem Goldwäscher ist das zu erwarten«, meinte Eleonore.

»Aber wie wertvoll kann ein altes Buch sein, damit jemand einen Mann umbringt, um es in die Hand zu bekommen?«, griff Ruedi Frieder vor.

»Können wir darüber vielleicht später sprechen?«, fragte der Mönch. »Wir sollten uns erst einmal darum kümmern, diesen Mördern zu entkommen.«

Magnus von Auenstein stimmte ihm zu. Und auch Frieder musste ihm recht geben. Sein Ohr mochte zu bluten aufgehört haben, der Schmerz war aber Mahnung genug, dass sie die Situation nicht auf die leichte Schulter nehmen durften.

»Dann sollten wir wohl auf der elsässischen Seite an Land gehen«, schlug er vor. »Die anderen müssen erst ein Boot finden und nach und nach übersetzen. Die nächsten Brücken gibt es erst in Basel oder Straßburg.«

»Können wir nicht einfach weiterfahren?«, wollte Eleonore wissen – Leo, wie ihr Vater sie nannte.

Frieder schüttelte den Kopf. »Der Fluss verläuft hier und auf den nächsten Meilen in einigen Schleifen. Während wir die entlangfahren, könnten sie mit Pferden einfach den Weg abkürzen und uns so einholen oder sogar zuvorkommen. Hier gibt es genug Inseln, dass wir von der anderen Seite aus nicht gesehen werden können. Sie wissen also nicht, wo wir an Land gegangen sind. Wir fahren noch ein Stück und suchen uns dann eine gute Stelle zum Anlegen.«

Niemand hatte einen besseren Vorschlag. Frieder blickte vom Ruderstand über die Gruppe hinweg. Die Stange fand wieder festen Grund. Auch wenn er selten so weit flussabwärts gefahren war, wirkten die Strömungen wie alte Bekannte, die man nach Jahren wiedertraf. Er brachte sie näher an das elsässische Ufer und achtete darauf, dass sie möglichst durchgehend durch Inseln von der anderen Seite abgeschirmt waren. Als das einmal nicht gelang, beobachtete er die entfernte Flussseite genau, sah aber keine Reiter oder einzelne Männer, die nach ihnen Ausschau hielten. Sie begegneten nur Fischern, Schiffern oder Fährleuten.

Die meiste Zeit hingen er und seine Begleiter ihren Gedanken nach. Die junge Frau saß vor Frieder. Sie hatte in der Sonne die Rockjacke ausgezogen. Es fiel ihm schwer, den Blick von ihr abzuwenden. Ihre Weste war eng geschnitten. Sie schmiegte sich an den Körper und offenbarte leichte Rundungen, wo die Taille in die Hüfte überging. Das weiße Hemd mit Männerkragen war ihr ein wenig weit um die Schultern. Nie hätte Frieder eine Frau in solcher Kleidung erwartet. Jetzt fragte er sich, wie er sich nur von ihrem Äußeren hatte täuschen lassen können. Mittlerweile hatte eine lange Locke seidigen, goldfarbenen Haares einen Weg unter dem Hut hervorgefunden und fiel ihr über den Rücken. Die Strähne wippte, wenn Eleonore sich bewegte. Sie sprach gerade mit Armin. Der hatte den Kampf vollkommen ohne Kratzer überstanden. Auch Ruedi war wohlauf und zeigte sich stolz, dass er ihre Flucht mit seinen Würfen gedeckt hatte.

»Ohne deine Treffsicherheit würden wir wohl nicht hier sitzen«, lobte Magnus von Auenstein ihn. »Danke, dass du auch geholfen hast, den Anführer zurückzudrängen.«

»Ich glaube, dass der Große nicht der oberste Anführer war«, schaltete Frieder sich ein. »Das war wohl eher der, der auf mich geschossen hat.«

»Das muss derjenige gewesen sein, der Französisch redete«, sagte Bruder Melchior. »Er sah aus wie ein Edelmann.«

Der Mönch kramte in einer seiner Taschen und fischte schließlich eine Flasche Rotwein heraus, die Kampf und Flucht unbeschadet überstanden hatte. Er schlug ein Kreuz, dann zog er den Korken mit den Zähnen aus dem kurzen Hals der dunklen Flasche und nahm einen gehörigen Schluck. Er wollte sie schon wieder verschließen, als er sich eines Besseren besann und den Wein an Magnus von Auenstein weiterreichte.

Armin und Ruedi nahmen ebenfalls einen Schluck. Frieder hätte nicht gedacht, dass Eleonore ebenfalls aus der Flasche trinken würde, doch offenbar war nicht nur ihre Kleidung hemdsärmelig. Sie nahm einen Zug, drehte sich um und hielt ihm die Flasche entgegen. Als er sie ergriff, berührten sich ihre Hände. Dieser kurze Moment schickte ihm eine Gänsehaut über den Rücken. Oder war es ihr fast nicht wahrnehmbares Lächeln? War es überhaupt ein Lächeln? Immerhin schien es schon einmal ein Fortschritt, dass sie aufgehört hatte, an ihm herumzumäkeln.

13

Eleonore half, den Weidling am Ufer zu verstecken. Vor ihnen erhob sich auf der rechten Seite des Rheins die Stadt Breisach mit ihrem Münster. Auf ihrer Flussseite lag die von Vauban in Form eines Sterns erstellte Festungsstadt Neuf-Brisach, in deren Richtung sie sich orientierten.

Es ist eine Schande, dass wir unsere gerade gekauften Pferde in Neuenburg zurücklassen mussten, dachte Eleonore. Neben den Tieren hatten sie auch das Werkzeug verloren, das ihr Vater zum Heben des Schatzes beschafft hatte. Ansonsten waren ihre Zelte, Decken und viele weitere ihrer Besitztümer zurückgeblieben. An Proviant führten sie nur das mit sich, was Bruder Melchior in seinen Taschen hatte. Die Würste und das Brot dienten ihnen als kleine Mahlzeit, die sie mit der letzten Flasche Wein herunterspülten.

Hungern zu müssen fürchtete Eleonore nicht. Der Vater trug seine Geldkatze immer am Leib. Auch sie hatte einen Säckel dabei und in ihrem Gürtel noch zwei Goldmünzen versteckt. Sie würden sich also eine neue Ausrüstung besorgen können.

Der Goldwäscher Frieder Fischer und seine Freunde – Armin war Schmied, Ruedi ein Holzschnitzer und Vergolder – gingen etwas voraus und besprachen sich flüsternd. Eleonore hingegen beratschlagte sich mit dem Vater und dem über Schmerzen im Knie klagenden Bruder Melchior, wie sie weiter mit den dreien verfahren sollten.

»Wir sollten sie schnell loswerden«, empfahl sie.

»Wenn sie nach Hause zurückkehren, und unsere unbekannten Widersacher sind noch da, werden sie wahrscheinlich umgebracht«, gab Vater zu bedenken.

»Das darf nicht sein«, sagte der Mönch bestimmt. »Sie haben uns das Leben gerettet. Wir sind ihnen schuldig, dass sie ihres nicht unseretwegen verlieren.«

Eleonore hatte durchaus Verständnis für diese Argumentation, fand jedoch, dass man es auch anders sehen konnte: »Vielleicht befinden sie sich in unserer Gesellschaft in größerer Gefahr. Diese Mörder wollen *uns*.«

»Ich glaube, wir beide sind ihnen recht egal«, gab der Vater zu bedenken. »Sie wollen das Buch – und Euch, hochwürdiger Bruder, weil Ihr die Geheimschrift lesen könnt.«

»Das kann sein, aber ich muss Eleonore recht geben. Die drei jungen Männer befinden sich in Gefahr, ob sie mit uns kommen oder nicht. Ich frage mich, wie diese Mörder überhaupt von uns, der Nibelungensage und dem armen Thomas erfahren haben.«

»Es wäre nicht das erste Mal, dass ein Spion in einem Kloster tätig ist, vor allem in einem so bedeutenden wie Eurem in St. Gallen«, merkte der Vater an.

»Es muss offenbar jemand aus dem engeren Kreis des Fürstabts sein. Ich gehe schon die ganze Zeit im Geiste meine Brüder durch, aber ich kann mir beim besten Willen bei keinem von ihnen eine solche Niederträchtigkeit vorstellen. Und doch muss es einen geben! Wegen dieses Menschen hat Thomas Selinger einen gewaltsamen Tod gefunden. Ich habe dadurch einen alten Kameraden verloren, und wir einen erfahrenen Diplomaten und Kämpfer, der für unsere Aufgabe mehr als wertvoll gewesen wäre. Aber der Herr hat uns nun diese drei Burschen geschickt. Ich finde, wir sollten sie einweihen und ihnen eine Stellung als Begleiter und Gehilfen anbieten.«

»Ich bin mir nicht ganz sicher, ob wir das tun sollten«, erwiderte der Vater. »Es stimmt, sie haben uns geholfen. Und sie könnten uns zudem nützlich sein. Frieder kennt sich mit dem Fluss aus, Armin ist stark und Ruedi ein schlaues Kerlchen und ein grandioser Werfer. Aber können wir ihnen wirklich trauen?«

Das fragte sich Eleonore auch. Die drei liefen ein gutes Stück vor ihnen, Armin links, Frieder in der Mitte und Ruedi mit schnelleren Schritten rechts. Sie sahen aus wie Orgelpfeifen in der Kirche. Sie musste unweigerlich lächeln.

»Was denkst du, Eleonore?«

»Ich bin mir auch noch nicht sicher. Aber vielleicht ist das jetzt ohnehin gleich. Oh, es sieht so aus, als würden sie auf uns warten.«

So war es. Die drei jungen Männer waren plötzlich stehen geblieben und sahen ihnen mit entschiedenen Mienen entgegen, während sie am Wegrand der staubigen Straße standen. Am Horizont hinter ihnen erschien eine große Staubwolke, die von einer Kutsche mit vier Pferden herrührte. Armin und Ruedi redeten leise auf ihren Freund ein. Frieder nickte mal in die eine, mal in die andere Richtung und gebot beiden mit einem entschlossenen Blick zu schweigen, als Eleonore und ihre Begleiter in Hörweite kamen.

»Ihr seid uns noch ein paar Antworten schuldig, Herr von Auenstein«, sagte Frieder. Seine Kameraden nickten nachdrücklich.

Der Vater machte vor ihm Halt. »Du hast recht. Wir sollten reden.«

Die Kutsche hatte sie erreicht. Sie traten alle auf den Seitenstreifen abseits der Straße, da der Fahrer es nicht für nötig befand, ihretwegen langsamer zu machen. Er raste weiter in Richtung Süden und wirbelte dabei eine gewaltige Staubwolke auf, die sie alle umhüllte und husten ließ.

»Wir werden euch alle Fragen beantworten«, beteuerte der Vater. »Aber nicht hier auf offener Straße.«

»Meine Kehle kratzt schon«, beschwerte sich Bruder Melchior. Er wies nach links, wo man zwischen den Bäumen in etwa einer halben Meile Entfernung einen kleinen Kirchturm mit flachem Dach erblicken konnte. »Der Herr ist mein Hirte; mir wird nichts mangeln. Er weidet mich auf einer grünen Aue und führet mich zum frischen Wasser«, zitierte er Psalm 23 und fügte hinzu: »Vielleicht gibt es da neben Wasser auch ein wohltuendes Gläschen Wein.«

Sie hatten Glück. Das kleine Dorf bestand nicht nur aus einer Kirche und ein paar Bauernhöfen, sondern besaß auch einen unscheinbaren Gasthof. In dem Brunnen vor dem Tor wuschen sie sich notdürftig den Staub von Gesichtern und Händen. Kurz darauf wurden sie als einzige Gäste eines klapprig wirkenden Wirtspaares begrüßt, das bei ihrer Ankunft in hektische Betriebsamkeit verfiel. Die Männer trugen unter Anleitung des Wirts einen der Tische in den von einer Mauer umfriedeten Garten und stellten ihn im Schatten unter einem hochgewachsenen Apfelbaum auf. Fliegen ließen sich in der leichten Brise zu ihnen treiben. Die Bienen, die in einer Ecke des Gartens in einem Korb lebten, flogen emsig ein und aus. Im Baum sangen die Vögel. Hätten sie nicht vor ein paar Stunden noch um ihr Leben kämpfen müssen, könnte man diesen Moment des Friedens wirklich genießen, dachte Eleonore, als sie sich setzten.

Offenbar verirrten sich nicht allzu oft Gäste hierher. Auswahl beim Essen gab es keine. Die Hühnersuppe vom Vortag wurde von der Hausherrin mit Wasser und ein paar über dem Feuer gerösteten Zwiebeln gestreckt. Nach dem langen Tag schmeckte es ihnen trotzdem sehr gut. Bruder Melchior bestellte zwei Flaschen Rotwein und übernahm die Aufgabe des Mundschenks. Er konnte es kaum abwarten, endlich davon zu trinken.

»Also dann. Was genau ist hier los?«, fragte Frieder, nachdem sie alle einen Schluck genommen hatten.

Der Vater setzte sich auf. »Zuerst möchte ich euch noch mal unseren Dank für eure Hilfe aussprechen«, begann er. »Es sieht so aus, als sei die geheime Mission, in der wir unterwegs sind, weniger geheim, als wir dachten, dafür umso gefährlicher.«

»Hört, hört«, rief Ruedi.

»Frieder, du sagtest vorhin, wir seien euch ein paar Antworten schuldig. Ich stimmte dir zu. Und das tue ich auch jetzt noch. Aber ihr solltet wissen, dass es besser ist, wenn wir euch nichts erzählen, falls ihr morgen in eure Heimatstadt und in euer gewohntes Leben zurückkehren wollt.«

»Ich weiß nicht, wie gewohnt unser Leben bleiben wird«, sagte Frieder. »Diese Männer wirkten nicht, als würden sie zögern, auch uns umzubringen. Was, wenn sie noch da sind?«

»Diese Sorge ist mehr als berechtigt«, antwortete der Vater. »Ich vermute, dass sie einen oder zwei ihrer Leute zurückgelassen haben.«

»Wer sind die Kerle?«

Der Vater schüttelte den Kopf. »Wir wissen es auch nicht. Aber sie sind offenbar skrupellos.«

»Der Große wusste, dass Eure Tochter ein Mädchen ist, doch er hat sie trotzdem angegriffen«, stimmte Frieder ihm zu.

Sie unterbrachen das Gespräch, denn der Wirt brachte ein armlanges Holzbrett in den Garten, auf dem sich Scheiben duftenden Hefezopfs stapelten. Seine Frau trug einen tönernen Honigtopf mit Deckel und Löffel, damit sie sich das Gebäck noch versüßen konnten.

Sie ließen es sich schmecken, während sie sich weiter berieten.

»Ich habe euch bereits von dem Buch erzählt, das eine viele hundert Jahre alte Handschrift der Nibelungensage enthält.«

»Das Buch, das eure Gegner unbedingt in die Hände bekommen wollen«, ergänzte Armin. Er saß breitbeinig zurückgelehnt auf seinem Stuhl und hatte die Ärmel seines Hemdes hochgekrempelt. Jedes Mal, wenn Eleonore zu ihm schaute, ließ er seine Armmuskeln spielen.

»Eben dieses Buch«, sagte Bruder Melchior. Er schleckte sich den Honig von den Fingern und wischte sie darauf ausgiebig an seinem Habit trocken. Erst dann holte er das verpackte Buch aus seiner Tasche und legte es auf den Tisch. Vorsichtig wickelte er es aus den Wachstüchern. Eleonore hatte ein Raunen erwartet, aber die drei Banausen schienen unbeeindruckt.

»Die Vergoldungen müssten neu gemacht werden«, bemerkte Ruedi eher enttäuscht. »So sieht es einfach nur alt und abgenutzt aus.«

Frieder und Armin stimmten ihm nickend zu.

»Ein Esel, ein Bulle und ein Bock«, wiederholte Eleonore ihre Schmähung von heute früh und wies auf Frieder, Armin und Ruedi. Der Vater warf ihr einen strafenden Blick zu.

»Und eine Ziege, will mir scheinen«, konterte Frieder. Eleonore funkelte ihn böse an, aber beließ es dabei. Sie musste anerkennen, dass sie ihm eine so schlagfertige Antwort nicht zugetraut hatte.

»Das Buch wäre mit einem restaurierten Einband sicher noch imposanter, aber auch in diesem Zustand ist es wertvoller als das meiste, was ich je in Händen gehalten habe«, erklärte der Vater, ohne auf die Kabbeleien der jungen Leute einzugehen. »Und das wäre es selbst dann schon, wenn es nicht noch ein außergewöhnliches Geheimnis bergen würde.«

»Und das wäre?«, fragte Frieder gespannt.

»Wenn wir Euch das anvertrauen«, sagte der Vater, »gibt es für euch kein Zurück. Dann müsst ihr mit uns kommen, bis unsere Mission erledigt ist.«

»Wie sollen wir eine Entscheidung treffen, ohne zu wissen, worum es geht?«, fragte Armin.

»Ihr könnt jetzt nach Hause gehen, dann verraten wir euch nichts Weiteres, um uns zu schützen, falls man euch befragt. Falls ihr aber mehr erfahren wollt, müsst ihr uns noch mindestens eine Woche begleiten, bis zum 21. Juni, dem längsten Tag des Jahres. Danach könnt ihr gehen, wohin ihr wollt.«

»Wieso ausgerechnet bis zu diesem Tag?«, wollte Frieder wissen.

»Das erfahrt ihr nur, wenn ihr mit uns geht.« Der Vater verschränkte die Arme.

Frieder sah seine Freunde an. Ruedi setzte an, etwas zu sagen, aber Frieder gab ihm ein Zeichen, zu schweigen. Er sagte: »Wir würden uns gerne zurückziehen, um uns zu beraten.«

Vater stimmte dem Ansinnen zu und die drei jungen Männer gingen nach drinnen in die Gaststube.

»Meinst du, sie werden mitkommen?«, fragte Eleonore.

»Wer weiß«, murmelte der Vater.

Bruder Melchior hingegen war von dem Wein bereits in besserer Stimmung und meinte: »So, wie die dich anschauen, Mädchen, würde es mich wundern, wenn sie dich verlassen wollten.« Er kicherte. »Besonders dieser Frieder.«

14

Ich werde auf jeden Fall mit ihnen gehen«, stellte Frieder gleich klar. »Aber ihr müsst mir natürlich nicht folgen. Wir können uns auch aufteilen.«

Er war viel zu neugierig darauf, was für ein Geheimnis mit diesem Buch verbunden sein mochte, um jetzt unverrichteter Dinge nach Hause zurückzukehren.

»Du willst uns nur loswerden, damit wir dir mit dem Mädchen nicht in die Quere kommen können«, meinte Armin.

»Ich dachte, du liebst Lina?«, gab Frieder bissig zurück.

Armin wurde sofort ernst. »Lass Lina aus dem Spiel. Meinetwegen musst du dir sowieso keine Gedanken machen, ich mag lieber Frauen, bei denen ich keine Angst haben muss, sie zu zerbrechen.«

»Eher würde sie dir etwas zerbrechen«, warf Ruedi scherzhaft ein.

»Freunde, es geht hier um eine wichtige Entscheidung. Schließlich hat man heute schon auf mich geschossen.«

»Du hast ja recht, Frieder«, sagte Armin. »Gut. Wenn du mit ihnen gehen willst, dann werde ich nicht zurückbleiben. Aber vergiss nicht, dass wir den dreien nichts schuldig sind.«

»Eleonore hat mich versorgt, nachdem ich am Ohr getroffen worden war«, erinnerte Frieder.

»Und davor hast du ihren schmalen Hintern gerettet. Und statt eines Worts des Dankes beschimpft sie uns nur.« Armin winkte ab, als Frieder etwas entgegnen wollte. »Wie gesagt, wenn du mitgehst, komme ich auch mit. Einer muss ja auf dich aufpassen. Ruedi?«

»Ich mache mir Sorgen um meine Schwester«, sagte der Vergolder nachdenklich.

Armin nickte. »Ich mir auch um Lina. Aber ich kann mir nicht vorstellen, dass diese Franzosen so weit gehen würden, ihnen etwas anzutun. Diese Kerle suchen in erster Linie das Buch und unsere drei Freunde.«

»Was meinst du, Frieder?« Ruedi schaute ihn ratsuchend an.

»Du musst tun, was du für richtig hältst, mein Freund«, sagte er. »Aber ich sehe es ähnlich wie Armin. Außerdem ist deine Schwester doch mit Lina befreundet. Ich wette, sie geht zu ihr, wenn du nicht heimkommst. Und da passen die beiden Zahler-Brüder auf, auch wenn sie Idioten sind.«

Ruedi nickte.

»Also: Was ist?«, fragte Frieder. »Willst du wissen, was es mit diesem Buch über das Rheingold auf sich hat? So, wie alle dahinter her sind, könnte man fast erwarten, dass es um den Nibelungenschatz selbst ginge.«

Frieders Erwähnung von Gold und Schatz war für Rudi wohl zu verlockend. »Ich gehe jedenfalls nicht allein zurück«, erklärte er schließlich. »Wir sind Freunde und stehen zusammen. Aber, wie Armin sagt, wir sind denen nichts schuldig. Jetzt lasst uns endlich hören, um was es hier überhaupt geht!«

Als sie in den Garten zurückkehrten, stockte Frieder der Atem. Eleonore hatte in der Wärme nun auch ihren Hut abgelegt. Ihre schulterlangen blonden Haare umrahmten weich ihr Gesicht. Was für eine hübsche Frau! Er setzte sich ihr wieder gegenüber und konnte sich nicht sattsehen.

»Jetzt hast du meine Haare ja gesehen«, sagte sie lakonisch. Frieder wandte den Blick ab.

Bruder Melchior öffnete in der Zwischenzeit den Einband des Buches. Frieder erkannte einen großen Buchstaben am Anfang und viele eckige darunter, die sich auf vorgezeichneten Linien auffädelten. Er hatte zwar die Schule besucht, aber seine Begabung lag eher im Goldwaschen als im Lesen.

»Ihr kennt die Nibelungensage?«, fragte der Mönch.

»Wir wissen eigentlich nur, dass ein Schatz im Rhein versenkt wurde«, antwortete Frieder für sie alle drei.

»Und dass der Held unbesiegbar war«, fügte Ruedi hinzu.

Der Mönch nickte. »Beides ist zumindest zum Teil richtig. Unabhängig vom wörtlichen Verständnis geht es in der Geschichte darum, die rechte Entscheidung zu treffen und mit den Konsequenzen zu leben. Welche Entscheidung habt ihr getroffen?«

Frieder holte tief Luft und erklärte: »Wir haben uns entschieden, mit euch zu gehen.«

Magnus von Auenstein wirkte erleichtert. Bruder Melchior grinste, und sogar Eleonore rang sich ein Lächeln ab.

»Ich freue mich sehr, Frieder«, sagte ihr Vater. »Wenn sich unsere Reise als Erfolg erweist, sollt ihr reich entlohnt werden.«

Ruedi setzte sich neugierig auf. Armin spitzte die Lippen.

»Worum handelt es sich denn bei diesem Lohn?«, fragte Frieder vorsichtig.

»Um Gold und Edelsteine«, sagte Eleonores Vater feierlich.

»Und wir reden nicht von Goldflittern, wie ihr sie im Rhein findet, sondern von Bergen von Münzen, Pokalen und Schmuck«, ergänzte der Mönch.

»Ihr sucht also wirklich das Nibelungengold?«, fragte Ruedi skeptisch.

»Genau so verhält es sich«, erwiderte der Mönch.

Frieders Mund war auf einmal ganz trocken. Die Vorstellung von goldenen Pokalen oder einer Tasche voller Goldmünzen raubte ihm den Atem.

»Wir haben Anlass zu der Vermutung, dass in diesem Buch der Schlüssel zu dem im Rhein versenkten Hort der Nibelungen zu finden ist«, flüsterte der Mönch.

»Das ist verrückt!«, entfuhr es Armin. »Das ist doch … nur ein Märchen, das man Kindern erzählt.«

»In vielen Märchen steckt ein Funken Wahrheit«, entgegnete Bruder Melchior vieldeutig. »Dass eine Gruppe von zehn oder mehr Soldaten einen Mann getötet hat und jetzt hinter uns her ist, zeigt deutlich, dass nicht nur wir an die Existenz des Rheingoldes glauben.«

Auf einmal war es ganz ruhig.

»In diesem Buch befinden sich neben der eigentlichen alten Handschrift aus dem zwölften Jahrhundert neuere Zeichen, die mit einer unsichtbaren Tinte geschrieben wurden«, erklärte der Mönch weiter. »Eleonore hat sie entdeckt.«

»Und Bruder Melchior kann sie sichtbar machen und lesen«, ergänzte die junge Frau. Sie hatte ein reizendes Lächeln, fand Frieder. Zumindest, wenn sie ihn nicht gerade mit Tiernamen bedachte.

Bruder Melchior füllte die letzten Reste der Flasche in sein Glas, schob es aber weg, weil Weinstein darin war.

»Allerdings musste ich feststellen, dass wir nur die Hinweise auf den ersten Seiten verstehen können. Sie enthalten ein Rätsel, durch das die folgenden Anmerkungen erst entschlüsselbar sind.«

»Das klingt ja äußerst mysteriös«, sagte Frieder.

»Das ist es auch. So wie die ganze Angelegenheit. Aber wenn wir dem Verfasser der geheimen Zeilen Glauben schenken, dann hat er den Hort mit eigenen Augen gesehen und sich einen Teil davon genommen.«

»Vielleicht ist dann gar nichts mehr übrig«, mutmaßte Ruedi.

»Das glaube ich nicht. Der Schatz wird als dermaßen groß beschrieben, dass auch wir einen Großteil zurücklassen würden, selbst wenn wir einen Wagen und alle unsere Taschen füllen.«

Der Mönch hielt in seiner Rede inne, denn der alte Wirt trug ihnen eine neue Flasche Wein auf. Bruder Melchior verteilte sie unter ihnen. Sein Glas mit dem Weinstein schüttete er vorher ins Gras und füllte es dann bis zum Rand.

»Wir sollten die Nacht hier verbringen und morgen früh weiterziehen«, schlug Eleonore vor.

»Und wohin soll es gehen?«, wollte Frieder wissen.

»Unser nächster Halt wird Straßburg sein«, sagte der Mönch. »So Gott will, gelingt es uns dort, die Lösung für das Rätsel zu finden und an den Schlüssel für den weiteren Text zu gelangen.«

»Ein Schlüssel?«

»Ja. Eleonore und ich haben versucht, die Randbemerkungen lesbar zu machen. Bisher gelang uns das, aber auf den folgenden Seiten finden sich nur noch wild durcheinandergewürfelte Buchstaben, die keinerlei Sinn ergeben«, erklärte der Mönch. »Das Letzte, was man lesen konnte, war ein Rätsel, das einen Schlüssel verspricht.«

Frieder beugte sich vor. »Wie lautet es?«

Bruder Melchior blickte zu Magnus von Auenstein. Der gab nickend seine Zustimmung, Frieder, Armin und Ruedi auch in dieses Geheimnis einzuweihen. Der Mönch atmete tief ein. »Zuerst berichtet der Schreiber davon, dass er den Schatz gefunden habe. Er spricht ein paar Anweisungen und Warnungen aus und belehrt uns, ein gottgefälliges Leben zu führen. Außerdem erklärt er, dass der Hort nur am längsten Tag des Jahres gefunden werden kann. Und falls man es geschafft habe, dürfe man nur an sich nehmen, was einem als nötig erscheint. Und dann folgt diese Anweisung, die ich erst gestern am Vormittag entschlüsseln konnte.«

Er schloss die Augen und zitierte aus seiner Erinnerung: »Zu Straßburg weisen dir Hesperos' Rosenblätter den Weg, wenn die Dame dem grünen Herrn begegnet.«

Frieder merkte der Reaktion seiner Freunde an, dass es ihnen nicht anders erging als ihm: Keiner wusste mit diesen Worten etwas anzufangen.

»Und was soll das bedeuten?«, fragte er.

»Das …« Bruder Melchior zögerte, bevor er weitersprach, »… das wissen wir auch nicht. Aber eines steht fest: Unser Weg führt nach Straßburg.«

»Könnte die Dame in dem Rätsel ein Hinweis auf die Kathedrale Unserer Lieben Frau sein?«, fragte Ruedi leise. »Notre Dame, wie der Franzose sagt.«

»Nein, nein, nein. Das ist Unsinn«, wiegelte Bruder Melchior ab. Doch dann hielt er inne. Er blickte nachdenklich in die Höhe, murmelte kaum hörbare Worte vor sich hin und sah den Vergolder fast empört an. »Natürlich!«, rief er auf einmal laut aus und schlug mit einer solchen Wucht auf den Tisch vor sich, dass die Gläser wackelten. »Das muss es sein!«

»Und was ist mit Hesperos und dem grünen Herrn gemeint?«, fragte Frieder. »Weißt du das vielleicht auch?«

Doch dazu hatte Ruedi keine Idee mehr. Er zuckte mit den Schultern und schien ganz froh, dass sich die Aufmerksamkeit wieder auf den Mönch richtete, als der das Wort ergriff.

»Hesperos ist ein Titan der alten Griechen, ein Bruder von Atlas, der die Weltenkugel auf seinen Schultern trägt«, erklärte der Mönch.

»Und was hat er mit Rosenblättern zu tun?«, wollte Armin wissen.

Bruder Melchior zuckte mit den Schultern. »Vielleicht erfahren wir das im Münster zu Straßburg.« Er schüttelte den Kopf und murmelte: »Dass ich darauf nicht selbst gekommen bin!«

Magnus von Auenstein schlug Ruedi anerkennend auf die Schulter. »Seid willkommen, junge Freunde!«

In dem Gasthaus gab es nur ein kleines Zimmer mit Bett, in das Eleonore einquartiert wurde. Die danebenliegende Schlafkammer wurde ihrem Namen nicht wirklich gerecht, da sie mit fünf Männern hoffnungslos überfüllt war. Als sie alle Strohmatten und Decken ausgebreitet und sich hingelegt hatten, löschte Magnus von Auenstein das Licht der Öllampe. Im schwachen Schein der Sterne und einer schmalen Mondsichel, der durch ein kleines Fenster drang, konnte man gerade noch Umrisse wahrnehmen.

»Was für ein Tag …«, flüsterte Frieder vor sich hin. Er war von den Eindrücken dermaßen überwältigt, dass seine Gedanken nicht zur Ruhe kommen wollten. Zudem pochte sein verletztes Ohr. Es war deutlich angeschwollen, und er legte sich auf die andere Seite.

»Ich kann auch nicht schlafen«, brummte Armin.

»Wie soll man schlafen können, wenn ihr dauernd redet?«, murrte Magnus von Auenstein, der aber auch wach wirkte.

»Könnt Ihr uns nicht die Geschichte der Nibelungen erzählen, Bruder?«, bat Ruedi.

Der Mönch war nach dem Genuss einer weiteren Flasche Wein wahrscheinlich der Einzige von ihnen, der bettschwer genug war, um bald einzuschlafen, aber Frieder hörte, wie er sich willig aufsetzte.

»In den alten Erzählungen wird uns viel Wundersames berichtet«, begann er andächtig. »Von berühmten Helden, großer Mühsal, von glücklichen Tagen und Festen, von Tränen und Klagen und vom Kampf tapferer Recken werdet ihr jetzt Erstaunliches erfahren.«

Frieder spürte einen wohligen Schauer über seinen Rücken laufen. Er hatte es früher geliebt, wenn sein Vater ihm Geschichten erzählte. Ein wenig ähnelte die Stimme des Mönches sogar der des alten Goldwäschers.

»Mit diesen Worten beginnt das Werk, das aus vielen einzelnen Kapiteln besteht, den Âventiuren. Das heißt Abenteuer«, fuhr Melchior leise und ruhig fort.

»Jetzt stellt euch die bei Weitem liebreizendste Jungfrau vor, die es jemals gegeben hat, ein zartes Wesen von edlem Blut und reinem, gottgefälligen Geist!«

Vor Frieders Augen tauchten immer wieder Bilder des heutigen Tages auf. Eleonore in ihrer Verkleidung, ohne Hut mit ihrem herrlichen Lockenhaar, der zarte Rücken vor ihm im Weidling und ihr Lächeln heute Abend.

»So war Kriemhild, die Tochter von Dankrat, dem verstorbenen König der Burgunden. Seine drei Söhne, Kriemhilds Brüder Gunther, Gernot und Giselher, hatten die Regierung des starken Reichs übernommen. Ihr wichtigster Gefolgsmann und Vertrauter war Hagen von Tronje. Wegen eines Traums, in dem sie ihren Geliebten verlor, beschloss Kriemhild, der Liebe bis an ihr Lebensende zu entsagen.«

»Eine Schande, bei so einer schönen Frau«, murmelte Armin.

»Des Weiteren erfahren wir von Siegfried, dem Prinzen von Xanten. Er war ein wahrlich heldenhafter junger Mann, mutig und entschlossen, kampfgewandt und mit wachem Sinn. Es wird euch nicht wundern, dass er um Kriemhild werben wollte, sobald er von ihr hörte. Seine Eltern waren dagegen, aber er ritt den Rhein entlang nach Worms, um dort um ihre Hand anzuhalten. Als er mit anderen Rittern eintraf, ahnte Hagen von Tronje, dass es sich bei Siegfried um den Mann handelte, von dessen Abenteuern und Taten er bereits viel gehört hatte. Und von denen erzählte er König Gunther von Burgund im Nibelungenlied.«

Der Mönch unterbrach seine Erzählung für ein ausgiebiges Gähnen. Frieder spürte selbst den Schlaf in seinen Leib kriechen, aber er war zu gespannt, wie es weitergehen würde, und blinzelte die Müdigkeit fort.

»Hagen berichtete also, was man sich von Siegfried erzählte«, fuhr Bruder Melchior fort. »Demnach traf der Recke, wie er immer genannt wird, auf einer seiner Reisen auf zwei Männer, Schilbung und Nibelung. Sie waren die Söhne eines großen Königs, die nach dem Tod des Vaters dessen Hort aufteilen wollten.«

»Den Schatz, den wir zu finden hoffen?«, fragte Ruedi nach.

»Genau den«, stimmte der Mönch zu. »Jetzt redet mir nicht dauernd dazwischen! Der Schatz des alten Nibelungenkönigs war so groß und voller mächtiger Gegenstände, dass die Brüder sich stritten, wie sie ihn aufteilen sollten. Sie baten Siegfried um Hilfe, das für sie zu übernehmen. Als Lohn erhielt er Balmung, das Nibelungenschwert. Aber die Brüder blieben trotzdem zerstritten und wurden dazu nun auch ein jeder für sich zornig auf Siegfried. Um ihn zu töten, schickten sie zwölf mächtige Riesen und siebenhundert ihrer besten Ritter los, aber mit Hilfe von Balmung konnte unser Held alle erschlagen und tötete bald auch die beiden Königssöhne selbst.«

Ein weiteres Gähnen des Mönchs wirkte ansteckend. Frieder holte tief Luft. Und als er die Augen schloss, sah er Berge voller Gold und Geschmeide vor sich. Die Stimme Bruder Melchiors verwob sich in Frieders Vorstellung mit seinen Fantasiebildern.

»Nur ein Zwerg brachte Siegfried in Not. Alberich, der Wächter des Schatzes. Der besaß eine Tarnkappe, die ihren Träger unsichtbar machte. Das wird später noch sehr wichtig. Denn Siegfried gelang es, die Tarnkappe an sich zu bringen, und Alberich musste seither für ihn den Hort hüten.«

»Und der Drache?«, entfuhr es Frieder.

»Das ist eine andere Geschichte«, sagte der Mönch. »Auch eine, die Hagen erfahren hatte. Siegfried hatte demnach einen Drachen besiegt und durch das Bad in seinem Blut eine Hornhaut bekommen, die ihn unverwundbar gegen Waffen machte. Hagen wusste zu diesem Zeitpunkt noch nicht, dass eine Stelle am Rücken Siegfrieds durch ein herabgefallenes Lindenblatt weiterhin verwundbar geblieben war.

Auf jeden Fall war der Burgundenkönig Gunther sehr beeindruckt von den Geschichten über den jungen Mann und hieß Siegfried schließlich als Gast in seinem Reich willkommen.«

Die Stimme des Mönchs wurde immer schleppender: »Siegfried war ja eigentlich nach Worms gereist, weil er um Kriemhild werben wollte, doch ihr sollte er erst einmal ein ganzes Jahr nicht begegnen, denn sie blieb in ihrem Turm, verliebte sich jedoch aus der Ferne in den Helden. Aber jetzt ist es genug«, endete Bruder Melchior und ließ sich wieder auf sein Lager sinken. »Schlaft!«

Das Nächste, was Frieder von ihm hörte, war ein Röcheln, das in ein deutliches Schnarchen überging. Dann schlief er selbst ein.

Wäre Frieder am nächsten Morgen in seinem Häuschen an der Grenze Neuenburgs aufgewacht, hätte er den Kopf geschüttelt über seinen wirren Traum. Doch er fand sich auf einer Matratze aus Stroh in einer schlecht abgedunkelten Kammer. Jedes Pochen in seinem verletzten Ohr machte deutlich, dass die Erlebnisse des vergangenen Tages kein Traum gewesen waren, sondern der Wirklichkeit entsprachen.

Nach etwas Getreidebrei als kargem Frühstück verabschiedeten sie sich von dem alten Wirtspaar und machten sich auf den staubigen Weg ins nahe Neuf-Brisach.

Frieders Gedanken verselbstständigten sich. Er fragte sich, ob er seinen Goldherd jemals wiedersehen würde, der sicher noch immer auf der Rheininsel stand. Er dachte an die gesammelten Goldflitter und die schon zusammengeschmolzenen Stücke in ihrem Versteck in seinem Haus. Wenn sich jemand richtig viel Zeit nahm, könnte er sie finden und stehlen. Falls die Geschichte um das Buch und den Hort der Nibelungen stimmte, mochten die paar Gran Gold keine Rolle spielen, aber wer wusste, ob sie überhaupt erfolgreich sein würden? Wer wusste, ob sie nicht der Spinnerei eines alten Bücherwurms und eines dicken Saufkopfs nachrannten? Frieder hatte das Gefühl, noch nicht wirklich viel über die Gruppe und ihre Mission erfahren zu haben. Er runzelte die Stirn. Und dann dieses Rätsel …

Zu Straßburg weisen dir Hesperos' Rosenblätter den Weg, wenn die Dame dem grünen Herrn begegnet.

Wer dachte sich so etwas aus? Sie hatten gestern noch über den einzelnen Aspekten des Rätsels gebrütet, waren aber zu keiner anderen Lösung gekommen, als nach Straßburg zu reisen und dort in Erfahrung zu bringen, was der Titan Hesperos und der grüne Herr damit zu tun haben mochten. Sie würden es hoffentlich bald herausfinden.

In Neuf-Brisach mietete Magnus von Auenstein einen vierspännigen Landauer für eine zügigere Weiterreise nach Straßburg an. Frieders Versuch, einen Platz neben Eleonore zu ergattern, war leider nicht von Erfolg gekrönt. Sie nahm am anderen Fenster Platz – sodass ihr Vater zwischen ihnen beiden zu sitzen kam.

Für Frieder und Armin war es die erste Kutschfahrt ihres Lebens. Frieder hätte nicht gedacht, dass man ihrer so schnell leid werden könnte. Trotz der Federung der Kutsche spürte er jedes Schlagloch. Fuhren sie über gepflasterte Abschnitte, wurde er die ganze Zeit durchgerüttelt. In Kurven flog er gegen seine Nachbarn, bei Dellen in der Straße hoben sich alle gemeinsam in die Höhe, um unsanft wieder auf den harten Sitzbänken zu landen. Dabei fuhr der Kutscher nicht einmal schnell. Durch das geöffnete Fenster drang meist frische Luft, außer sie begegneten einem anderen Gefährt, dann ließ der aufgewirbelte Staub sie alle husten.

»Wird die Reise in Straßburg zu Ende sein?«, fragte Frieder.

»Nun«, Bruder Melchior wiegte seinen runden Kopf, »in der Sage wird später der Hort aus dem Land Nibelung nach Worms gebracht. Kennst du die Stadt? Hagen von Tronje soll den Schatz an einer tiefen Stelle im Rhein in der Nähe versteckt haben. Unser Weg dürfte uns also noch ein gutes Stück weiter rheinabwärts führen. Trotzdem mag es sein, dass Straßburg das Ende unserer Reise bedeutet, wenn wir das Rätsel nicht lösen können.«

15

Sie übernachteten in Benfeld am Flüsschen Ill und fuhren am nächsten Morgen weiter bis kurz vor Straßburg. Die Stadt war stark gesichert. An einer Redoute, einer kleinen, der Festungsanlage vorgelagerten Schanze, liefen mehrere Wege zusammen. Hier entließen sie ihren Kutscher, der sogleich drei Fahrgäste für die Rückfahrt nach Süden ausfindig machte.

Die kleine Gruppe der Schatzsucher marschierte auf die Stadtmauer zu. Um dorthin zu gelangen, musste man zuerst die Wassergräben um die sternartig angelegten Festungswälle überwinden. Es gab nur wenige Brücken, wodurch die Stadt im Falle einer Belagerung leicht zu verteidigen war. Die ihnen nächste Brücke führte auf eine künstliche Insel, von der aus man über eine zweite Überführung in die Stadt gelangte. Feindliche Eindringlinge waren von den höher gelegenen Festungswällen einfach unter Beschuss zu nehmen.

Am eigentlichen Tor verlangte ein sehr junger Soldat, ihre Pässe zu sehen. Frieder, Armin und Ruedi besaßen keine. Der Mann nahm das gelassen hin und zeigte sich mit einer aufgehaltenen Hand schnell bereit, für einen Taler die Augen zuzudrücken.

Eleonore war zuletzt vor fast zehn Jahren einmal in Straßburg gewesen, hatte aber kaum Erinnerungen an den Besuch. Es war eine der ersten Reisen mit ihrem Vater gewesen. Er hatte in einem alten Buch Pläne des Münsters gefunden und sie dem Fürstbischof verkaufen wollen. Der Münsterturm war dann auch das Einzige, was sie auf Anhieb wiedererkannte. Er erhob sich stolz über die ganze Rheinebene und war von weither sichtbar. In der Stadt stellte der höchste Turm der Christenheit alle anderen Gebäude und Dächer in den Schatten. Wer sich orientieren wollte, musste nur den Kopf recken und sah häufig wenigstens die Spitze des Turms.

Frieder war offensichtlich noch nie in einer Großstadt gewesen und wusste gar nicht, wohin er zuerst schauen sollte. Eleonore bemerkte, dass er mehrfach Halt machte, um sich ein Haus, den Fluss, ein Brückchen oder ein Schiff anzusehen. Oder Gruppen von Leuten allen Alters, die in den Straßen unterwegs waren.

»He! Beeil dich!«, rief sie und winkte ihm zu. Sie hatte Sorge, ihn bald ganz zu verlieren, doch jetzt ging er schneller und schloss zu ihr auf.

Die Stadt war ein Ausbund an Betriebsamkeit und Verkehr. Laufburschen liefen umher, Soldaten marschierten in kleinen Trupps in Reih und Glied, Händler boten lautstark Waren feil, Passanten trafen sich und blieben für einen Tratsch stehen, Frauen stillten ihre Kleinkinder oder schimpften mit ihren Sprösslingen, die sich plärrend mit ihren Geschwistern stritten. Dazwischen jagten Hunde einander oder stürmten einer Katze hinterher, die auf einem Vordach Schutz fand und die bellenden Köter auszulachen schien. Auf der schmalen gepflasterten Straße zogen zwei derbe Kerle einen Handkarren mit Holzlatten, ein massiges Kaltblut hatte vor einem Wagen voller grob behauener Sandsteine deutlich schwerer zu arbeiten. Eleonore und die anderen mussten ab und zu Kutschen oder Reitern ausweichen, deren riesigen Pferden man lieber nicht unter die Hufe kommen wollte. Ihr fiel auf, dass es immer voller wurde, je weiter sie sich der Kathedrale näherten.

Die drei neuen Mitglieder ihrer Gruppe, Frieder, Armin und Ruedi, hatten am Vorabend in der Unterkunft in Benfeld Bruder Melchior zugesehen, wie er den Pergamentseiten des Buches mithilfe seiner Mittelchen und der Hitze der Kerzenflamme ihr Geheimnis entriss. Armin war aus dem Staunen nicht mehr herausgekommen. Mit offenem Mund hatte er beobachtet, wie die Buchstaben auf den unbeschriebenen Stellen wie von Zauberhand erschienen, um dann nach einiger Zeit wieder zu verblassen, als habe es sie nie gegeben.

Eleonore fand die Gesellschaft des Schmieds recht angenehm. Er brauchte zwar manchmal etwas länger, um einen Sachverhalt zu verstehen, zeigte sich aber stets neugierig und aufgeschlossen. Dazu hatte er ein freundliches Gemüt und ein Lächeln, das ansteckend wirkte.

Auch Ruedi grinste gelegentlich in ihre Richtung. Noch fiel es ihr schwer, den Vergolder richtig einzuschätzen. Er wirkte meistens in sich gekehrt, nur um kurz später eine sehr genau durchdachte Bemerkung vorzubringen. Bruder Melchior war es richtiggehend unangenehm und peinlich, dass er nicht selbst darauf gekommen war, dass mit der »Dame« im Rätsel die Kathedrale gemeint sein könnte.

Und dann war da noch Frieder, der gerade einem Mann auswich, der ein Schwein vor sich hertrieb.

»Wie geht es deinem Ohr?«, fragte sie beiläufig.

»Ganz passabel«, antwortete er und fasste sich daran. Es war gerötet, und etwas Schorf hatte sich dort gebildet, wo die Kugel die Ohrmuschel eingerissen hatte.

»Wenn du Glück hast, wird dir nur eine kleine Kerbe bleiben.«

»Ich kann ja sagen, ein Bär hätte mich angegriffen«, scherzte er. »Die Wahrheit wird mir sowieso keiner glauben.«

Eleonore lächelte. Sie gingen einen Moment schweigend nebeneinanderher. Ein Mann führte zwei Pferde an ihnen vorbei.

Der Rappe tänzelte scheu, sodass sie lieber etwas abwarteten, statt dem Tier zu nahe zu kommen.

»Ich bin mein Lebtag nur in Neuenburg, in Müllheim und in Badenweiler gewesen«, sagte er. »So etwas habe ich noch nie gesehen. Es ist … überwältigend.«

»Warte ab, bis du vor dem Münster stehst.« Eleonore wies auf den Turm, der in der Flucht der Häuser zu sehen war. Mit jedem Schritt, den sie sich ihm näherten, schien er höher in den Himmel zu wachsen.

Die Pferde hatten eine Lücke auf der Straße hinterlassen, in die sie schnell traten, um die anderen nicht aus den Augen zu verlieren.

»Ich habe mich noch gar nicht bei dir bedankt.« Das zu sagen, fiel Eleonore schwerer, als sie gedacht hatte. »Dein Schlag mit der Ruderstange hat den Angriff auf mich abgelenkt.«

»Dafür hast du mir geholfen, nachdem ich angeschossen wurde«, erwiderte er.

Sie machten einer hinkenden Alten Platz, die auf Elsässisch vor sich hin brabbelte.

»Du hast ziemliches Glück gehabt, dass es nur ein Streifschuss war«, sagte sie.

»Entweder das«, bemerkte Frieder, »oder es war Pech, dass die Kugel mich doch gerade noch erwischt hat. Man kann es so oder so sehen.«

»Auf jeden Fall war es ein Glück für mich, dass du so gut mit deiner Ruderstange umgehen kannst.«

Er entgegnete nichts. Eleonore sah ihn allerdings erröten, während ein breites Grinsen über seine Wangen zog. Es dauerte diesen einen Moment, bis ihr bewusst wurde, dass man ihre Worte als Doppeldeutigkeit verstehen mochte. Männer! Immer das Gleiche mit denen! Erbost rammte sie Frieder ihren Ellenbogen in die Seite.

»Aua!«, stieß er aus. »Ich hab doch gar nichts gesagt!«

»Du weißt genau, warum du das verdient hast«, gab sie empört zurück.

Frieder grinste wieder, trat aber einen Schritt aus ihrer Reichweite, als sie erneut ausholen wollte. Eleonore spürte jetzt ebenfalls das Blut in ihr Gesicht schießen.

»Wenn wir schon davon reden, dass man nie auf Anhieb sagen kann, ob etwas Glück oder Pech ist«, wechselte er das Thema, »dann frage ich mich, zu welcher Kategorie wohl unser Zusammentreffen zählen mag.«

»Manchmal stellt sich so etwas erst im Laufe der Zeit heraus«, antwortete sie schnell.

Die anderen hatten an einer Kreuzung Halt gemacht, um auf sie zu warten.

»Wir haben beschlossen, dass wir uns aufteilen«, sagte der Vater. »Ich gehe mit Armin und Frieder zum Pferdemarkt. Ihr beide«, er zeigte auf Eleonore und Ruedi, »begleitet Bruder Melchior zum Münster und seht zu, ob ihr bei dem Rätsel weiterkommt.«

Als die Kathedrale in ihrer Pracht vor ihnen auftauchte, fiel Eleonore als Erstes auf, wie asymmetrisch sie wirkte. Auf der einen Seite wuchs der schlanke, fast leicht wirkende Turm in den Himmel, auf der rechten Seite wäre dafür Platz gewesen, doch man hatte keinen zweiten Turm errichtet.

»Zu Straßburg weisen dir Hesperos' Rosenblätter den Weg, wenn die Dame dem grünen Herrn begegnet«, wiederholte der Mönch das Rätsel des Buchs. »Nun dann, wir sind in Straßburg und hätten da die Dame, die Kathedrale.«

»Wer ist der grüne Herr, dem sie begegnen soll?«, fragte Ruedi. »Eine der Figuren vielleicht?« Er zeigte auf den mit Hunderten von Figuren versehenen steinernen Torbogen.

»Am ehesten dürfte mit ›Herr‹ der Herrgott gemeint sein«, überlegte Eleonore. »Jesus?«

Über dem Spitzrund des Portals mit den Figuren befand sich der Wimperg, ein giebelhaft in den Himmel weisendes Dreieck, über dem eine gewaltige Fensterrosette zu erkennen war. Hier bewegten sich König Davids Löwen, darüber thronte die Mutter Gottes mit dem Sohn im Arm. Weiter unten im Torbereich hielt Maria das Jesuskind.

Bruder Melchior sah etwas ratlos aus. »Es ist sicher eine Möglichkeit, dass mit ›grüner Herr‹ Gott Vater oder Sohn gemeint sein können. Aber es gibt in manchen Kirchen und Kathedralen auch die Figur des Grünen Mannes. Ein archaischer wilder Kerl, der völlig in Blattwerk gehüllt ist, und als Fratze sprießen ihm die Blätter aus dem Maul. Und statt Haaren hat er grüne Zweige.«

Ruedi schüttelte befremdet den Kopf.

Zwei Nonnen zogen gerade das Haupttor auf und schritten an ihnen vorbei ins Innere.

»Vielleicht gibt es drinnen eine solche Figur. Oder einen Jesus, der grüne Kleidung trägt«, sagte der Mönch.

Eleonore nickte. »Wir sollten auf jeden Fall nachsehen«, schlug sie vor und folgte den Nonnen, bevor der Torflügel sich wieder schloss.

»Im Haus Gottes musst du aber deinen Hut abnehmen«, mahnte Bruder Melchior.

Eleonore schluckte. Er hatte natürlich recht. Mit Hut würde sie im Münster wahrscheinlich noch mehr Aufmerksamkeit auf sich ziehen, als sie es mit dem umgeschnallten Degen ohnehin schon tat. Sie drückte sich nach dem Eingang an die Seite und zog sich den Hut vom Kopf. Mit der anderen Hand richtete sie sich notdürftig das Haar.

»Bleiben wir zusammen, oder teilen wir uns auf?«, fragte Ruedi.

»Du suchst mit Eleonore auf der rechten Seite,« erwiderte Bruder Melchior. »Ich nehme mir die linke vor.«

Die Ausmaße des Kirchenbaus ließen Eleonore vor Ehrfurcht staunen. Das riesige Mittelschiff war von mächtigen Säulen begrenzt, die die Aufmerksamkeit des Betrachters nach oben lenkten. Hinter den Pfeilern verliefen beidseitig die Seitenschiffe, die mit prächtigen Fenstern ausgestattet waren. Aber der helle Eindruck in der Kathedrale stammte vom bunten Licht, das durch die hohen Obergaden-Fenster farbige Schatten in den Raum und auf das helle Kreuzrippengewölbe warf. Die Decke war so hoch, dass Eleonore den Kopf in den Nacken legen musste. Die Weite des Raumes ließ sie sich winzig fühlen im Angesicht des Herrn. Und damit war sie nicht allein. Vorn auf den Stufen vor dem Altar knieten sicher dreißig Menschen. Sie waren ins Gebet vertieft. Andere saßen in den Stuhlreihen, die nur im vordersten Bereich des Langhauses aufgestellt waren. Weitere Besucher wandelten ehrfürchtig durch die große Kirche. An den Säulen spendeten flackernde Stumpenkerzen auf brusthohen Eisenständern zusätzliches Licht. Eleonore erkannte die beiden Nonnen wieder, die an einem Marienbildnis stehen blieben und sich bekreuzigten.

»Lass uns losgehen«, flüsterte sie Ruedi zu, der ebenso wie sie gebannt von der Wirkung des Kirchenraums schien.

»Hast du die Schnitzereien gesehen?«, fragte er begeistert, als sie an Altären der kleineren Kapellen im Seitenschiff vorbeikamen. »Und das sind die einfachen Arbeiten. Da, die Orgel!« Er wies auf das sicher zwanzig Schritt hohe, vergoldete Gehäuse des Instruments. »Was für eine Pracht! So viel Gold!«

Doch neben Gold waren mehrere Stellen auch farbig bearbeitet. Rot, Blau, am Fuß gab es viel Grün, daneben zwei skurrile Figuren.

»Da!«, rief Ruedi und zügelte sich gleich wieder. »Ein grüner Herr!«

Tatsächlich. Eine der beiden Figuren war ein Trompeter, die andere eine bärtige Gestalt mit einem knielangen, dunkelgrünen Hemd!

Ein Stück weiter entfernten zwei Handwerker im Seitenschiff eine geborstene Bodenplatte. Ruedi hielt auf sie zu.

»Verzeiht, meine Herren«, sagte er.

Eleonore folgte ihm. Die Männer blickten von ihrer Arbeit auf. Der Ältere besah sich skeptisch Eleonores Kleidung und ihr langes Haar. Sie wusste genau, dass sie sich am besten so unauffällig wie möglich gab, und senkte den Blick sittsam zu Boden.

»Ja?«, fragte der Ältere. »Was wollt ihr?«

»Viel zu tun?«, erwiderte Ruedi.

»Immer«, gab der Mann kurz zurück. Er wies mit dem Kopf und einem fragenden Blick auf Eleonore.

»Mein Weib«, erklärte Ruedi ohne Zögern und als sei es die normalste Sache der Welt.

Sie hätte am liebsten alles richtiggestellt, aber da der Mann mit dieser Antwort zufrieden schien, schluckte sie ihren Protest herunter. Sie würde Ruedi ihre Meinung dazu schon noch sagen!

»Wir sind zu Besuch in Eurer schönen Stadt. Ein Freund schlug mir vor, wir sollten uns den grünen Herrn ansehen in Eurem Münster. Ob er damit wohl diese Figur neben Eurer Orgel meint?«

»Grüner Herr?«, fragte der Jüngere, der den Augen nach der Sohn des anderen sein mochte. »Ach, der Rohraff! Ich finde, sein Gewand sieht eher blau aus.«

Eleonore schaute noch einmal nach oben. Beim zweiten Blick gab sie dem Jungen recht. Die Begeisterung hatte sie eben einen Grünton wahrnehmen lassen, jetzt musste sie zugeben, dass das Gewand doch eher dunkelblau angemalt war.

Der ältere Mann stand auch auf und blickte ebenfalls in Richtung Orgel. »Eher blau«, bekräftigte er. »Auf jeden Fall nennt man ihn den Rohraff, wie mein Junge sagt, und nicht den grünen Herrn. Es ist ein Automat, der über die Orgel bedient werden kann.«

Ruedi ließ nicht locker, das musste Eleonore ihm lassen. »Wer könnte uns denn sagen, wo wir in oder an der Kathedrale den grünen Herrn finden könnten?«, erkundigte er sich freundlich.

»Höchstens der Münsterbaumeister«, antwortete der Sohn.

»Aber der kommt erst in drei Tagen zurück«, ergänzte der Vater. »Frag doch deinen Freund, was genau er gemeint hat, was ihr euch ansehen sollt! Wir müssen jetzt weitermachen. An dieser Kathedrale gibt es immer etwas zu tun.«

»Trotzdem vielen Dank!«, sagte Ruedi und entfernte sich. Eleonore folgte ihm, wie es einer guten Ehefrau wohl geziemte.

»Dein Weib?«, raunte sie ihrem deutlich kleiner gewachsenen Begleiter zu.

Ruedi grinste sie verlegen an und zuckte mit den Schultern. »Hat doch funktioniert.«

»Aber trotzdem sind wir nicht einen Schritt weiter.«

Durch das Kirchenschiff eilte der dicke Mönch auf sie zu. Offenbar war er erfolgreicher gewesen als sie, denn er wies aufgeregt in die Richtung, aus der sie gekommen waren.

Eleonore wandte sich um. Durch das Portal und das darüber befindliche übergroße Rundfenster drang Licht in das Gotteshaus. Was meinte Bruder Melchior nur?

»Seht!«, flüsterte er atemlos, als er bei ihnen ankam.

»Was denn?«, fragte Eleonore.

»Dass ich darauf nicht selbst gekommen bin! Das Rosenfenster! Man nennt diese Fenster Rosenfenster!«, brachte er hervor. »Hesperos' Rosenblätter. Hesperos ist der Abendstern!«

»Der Abend steht für den Westen«, tippte Ruedi.

Bruder Melchior kicherte und strebte in die Richtung des Eingangs. »Ja, ›Hesperos' Rose‹ kann nur das Rosenfenster in der Westfassade meinen.«

Sie folgten ihm.

»Und da«, er wies erneut nach oben, »sind die Rosenblätter!«

Tatsächlich! Das Rundfenster bestand aus einer kleinen, fünfblättrigen Rose ganz in der Mitte und zweiunddreißig langen, spitzen Strahlen, die wie schmale Blütenblätter ins Innere wiesen. Sie waren farbig gestaltet, weiß im Innersten, dann folgte ein Saphirblau, gelbe Blättermuster vor rubinfarbenem Hintergrund und schließlich abwechselnd blaue und grüne Abschlüsse. Je zwei Strahlenblätter zeigten auf die außenstehenden weiteren Rosen, sechzehn an der Zahl.

»Das sind Hesperos' Rosenblätter. Sie weisen uns den Weg«, fasste der Mönch zusammen.

»Aber nur, wenn die Dame dem grünen Herrn begegnet«, sagte Ruedi. »Und dieser grüne Herr scheint sich als unser Dilemma zu erweisen.«

Er berichtete von ihrem Fund und von der Reaktion der Baumeister. Die beiden hatten die neue Bodenplatte jetzt eingesetzt und fügten sie gerade mit stoffumwickelten Hämmern eben ein. Die Schläge hallten laut in der Kathedrale wider.

»Du hast recht, Ruedi«, stimmte Bruder Melchior ihm zu. »Der Teil des Rätsels mit dem ›grünen Herrn‹ bedarf noch einer Auflösung. Trotzdem haben wir schon große Fortschritte gemacht«, stellte er fest. »Vielleicht hat es mit den grünen Zeichen in der Rose zu tun.«

Sie blickten alle wieder nach oben. Eleonore glaubte nicht, dass hier die Aufklärung des Geheimnisses zu finden war. Sie sah sich um. Sie hatten erst einen kleinen Teil der Kathedrale untersucht. Sicherlich würden sie dem grünen Herrn noch irgendwo auf die Spur kommen.

»Junger Freund?« Die Stimme gehörte zu dem älteren Arbeiter, der zu ihnen gekommen war. Er verneigte sich kurz vor Bruder Melchior und sagte zu Ruedi: »Ich glaube, ich habe doch eine Idee, was euer Bekannter gemeint hat, als er euch schickte, den grünen Herrn anzusehen.«

Eleonore konnte es kaum glauben.

»Folgt mir«, sagte der Mann. Sie sahen sich alle verwundert an, als er sie zu der steinernen Kanzel im Langhaus führte.

»Ich fürchte nur, ihr seid zur falschen Zeit da.« Er zeigte auf eine Figur an der äußeren Brüstung der Kanzel. Die stellte Jesus Christus dar, den Herrn. Nur grün war hier gar nichts. Trotzdem sagte der Mann: »Das ist der grüne Jesus.«

»Es fällt mir schwer, auch nur eine Spur von Grün an ihm zu entdecken«, murrte Bruder Melchior.

»Schaut auf die gegenüberliegende Seite«, sagte der Steinmetz und wies auf eines der Buntfenster.

»Seht ihr dort die Gestalt? Den König Juda? Seine Fußspitze besteht aus grünem Glas.«

Eleonore hatte keine Idee, worauf der Mann hinauswollte. Auch Ruedi und Bruder Melchior wechselten verwunderte Blicke.

»Wenn an einem 23. September die Sonne scheint, wird durch das Glas der Fußspitze ein Strahl grünen Lichts durch die Kathedrale geworfen, der diese Jesusskulptur beleuchtet.«

Eleonore schüttelte ungläubig den Kopf.

»Das klingt nicht, als handele es sich um einen Zufall«, sagte Bruder Melchior.

»Es wissen nicht viele davon. Ein paar Gläubige erscheinen rund um diesen Tag, um den Lichtschein über die Kanzel laufen zu sehen. Der Höhepunkt ist am 23. September zur Tag- und Nachtgleiche.«

»Das Herbstäquinoktium«, sagte Bruder Melchior nickend. »Das passt!«

»Euer Freund hätte euch warnen sollen, dass es heute keinen grünen Jesus zu sehen gibt. Erst wieder am 23. September. Es tut mir leid.« Der Steinmetz wandte sich zum Gehen.

Bruder Melchior zog ein verdrossenes Gesicht. »Die Dame trifft den grünen Herrn erst im Herbst. Und wir müssen bis zum 21. Juni unsere Aufgabe erfüllt haben. Wir sind zur falschen Zeit gekommen.« Er atmete laut seufzend aus. »Das war es dann wohl.«

»Meint Ihr wirklich, dass man genau an diesem Tag da sein muss?«, fragte Ruedi. »Die anderen Hinweise waren ja auch nicht wörtlich gemeint. Vielleicht bedeutet es doch etwas anderes.«

»Zu Straßburg weisen dir Hesperos' Rosenblätter den Weg, wenn die Dame dem grünen Herrn begegnet«, wiederholte der Mönch das Rätsel. Er wirkte wieder etwas hoffnungsvoller.

»Zu Straßburg ist einfach«, sagte Eleonore. »Da sind wir. Die Dame ist die Kathedrale. Hesperos' Rosenblätter können nur die Strahlen des Rundfensters in der Westfassade sein. Und wir haben den grünen Herrn gefunden.«

»Und der soll der Dame begegnen«, sprach Ruedi weiter. »Und das tut er am 23. Tag des September.«

»Am 23. Tag des neunten Monats!«, rief Eleonore aus. In ihrer Aufregung war sie so laut geworden, dass mehrere Gläubige in ihre Richtung blickten.

Plötzlich übertrug sich ihre Aufgeregtheit auf Bruder Melchior. Begeistert zählte er mit nach oben gerecktem Zeigefinger und einem geschlossenen Auge die Strahlen am Rosenfenster ab.

»Dreiundzwanzig!«, rief er.

»Psst«, zischte eine Nonne, die an ihnen vorbeiging.

»Geht einfach weiter und stört mich nicht beim Zählen!«, fuhr Bruder Melchior sie an. Die alte Ordensschwester wich erschrocken zur Seite, musterte die ungewöhnliche Gruppe und verließ dann mit empörtem Kopfschütteln die Kathedrale.

»Und da ist das neunte Blatt!« Der Mönch wies in die Luft.

»Die Rosenblätter weisen den Weg«, sagte Ruedi. »Wohin weisen sie?«

»Das dreiundzwanzigste Blatt weist auf das fünfte Blatt der Innenrose, das neunte auf das zweite Blatt«, stellte Bruder Melchior fest. »Ich kann es kaum glauben, aber mir scheint, wir haben gefunden, weswegen wir gekommen sind.«

Diesmal waren es Eleonore und Ruedi, die sich einen ratlosen Blick zuwarfen. »Aber was soll das bedeuten?«, wollte sie wissen.

Bruder Melchior setzte zu einer Antwort an. Er wurde von einem lauten Ruf daran gehindert, der hallend durch den Kirchenraum donnerte. Alle wandten sich um. Einen Moment später brach die Hölle über sie hinein.

16

Magnus von Auenstein ließ sich als Kaufmann nicht die Butter vom Brot nehmen, das merkte Frieder gleich. Er hatte sie zu einem Platz geführt, wo mehrere Pferdehändler ihre Tiere präsentierten. Zwar hatte er nicht genug Mittel, um für sie alle ein Reitpferd zu kaufen, aber in der Stadt lebte ein befreundeter Geschäftsmann, bei dem er Kredit zu bekommen hoffte. Jetzt wollten sie erst einmal ermitteln, wie viel Geld sie noch benötigen würden.

Auf dem Pflaster, wo die Tiere an Stangen angebunden auf Käufer warteten, lag Stroh. Knaben liefen mit Eimern und Schaufeln umher und sammelten die Äpfel auf, die sie sicher später als Dünger für die Stadtgärten verkaufen würden. Ein brauner Hengst, der einer Gruppe von Interessenten in einem Gatter vorgeführt wurde, stieg nervös, als eine aufkommende Brise ein paar weiße Flaggen mit rotem Querstrich zum Flattern brachte. Es waren eine Menge unterschiedlicher Pferde zu sehen. Die herrlichen Warmblüter mochten im Krieg oder vor den Diligencen dienen, den schnellen Postkutschen, die die Städte verbanden. Die schweren Kaltblüter hingegen waren zum Einsatz auf dem Feld, im Wald oder als Lastenzugtiere geeignet. Ein Händler hatte Schlachtpferde im Angebot. Zwei Metzger stritten sich um eine alte Percheronstute. Etwas weiter abseits standen die einfacheren Reittiere in allen Größen und Farben. Manche von ihnen waren schon älter, wie Frieder an den durchgedrückten Rücken erkannte. Es gab aber auch Jährlinge und Fohlen. Esel und Maultiere und kleine Pferde für Kinder oder Zwerge rundeten das Bild ab.

Magnus von Auenstein reagierte nicht auf die Zurufe der Händler, die von allen Seiten auf sie eindrangen. Frieder und Armin folgten ihm zu einem etwas abseits liegenden Stand. Ein Stoffbezug bot einem grimmig dreinschauenden Mann mit schwarzen Haaren und zusammengewachsenen Augenbrauen Schatten, während er sein Mittagessen zu sich nahm.

»Wollt Ihr nichts verkaufen?«, fragte Magnus von Auenstein.

Der Mann erhob sich schwerfällig von seinem Hocker und wischte sich mit dem Ärmel das Fett aus dem ungepflegten Bart.

»Braucht Ihr ein Pferd?«

»Sechs Reitpferde mit Sattel und zwei Lastentiere«, sagte Magnus von Auenstein. Der Händler stand mit einem Mal stramm.

»Da seid Ihr hier richtig, mein Herr. Beim Bernhard findet Ihr die edelsten Tiere von den besten Zuchten aus dem Elsass und ganz Frankreich.«

Frieder überkamen diesbezüglich Zweifel. Selbst mit seinem beschränkten Pferdewissen konnte er ausmachen, dass es sich bei den hier stehenden Tieren nicht um edle Rösser, sondern um einfache Gebrauchspferde handelte.

Eleonores Vater redete schon mit Feuereifer auf den Pferdehändler ein. Frieder und Armin merkten schnell, dass sie zu den Verhandlungen nicht sonderlich viel beizutragen hatten. Sie gaben ihm ein Zeichen, dass sie sich umsehen wollten, und schlenderten ein wenig umher.

Es gab in dieser Stadt so vieles zu sehen! Armin zeigte am Rand des Pferdemarkts auf einen feinen Herrn, der mithilfe eines livrierten Dieners aus einer mit glänzend dunkelgrünem Lack überzogenen Kutsche stieg. Der Fahrer versorgte das aus vier Apfelschimmeln bestehende Gespann. Selbst von ihrem Standort aus konnte Frieder die in den Jackenstoff des Herrn eingewebten Goldfäden erkennen. Allein dafür hätte er Monate im kalten Rhein tonnenweise Sand und Geröll waschen müssen!

Beim Blick zurück konnten sie beobachten, wie Magnus von Auenstein die Lippen eines Tieres hochschob, um sich seine Zähne genau besehen zu können.

In dem Moment lief ein Schauer über Frieders Rücken. Die Flaggen hingen wieder schlaff. Das Gefühl konnte also nicht von der Brise stammen. Frieder erschauerte erneut. Jetzt wusste er, was die Ursache war: Von der anderen Seite des Marktes marschierte eine Gruppe von Soldaten auf sie zu.

Das war in einer Festungsstadt an sich nicht ungewöhnlich. Sie hatten hier schon einige Trupps gesehen, jedoch stets in der Uniform der Franzosen. Diese Männer aber waren grau gekleidet. Und angeführt wurden sie von einem riesigen, bärtigen Kerl. Frieder erkannte ihn sofort als den Mann, mit dem Eleonore die Klingen gekreuzt hatte. Der Riese mit dem eingedrückten Schädel!

»Armin!« Hektisch zog Frieder seinen Freund in die nächste Gasse.

»Was ist denn?«

Er spähte aus dem Schatten auf den Platz. »Da sind diese Kerle, die uns angegriffen haben. Sie dürfen uns nicht sehen. Warte hier! Ich warne Herrn von Auenstein.«

Frieder versuchte, sich möglichst unauffällig zu bewegen und Pferde oder andere Menschen zwischen sich und die Soldaten zu bringen. Er näherte sich dem Stand, an dem Magnus von Auenstein gerade mit dem Händler in den Unterstand ging. Dort konnte er von den Männern nicht gesehen werden. Das war gut.

Ein Mann war zu der Gruppe aus sechs Soldaten und ihrem Anführer gestoßen. Sie standen hinter einem steinernen Brunnen. Der Neuankömmling schien einen Bericht abzugeben. Frieder konnte nicht anders. Mehrere Fässer und gestapelte Heuballen dienten ihm bei seiner Annäherung als Deckung. Er tat so, als hätte er etwas verloren, und bückte sich hinter den Ballen auf den Boden.

»... gehört dem Baron ...«, hörte er eine Stimme. »... gewiss ...« Es waren nur Fetzen, die an sein Ohr drangen. Frieder befand sich hier in einem guten Versteck, aber er wollte mehr in Erfahrung bringen. Er kroch hinter den Ballen zum Brunnen.

»... ging der Mönch in die Kathedrale.«

»Hat er die Taschen dabei?«

Frieders Augen weiteten sich vor Schreck.

»Er trägt zwei Ledertaschen bei sich, Monsieur Wüller«, sagte der andere Mann.

»Gut so«, gab der Große mit Bestimmtheit zurück und ließ ein kratziges Lachen hören. Gabriel Wüller hieß er also mit vollem Namen.

»Gut beobachtet, Emilian«, sagte er. »Lauf zum Palais Rohan und berichte dem Baron, was du mir erzählt hast. Du findest ihn beim Koadjutor! Beeil Dich!«

Schritte entfernten sich. Ein Paar Stiefel liefen davon, sieben Paar marschierten auf Wüllers Befehl hin in die Richtung los, in der die Kathedrale lag. Frieder stand auf und eilte zu Magnus von Auenstein. Armin kam hinzu.

»Was ist los?«, fragte sein Freund.

»Sie wissen, dass wir da sind. Sie wollen in die Kathedrale!«, sagte Frieder laut genug, dass auch Eleonores Vater es verstand.

»Sie?«, fragte er.

»Ja! Unsere Verfolger. Sie wollen das Buch holen.«

»Was soll das für eine Verhandlung sein?«, schimpfte der Händler, aber sie ließen ihn einfach stehen.

»Mir nach!«, rief Magnus von Auenstein und eilte ebenfalls los in Richtung des Münsterturms, allerdings nahm er eine andere Gasse als Wüllers Männer.

»Wenn wir uns beeilen, können wir vor ihnen ankommen!«

Frieder folgte dem Buchhändler. Sie sprangen über einen Köter, der in der Gasse schlief, stießen zwei streitende Weiber zur Seite und bogen an der nächsten Kreuzung links ab.

»Los, wir müssen vor denen da sein«, rief Magnus von Auenstein bereits etwas atemlos.

»Armin ist nicht mehr da!«, bemerkte Frieder, dem das Atmen selbst schon schwerfiel. Wo war der Freund nur?

Sie näherten sich der Kathedrale von Norden. Frieder wurde klar, dass Magnus von Auenstein nicht das Hauptportal, sondern ein Seitentor benutzen wollte.

Kalte, nach einem Hauch Weihrauch riechende Luft schlug Frieder zusammen mit plötzlicher Ruhe entgegen. Ein paar Leute knieten betend auf den Treppen zum Altargeviert. Eleonores Vater und Frieder keuchten nach dem Lauf wie kranke Ochsen. Zwei Männer wandten ihnen missbilligend die Köpfe zu. Dann machte er Eleonore aus. Sie stand zusammen mit dem Mönch und Ruedi ein weites Stück entfernt am Haupteingang. Alle drei starrten gebannt nach oben. Bruder Melchior schien an dem runden Fenster etwas abzuzählen.

»Schnell!« Magnus von Auenstein hatte sie auch gesehen und stürmte los. Seine Stiefel hallten auf dem Kirchenboden, und Frieders Schritte gesellten sich dazu.

»Eleonore!«, brüllte er.

Die Gerufene und ihre Begleiter drehten sich wie vom Blitz getroffen um. Wahrscheinlich sah nach diesem Ruf jeder in der Kathedrale zu den beiden rennenden Männern.

Das Hauptportal öffnete sich und warf einen gleißenden Lichtstrahl auf Frieders Freunde. Er war noch mindestens dreißig Schritte von ihnen entfernt, erkannte aber bereits die Gestalt, die nun im Tor erschien.

»Lauft!«, rief Frieder.

Doch Eleonore, Ruedi und der Mönch waren zu verwundert und wandten sich noch einmal zum Tor. Dann schienen sie endlich zu begreifen, aber es war zu spät. Frieder sah, wie Wüller und seine Männer in das Gotteshaus eindrangen. Sie hielten ohne Umschweife auf Bruder Melchior zu, der sich, so schnell er konnte, mit Ruedis Hilfe zurückzog. Eleonore blieb allein in vorderster Linie und zog mit dem Mut der Verzweiflung ihren Degen.

Frieder wünschte, er hätte seine Ruderstange dabei. Im Laufen sah er sich nach einer Waffe um. Das Einzige, was irgendwie geeignet erschien, war ein eiserner, brusthoher Kerzenständer an der nächsten Säule. Die Eisenstange hatte drei geschmiedete Füße und einen Teller mit Dorn, der die halb abgebrannte Stumpenkerze bei den heftigen Bewegungen nicht länger halten konnte. Frieder schwang das schwere Eisen und schlug es gegen einen der Männer, die ihrerseits ihre Degen gezogen hatten und sich um Eleonore postierten. Er traf ihn in die Seite und war selbst von der Wucht des Aufpralls überrascht. Der Mann stürzte zu Boden wie ein gefällter Baum.

Währenddessen versuchte Eleonore, sich keine Blöße zu geben, und wehrte einen ersten, testenden Hieb Wüllers ab. Das Klirren des Metalls hallte durch die Kathedrale, vom Altar drangen nun erregte und angsterfüllte Rufe zu ihnen, zwei Nonnen rannten kopflos davon. Eleonores Klinge bewegte sich schneller, als Frieder schauen konnte, aber der Degen des Riesen war stets zur Stelle, um sie abzuwehren.

Frieder schwang seinen Kerzenleuchter gegen den nächsten Gegner. Doch der hatte ihn bemerkt und wich dem schweren Eisenständer spielend aus. Magnus von Auenstein stürzte sich derweil auf der anderen Seite gleich drei Gegnern entgegen, um seiner Tochter Luft zu verschaffen.

Trotzdem musste Eleonore bereits unter den machtvollen Attacken ihres Gegenübers zurückweichen. Frieder verlor sie aus den Augen, denn eine silbrige Klinge raste auf ihn zu, die er mit dem Kerzenständer eher zufällig abwehren konnte. Ein weiterer

Kämpfer näherte sich ihm. Er hatte gebräunte Haut und leuchtend blaue Augen und stieß seine Waffe in Richtung von Frieders Brust. Sein Angriff war zwar wütend, aber nicht zielgenau ausgeführt. Es fehlte eine Handbreit Klinge, um Frieder zu treffen. Doch er kam schnell näher. Die nächste Attacke würde Frieder nicht abwehren können. Zumal da auch noch der andere war, der auf Frieders Seite zielte. Auch ihm blieb nur ein schnellstmöglicher Rückzug. Doch jeden Schritt, den er zurückwich, drangen seine Gegner weiter vor. Ein erneuter Schlag des Ersten verfehlte Frieder knapp. Dafür traf er den Mann mit dem hochgerissenen Kerzenständer am Unterarm, sodass ihm die Waffe klirrend zu Boden fiel. Frieder musste seinen Rückzug fortsetzen, denn der Zweite mit den blauen Augen ließ auch nicht locker. Diesmal galt sein Hieb Frieders Kopf. Sein Leuchter war dem Treffer aber im Weg. Durch die Kraft des Aufpralls durchzuckte ein stechender Schmerz seine Handgelenke. Beinahe hätte er die notdürftige Waffe fallen lassen. Doch er bekam sie wieder in den Griff.

Frieder sah in den Augen des Mannes ein Blitzen, bevor die nächste Bewegung erfolgte. Er holte zu einem weiten, horizontalen Schwung in Brusthöhe aus, den er nicht mehr parieren konnte. Im letzten Moment ließ ihn ein Instinkt in die Hocke gehen. Er spürte den Luftzug der Waffe direkt über seinem Kopf, sprang wieder auf und sah, dass der Mann die Kerze hinter ihm in der Mitte in zwei Hälften geschlagen hatte. Das hatte eigentlich ihm gegolten! Durch den kräftigen Schwung ins Leere verlor sein Gegner einen Moment die Orientierung. Seine Waffe war auf der anderen Seite und bot ihm keine Deckung. Frieder rammte ihm den Dorn des Leuchters in die ungeschützte Seite. Der Mann grunzte vor Schmerz, aber Frieder wusste, dass er ihn mit dem Kerzenleuchter nicht besiegen konnte. Vor allem nicht, weil sein erster Gegner den verlorenen Degen schon wieder aufgehoben hatte und sich ihm wütend näherte.

Wo waren die anderen?

Frieder nahm das Geräusch sich kreuzender Klingen hinter sich wahr. Er sprang darauf zu, wich damit weiter vor seinen Angreifern zurück, die sich nun neu formierten. Eleonore focht noch immer gegen Wüller. Der bullige Kerl drosch mit roher Kraft auf sie ein. Sie parierte seine Schläge mit Finesse.

Magnus von Auenstein hatte einen seiner Gegner ausgeschaltet. Eine Blutlache breitete sich unter dem Toten auf dem Steinboden der Kathedrale aus. Doch er hatte noch immer eine Übermacht von zwei Kämpfern gegen sich. Wüllers Männer stürmten gerade wieder auf ihn zu.

Frieder wich einem weiteren Hieb aus und sprang so schnell zurück, wie er konnte. Bei der Übermacht war es nur eine Frage der Zeit, bis sie besiegt am Boden lagen!

Er erreichte auf seinem Rückzug einen Treppenaufgang, sprang die schmalen Steinstufen rückwärts empor. Links war eine Säule, um die sich die Stufen schraubten, rechts ein steinernes Geländer. Hier konnten seine Gegner ihm nur hintereinander folgen. Zuvorderst drang der mit den blauen Augen vor, der nach Frieders Treffer wütend versuchte, den Kampf endlich zu beenden, und es offenbar nicht fassen konnte, dass der junge Mann mit dem Kerzenständer sich seinen Hieben noch immer entzog. Auf der engen Treppe wechselte er die Taktik und ging zu schnellen Stichen über, denen Frieder nur ausweichen konnte, indem er weiter nach oben kletterte. Wohin führten die Stufen?, fragte er sich. Dann bemerkte er es. Sie endeten an der hohen Kanzel mit steinerner Brüstung. Von hier aus konnte man den ganzen Kirchenraum überblicken.

Frieder schaffte es, den Fuß des Kerzenleuchters seinem Gegner so fest gegen die Brust zu rammen, dass dieser auf der obersten Stufe das Gleichgewicht verlor und gegen den ihm nachfolgenden Kameraden geworfen wurde. Frieder musste blitzschnell handeln. Er schwang sich auf die Brüstung. Verdammt! Für einen Sprung mit sicherer Landung war es viel zu hoch.

Unter ihm kämpfte Magnus von Auenstein weiterhin gegen zwei Gegner, während Eleonore bereits mit dem Rücken zur Wand stand und immer mehr Probleme zu haben schien, den Schlägen Wüllers etwas entgegenzusetzen.

Frieder drückte sich ab und katapultierte sich gegen den Rücken eines der Gegner des Buchhändlers. Der Mann ging durch den überraschenden Aufprall sofort zu Boden. Frieder spürte vom Sturz auf den Steinboden einen heftigen Schmerz im Knie und versuchte, sich schnell wieder aufzurichten.

»Danke!«, rief Magnus von Auenstein und trieb seinen letzten Gegner zurück, der offenbar plötzlich seine Courage verloren hatte. Zumal sich mit Bruder Melchior mit über dem Kopf erhobenem Gehstock und Ruedi mit wildem Gebrüll zwei weitere Kämpfer näherten.

»Los, sammeln!«, hallte die kratzige Stimme Wüllers durch das Kirchenschiff. Er wehrte einen letzten Schlag Eleonores ab und zog sich ein Stück weit zurück.

Nicht alle konnten seinem Ruf Folge leisten. Drei seiner Männer lagen am Boden. Zwei kamen gerade die Treppe der Kanzel herabgeeilt.

Bruder Melchior machte bei Eleonore Halt. Magnus von Auenstein ging ebenfalls zu ihr, und Frieder tat es ihm gleich.

»Wir müssen hier raus!«, bemerkte der Buchhändler flüsternd und erstaunlich ruhig. »Zum südlichen Seitentor.« Frieder sah, dass er am linken Arm blutete.

»Gebt auf!«, forderte der Riese sie lautstark auf. »Nur so könnt ihr euch retten!«

»Was wollt ihr von uns?«, fragte Eleonores Vater laut. Er wollte offenbar das Gespräch in Gang halten, während sie Schritt für Schritt dem Altar zustrebten, ohne ihren Gegnern gegenüber an Platz zu gewinnen, denn die folgten ihnen lauernd auf dem Fuß.

»Ihr braucht es gar nicht zu versuchen. Da draußen warten weitere meiner Männer.«

»Das glaube ich nicht. Sonst hättest du sie gleich mitgebracht.«

»Wir wollen nur die Taschen des Mönchs«, sagte der andere schmeichelnd. »Gebt sie uns, und geht in Frieden eurer Wege!«

Am Altarraum mit der Apsis angekommen, wandten sie sich auf die andere Seite als die, durch die sie hereingekommen waren. Frieder sah Wüller an, dass es nur eine Frage der Zeit war, bis er seinen Leuten einen erneuten Vorstoß befehlen würde.

»Eleonore, bring Bruder Melchior raus«, flüsterte Magnus von Auenstein, doch seine Tochter widersprach: »Du brauchst meine Klinge hier.«

»Ich gehe mit ihm«, sagte Ruedi schnell. Er klang dankbar, der Situation zu entkommen.

In dem Moment, als der Mönch weiter zurückwich, brüllte Wüller den Befehl zum erneuten Angriff: »Attacke!«

Frieder stieß gegen eine große, mit Steinfiguren verzierte Säule, dahinter nahm er aus den Augenwinkeln eine kunstvolle Uhr wahr, die Sternzeichen anzeigen konnte. Und daneben befand sich eine Tür, die Ruedi und der Mönch nun hektisch öffneten. Gleichzeitig musste Frieder auch schon den Kerzenständer hochreißen, um den nächsten Schlag des Blauäugigen abzuwehren. Der Kerl schien es auf ihn abgesehen zu haben.

Wüller fand diesmal in Magnus von Auenstein einen ebenbürtigen Gegner, Eleonore hielt einen der Soldaten auf Abstand, dessen Kamerad hinter ihm bereitstand.

Etwas schoss an Frieder vorbei. Direkt im Anschluss taumelte sein Kontrahent und fasste sich an den Kopf. Er hatte eine blutende Wunde. Offenbar hatte Ruedi etwas zum Werfen gefunden.

»Los!«, rief der Vergolder ihnen zu.

Sie sprangen durch die Tür, Eleonore zuerst, dann Frieder hinterher. Er sah, wie Magnus von Auenstein Wüller noch einen heftigen Schlag verpasste, den der Schurke parierte, doch den darauffolgenden Tritt des Buchhändlers hatte er nicht vorhergesehen. Der Riese taumelte zwei Schritte nach hinten. Eleonores Vater nutzte die gewonnene Zeit, um durch den Spalt der Tür zu schlüpfen. Daraufhin drückten sie diese gerade noch rechtzeitig zu, bevor ihre Gegner einen wuchtigen Ansturm darauf starteten. Mit vereinten Kräften hielten sie ihm stand.

Frieder verschaffte ihnen etwas Luft, indem er den mittlerweile lädierten Kerzenständer wie einen Riegel zwischen die Türgriffe schob. Die Stange hielt aber nicht von alleine. Er musste sie festhalten, damit sie nicht einfach zu Boden glitt.

»Jetzt schnell, weg!«, rief Magnus von Auenstein. Nach und nach stürmten alle durch das Portal hinaus.

»Komm, Frieder!«, schrie Ruedi.

Er drehte sich um und eilte seinem Freund nach, aus dem Tor hinaus ins gleißende Sonnenlicht. Einen Moment sah er gar nichts, bis sich seine Augen an die Helligkeit gewöhnt hatten. Seine Freunde rannten über den Platz südlich der Kathedrale. Hinter sich hörte er ein Klirren von Metall auf Stein. Das Ende seiner Barriere war schneller gekommen, als er gehofft hatte. Wüller und seine Leute waren ihnen auf den Fersen!

17

Straßburg, 16. Juni 1771
Noch fünf Tage bis zum längsten Tag des Jahres

Eleonore von Auenstein jagte über das Pflaster auf das Palais Rohan zu. Sie hörte die anderen hinter sich. Durch den Lärm auf dem Platz drang Frieders Stimme an ihr Ohr: »Schneller, sie kommen!«

Der grobschlächtige Kerl hatte sich als extrem harter Gegner erwiesen. Er beherrschte seinen Degen nicht nur außerordentlich gut, sondern legte ungeheure Wucht in seine Angriffe.

»Wendigkeit und Präzision schlagen die Kraft«, hatte Silvio Emilio Tedesci immer bei ihren Fechtlektionen gepredigt. Damals hatte sie die Strenge ihres Lehrers verflucht. Heute wusste sie, dass sie ohne seinen Unterricht eben von der Klinge des Riesen durchbohrt worden wäre. Das Schlimme war nur: Es war nicht vorbei. Wie waren die Soldaten ihnen nur auf die Spur gekommen? Gab es noch mehr von ihnen hier in Straßburg?

Beinahe wäre Eleonore von anpreschenden Pferden überrannt worden, die aus dem Galopp abbremsten. Sie zogen eine glänzend dunkelgrün lackierte Landauerkutsche, auf deren Bock der Schmied Armin saß! Er hielt alle Leinen in der Hand und hatte seine Mühe, die erregten Apfelschimmel unter Kontrolle zu halten.

»Steigt ein!«, brüllte er. Eleonore riss die Kutschentür auf und sprang hinein. Auf der anderen Seite kletterte Ruedi ins Innere.

»Die anderen!«, rief sie und wurde in dem Moment mit Ruedi nach hinten geworfen, als die Pferde einen Satz nach vorn taten.

Als sie wieder stehenblieben, fielen Eleonore und Ruedi übereinander auf den Boden der Kutsche.

»Ruhig!«, hörte sie Armins Stimme, dann tauchte Bruder Melchiors feuerrotes Gesicht in der offenen Tür auf. Eleonore versuchte, auf die Beine zu kommen, und reichte ihm die Hände. Sie konnte hinter ihm den Vater sehen, der den ausladenden Körper des Mönchs nach oben drückte. Frieder hatte sie fast erreicht, aber nicht weit hinter ihm folgte der Riese mit seinen verbliebenen Männern.

»Schneller, sie kommen!«, drang Armins Stimme zu ihnen herein.

Endlich hatten sie den massigen Leib Bruder Melchiors im Innern der Kutsche. Der Vater sprang ihm hinterher, Frieder folgte nur einen Moment später.

»Fahr los, Armin!«, rief der Vater und schlug mit der flachen Hand gegen die Verkleidung zum Kutschbock hin. Sie hörten eine Peitsche knallen, dann flogen sie alle durcheinander, als die Kutsche sich ruckartig in Bewegung setzte.

Armin erwies sich als ein miserabler Kutscher. Während sie versuchten, sich irgendwie zu sortieren, raste er durch die Stadt und brüllte alle auf den Straßen und Gassen an, sie sollten sich aus dem Weg machen. In einer Folge zu schnell genommener Kurven flogen sie wieder unsanft durcheinander. Eleonore hatte plötzlich den nackten Fuß des Mönchs im Gesicht, eine Sekunde später prallte sie Wange an Wange gegen Frieder. Doch auch diese angenehmere Begegnung währte nur einen kurzen Moment. Der Vater war zuerst unter ihr, Ruedi dann auf ihr, und ein gedämpftes Klirren zeigte an, dass irgendwo Glas zu Bruch gegangen war.

Endlich nahmen die Schlenker ein Ende. Die Fahrt beruhigte sich. Sie kämpften sich alle hoch.

»Sind sie noch hinter uns?«, rief der Vater in Richtung Bock.

»Garantiert nicht!«, kam es von vorn.

»Dann halt jetzt an«, sagte der Vater. »Ich fahre besser selbst weiter.«

Armin schaffte es, die Pferde zum Stehen zu bringen. Eleonore kam neben Frieder zu sitzen und spähte aus dem Fenster. Fachwerkhäuser, ein paar Geschäfte, ausgestellte Schilder von Wirtschaften, die ihre Speisen und den elsässischen Wein priesen. Die Leute hier schenkten der Kutsche keine besondere Aufmerksamkeit, außer dass ein so edles Gefährt nicht alle Tage in diesem Viertel anhielt. Sie waren offenbar ein gutes Stück von der Kathedrale entfernt.

Vater stieg zu Armin auf den Kutschbock.

»Wo kamen die Männer denn so plötzlich her?«, wollte Eleonore wissen.

»Ich habe sie auf dem Pferdemarkt bemerkt«, antwortete Frieder, »und ich konnte sie belauschen. Sie sagten, dass man euch gesehen hat, wie ihr in die Kirche getreten seid. Irgendjemand hat euch erkannt.«

In dem Moment ging die Fahrt weiter. Eleonores Vater ließ die Pferde schnell genug laufen, dass die Fahrgäste auf den mit Leder bezogenen und gepolsterten Sitzbänken auf- und niedergerüttelt, aber nicht im Innern der Kutsche herumgeworfen wurden. Das war auch wichtig, wenn sie etwas unauffälliger vorankommen wollten als bisher.

Wie ist Armin nur an dieses Gefährt gekommen?, ging es Eleonore durch den Kopf. Doch sie war mehr als froh, dass er plötzlich aufgetaucht war.

Sie mussten die Stadt verlassen, bevor die Wachen alarmiert wurden. Als sie sich einem Tor in der Nordmauer näherten, fuhr Vater etwas langsamer, um möglichst keine Aufmerksamkeit auf die Kutsche zu lenken. Man ließ sie ohne Probleme passieren. Eleonore atmete erleichtert aus.

Auf der Straße außerhalb der Stadt ließ der Vater die Peitsche wieder knallen. Jetzt galt es, möglichst schnell eine große Strecke zwischen sie und die Verfolger zu bringen.

Eleonore saß zwischen Ruedi und Frieder in Fahrtrichtung. Bruder Melchior hatte ihnen gegenüber Platz genommen und klagte unablässig darüber, dass beim Sprung in den Wagen seine Weinflasche zerbrochen war. Das musste das Klirren gewesen sein, das Eleonore gehört hatte. Sämtliche Vorräte des Mönchs waren nass und voller Scherben. Er warf alles nach und nach aus dem Fenster. Die zweite, wichtigere Tasche hingegen war samt dem Buch und der Tiegel und Fläschchen mit den Essenzen zum Sichtbarmachen der Geheimschrift unbeschadet geblieben. Gott sei Dank.

Eleonore war erleichtert, dass alle den Kampf in der Kathedrale größtenteils unversehrt überstanden hatten. Als sie das erste Mal eine kleine Pause einlegten, hatte sie sich die Wunde am Arm des Vaters angesehen. Es war nur ein oberflächlicher Schnitt, der bald verheilen würde. Frieder klagte über Schmerzen im Knie und humpelte beim Gehen, aber es war offenbar kein größerer Schaden entstanden. Während sie sich ansah, wie er ging, ließ sie sich von ihm berichten, wie er auf dem Pferdemarkt die Soldaten wiedererkannt und belauscht hatte.

»Der Große, dieser Gabriel, wurde Monsieur Wüller genannt«, sagte er. »Und er hat wieder diesen Baron erwähnt. Und einen Koadmator, bei dem der Baron sich befinden sollte. Was immer das sein mag.«

»Hieß es vielleicht Koadjutor?«, sagte der Mönch plötzlich.

»Kann sein«, antwortete Frieder.

»Das würde erklären, wieso die Männer sich so frei in der Stadt bewegen können. Der Koadjutor ist der Stellvertreter des Fürstbischofs«, erklärte Bruder Melchior.

»Ihr meint, dass der Bischof von Straßburg hinter allem steckt?«

»Vielleicht tut er das. Oder der Koadjutor, der sein Neffe ist, verfolgt mit diesem Baron seine eigenen Ziele. So oder so ergibt es Sinn. Mehrere Brüder im Umfeld Fürstabt Bedas in St. Gallen haben Verbindungen nach Straßburg. Es könnte einer von ihnen gewesen sein, der unsere Mission verraten hat. Gnade ihm Gott, wenn ich diesen Schuft in die Finger bekomme!«

»Dann ist unsere Schatzsuche damit hier leider schon zu Ende«, sagte Frieder. »Wir können ja sicher nicht mehr zurückfahren und ein zweites Mal in das Münster, um dieses Rätsel zu lösen.«

Eleonore sah Bruder Melchior zum ersten Mal freudig grinsen, seit ihm das Malheur mit seiner Weinflasche aufgefallen war. »Ach, mein Freund. Wir müssen nicht mehr zurück, denn wir haben die Lösung längst gefunden!«

Der Vater drängte darauf, schnell wieder aufzubrechen. Er trieb die Pferde kräftig an, weil sie jederzeit mit Verfolgern rechnen mussten. Wenn der Baron ihnen Reiter nachschickte, würden diese die viel langsamere Kutsche bald einholen. Allerdings mussten er und seine Leute zuerst in Erfahrung bringen, ob sich Eleonore und die Ihren in der Stadt versteckt hatten oder in welche Richtung sie geflohen waren. Sie hoffte, dass ihnen das etwas Vorsprung verschaffen würde. Dennoch war es angebracht, auf der Hut zu sein. Aber so eilig sie es hatten, die Kondition der Pferde reichte nicht ewig.

Etwa zwei Stunden später war die nächste Pause nicht mehr hinauszuzögern. Der Vater hatte zwei hübsche Degen sowie ein schweres Messer unter dem Bock gefunden. Die Degen überreichte er Frieder und Ruedi. Armin steckte das Messer ein.

Während die Pferde auf der frühlingshaften Wiese weideten, lehrte Eleonore die beiden Freunde im Schatten einiger Bäume an einem winzigen Bach, wie sie den Degen samt Scheide umhängen sollten. Sie ließ sie üben, die Waffe zu ziehen, ohne dabei sich selbst oder andere Mitglieder ihrer Gruppe zu verletzen, und nahm schließlich den Unterricht zu den elementarsten Grundregeln des Fechtens auf. Dazu gehörte als Erstes der richtige Stand.

»Ihr seid beide Rechtshänder«, bemerkte sie. »Also stellt den rechten Fuß mit der Spitze zum Gegner, den linken im rechten Winkel dazu. So.«

Sie zeigte es, sodass ihre Fersen sich fast berührten. »Und dabei stets locker und beweglich in den Knien bleiben«, sagte sie. »Das ist die Grundstellung. Nun zur Fechtstellung. Macht mit dem rechten Fuß einen Schritt nach vorn! Gut. Oberkörper aufrecht, Ruedi! Sehr gut, Frieder. Und jetzt etwas in die Hocke.« Sie ließ Ruedi und Frieder mehrfach zwischen Grund- und Fechtschritt wechseln.

»Da bleibe ich lieber bei einer ordentlichen Eisenstange«, rief Armin dazwischen und äffte die Bewegungen übertrieben nach. Ruedi machte seine Sache ganz gut, Frieder begriff schnell und gab eine gute Figur ab, wie Eleonore zugeben musste. Doch das brachte ihnen in einem Kampf keinen Vorteil. Auch nach zig solcher Lektionen würde ihnen jeder Soldat weiterhin haushoch überlegen sein. Eleonore sah es fast als ein Wunder an, dass Frieder sich mit seinem Kerzenständer aus Eisen zwei Gegner gleichzeitig vom Leib hatte halten können. Der Degen war eine so schnelle Waffe, dass geübte Fechter den Angriff oft vorausahnten. Ihm mit einem eisernen Kerzenständer standzuhalten, war nahezu unmöglich.

Dennoch war es besser als nichts, den beiden die Grundlagen des Fechtens beizubringen. Wenn sie eifrig übten, könnten sie in den nächsten Tagen durchaus ein wenig vorankommen.

Vorankommen wollte auch der Vater bald wieder. Er beharrte darauf, auch diese Pause nicht zu lang werden zu lassen. Zum Glück war von Verfolgern bisher nichts zu sehen. Die schöne Chaussee, das herrliche Wetter und die Nähe des Rheins versetzten sie in beste Stimmung. In Drusenheim hielten sie bei einem jungen Bauern namens Georges an, um den Pferden nochmals

Wasser zu geben, dann fuhren sie eilig weiter. Der Vater musste jetzt aber schon mit der Peitsche knallen, um die müden Tiere am Laufen zu halten. Schnell war klar: Sie mussten sich zügig eine Unterkunft suchen.

Der nächste Ort hieß Sessenheim. Umgeben von Feldern, Wiesen und Wäldern und auf der rechten Seite begrenzt von den Auen des Rheins gruppierten sich hübsche Fachwerkhäuser mit Blumen in den Vorgärten um eine protestantische Kirche mit einem Zwiebelturm. Ein großzügiges Pfarrhaus, mehrere Scheunen und ein einladendes Gasthaus vervollständigten das Bild eines elsässischen Dörfchens, in dem die Hühner auf den Straßen herumliefen und nach Körnern und Würmern pickten.

Der Wirt und seine Frau hatten einen halben Ochsen auf dem Spieß, dessen Duft am Abend die Leute aus dem Dorf in die Gaststube locken sollte. Die Zimmer konnten die Schatzsucher frei unter sich aufteilen. Bruder Melchior würde diesmal allein schlafen, Eleonore und ihr Vater im Raum daneben und die drei Neuenburger bekamen die folgende Kammer. Die Zimmer waren vergleichsweise sauber und gemütlich.

Ein Knecht stellte auf ihren Wunsch die Kutsche in der Scheune unter und versorgte die erschöpften Tiere. Bruder Melchior trank bereits am Tresen das erste Glas Wein und nahm sich die geöffnete Flasche gleich mit nach oben, wo er an der Entschlüsselung der Kommentare arbeiten wollte. Eleonore begleitete ihn in seine Kammer, um ihm dabei zu assistieren.

Der Mönch hatte das Zimmer ausgewählt, weil es das einzige mit einem Schreibtisch war. Durch das Fenster konnte man bis zum Pfarrhaus blicken und auf die liebliche Landschaft dahinter, die ein Künstler nicht idyllischer hätte malen können.

Doch Bruder Melchior hatte offenbar keine Augen für den Ausblick, sondern packte sofort das Buch und seine Essenzen aus. Vor sich legte er einen Bogen Papier, auf dem die letzten Notizen der Geheimschrift festgehalten waren. Ohne den Schlüssel konnte man nichts damit anfangen. Dort stand nämlich:

Drmqigcwpnthe ogurgnreaetaxtrussueleeioieesghrrbeaylf hdwzkkivr.

»Die Blätter des Rosenfensters haben bei der inneren Blüte auf das fünfte und das zweite Blütenblatt gezeigt«, murmelte Bruder Melchior und umkreiste mit seiner Feder den fünften Buchstaben.

»Ein I«, sagte Eleonore.

»Und jetzt der zweite danach.«

»Ein C.«

»Und wieder der fünfte Buchstabe ist ein H«, brummte Bruder Melchior. »Ich. Das wird kein Zufall sein!«

»Es folgt an zweiter Stelle die Leerstelle im Text«, ergänzte Eleonore.

»Richtig. Das Wort ist also zu Ende, was bei einem *Ich* ja auch zu erwarten war. Schauen wir weiter.«

Ich gratuliere dir, stand da schließlich, wenn man die umkreisten Buchstaben las. *Du hast die Lösung des Rätsels gefunden. Und bist somit würdig, den nächsten Schritt zum Schatz zu gehen.*

»Das wird ja ewig dauern, die ganzen weiteren Seiten zu entschlüsseln«, sagte Eleonore und versuchte, nicht allzu zerknirscht zu klingen.

Doch Bruder Melchior war bester Laune. »Wir müssen einfach alle Schriftzeichen sichtbar machen und nur die lesen, die wir beachten sollen. Der Herr wird uns helfen, die weiteren Hinweise schnell zu entschlüsseln.«

Mit einem tiefen Seufzer entgegnete Eleonore: »Wir werden wohl noch ein paar Kerzen brauchen.«

»Und ein paar Flaschen Wein«, stimmte Bruder Melchior zu.

18

O h, Wolfgang!«, seufzte sie.
»Oh, Friederike!«, entgegnete er.

Ihnen beiden war ganz schwindelig vom wilden Tanz. Friederike hielt sich an ihm fest. Ihre kleine Hand lag auf seiner Brust und schenkte ihm wohlige Schauer, die seinen Leib durchfluteten wie das Licht den neuen Tag.

»Ich kann nicht mehr«, sagte sie, als der letzte Ton des Lieds verklungen war. Die Musikanten würden sicher gleich weiterspielen, aber auch Wolfgangs Atem ging schnell, und er schwitzte unter seiner Weste.

»Lass uns frische Luft schnappen gehen«, schlug er vor und fragte sich, ob die Röte auf ihren Wangen eben schon da gewesen oder nun noch stärker geworden war.

Sie löste sich von seiner Brust und ergriff seine Hand. Gerade rechtzeitig, dass Wolfgang sie zur Seite ziehen konnte, da sonst beinahe einer der angetrunkenen Fremden, wohl Nachtgäste der Wirtschaft, gegen sie gestoßen wäre.

»Der Wein will rein, aber er muss auch wieder heraus«, rief der Mann lachend seinen Kameraden zu. Wolfgang war kein kleiner Mann, aber dieser Kerl war noch einen halben Kopf größer als er und ein ganzes Stück breiter.

Sie schlüpften schnell vor dem betrunkenen Riesen durch die Tür und liefen lachend an Jacques' Hecke vorbei auf die Obstwiese dahinter. Unter dem ersten Baum saß ein Paar.

»Hier sind schon Emma und Wilfried«, flüsterte Friederike, die im Dunkeln besser sah als er. Sie zog ihn in eine andere Richtung und blieb vor einem alten Nussbaum stehen. Hinter sich hörten sie, wie die Musik wieder einsetzte.

»Hier sind wir ganz unter uns«, hauchte Friederike, erhob sich vor ihm auf die Zehenspitzen und gab ihm einen so süßen Kuss auf den Mund, dass er dachte, sie müsse Erdbeeren oder Kirschen gegessen haben. Ihr zartes Zünglein berührte die seine, und die dünnen Ärmchen drückten ihn, als wolle sie ihn nie wieder gehen lassen.

Wolfgang kannte Friederike nun seit nahezu einem Dreivierteljahr. Er fühlte sich in ihrer Gesellschaft außerordentlich wohl. Manchmal kam es ihm vor, als habe eine höhere Macht ihn nach Straßburg und Sessenheim gelotst, damit er mit ihr zusammen sein konnte.

Wolfgang war ein Kind gewesen, dem es leichtfiel, Freunde zu finden. Es zog ihn zu Vorbildern, älteren oder klügeren Jungen, im besten Fall beides, durch die er Neues lernen konnte. Das Erlernte gab er selbst gern an andere Kinder weiter. Damit prüfte er vor allem sich selbst, denn nur, wenn man einen Sachverhalt ganz durchdrungen hatte, konnte man ihn anderen vermitteln. Für ihn war Lernen und Lehren daher lange Zeit fast das Gleiche.

Diese kindliche Einsicht änderte sich natürlich während seiner Zeit an der Universität. Der Wunsch des Vaters war, dass sein Sohn wie er Jurisprudenz studieren und vielleicht eines Tages in die Kanzlei eintreten möge. Deshalb hatte er seinen Sohn nach Leipzig geschickt. Wolfgang besuchte dort Vorlesungen, übte debattieren und studierte wichtige Urteile. Aber es zog ihn auch zu anderen Wissensgebieten. Er hoffte, irgendwann zu erkennen, was die Welt im Innersten zusammenhielt. Eine der seiner Meinung nach wichtigsten Lektionen dafür war die Liebe.

In einer Leipziger Wirtschaft lernte er das süße Käthchen kennen, das dort als Kellnerin arbeitete. Um sie auf sich aufmerksam zu machen, hatte er sie zum Spaß statt bei ihrem richtigen Namen »Ännchen« gerufen. Sie hatte ihn erst korrigiert. Er erklärte, sie weiterhin Ännchen nennen zu wollen, weil sie schön wie ein Ännchen sei. Sie hatte darauf munter erwidert, das möge daran liegen, dass einer ihrer Vornamen tatsächlich Anna lautete.

Obwohl diese Anna Katharina Schönkopf vier Jahre älter war als ihr Verehrer, war sie von seinem Kompliment angetan gewesen. Wolfgang war noch keine siebzehn gewesen, doch im Geiste viel reifer. Nach einigem Werben und zahlreichen Besuchen und Treffen hatte sie ihren anfänglichen Widerstand aufgegeben und ihm einen ersten Kuss gestattet, den er ehrte wie ein Jäger seine Trophäe. Ihre fast zwei Jahre andauernde Liaison war Himmel und Hölle zugleich gewesen. Denn Wolfgang begann bald, in jedem anderen Jüngling einen Konkurrenten zu sehen. Und Kerle gab es in der Wirtschaft genug, die Käthchen zu bedienen und freundlich anzulächeln hatte. Wolfgang versuchte daraufhin seinerseits, das Käthchen eifersüchtig zu machen. Er war ein gut aussehender Junge, gebildet und aus gutem Hause, wusste sich zu benehmen und jede Unterhaltung gewitzt zu dominieren. Dazu war er mutig genug, beizeiten die nötige Initiative zu ergreifen. Wenn ihm eine Schönheit ins Auge fiel, die ihn reizte, dann musste es schon mit dem Teufel zugehen, wenn er ihr nicht einen Kuss entlocken konnte. Als Käthchen das erfuhr, machte sie ihm Szenen – und bald kam die Trennung, obwohl Wolfgang sie noch immer geliebt hatte. Keine andere hatte ihn je so kokett, so wild geküsst wie sein Käthchen.

Friederikes Küsse waren damit nicht zu vergleichen. Sie waren viel zärtlicher und doch von einer ungeheuren Intensität und verfehlten ihre Wirkung nicht. Sein Herz schlug rasend schnell, als sie ihn lachend von sich schob.

»Was ist, meine Liebste?«

»Ich will nur vermeiden, dich allzu sehr aufzuregen«, antwortete sie verschmitzt.

»Du weißt, dass ich mich gern empöre, oder soll ich sagen, zu dir emporrecke?«

»Wolfgang!«, tadelte sie ihn. »Das wird einem großen Dichter wie dir nicht gerecht.« Sie kicherte und schoss mit dem Kopf noch einmal vor, um ihm einen schnellen Kuss mit gespitzten Lippen zu geben.

Ihre Hände fassten seine.

»Mein Herz schlägt so aufgeregt, als säße mir ein Specht in der Brust«, flüsterte sie.

Er musste lächeln. Die gleichen Worte hatte Friederike ihm schon zugehaucht, nachdem sie sich zum ersten Mal geküsst hatten.

Wolfgang war in Leipzig nach dem Kapitel Käthchen schwer erkrankt und schließlich zum Missfallen des Vaters ohne Abschluss seiner Studien nach Frankfurt heimgekehrt. Er schickte den Filius daraufhin nach Straßburg, wo er seine Dissertation und die Promotion nachholen sollte. Wolfgang studierte wahrhaftig, ließ sich aber auch Zeit, denn das Leben bot so viel Neues. Da war etwa die Freundschaft zu Johann Daniel Salzmann, einem achtundvierzigjährigen Amtsleiter, der mit der gebildeten Straßburger Gesellschaft eng verbunden war und Wolfgang unter seine Fittiche nahm. Oder die zum nur fünf Jahre älteren, aber bereits berühmten Johann Gottfried Herder, mit dem Wolfgang über sein Götz-Drama sprechen konnte.

Wolfgang war vom Vater finanziell gut ausgestattet und lud Freunde und Kommilitonen gern zum Essen ein. So kamen immer neue Bekannte hinzu. Im vergangenen Sommer hatte er mit seinem Kameraden Friedrich Leopold Weyland den gemeinsamen Freund Johann Konrad Engelbach nach dessen Studienabschluss heim nach Saarbrücken gebracht. Diese Reise war dafür verantwortlich, dass er jetzt hier stand und Friederike Brions Hände in seinen hielt.

Der gute Weyland wollte Wolfgang auf der Rückreise von Straßburg in Sessenheim mit entfernten Verwandten bekannt machen. Pfarrer Brion, seine Frau, die beiden Töchter und der jüngste Sohn nahmen sie freudig und offen auf. Besonders die jüngere Tochter Friederike hatte ihm vom ersten Blick an wohl gefallen. Er wollte danach nicht lange warten, einen erneuten Ausflug nach Sessenheim zu unternehmen. Das zarte Mädchen, klug und schön – welch göttliche Mischung –, hatte auf einen baldigen Besuch des Studenten gehofft, wie sie ihm bald gestanden hatte. Und so besuchte Wolfgang die Brions immer wieder, spazierte mit Friederike durch Felder und Wälder und kostete den süßen Geschmack erfüllter Liebe.

»Ich habe dich so gern bei mir«, sagte sie, diesmal ohne Schalk.

»Und ich dich bei mir«, gab er zurück.

»Wolfgang?«

»Was ist?«

Sie atmete aus, als bedrücke sie eine schwere Last.

»Was bekümmert dich auf einmal so?«

»Ich weiß nicht …«

»Nur froh heraus mit der Sprache!«, forderte er und drückte ihre Hände fester. »Du weißt doch, dass du mir alles anvertrauen kannst?«

Es dauerte einen kleinen Moment, bevor er ihren Gegendruck spürte. Dann hatte sie sich wohl endlich ein Herz gefasst und sagte: »Bald jährt sich der Tag, an dem wir uns kennengelernt haben.«

»Nun, ein bisschen ist es noch bis zum Oktober«, korrigierte er sie.

»Wolfgang!«

»Verzeih, ich will dich nicht mehr unterbrechen.«

»Ich …«, sie zögerte. »Mein …«

Wolfgang spürte, dass er ihr helfen musste. Er sagte: »Ich lieb dich doch auch!«

»Nein. Doch, ich dich natürlich auch. Eben darum geht es!«
Sie seufzte. »Ich weiß, es steht mir nicht an, die Sprache darauf zu bringen, aber ich will mit dir gut sein, bevor Vater zu dir kommt.«

Wolfgang schwieg.

»Eine Liebe wie die, die ich zu dir empfinde, sollte eine Krönung erfahren, denke ich.«

»Eine Krönung?«

Wolfgang spürte, wie sein Herz schneller schlug.

»Ich weiß, dass dein Stand über meinem ist ...«

»... das hat mich nie gekümmert!«, ging er dazwischen.

»Dann würde es dich auch nicht kümmern ...?«

Wolfgang spürte das Blut in seinen Kopf schießen. Seine Ohren schienen auf einmal zu glühen.

»Du willst, dass ich dich zur Frau nehme?«, raunte er.

»Warum flüsterst du? Hast du Angst, es könnte jemand hören?«

»Nein, nein! Also, nein!«

»Nein, du hast keine Angst, oder Nein, du willst mich nicht?«
Ihr goldiges Stimmlein, gemacht, um Liebkosungen zu wispern, war plötzlich schärfer als Wolfgangs Klinge.

»Friederike ... Brion!«, war alles, was Wolfgang stammelnd über die Lippen kommen wollte.

»Johann Wolfgang Goethe«, entgegnete sie kühl und entzog ihm ihre Hände. Ihr Atem ging flatterhaft schnell. »Ich muss nach Hause!« Sie lief los.

»Rike, bleib!« Wolfgang hielt sie am Arm zurück.

»Was?«, sagte sie mit einem ängstlichen Zittern in der Stimme.

»Du bist so ein mutiges Kind, mir einen Antrag zu machen!«

»Ich hätte es nie tun dürfen.«

»Doch, also, nun, es ist mir eine Ehre.«

»Eine Ehre?« Jetzt klang sie fast beleidigt.

»Du willst mich einfach missverstehen, fürchte ich.«

»Dann drück dich angemessen aus, Herr Dichter!«

»Es ist die Überrumpelung, die dafür sorgt, dass mir die Worte fehlen. Was hast du denn erwartet?«

»Was ich erwartet habe? Nun, zu hoffen gewagt habe ich. Zu hoffen, dass du empfindest wie ich. Überrumpelung!«

Sie unternahm einen zweiten Versuch zu gehen, doch er hielt sie weiter fest.

»Lass mich! Du tust mir weh!«

Er ließ sie los und bat: »Liebste! Bitte hör mich an!«

Sie stand vor ihm in der Dunkelheit. Er vernahm ihren schnellen Atem. Bereit zu laufen, aber noch harrte sie aus.

»Du bist mein Ein und Alles, Friederikchen. Das weißt du sehr wohl in deinem Herzen. Darum lass uns nicht streiten! Es ist spät, und wir sollten uns besser an einem anderen Tag dazu beraten.«

Es dauerte ein wenig, bis sie sanfter sagte: »Ich hätte es nicht sagen dürfen.«

»Oh doch! Unter Liebenden muss jedes Wort möglich sein, das Liebe will.«

»Ich muss jetzt nach Hause.«

»Soll ich dich begleiten?«

»Nicht nötig«, sagte sie und lief los in Richtung des Pfarrhauses. Sie hatte es nicht weit. Doch dann machte sie kehrt, hielt vor ihm an und brachte unter einem Schluchzen hervor: »Ich will nicht im Bösen zu Bett gehen.«

Dann gab sie ihm einen zarten Kuss auf die Lippen und rauschte erst danach endgültig davon.

Wolfgangs Gedanken rasten. Er sah sich in einem gepolsterten Sessel, Friederike stand mit zwei Kindern im Arm in der Küchentür, zwei weitere saßen ihm zu Füßen am Ofen und lauschten seinen Geschichten. Er betrachtete das Schauspiel, als spähe er durch ein fremdes Fenster, und konnte nicht erspüren, ob ihm die Szenerie gefiel. Eher stieg in ihm ein Gefühl der Angst auf. War er schon bereit für die Ehe? Oh, er liebte Friederike. Er mochte ihre ganze Familie, ihre Freunde. Und seine Eltern würden sie auch ganz schnell als ihre Schwiegertochter und Mutter der Enkel ins Herz schließen.

Wolfgang folgte Friederikes Weg deutlich langsamer. Er erblickte ihre Gestalt im Licht der Laterne, die vor dem Pfarrhaus hing. Sie war gut daheim angekommen, löschte das Licht und war nicht mehr zu sehen.

Wolfgang machte beruhigt kehrt. Im Gasthaus nahm er sich einen Becher Wein, trank einen tiefen Schluck und ging durch die Gaststube. Dabei kam er an dem Tisch vorbei, an dem die Gruppe der Fremden saß. Die Männer lachten, als gäbe es keine Sorgen.

»Eine gar lustige Gesellschaft seid ihr. Ich trinke darauf, dass die Herren stets Grund zum Lachen haben mögen!«, prostete er ihnen zu. Ohne ihre Reaktion abzuwarten, ging er weiter.

19

Sessenheim, in der Nacht zum 17. Juni 1771
Noch fünf Tage bis zum längsten Tag des Jahres

Frieder spießte ein großes Stück Braten auf seine Gabel und fuhr damit durch die würzige braune Sauce auf seinem Teller. Kartoffeln und eingelegter roter Kohl komplettierten das Gericht.

Die Gaststube hatte sich am Abend schnell gefüllt. Die Neuankömmlinge aus dem Dorf blickten überrascht zu den Fremden, nickten ihnen zu, sprachen einen freundlichen Gruß aus oder taten, als hätten sie sie nicht gesehen, erkundigten sich aber kurz darauf beim Wirt über sie. Die meisten Gäste tranken den sauren elsässischen Wein. Das letzte Regenjahr hatte den Trauben noch weniger Süße gegeben als sonst. Einige Krüge Bier gingen ebenfalls über den Tresen, doch Bier war noch teurer als Wein, weil es viel zu wenig Getreide zum Essen gegeben hatte, geschweige denn Malz zum Brauen.

Der Ochse drehte draußen am Spieß über einem knisternden Feuer. Regelmäßig ging der Wirt mit einer gewaltigen Holzplatte hinaus, um neue Stücke abzuschneiden und wieder hereinzubringen. Es duftete wunderbar würzig und schmeckte noch besser. Bis auf Magnus von Auenstein hatten sie sich alle den Ochsen bestellt. Der Buchhändler jedoch entschied sich für Flammkuchen, dünne Teigfladen, die mit Rahm, Zwiebeln und Speck belegt waren und mit breiten Backschaufeln aus dem Steinofen geholt wurden.

Magnus von Auenstein saß am Kopfende und Ruedi auf einem der Stühle, Frieder hatte es sich auf der Bank neben Armin gemütlich gemacht. Auf Wunsch seiner neuen Begleiter berichtete Eleonores Vater über sein ungewöhnliches Leben als Händler kostbarer Bücher und befragte die jungen Männer nach ihrem Alltag. Frieder kannte das aus vielen Gesprächen mit Fremden in den Neuenburger Wirtschaften: Vom Goldwaschen waren alle Menschen begeistert. Konnte man doch das wertvollste aller Metalle einfach so aus dem Rhein gewinnen.

»Sie können mir glauben, dass es keine leichte Arbeit ist«, erklärte Frieder. Er spürte, dass ihm der Wein langsam zu Kopf stieg, und den anderen erging es sichtlich genauso. Nur Eleonore fehlte ihm zu seinem Glück. Nun, wenn das Goldstück nicht zum Goldwäscher kam, dann musste der Goldwäscher eben zum Goldstück! Es wäre doch gelacht, wenn die beiden nicht zusammenkämen.

Frieder ließ die Wirtsfrau zwei Teller bereiten und balancierte diese höchstpersönlich nach oben. Eleonore öffnete ihm auf seinen Ruf.

»Ah, das ist wirklich freundlich«, sagte sie, nahm ihm aber keinen Teller ab, sondern sprang zurück an den Tisch, an dem sie mit Bruder Melchior arbeitete. Noch mehr als sie schien sich der Mönch in einer Konzentration zu befinden, die er nicht einmal fürs Gebet unterbrach. Er befeuchtete die Stellen der Seite mit seiner milchigen Flüssigkeit, wartete etwas und führte dann die Flamme der Kerze in die Nähe des Papiers, bis die vermeintlich sinnlos aneinandergereihten Schriftzeichen erschienen. Das hatte Frieder schon beobachtet. Aber jetzt diktierte er diese Zeichen Eleonore, die sie auf weitere Bögen übertrug und mit der Feder manche Buchstaben und Leerstellen einrahmte.

Frieder trat mit den Tellern in das Zimmer und stellte sie auf dem Bett ab, weil auf dem Tisch kein Platz mehr war.

»Offenbar ist unsere nächste Station die Stadt Speyer«, informierte Eleonore Frieder knapp. Eigentlich hatte er sich mehr

Begeisterung für seine Heldentat gewünscht, ihr Essen zu bringen.

»Was ist in Speyer?«, fragte er. Doch Bruder Melchior war bereits zum nächsten Arbeitsschritt übergegangen. Eleonore sagte kurz: »Wohl noch ein Rätsel«, schaute dem Mönch gebannt zu und notierte die Lettern. Unten setzte derweil Tanzmusik ein.

»Macht ihr noch lange?«, fragte Frieder enttäuscht. Die Stimmung in diesem Raum passte so gar nicht zu seinem Zustand.

»Jaja, du kannst gehen.« Bruder Melchiors Worte klangen wie ein Wink, sich endlich davonzumachen und sie nicht weiter zu stören.

»Ich hatte mich nur gefragt, Eleonore, ob du vielleicht Lust auf einen Tanz hast«, forderte er sie auf.

Sie blickte zum ersten Mal auf von ihrem Schreibwerk. War das ein Lächeln? Oder bildete er sich das nur ein?

»Wir arbeiten hier. Ich denke nicht, dass ich tanzen werde.«

Frieder spürte, wie ihre Antwort seinem Herzen einen Stich versetzte. Er nickte und wandte sich zur Tür.

»Frieder?«, hielt ihre Stimme ihn zurück.

Er drehte sich um.

»Vielleicht später.« Diesmal schenkte sie ihm wirklich ein Lächeln. Frieder nickte eifrig und stammelte: »D… das wäre sehr schön.«

In der Wirtsstube sorgten drei Musikanten für gute Stimmung. Einer schlug ein Schellentamburin, einer zupfte die Gitarre und sang, während der Dritte ihn mit der Flöte begleitete. Sie spielten einfache Lieder mit vielen Strophen, zu denen sich vortrefflich tanzen ließ. Ein paar junge Männer hatten die Tische in der Mitte des Wirtsraums zur Seite geschoben und wirbelten nun ihre Liebchen über die gewachsten Dielen.

»Und, gibt es etwas Neues?«, wollte Magnus von Auenstein wissen, als Frieder wieder zu ihnen stieß.

Der Goldwäscher vergewisserte sich, dass ihnen niemand zuhörte, und sagte leise: »Laut Eleonore und Bruder Melchior befindet sich die nächste Station wohl in Speyer. Dort soll es ein neues Rätsel geben. Aber mehr weiß ich auch nicht.«

»Die Stadt des Kaiserdoms«, sinnierte Magnus von Auenstein. »Das passt, sie liegt geradewegs auf dem Weg nach Worms.«

Das Lied endete mit einem lang gezogenen Ton, dann stimmten die Musikanten gleich das nächste Stück an. Einer der Tänzer fiel Frieder besonders auf. Er war hochgewachsen und feiner gekleidet als die meisten hier. Er trug einen braunen Anzug mit Weste, unter dem ein weißes Hemd mit aufgestelltem Kragen und einer fast schwarzen, eleganten Schleife hervorschaute. Während Frieder sein selbst geschnittenes Haar morgens nach dem Schlaf mit etwas Spucke zu bändigen versuchte, war dieser Herr sicher bei einem Barbier gewesen. Die vom Tanz roten Wangen waren glatt rasiert, und das dunkelbraune Haar war in Locken gelegt.

So ansehnlich dieser Mann war, so liebreizend war die junge Dame, die er liebevoll an Händen hielt. Während sie sich zum Takt der Musik im Kreise bewegten, schwang ihr schlichtes roséfarbenes Kleid mit weißer Spitze am Dekolleté um ihren zierlichen Leib. Eine dunkle Schürze war um die schmale Taille gebunden. Ihr braunes Haar trug das Mädchen zu langen Zöpfen geflochten, die bei jeder Bewegung wippten.

Die beiden waren nicht nur Frieder aufgefallen. Alle an ihrem Tisch blickten zu dem auffallend schönen Tanzpaar, sogar Magnus von Auenstein, der sich extra umdrehen musste, um ihnen zuzusehen.

»Ach, wie ich meine Lina vermisse«, kam es wie ein Stoßseufzer aus Armins Mund. Solche Töne war Frieder von dem Freund gar nicht gewohnt. Er schrieb sie auch ein bisschen der Wirkung des Weins zu. Doch der hatte noch eine weitere Nebenwirkung. »Ich muss euch kurz verlassen«, kündigte Armin an und stand auf. »Der Wein will rein, aber er muss auch wieder heraus.«

Beinahe wäre er mit dem Paar zusammengestoßen, das mit dem Ende des Liedes die Tanzfläche Hand in Hand verließ.

»Wie geht denn die Geschichte um Siegfried weiter?«, fragte Frieder den Buchhändler. Er hatte immer mal wieder in der Hoffnung zur Treppe geschaut, dass Eleonore für einen Tanz mit ihm nach unten kommen würde. Doch leider war nichts von ihr zu sehen.

»Du meinst, nachdem Siegfried in Worms angekommen war und darauf wartete, Kriemhild endlich zu Gesicht zu bekommen?«

»Die Kriemhild, die keinen Mann wollte und trotzdem aus ihrem Turm den Helden schmachtend begehrte«, konkretisierte Ruedi grinsend.

Magnus von Auenstein hob den Blick zur Decke und zitierte: »Wenn Ihr bei diesem Fest besondere Ehre zeigen wollt, dann solltet Ihr die wunderschönen Mädchen zeigen, die unser ganzer Stolz im Burgundenland sind. Was ist wohl das Glück eines Mannes oder seine Freude, wenn nicht ein schönes Mädchen, eine herrliche Frau?«

»Hört, hört!«, rief Ruedi grinsend und hob darauf seinen Becher zum Anstoßen. Sie ergriffen ihre Becher und leerten, was noch darin war.

»König Gunther wollte eben dieses große Fest geben. Bevor es aber so weit war, brach ein Krieg aus«, begann Magnus von Auenstein ernst und winkte der Schankmagd zu, ihnen die Becher nachzufüllen.

»Unser Siegfried war schon einige Zeit am Hof in Worms, ohne Kriemhild überhaupt erblickt zu haben. Dann stellten zwei Könige aus Dänemark und Sachsen ein Heer von vierzigtausend Mann auf, um Burgund in die Knie zu zwingen. Siegfried bot Gunther seine Hilfe an. Seine einzige Bedingung war, dass tausend stolze Burgunden an seiner Seite fochten.«

»Daraus konnte nun wirklich nichts werden«, ging Ruedi etwas zu laut dazwischen. Der Wein verfehlte seine Wirkung auch bei ihm nicht. Rechnen konnte er trotzdem noch: »Dann hätte jeder der Burgunden vierzig Mann zu erschlagen gehabt«, sagte er bedeutsam.

»Genau so ist es«, stimmte ihm der Buchhändler langsam nickend zu. »Dennoch zog Siegfried mit seinem kleinen Heer nach Sachsen, wo die Schlacht stattfinden sollte. Auf seinen Erkundungsritten begegnete er dem Dänenkönig. Er besiegte ihn im Zweikampf und nahm ihn gefangen. In der Hauptschlacht gelang ihm das Gleiche auch mit dem Sachsenkönig. Damit war der Krieg ziemlich schnell zu Ende. Siegfried führte die beiden Könige als Geiseln nach Burgund, wo Gunther sie ihrem Rang entsprechend gut behandelte. Aber zuerst kam es zu dem großen Fest, von dem ich eben schon erzählt habe. Das Fest, an dem auch die Frauen des Landes teilnehmen sollten.«

Frieder ahnte, wie es weiterging. Er riet: »Und da trafen sich Siegfried und Eleonore zum ersten Mal?«

»Eleonore?«, fragte Magnus von Auenstein.

Frieder wurde sich seines Versprechers erst jetzt bewusst. »Ahh, Kriemhild natürlich«, korrigierte er sich schnell und spürte, wie ihm beim skeptischen Blick des Buchhändlers das Blut in die Wangen schoss. Ruedi kicherte übertrieben.

»Eine gar lustige Gesellschaft seid ihr. Ich trinke darauf, dass ihr stets Grund zum Lachen haben mögt, die Herren!« Die Stimme gehörte dem eleganten Tänzer, der nach einiger Zeit das Gasthaus wieder ohne das Mädchen betreten hatte. Seinen Akzent konnte Frieder nicht zuordnen, er klang jedenfalls nicht wie die anderen Elsässer. Mit bedeutungsvoller Miene hob der junge Mann seinen Weinbecher und prostete ihnen zu. Er ging weiter, ohne eine Reaktion ihrerseits abzuwarten.

»Was sollte das denn?«, fragte Ruedi. »Ein seltsamer Vogel.«

»Die Leute scheinen ihn alle zu kennen«, sagte Frieder und

war dankbar für den Themenwechsel. Der junge Mann sah aus wie ein Student. Er musste in ihrem Alter sein, vielleicht etwas jünger. Am nächsten Tisch forderte ein Mann ihn auf, eine seiner lustigen Geschichten zum Besten zu geben, doch er winkte ernst ab.

»Komm schon, Wolfgang!«, rief der Bauer.

»Ein andermal gern«, sagte er und ging zum Wirt an den Tresen. Frieder beobachtete, wie er vor ihm ein paar Münzen abzählte. Eben war er noch so guter Laune gewesen. Ohne das Mädchen an seiner Seite wirkte er nachdenklich und betrübt.

»Wo bleibt eigentlich Armin?«, fragte Ruedi. »Ist der vielleicht beim Pissen eingeschlafen?« Er lachte bei der Vorstellung.

»Lasst uns nach ihm sehen!«, schlug Magnus von Auenstein vor. »Ich muss mich auch mal erleichtern, und dann sollten wir nach oben gehen.«

Frieder stimmte zu und folgte den anderen hinaus, die sich gleich in Richtung eines Gebüschs begaben.

Ein paar Männer standen um das Feuer, über dem der Rest des Ochsen briet. Im flackernden Lichtschein machte Frieder die unverkennbare Gestalt Armins aus. Er lehnte mit dem Rücken an einer Scheunenwand und sprach mit einem anderen Mann. Frieder ging auf die beiden zu.

»Mein größter Schatz aber heißt Lina«, erzählte er seinem Zuhörer gerade. Der Bauernknabe schwankte, als stünde er auf einem Weidling mitten im Fluss. »Die ist aber nicht in Speyer. Dahin werden wir …«

»Armin! Still!«, unterbrach Frieder den Schmied.

»Mein Schatz heißt Babette!«, lallte der Knabe. »Sie weiß es nur noch nicht.«

Der Junge war völlig betrunken. Es wirkte nicht so, als hätte er Armin wirklich zugehört.

»Mein Freund und ich müssen jetzt rein«, sagte Frieder bestimmt. »Komm, Armin!«

»Ich komme mit«, sagte der Junge. »Wir können noch was trinken!«

»Du gehst besser heim, mein Freund«, erwiderte Frieder und zog Armin hinter sich her.

Der Schmied folgte ihm ohne Widerstand.

»Was fällt dir ein, mit einem hergelaufenen Kerl über unsere Suche zu reden!«, fauchte Frieder ihn an.

»Ich hab doch gar nichts verraten. Wir haben nur über Mädchen geredet …«

»Aber du warst kurz davor, ihm etwas zu erzählen. Schluss jetzt mit Wein! Komm!« Er brachte Armin in sein Zimmer und forderte ihn auf, sich das Gesicht in der Schüssel zu waschen. Als er es sich mit dem Handtuch abgetrocknet hatte, wirkte er gleich wieder etwas klarer.

»Du musst vorsichtiger sein, Armin«, sagte Frieder und erhielt zum Dank einen Knuff gegen den Arm.

»Ich hab ihm nichts gesagt. Du kannst mir glauben«, versicherte er. Das Wasser mochte seinen Rausch ein wenig gemildert haben, aber ganz verschwunden war er darum noch nicht.

»Am besten legst du dich schon mal hin und schläfst eine Runde«, schlug Frieder vor.

Armin wollte zuerst protestieren, musste dann aber gähnen.

»Vielleicht ist das gar keine schlechte Idee«, lallte er und ließ sich auf seine Matte sinken. Frieder half ihm dabei, die Stiefel auszuziehen.

»Ich schlafe eine halbe Stunde, dann bin ich wieder zu allen Schandtaten bereit.«

Doch Frieder bezweifelte, dass Armin in dieser Nacht außer Schnarchen noch etwas anderes zustande bekommen würde.

20

Sessenheim, 17. Juni 1771
Noch vier Tage bis zum längsten Tag des Jahres

Die verschlüsselte Geheimschrift sichtbar zu machen, sie Buchstabe für Buchstabe auf anderes Papier zu übertragen und dort abzuzählen und zu markieren, entwickelte sich zur reinsten Strafarbeit. Eleonore verfolgte dabei grob, was ihnen der Autor mitteilen wollte. Über zwei Seiten gratulierte er ihnen wortreich, dass sie sein erstes Rätsel lösen konnten. *Erstes* Rätsel, dachte Eleonore erschüttert. Was mochte da noch kommen?

Da immer nur jeder fünfte und dann zweite Buchstabe für seine Worte von Belang waren, verbrachten sie viel Zeit mit dem Notieren überflüssiger Schriftzeichen. Eleonore schlug Bruder Melchior vor, nur jeweils die bedeutenden Lettern auf ihre Papierbögen zu übertragen, aber der Mönch hielt ihr daraufhin einen Vortrag, dass es besser sei, keine halben Sachen zu machen.

»Was, wenn es am Ende heißt, wir sollen ab der Verschlüsselung jeden fünfzehnten Buchstaben nehmen?«, fragte er. »Dann müssten wir alle Schritte noch einmal wiederholen.«

Eleonore murrte, konnte sich aber seiner Logik nicht entziehen. Außerdem mochte sie den alten Mönch nicht reizen. Denn so akribisch und ruhig er sich seiner Arbeit auch widmete, so musste man doch immer damit rechnen, dass er plötzlich aus der Haut fuhr.

Ihr Weg würde sie nach Speyer führen, das verriet der geheimnisvolle Autor recht früh. Eleonore fand das naheliegend, da die Stadt auf dem Weg nach Worms lag. Sie hatte gedacht, dass nun bald das nächste Rätsel folgen würde, doch stattdessen philosophierte der Verfasser der Geheimschrift über Reichtum und betonte, wie wichtig es wäre, dass man von dem Schatz nur nehmen solle, was nötig sei – was immer das hieß. Ein weiteres Mal betonte er den Hinweis, die goldene Rute nicht zu suchen und sie auf keinen Fall einzusetzen, sollte man durch einen Zufall darauf stoßen.

Die Arbeit war monoton, sodass Eleonores Gedanken immer wieder abschweiften. Etwa zu Frieder. Es war sehr aufmerksam von ihm gewesen, ihnen Essen hochzubringen. In einer kleinen Pause hatten sie die Hälfte des längst erkalteten Ochsenbratens verzehrt. Sie wunderte sich, dass der Goldwäscher den Mut aufgebracht hatte, sie um einen Tanz zu bitten. Immerhin hatte sie sich ihm gegenüber bislang nicht sonderlich nahbar gegeben. Sie und tanzen! Sie lächelte insgeheim. Sie hatte die wichtigsten Tänze erlernt, war aber noch nie auf einem richtigen Ball gewesen. Die Musik, die von unten an ihr Ohr drang, war natürlich auch keine Ballmusik, sondern klang eher nach wildem Herumspringen und atemlosem Wirbeln im Kreis. Vielleicht, dachte sie, würde es sogar Spaß machen. Einen Moment überlegte sie, wirklich nach unten zu gehen – nur für einen Tanz, doch dann bemerkte Bruder Melchior: »Genug der Pause. Der längste Tag des Jahres naht. Gott, bin ich froh, dass du mir hilfst, Eleonore!«

Der Mönch strahlte nach dem Genuss von mehr als zwei Flaschen Wein eine betriebsame Zufriedenheit aus. Seine feisten Wangen, die aussahen, als hätte er dicke Zwetschgen in die Backen gesteckt, erschienen im Kerzenschein rötlich. Buchstabe für Buchstabe diktierte er ihr weiter.

Er hatte natürlich recht. Die Suche nach dem Schatz war weit wichtiger als ein Moment der Vergnügung. Zumal da sie Frieder ohnehin keine zu großen Hoffnungen machen wollte. Er war nett, ohne Zweifel. Eine raue Schale, in der ein weicher Kern steckte. Sie mochte ihn leiden, jedoch war es nicht an der Zeit, an Liebeleien zu denken.

Als Vater und Ruedi und kurz darauf Frieder eintraten, waren Eleonore und der Mönch endlich an einer entscheidenden Stelle angelangt.

Alle quetschten sich in der Kammer um den Tisch herum und starrten auf das kostbare Buch und die Aufzeichnungen. Eleonore und der Mönch blieben in ihre Arbeit vertieft.

»Was habt ihr Neues herausgefunden?«, fragte der Vater mit etwas Ungeduld in der Stimme. Sein Atem roch nach Wein, die Kleidung nach Fett und Rauch.

»Lasst uns das noch in Ruhe beenden!«, stieß Bruder Melchior gereizt hervor. »Ein G und dann ein P, dann ein E, ein H und ein G. Das war es«, diktierte er weiter.

Eleonore notierte die Buchstaben und spürte, wie ihre Aufregung wuchs. Es gab ein neues Rätsel zu lösen!

Sie schaute zu Bruder Melchior hinüber. Der nickte kurz, sie möge vorlesen. Eleonore atmete tief durch und sortierte die Worte in ihrem Kopf, bevor sie sie verlesen wollte. So viel Arbeit. Hoffentlich brachte es sie weiter.

Zu Speyer, wo kleine Brüder am Fuß von Eos' Thron erwachen, zeigt Christi Blut den ersten Schlüssel. Der zweite steckt im Wurzelwerk. Mensch und Gewürm wirst du dort finden. Die Könige, die nimm weg.

»Nicht schon wieder«, stöhnte Ruedi. »Ich verstehe kein Wort!«

Eleonore konnte die Reaktion des Vergolders bestens nachvollziehen. Der Vater offenbar auch, denn er gab einen Stoßseufzer von sich.

»Wir müssen die einzelnen Elemente aufschlüsseln«, sagte Bruder Melchior eifrig.

»Zu Speyer«, begann Frieder. »Das wussten wir schon. Aber was sind das für Brüder, und was ist das für ein Thron?«

»Der Dom wird der Kaiserdom genannt«, erklärte der Vater. »Mehrere Kaiser sind dort begraben. Das könnte auch den Teil mit dem Wurzelwerk und den Königen erklären.«

Bruder Melchior nickte aufgeregt. »Das könnte sein. Vielleicht führt uns dieses Rätsel wieder in die wichtigste Kirche der Stadt. Denn es gibt weitere Gemeinsamkeiten: Beim letzten Rätsel kam der Titan Hesperos vor, diesmal die Titanin Eos, die Göttin der Morgenröte. Das bedeutet Osten!«

Der Vater ließ sich von Eleonore das Blatt geben und las das Rätsel noch einmal laut vor: »Zu Speyer, wo kleine Brüder am Fuß von Eos' Thron erwachen, zeigt Christi Blut den ersten Schlüssel. Der zweite steckt im Wurzelwerk. Mensch und Gewürm wirst du dort finden. Die Könige, die nimm weg. Das führt uns also in den Speyrer Dom, aber was sollen wir dort tun?«

»Wenn der Thron sich auf die Kaiser bezieht, dann wage ich zu behaupten«, begann Bruder Melchior leise und hob sein fast leeres Rotweinglas, »dass es am östlichst gelegenen Grab der Kaiser eine Verzierung gibt mit kleinen Figuren, die Wein trinken, das Blut Christi!« Er war mit jedem Wort lauter geworden. »Vielleicht ist der Schlüssel im Grab eines Kaisers verborgen.«

»Die Könige, die nimm weg?«, wiederholte Frieder fragend. »Etwa aus dem Grab?«

»Menschen und Gewürm wirst du dort finden«, sagte der Mönch. »Wo findet man das, wenn nicht in einem Grab?«

»Aber es ist doch eine Sünde, die Toten in ihrer Ruhe zu stören«, wandte Frieder ein.

Bruder Melchiors Gesicht lief rot an. »Das ist bisher ja auch nur eine Idee. Hast du eine bessere, was damit gemeint sein kann, Schlaumeier?«

»Also, ich habe keine Lust, Kaisergräber zu schänden«, bemerkte Ruedi. »Wer weiß, was uns außer diesen Straßburger Soldaten dann sonst noch heimsucht.«

»Ich denke, wir sollten uns jetzt alle beruhigen und schlafen gehen«, schlug Eleonore vor. »Wir müssen früh aufbrechen und können auf der Fahrt darüber nachdenken, wenn wir wacher sind und weniger Wein unsere Sinne benebelt.«

Die Männer stimmten ihr unter Gemurmel zu. Eleonore war heilfroh, als sie sich endlich ins Bett legen konnte. Sie schlief fast umgehend ein.

Den Pferden hatte die Nacht gutgetan. Frisch und willig ließen sie sich aus dem Stall führen und vor der Kutsche anspannen. Zum Glück hatte Armin darauf geachtet, welches Tier an welcher Stelle gelaufen war, denn eine Änderung der Position hätte durchaus Streit unter den Tieren auslösen können.

Der Schmied hatte gestern offenbar zu tief ins Glas geschaut und war schon früher zu Bett gegangen, trotzdem merkte man ihm an, dass er nicht ganz auf der Höhe war. Eleonore bekam mit, dass es zwischen ihm und Frieder Spannungen gab. Sie stritten nicht offen. Normalerweise waren sie wie Brüder, heute hingegen behandelten sie einander eher abweisend.

»Was ist denn los mit dir und Armin?«, fragte sie leise, als die Kutsche Sessenheim Richtung Nordosten hinter sich ließ. Armin saß wie gestern mit Vater auf dem Bock.

»Ist mir auch schon aufgefallen«, mischte sich Ruedi ein. »Was habt ihr denn?«

»Ach, gar nichts«, war Frieders Antwort. »Er hat einfach zu viel getrunken und war verärgert, dass ich was dazu gesagt habe.«

Eleonore beließ es dabei. Obwohl die Sonne sich erst langsam über dem Rhein erhob, brachte sie schon gehörige Hitze mit sich. Sie hatte den Eindruck, dass es jeden einzelnen Tag ihrer Reise heißer wurde. Gestern Abend war das sehr angenehm gewesen, doch sie fürchtete, dass es auf der Reise in der dunklen Kutsche anstrengend werden könnte. Bruder Melchior jedenfalls klagte schon jetzt und hob ab und zu seinen Habit, um Luft an seine Beine zu lassen. Ihm machte die Hitze zu schaffen. Er atmete schwer und seufzte. Doch bald schloss er trotz der zahlreichen Schlaglöcher in der Straße die Augen und schlief ein.

»Gibt es eigentlich einen Ort, den du für dich als Heimat bezeichnen würdest?«, fragte Frieder sie ohne eine Einleitung.

Das war eine interessante Frage, fand Eleonore. Sie schüttelte den Kopf. »Es gibt ein Haus in Landsberg, aber da sind wir höchstens ein paar Wochen im Jahr. Ich war dort nie wirklich zu Hause.«

»Keine Freunde? Keine Verwandten?«

»Nein.«

Es tat fast weh, eine solche Frage mit einem einzigen Wort beantworten zu müssen. Hatte sie Freunde? An vorderster Stelle fiel ihr Maria ein. Sie war eine von drei Töchtern eines Schweizer Tuchhändlers am Zürichsee. Der Vater war früher ein gern gesehener Gast im Hause Hirzer gewesen. Und Eleonore ebenfalls, seit sie ihn begleitete. Der letzte Besuch lag lange zurück. Zu lange. Sie schätzte, dass es schon sechs Jahre her war, dass sie Maria das letzte Mal gesehen hatte. Als sie beide sich kennenlernten, war Maria ein stilles, schüchternes Kind gewesen. Sie hatten im Garten Verstecken gespielt oder gemeinsam musiziert. Eleonore hatte sich auch mit Marias Schwestern verstanden, aber zwischen den beiden fast gleichaltrigen Mädchen hatte sich eine besondere Freundschaft entwickelt. Sie erinnerte sich gut, wie sie sich zum Ende des ersten Besuchs aneinandergeklammert hatten, als der Vater wieder aufbrechen wollte. Ein Jahr später, als sie sich wiedersahen, fühlte es sich an, als hätte es nie eine Trennung gegeben. Und so war es auch in den nächsten Jahren geblieben. Statt im Garten zu spielen, wie sie es als kleine Mädchen getan hatten, begaben sie sich bald auf ausgiebige Ausritte. Manchmal blieben sie den ganzen Tag fort und mussten sich am Abend das Schimpfen der Väter gefallen lassen, die sich Sorgen gemacht hatten.

Die Zeit mit Maria war nie langweilig geworden. Sie war zu einer rebellischen jungen Frau herangewachsen. Ihre Gefühle brausten auf wie eine Brandung im Sturm. Sie konnten sich vor mädchenhafter Liebe in den Armen liegen oder vor grenzenloser Wut anschreien, aber nie waren sie sich gleichgültig. Zumindest nicht bis zum letzten Besuch.

Zuvor waren Jungs oder Männer kein Thema gewesen. Doch dieses Mal war alles anders. Maria hatte nur noch von den Männern gesprochen, die um sie warben, und sie überlegte, wer wohl der Beste sein würde, um sie glücklich zu machen. Eleonore wollte davon nichts hören. Sie hatte sich verraten gefühlt. Immerhin war sie diejenige, die Maria bisher immer am wichtigsten war. Jetzt sollte es nur noch um die Ehe und um Kinderwünsche gehen? Das war wohl der Unterschied, ob man eine Heimat hatte oder heimatlos durch die Welt zog. Sie hatten sich in andere Richtungen entwickelt – und Eleonore bestand im kommenden Jahr darauf, Familie Hirzer nicht zu besuchen.

Gab es andere Freunde? Gewiss, sie hatte während der Reisen Kinder von Händlern kennengelernt, denen es nicht anders erging als ihr. Aber man hatte sich vielleicht mal ein paar Tage oder Wochen zusammengetan, um jenseits der Alpen ein Geschäft zu machen, doch dann hatten sich die Wege wieder getrennt. Ein Gefühl der Verbundenheit wie mit Maria hatte es nie gegeben.

»Dann fühlst du dich heimatlos?«, fragte Ruedi.

Erneut schüttelte Eleonore den Kopf. »Für mich ist es Heimat, unterwegs zu sein. Ich habe viele einzelne Heimaten, würde ich sagen.«

»Hört ihr das?«, rief der Vater vom Bock. Er klang alarmiert.

»Was ist denn?«, rief Frieder fragend zurück.

»Ich bin mir nicht ganz sicher, aber ein Reiter nähert sich uns. Es scheint, als hätten wir einen Verfolger.«

»Nur einen?«, wollte Eleonore wissen. »Kann es vielleicht ein Zufall sein?«

Frieder hielt den Kopf zum Fenster hinaus, um nach hinten zu blicken.

»Ich weiß es nicht. Er ist noch ein gehöriges Stück entfernt, aber er holt auf.«

Frieder zog seinen Kopf zurück, kurz bevor ein paar Äste die Kutsche streiften.

»Vielleicht einer der Soldaten, die nach uns suchen?«, rief er nach vorn.

»Das habe ich mir auch gedacht.«

»Aber warum ist es nur einer?«, gab Eleonore zu bedenken. »Was soll der uns antun?«

»Er kann schauen, ob wir die sind, die er sucht, und uns dann verraten. Zu Pferd ist er auf jeden Fall schneller als wir.«

»Fahr doch bei nächster Gelegenheit von der Straße ab!«, riet sie. »Dann sehen wir, ob er uns folgt oder weiter auf der Hauptstraße bleibt.«

So taten sie es. Der Vater ließ die Pferde laufen und bog kurz darauf in einen kleineren Weg nach rechts ab. Leider war der Zustand des Sträßleins ziemlich schlecht, sodass sie bald schmerzende Hintern hatten von den vielen Schlägen, die sie vom Auf und Ab in der Kutsche bekamen.

»Und, folgt er uns?«, fragte Eleonore.

»Ja, er biegt ebenfalls ab. Was sollen wir machen?«

Die Frage erübrigte sich. Sie fuhren gerade in ein lichtes Waldstück ein, als es einen heftigen Schlag gab, begleitet von einem lauten Knacken splitternden Holzes. Ein Rad war gebrochen! Die Kutsche berührte den Boden. Eleonore klammerte sich an Frieders Hemdsärmel fest. Alle schrien auf. Die Pferde wieherten panisch, als das Gefährt sich drehte und überschlug.

206

Bruder Melchior brüllte erschrocken auf, Ruedi schien vor ihren Augen zu schweben, dann war die Vorderseite der Kutsche plötzlich zum Boden geworden, und die Welt drehte sich weiter. Eleonore spürte die Tasche des Mönchs gegen ihren Rücken fliegen. Frieder war plötzlich über ihr. Von allen Seiten gab es Schreie. Dann kam das Gefährt mit einem letzten Ruck endlich zum Stehen.

21

Frieder? Frieder!«

Er erwachte und sah Eleonores Augen vor sich. Sie beugte sich über ihn. Eine Strähne ihres Haars kitzelte ihn an der Nase. Wie machte sie es, dass ihr Haar immer roch und aussah, als habe sie es gerade gewaschen? Sie sah erleichtert aus, als sie sagte: »Du warst ohnmächtig.«

»Was ist passiert?«, fragte er, doch in dem Moment fiel es ihm wieder ein. Es musste ein tiefes Schlagloch gewesen sein. Brechendes Holz, die Kutsche hatte sich überschlagen. Bruder Melchior sandte Stoßgebete zum Himmel. Ruedi zog sich zur Tür hoch. Zur Tür hoch? Ja. Der Landauer war offenbar auf der Seite zu liegen gekommen.

Von draußen hörte Frieder ebenfalls Rufe. Ein Wiehern klang weit weg, gleichzeitig vernahm er auch hier Hufgetrappel.

»Der Späher ist da!«, hauchte er Eleonore zu.

Auch sie hatte das Pferd gehört.

»*Mon Dieu!*«, rief eine Männerstimme.

In diesem Moment drang Licht durch die von Ruedi aufgestoßene Tür ins Innere der Kutsche: »Es ist der Student, der Tänzer von gestern!«

»Papa?«, rief Eleonore.

Die Antwort war mehr Stöhnen als Rede, aber es war eindeutig Magnus von Auenstein.

Frieder stemmte sich hoch. Das Schwindelgefühl gab sich

zum Glück schneller als der dumpf pochende Schmerz an seiner Stirn. Mit der Hand ertastete er eine Beule und fürchtete jetzt schon, dass sie noch größer werden würde.

»Mach mir eine Räuberleiter!«, forderte Eleonore ihn auf. Er fühlte sich zwar noch ein bisschen wackelig auf den Beinen, hievte sie aber nach oben. Sie war leichter, als er gedacht hatte. Mit Bruder Melchior würde ihm das allerdings nicht gelingen. Das brauchten sie nicht einmal zu versuchen. Und allein würde er auch nicht hinaufkommen.

Doch das Problem löste sich zum Glück schneller als gedacht.

»Los, helft mir mit dem Verdeck«, klang Ruedis Stimme ins Innere der Kutsche. Mit viel Kraft und etwas Gewalt wurde das verkantete Verdeck so weit geöffnet, dass sie seitwärts herauskriechen konnten. Frieder drückte den Mönch hinaus, der seine Tasche selbst jetzt nicht ablegen wollte. Endlich kroch auch Frieder ins Freie.

Erst hier sah er das ganze Ausmaß der Katastrophe. Das Kutschrad war gebrochen, ebenso die Deichsel. Eines der Pferde lag schwer atmend auf dem Boden. Magnus von Auenstein stand mit gezogenem Degen vor dem Tier, das nicht mehr aufstehen konnte. Frieder wandte entsetzt den Kopf ab, als der Buchhändler es erlöste. Die anderen Pferde waren fort.

Eleonore stand mit Ruedi bei dem jungen Mann, den Frieder sogleich wiedererkannte.

»Verdammt, was wollt denn *Ihr* von uns?«, fuhr er ihn an.

»Euch meine Hilfe offerieren, mein Freund.«

»Ich kann Euch einen gehörigen Tritt in den Arsch offerieren«, zeterte der Mönch plötzlich. »Ohne Euch wären wir gar nicht in diese Bredouille geraten! Was fällt Euch ein, uns zu verfolgen? Gehört Ihr zum Baron? Komm, gebt's zu, sonst prügele ich es Euch aus dem Leib!«

»Was? Zu welchem Baron?«

»Bruder Melchior, so beruhigt Euch doch!«, bat Frieder.

»Beruhigen? Wie soll man sich da beruhigen? Wir hätten alle sterben können wie dieses arme Wesen Gottes!«

Ein Schwall dunkelroten Bluts quoll aus dem Hals des toten Pferdes. Magnus von Auenstein hatte den Degen abgelegt und sich zu dem Wallach gekniet. Bruder Melchior bekreuzigte sich.

»Wo ist eigentlich Armin?«, fragte Eleonore besorgt.

Armin! Frieder schaute sich suchend um.

»Armin!«, brüllte er. War er vom Kutschbock gefallen und lag nun zerquetscht unter den Trümmern?

»Da ist er!«, rief Ruedi und zeigte den Weg hinauf.

Tatsächlich! Frieders Ängste waren unbegründet gewesen. Der Freund schien wohlauf. Er führte einen nervösen Schimmel an einem improvisierten Halfter.

Frieder rannte ihm entgegen.

»Gott sei Dank. Ich hatte schon Angst, dass dir etwas passiert wäre«, begrüßte er ihn.

»Nein, nur ein paar Prellungen«, gab der Schmied kurz angebunden zurück. »Was will *der* denn hier?« Er blickte grimmig zu dem Neuankömmling und führte den nervösen Schimmel schnell an dem toten Artgenossen vorbei. Er band ihn in der Nähe des Braunen an, mit dem dieser Wolfgang gekommen war.

»Das würde mich jetzt auch interessieren!« Magnus von Auenstein näherte sich dem Studenten aufgebracht. »Wer seid Ihr, und was wollt Ihr von uns?«

Der Mann zog den federgeschmückten Dreispitz und verbeugte sich knapp. »Mein Name ist Goethe, Johann Wolfgang Goethe, wenn's beliebt. Man ruft mich Wolfgang. Es tut mir unsagbar leid, dass ihr diesen Unfall hattet …«

»Unfall?«, bellte Ruedi dazwischen.

»Meine Intention war es mitnichten, euch zu schaden, sondern vielmehr zur Hilfe zu sein. In doppelter Hinsicht.«

»Was soll das heißen?«

Doch Goethe kam noch immer nicht dazu, sich zu erklären. Bruder Melchior schrie erschrocken auf und kippte hektisch den Inhalt seiner Büchertasche auf den staubigen Weg. »Die Flaschen sind kaputt!«, krächzte er.

Diesmal handelte es sich nicht um den Wein. Bruder Melchior zerrte das Buch heraus, um es vor Schäden durch seine ausgelaufenen Essenzen zu bewahren. Zum Glück war es noch in das Wachspapier gewickelt.

»Ist ihm etwas passiert?«, fragte Magnus von Auenstein besorgt.

Der Mönch warf einen Blick ins Innere der Verpackung und atmete beruhigt aus. »Es scheint, der Herrgott hat uns vor dem schlimmsten Übel bewahrt.«

»Mir scheint eher, als stünde das schlimmste Übel hier in unserer Mitte«, sagte Ruedi und zeigte mit dem Finger auf den Studenten.

Alle Köpfe wandten sich zu Johann Wolfgang Goethe.

»An eurem Unglück könnt ihr schwerlich mir die Schuld geben«, sagte dieser und hob abwehrend die Hände. »Oder habe etwa ich die Kutsche über viel zu schlechte Straßen gelenkt?«

»Wärt Ihr uns nicht gefolgt, hätten wir nicht so schnell fahren müssen«, erwiderte Armin.

»Ich habe euch gewinkt, dass ihr anhalten sollt!«

»Wer hält denn an, wenn ein fremder Reiter wie ein Teufel hinter seiner Kutsche herjagt?«

Goethe wägte seine Antwort einen Moment ab, bevor er entgegnete: »Wahrscheinlich würde jeder normale Mensch voller Neugierde warten, welche Nachricht ihm ein Reiter bringen will. Nur wer nicht gefunden werden will, wird seine Pferde zu schnellerem Lauf anspornen.«

»Was für ein Unsinn«, gab Ruedi zurück. »Wieso sollten wir denn nicht gefunden werden wollen?«

»Vielleicht, weil ihr auf Schatzsuche seid?«

Alle waren auf einmal still. Goethe lächelte sie verlegen an.

Frieder schaute anklagend zu Armin, der ihm sofort Zeichen gab, dass er mit diesem Studenten nicht gesprochen hatte, nicht einmal im tiefsten Suff. Magnus von Auenstein legte gar kurz die Hand an seine Waffe, doch der edel gekleidete Jüngling zeigte kein Anzeichen der Gegenwehr oder Beunruhigung.

»Ihr dürft euch nicht so laut darüber unterhalten, wenn ihr den Zweck eurer Reise geheim halten wollt«, sagte er stattdessen. »Gestern Nacht hätte selbst ein Schwerhöriger euch über das Rätsel sprechen hören.«

»Man hat uns bis unten gehört?«, fragte Frieder entgeistert.

»So weit nun auch nicht. Ich war im Zimmer neben eurem einquartiert. Wusstet ihr das nicht?«

Frieders Kopfschütteln und das Schweigen der anderen war ihm Antwort genug.

»Eigentlich wollte ich es dabei belassen, eure Geschichte mitgehört zu haben. Wahrscheinlich hätte ich mir die kommenden Tage ausgemalt, wie sich eure Reise weiter darstellen möge, und vielleicht irgendwann einmal ein Drama geschrieben über eine solche Suche nach dem Nibelungenhort. Allerdings wurde mir heute früh bewusst, in welcher Gefahr ihr schwebt, vermutlich ohne selbst Kenntnis davon zu haben.«

»Was hat Euch auf diesen Gedanken gebracht?«, wollte Magnus von Auenstein wissen.

»Keine halbe Stunde nach eurem frühen Aufbruch erschienen zwei Männer im Gasthof und erkundigten sich nach einer Gruppe wie der euren: sechs Personen, die in den Norden unterwegs seien. Sie bestünde aus – verzeiht, ehrwürdiger Bruder – einem fetten Mönch …«

»Frechheit!«, rief Bruder Melchior empört.

»… einem dürren Weib in Männerkluft und seinem ältlichen Vater …«

»Ältlich?«, brummte Magnus von Auenstein. Frieder sah Ele-

212

onore an, dass die über ihre Beschreibung auch nicht glücklicher war.

»… dazu drei hergelaufenen Kerlen, von denen einer außergewöhnlich groß wäre. Es hätte mit dem Teufel zugehen müssen, wenn die Beschreibung noch auf andere Reisende zugetroffen hätte.«

Eleonore nickte: »Auch wenn ich eine freundlichere Wiedergabe bevorzugt hätte, muss man wohl zugeben, dass sicherlich wir damit gemeint sein müssen.«

»Auf jeden Fall wirkten diese Kerle wie Schufte und nicht, als führten sie Gutes im Schilde. Darum erklärte ich ihnen, dass es in Sessenheim niemanden gebe, auf den die Beschreibung passe, und schickte sie in Richtung Fluss. Ich hingegen gab meinem Pferd die Sporen und eilte euch nach, um euch zu warnen.«

»Und wir haben gedacht, Ihr wärt ein Späher der Feinde, die uns auf den Fersen sind«, sagte Armin.

»Ihr wisst also von Verfolgern?«

»So ist es«, sagte Magnus von Auenstein betroffen. »Wir wussten nur nicht, wie nahe sie uns wieder gekommen sind. Und jetzt haben wir nicht einmal mehr eine Kutsche, mit der wir schneller vorankommen können.«

Frieder konnte seine Gemütslage gut nachvollziehen. Wenn er sich umsah, ergab sich ein grauenhaftes Bild der Zerstörung. Die Kutsche war nicht mehr zu retten, ihnen blieb nur ein einziges lebendiges Pferd, und selbst die wertvollen Tinkturen des Mönchs waren verloren.

»Ihr sagtet vorhin, dass Ihr uns in doppeltem Sinn helfen wolltet. Was meintet Ihr damit?« Bruder Melchior war noch immer erregt und stieß dem Studenten mit dem Zeigefinger gegen die Brust.

»Nun, ich denke, mit euren bisherigen Überlegungen, das Rätsel zu lösen, befindet ihr euch auf dem Holzweg.«

»Wie meint Ihr das?«, fragte der Mönch.

»Ich glaube nicht, dass das Rätsel euch zu den Grabstätten lotsen möchte«, entgegnete Goethe. »Die kleinen Brüder weisen meiner Meinung nach eher auf die Zwerggalerie hin.«

»Ihr habt erstaunlich genau hingehört«, sagte Magnus von Auenstein misstrauisch.

»Zu Speyer, wo kleine Brüder am Fuß von Eos' Thron erwachen, zeigt Christi Blut den ersten Schlüssel. Der zweite steckt im Wurzelwerk. Mensch und Gewürm wirst du dort finden. Die Könige, die nimm weg«, zitierte Goethe wörtlich. »Ich studiere in Straßburg. Wenn ich mein Liebchen in Sessenheim besuche, schlafe ich immer im Wirtshaus. Die Wände oben sind nur schlecht dafür geeignet, Geheimnisse zu bewahren. Diese Erfahrung musste ich schon öfter machen.«

»Ich hatte gedacht, wir seien in dieser Nacht die einzigen Gäste«, sagte Vater betrübt.

»Seid froh, dass nur ich es war«, erwiderte Goethe.

Bei einer genaueren Bestandsaufnahme wurde schnell deutlich, dass ihre Kutsche nie wieder fahren würde. Ein Pferd war tot – der Kadaver zog in der Hitze bereits die Fliegen an, deren Summen fast schon aufdringlich wirkte. Zwei weitere ihrer Tiere waren weggelaufen. Armin hatte zwar den einen Wallach zurückgebracht, aber ohne Sattel und Taschen konnten sie das Pferd nur führen. Frieder fühlte sich schwermütig. War das nun das Ende ihres Abenteuers?

Ruedi schlug vor, dass Johann Wolfgang Goethe zurück nach Sessenheim reiten und ihnen Hilfe schicken solle. Sie könnten sich dort Pferde oder einen Wagen kaufen und dann weiterreisen. Doch Bruder Melchior und Magnus von Auenstein sprachen sich beide strikt dagegen aus. Der Mönch, weil er zunächst mit dem Studenten über die Elemente des Rätsels und ihre mögliche Bedeutung beraten wollte. Der Buchhändler, weil er nicht beabsichtigte, dass ein Mitwisser ihren Feinden von eben diesen Überlegungen erzählen könnte.

»Das würde ich nicht tun, mein Herr«, erklärte Goethe bestimmt.

»Ich will Euch nichts Böses unterstellen, aber ich weiß, dass unsere Gegner vor Mord nicht zurückschrecken. Wenn Ihr in deren Hände geratet, wird der Baron Mittel und Wege finden, Euch zum Reden zu bringen. Ihr wisst zu viel, als dass wir Euch einfach gehen lassen könnten. Ich fürchte, ich muss Euch in Eurem eigenen wie in unserem Interesse dazu aufzufordern, uns zu begleiten.«

Goethe wirkte nicht, als würde ihn der Gedanken sonderlich stören. Er nickte und sagte: »Ich verstehe Eure Denkweise durchaus. Meine Friederike wird nicht froh darüber sein, dass ich so plötzlich und ohne Wort des Abschieds verschwunden bin. Ich vermute, ich kann ihr keine Nachricht übermitteln?«

»Ich fürchte nicht.«

»Dann soll es so sein. Um der Wahrheit die Ehre zu geben, hatte ich ohnehin gehofft, dass Ihr mich mitnehmen würdet auf Eurer Reise. Es klingt, als befändet Ihr Euch auf einem Abenteuer, das man heutzutage nicht mehr allzu einfach erleben kann. Ich sage immer: Man reist ja nicht, um anzukommen, sondern um zu reisen.«

»Dann sei willkommen in unserer Gruppe«, duzte Vater ihn jetzt. »Ich sehe, du kannst mit dem Degen umgehen?«

»Meine Ligade und der Appell mögen etwas eingerostet sein und der Degen noch nie im Ernst gezogen, doch wenn es hart auf hart kommen sollte, weiß ich mich zu wehren.«

»Das ist gut«, sagte Eleonore.

Goethe reichte ihnen allen die Hand. Die von Eleonore schien er zu Frieders stillem Ärger länger zu halten als die der Männer. Er flüsterte ihr etwas zu, worauf sie lächelte. Zuerst hatten sie wegen dieses jungen Lackaffen einen Unfall, jetzt sollte er sie begleiten und machte seiner Eleonore schöne Augen?

»Ich freue mich«, sagte Goethe, als er Frieder die Hand reichte. Frieder drückte sie so fest, dass der Student bei aller Mühe, sich nichts anmerken zu lassen, doch ein leises Grunzen von sich gab.

»Du kommst also aus Straßburg?«

»Ich studiere dort nur«, antwortete Goethe und zog seine Hand zurück. »Eigentlich stamme ich aus Frankfurt.«

Frieder hatte von der Stadt gehört, aber keine Vorstellung, wo genau sie lag.

»Was studierst du denn?«

»Mein Vater ist Jurist und hat auch mir aufgegeben, die Rechte zu studieren. Er möchte, dass ich einmal die Kanzlei übernehme. Aber persönlich interessiere ich mich auch für Philosophie, Medizin und ja, selbst Theologie. Um der Wahrheit die Ehre zu geben, hoffe ich allerdings vor allem, eines Tages mit meinen Theaterstücken Bekanntheit zu erlangen. Und was machst du?«

»Ich bin Goldwäscher«, antwortete Frieder kurz angebunden.

»Ah, ich habe in Kehl einmal Goldsuchern über die Schulter schauen können. Man schaufelt viel Sand umher und hofft, darin winzige Goldstückchen zu finden.«

Frieder kam sich auf einmal so winzig vor wie die Goldflitter, nach denen er normalerweise suchte.

22

Auf dem Weg nach Speyer, 17. Juni 1771
Noch vier Tage bis zum längsten Tag des Jahres

Ich hoffe, du bist mir nicht böse, dass ich vorhin die Worte der Schufte wiederholte«, flüsterte Goethe, als er zur Begrüßung Eleonores Hand ergriff und nicht mehr loslassen zu wollen schien. »Ich persönlich finde vielmehr, dass dich die Hose außerordentlich gut kleidet.«

Sie setzte ein herzloses Lächeln auf und versuchte, dem Studenten ihre Hand zu entziehen. Endlich begriff er ihre Zeichen und ging weiter. Er tauschte einen Händedruck mit Frieder, anschließend unterhielten sie sich kurz.

Eleonore hingegen wandte sich derweil dem Vater zu, der etwas abseits über die Straße und das Waldstück blickte. In seinen Augen spiegelte sich neben dem Wrack der Kutsche auch Mutlosigkeit.

»Was ist los, Papa?«

»Ach, nichts. Ich will nur kurz in Ruhe nachdenken.«

»Was bedrückt dich?«

»Woher …«

»… Ich kenne dich, Papa!«

Der Vater nickte kraftlos. Seine Schultern fielen herab.

»Also, heraus mit der Sprache!«

Er klang müde, als er sagte: »Unsere Suche nimmt einen ganz anderen Verlauf, als wir es uns gedacht hatten.«

»Ja. Katastrophal anders. Aber wann ist jemals irgendeine Aufgabe einfacher gewesen, als sie sich am Anfang angehört hat?

Wir kennen das doch und trotzen seit Jahren erfolgreich allen Widrigkeiten des Lebens.«

Die Miene des Vaters verdüsterte sich weiter. »Ich denke ernsthaft darüber nach, ob wir die Suche nicht lieber aufgeben sollen«, flüsterte er schließlich.

Das fühlte sich an wie ein Schlag ins Gesicht. »Das kann nicht dein Ernst sein!«

Doch er nickte. »Wir befinden uns in Wasser, das zu tief ist für uns. Ich habe den Eindruck, dass wir nur noch schwimmen. Dabei wissen wir nicht, ob unser Ziel überhaupt existiert. Am Ende sind wir so weit hinausgeschwommen, dass uns die Kraft zum Umkehren fehlt.«

»Das Buch, die Geheimschrift, die Rätsel«, zählte Eleonore auf. »Warum sollte jemand die Mühe auf sich nehmen, all das nur vorzutäuschen? Das waren deine Worte, mit denen du Fürstabt Beda überzeugt hast, dass er uns unterstützt, erinnerst du dich?«

»Ja, schon …«

»Und dann dieser Baron mit seinen Männern. Offenbar sind wir nicht die Einzigen, die an die Existenz des Nibelungenschatzes glauben.«

»Ja, ja«, tat Vater das ab, als Eleonore seine Argumente außer Kraft gesetzt hatte.

»Aber?«, fragte sie, denn sie merkte, dass doch noch mehr dahinterstecken musste.

»Aber …« Er zögerte. »Die Suche ist zu gefährlich geworden. Ich kann nicht weiter verantworten, dass dir jemand ein Leid antun könnte.«

»Du willst lieber ohne mich weitermachen?«

»Vielleicht sollten wir die ganze Suche abblasen«, erwiderte er. »Zumindest für jetzt. Wenn Gras über die Sache gewachsen ist, können wir ja im kommenden Jahr einen neuen Anlauf wagen.«

Eleonore verstand die Welt nicht mehr. Das war doch nicht

ihr Vater, der Hunderte Meilen riskanten Wegs auf sich nahm und wenn es sein musste, keinem Ärger aus dem Weg ging, um ein einziges altes Manuskript erwerben zu können.

»Du hast mich mein halbes Leben auf Reisen mitgenommen, die mindestens ebenso gefährlich waren. Und da war ich anfangs noch ein kleines Kind«, entgegnete sie überrascht.

Das Gesicht des Vaters sprach Bände. Eleonore war Tag für Tag, Stunde um Stunde mit ihm zusammen und kannte ihn fast besser als sich selbst. Dieser Blick, ein unsicheres Senken des Kopfes, ein Zittern der Augenlider, bedeutete meist, dass er noch nicht die ganze Wahrheit ausgesprochen hatte.

»Es geht dir gar nicht nur um die Gefahr«, bemerkte sie.

»Ich hätte dich nicht so früh mitnehmen dürfen.«

»Du weißt, dass ich dir das nie vorgeworfen habe«, gab sie schnell zurück. »Ich habe dich gebraucht nach Mamas Tod. Und du mich. Wir wären wahrscheinlich beide zerbrochen, wenn wir uns nicht gegenseitig gehabt hätten.«

Der Vater nickte. »Du erinnerst mich immer mehr an sie.« Er zog ihren Kopf zu sich und hauchte ihr einen Kuss auf die Wange. Eleonore nahm ihn in den Arm und drückte ihn ganz fest.

Nach der Umarmung gestand er endlich drucksend, dass es wirklich noch eine weitere Schwierigkeit gab.

»Und die wäre?«

»Ich hatte eigentlich vorgehabt, in Straßburg bei einem Bekannten Geld für die weitere Suche zu leihen. Aber wir waren ja zu einem etwas übereilten Aufbruch gezwungen.« Er blickte betreten zu Boden. »Unsere Gruppe wächst an und meine Mittel gehen zur Neige, um für alle Pferde zu besorgen, geschweige denn noch mal so eine Kutsche.«

»Ich habe doch auch etwas.«

»Das werden wir schon für die Ausrüstung brauchen, um den Schatz zu bergen und abzutransportieren.«

»Du meinst, wir haben diesen riesigen Schatz zum Greifen nah vor Augen und können nicht heran, weil uns das Geld dazu fehlt? Dann müssen wir es uns eben irgendwie besorgen.«

Der Vater schüttelte den Kopf. »Aber wie sollen wir das machen? So weit im Norden kenne ich niemanden mehr, bei dem ich mir größere Summen leihen könnte.«

»Verzeihung. Vielleicht habe ich eine Idee«, kam Frieders Stimme von der Seite.

Eleonore schnellte herum. »Hast du uns belauscht?«, riefen ihr Vater und sie wie aus einem Mund.

»Ich wollte zu euch, und da hab ich mitbekommen, was los ist.«

»Wie lange hörst du uns schon zu?«

Frieder wirkte beschämt. »Seit du vom Tod deiner Mutter gesprochen hast. Es tut mir leid.«

»Wir müssen unbedingt besser aufpassen«, sagte Magnus von Auenstein zu sich selbst. »Wir sind viel zu unvorsichtig!« Dabei zeigte er auf Goethe, der mit Ruedi und Armin erfolglos versuchte, die Kutsche aufzurichten.

»Die Kutsche wird nicht mehr fahren«, sagte Frieder.

Eleonore nickte. »Jetzt raus mit der Sprache: Wie kommen wir an Geld? Aber sag nicht, dass du Gold aus dem Rhein waschen willst.«

»Das würde sicher zu lange dauern, aber es hat damit zu tun«, sagte Frieder grinsend. »Auf jeden Fall können wir hier nicht bleiben. Früher oder später wird jemand vorbeikommen. Und dann erfährt wahrscheinlich der Baron von uns. Wir haben also Feinde im Rücken und kein Geld für eine schnelle Flucht.«

»Gut ausgedrückt, mein Sohn«, sagte der Vater.

Eleonore warf ihm einen überraschten Blick zu. Was sollte das denn bedeuten? »Mein Sohn« hatte sie ihn noch nie jemanden nennen gehört.

»Vielleicht wäre es gut, zwei Fliegen mit einer Klappe zu schlagen«, erklärte Frieder.

»Komm zum Punkt«, forderte Eleonore ihn gereizt auf.

»Wir dürften nur etwa einen Tagesmarsch von Karlsruhe entfernt sein, wo mein Landesvater residiert, der Markgraf von Baden-Durlach.«

Vater hörte Frieder auf einmal gespannt zu. Auch Eleonore wurde neugierig, was dem jungen Goldwäscher wohl durch den Kopf ging.

»Der Markgraf hat Geld und Soldaten«, sagte Frieder. »Wir müssen ihn nur dazu bringen, uns damit auszuhelfen.«

»Warum sollte er das tun?«, fragte der Vater.

»Auch in meinem Land hat der Regen der vergangenen zwei Jahre Missernten und große Not gebracht. Das geht so weit, dass der Markgraf seinen Obergoldinspektor losgeschickt hat, um die Goldwäscher zu schnellerer Arbeit anzuhalten. Die Aussicht auf einen Teil des Schatzes dürfte ihn dazu bewegen, uns behilflich zu sein.«

»Ich weiß nicht«, wandte Vater ein. »Ich will eigentlich nicht noch mehr Mitwisser in unser Geheimnis einweihen.«

»Ich finde die Idee von Frieder gar nicht so schlecht, Papa«, ließ sich Eleonore vernehmen. »Nur an den Einzelheiten müssen wir noch feilen.«

Fünf Minuten später brachen sie auf. Sie halfen Bruder Melchior in den Sattel von Goethes Wallach. Der Mönch war nicht sonderlich erfreut, wieder reiten zu müssen, zumal seine Reittiere jedes Mal größer wurden. Der Student führte das Tier am Zügel.

Armin zog den vom Unfall noch immer nervösen Schimmel am Lederriemen hinter sich her. Sie gingen so schnell wie möglich, aber so vorsichtig wie nötig, um nicht den Männern des Barons in die Arme zu laufen.

Am Rhein bei einem Dörfchen namens Beinheim fanden sie

einen Fährmann, der sie in zwei Touren auf die badische Seite bei Rastatt übersetzte. Sechs Stunden würden sie zu Fuß bis Karlsruhe brauchen, meinte er zum Abschied.

Es gab zwei badische Lande. Der Fürst der Markgrafschaft Baden-Baden residierte in Rastatt. Frieder jedoch war Bürger der Markgrafschaft Baden-Durlach mit der Hauptstadt Karlsruhe.

Sie hatten die anderen auf dem Marsch zum Fluss über ihren Plan unterrichtet, den Markgrafen von Baden-Durlach in die Schatzsuche einzubinden. Bruder Melchior sprach sich zunächst gegen das Vorhaben aus, stimmte aber zu, als er erfuhr, dass sonst das ganze Unterfangen zum Scheitern verurteilt war. Allerdings knüpfte er daran die Bedingung, den Nibelungenschatz wie das Buch zu verschweigen.

»Aber wenn der Markgraf uns Geld geben soll, wird er wissen wollen, wofür«, wandte der Vater ein.

»Wir können sagen, dass wir von einem Goldschatz wissen, den wir heben wollen. Aber worum es sich handelt, muss geheim bleiben. Es dürfen nicht noch mehr Menschen davon erfahren.«

Beim Übersetzen im Boot kam der Mönch noch einmal auf Eleonore zu und flüsterte ihr ins Ohr: »Es ist wegen der goldenen Rute, die Macht über alle Menschen verleihen soll. Falls es die wirklich gibt, muss sie verborgen bleiben.«

Eleonore nickte ernst.

Der Tag war für eine Wanderung fast zu heiß. Die Luft stand vor Staub, der sich mit ihrem Schweiß auf der Stirn in eine schmutzige Kruste verwandelte, die Fliegen wie magisch anzog. Die Vögel, die man sonst zu Tausenden ein immerwährendes Konzert zwitschern hörte, ruhten still in den luftigen Kronen der Bäume am Weg.

Sie gelangten immer wieder an Stellen, die dazu einluden, ein Päuschen einzulegen, aber der Vater trieb sie an, erst mehr Strecke zwischen sich und die möglichen Verfolger zu bringen. Dabei war Eleonore zuversichtlich, dass der Wechsel der Uferseite sein Gutes hatte. Im Elsass waren sie im direkten Einflussbereich des Straßburger Bischofs und damit seiner Gefolgsleute gewesen. In Baden würden sich französische Freischärler schwertun, ihnen auf den Fersen zu bleiben, zumal da um Rastatt einige baden-badische Soldaten zu sehen gewesen waren, die auch sie als Fremde kritisch beäugt hatten.

»August Georg Simpert und sein Baden-Baden sind katholisch, Baden-Durlach vornehmlich protestantisch«, erklärte Bruder Melchior, als der Vater ihnen endlich im Schatten einer Linde an einem frischen Bächlein eine Pause gönnte. Sie hatten noch genug Geld gehabt, um sich bei einem Straßenhändler ein ordentliches, wenn auch einfaches Essen zusammenzukaufen. Und der seit dem Unfall besonders missgestimmte Mönch hatte endlich wieder Wein bekommen. Eleonore merkte, dass sein Gemüt sich nach dem Trinken wieder ein wenig beruhigte. Zuvor war er so gereizt gewesen, dass er bei dem kleinsten Anlass lostobte. Sie musste zugeben, dass ihr der Mönch mit Wein angenehmer als nüchtern war.

Nun saßen sie im Schatten, Eleonore kühlte die Füße im Wasser des Bachs und war schon zweimal von Krebsen in die Zehen gezwickt worden. Das hielt aber Frieder und Johann Wolfgang nicht davon ab, sich ihr gegenüber niederzulassen und ebenfalls ein Fußbad zu nehmen. Die Pferde grasten friedlich am Wegrand, Armin hatte die Augen geschlossen und schien zu dösen. Bruder Melchior redete derweil unablässig weiter. Sie nahm die Füße aus dem Wasser und wandte sich ihm zu.

»Früher, bis ins sechzehnte Jahrhundert, gab es nur ein Haus Baden. Aber es wurde an zwei Erben aufgeteilt. Solange die jeweiligen Linien Bestand hatten, gab es kein Problem. Aber ein Land ohne rechtmäßigen Erben sollte an das andere Land zurückfallen. Als nun feststand, dass August Georg keine erwachsenen Nachkommen haben würde, hat man die Zusammenführung der Markgrafschaft Baden-Baden mit Baden-Durlach vertraglich abgestimmt und geregelt.«

»Woher wisst Ihr so genau darüber Bescheid?«, wollte Ruedi wissen, der dem Mönch mit voller Aufmerksamkeit zuhörte.

»Weil ein gebildeter Mensch so etwas weiß, Dummkopf!«, fauchte der Mönch, fasste sich dann aber bald wieder. »So dumm ist deine Frage allerdings gar nicht, wenn ich mir das recht überlege. Verzeih mir. Ich kenne August aus seiner Zeit als Priester.«

»Den Markgrafen von Baden-Baden?«

»Eben den. Er war ein guter Diener Gottes, ein Priester, der Talent zur Predigt hatte und seine Schäfchen führen konnte. Darum hat er lange mit sich gehadert, welcher Pflicht Gott gegenüber wichtiger nachzukommen war. An die vierzig Jahre ist es jetzt her, dass er den Heiligen Vater um die Aufhebung der Priesterschaft gebeten hat, damit er seiner angeborenen Verpflichtung als Erbe der Markgrafschaft folgen konnte. Er musste heiraten und Nachkommen zeugen. Aber leider sind alle seine Kinder früh gestorben. Es war absehbar, dass kein Erbe die Regentschaft über sein Land übernehmen konnte.«

»Und darum wird mein Landesvater, Markgraf Karl Friedrich von Baden-Durlach, sein Reich um ein großes Territorium erweitern«, ergänzte Frieder.

23

Auf dem Weg nach Karlsruhe, 17. Juni 1771
Noch vier Tage bis zum längsten Tag des Jahres

W as haltet ihr von diesem Goethe?«, fragte Frieder seine besten Freunde. Obwohl sie ein Stück vor den anderen marschierten, sprach er so leise, dass nur Armin und Ruedi ihn hören sollten.

»Er ist in Ordnung, denke ich«, antwortete Armin. Ruedi zuckte mit den Schultern und fragte: »Wieso?«

»Findet ihr es nicht eigenartig, dass so ein Kerl uns belauscht, uns folgt und dann plötzlich zur Gruppe gehören soll?«

»Herr von Auenstein hat doch gesagt, dass es für ihn wie für uns zu gefährlich wäre, ihn gehen zu lassen.«

»Ich glaube, du bist einfach eifersüchtig, weil er um deine Eleonore herumscharwenzelt«, grinste Ruedi. »Du hast doch jeden von uns auch schon als Konkurrenten gesehen.«

»So ein Unsinn. Außerdem ist es nicht *meine* Eleonore.«

Armin gab Frieder einen Klaps auf die Schulter, der ihn fast umgeworfen hätte. »Sogar ein Blinder würde erkennen, dass du dich für das Mädchen interessierst.«

Gut, Frieder mochte sie irgendwie. Das konnte er wirklich nicht bestreiten. Und sie gefiel ihm außerordentlich gut, auch wenn er sie bisher nur in Männerkleidung gesehen hatte. Es stand sogar weit schlimmer um ihn, als seine Freunde dachten. Seine Gedanken kreisten ständig um sie, tags und nachts. Gestern hatte er in einem Traum ihre Hand ergriffen und war mit ihr so durch rosenbewachsene Landschaften spaziert. Leider war er erwacht, weil Armin sich umgedreht hatte und sein Arm mit Wucht auf Frieders Brust gefallen war. Er war am Morgen darüber noch wütender gewesen als über Armins gestriges Betrinken.

»Ja, ich mag sie«, gab er schließlich zu. »Aber mag sie mich?« Armin brummte.

»Was soll das heißen?«, fragte Frieder alarmiert.

»Ich weiß es nicht mit Sicherheit zu sagen«, präzisierte der Schmied. »Es kommt mir vor, als ob sie nicht nur äußerlich eine Maskerade betreibt.«

»Seit wann redest du so hochgestochen daher?«, ulkte Ruedi. »Man könnte sonst fast denken, du willst diesen Goethe nachäffen.«

»Ich meine ja nur, dass sie es vielleicht einfach gut verbergen kann, dass sie Frieder mag.«

»Meinst du?« Frieder drehte sich im Gehen zu ihr um. Eleonore war in ein Gespräch mit Bruder Melchior vertieft, der auf dem von Goethe geführten Wallach saß. Sie schaute plötzlich auf zu Frieder und bemerkte seinen Blick. War das ein Lächeln? Sie wandte ihre Aufmerksamkeit wieder dem Mönch zu.

»He, Frieder, pass besser auf, wohin du trittst!«, warnte Armin.

»Was soll ich denn machen? Wie hast du herausgefunden, ob deine Lina dich mag?«

»Sie hat zu mir geschaut und mich von Herzen angelächelt. Das merkst du einfach. Aber dann ist es wichtig, im rechten Moment den Sprung zu wagen.«

»Welchen Sprung?«

»Hinab ins unbekannte Wasser.«

»Hä?«

»Sie küssen, meint er, Idiot«, warf Ruedi von der Seite ein.

»Und von dem Gefühl weißt du dann sicher, ob sie dich mag«, fügte Armin hinzu.

»Achtung, Goethe kommt«, warnte Ruedi.

»Ich hoffe, nicht Ursache der Unterbrechung eurer Unterhaltung zu sein.«

»Hmmm«, machte Frieder. Armin hingegen zeigte sich umgänglicher und lud ihn ein: »Komm ruhig zu uns.«

»Wer hätte das gedacht, dass wir so plötzlich ein neues Mitglied unserer Truppe haben?«, bemerkte Frieder spitz.

»Glaubt mir, als ich gestern in meine Kammer ging, habe ich auch nicht geahnt, in ein solches Abenteuer hineingezogen zu werden.«

»Wieso bist du uns denn überhaupt nachgekommen? Wegen dem Gold?«

»Wegen des Goldes.«

»Was?«

»Es heißt wegen des Goldes, nicht wegen dem Gold. *Casus genitivus*, nicht *casus dativus*.«

»Ehrlich gesagt verstehe ich kein Wort«, sagte Frieder verärgert. »Ich wollte nur wissen, ob du dir viel Gold erwartest.«

Goethe zuckte mit den Schultern und sagte: »Ich stamme aus keinem armen Haus. Ich habe eben von Herrn von Auenstein von der finanziellen Misslichkeit erfahren, in der wir stecken. Ich will in Karlsruhe versuchen, bei einem Bekannten der Familie ein Darlehen zu erbitten.«

»Das würdest du tun?«

»Falls wir dem Geheimnis so näherkommen würden.«

Frieder wusste nicht, was er von dem Kerl halten sollte. Unangenehm war er nicht, das musste er zugeben. Auch wenn seine Sprache etwas Hochnäsiges an sich hatte, schien er sich damit nicht über sie stellen zu wollen. Vielleicht konnte er einfach nicht anders? Er wirkte so, als habe er sein Lebtag keine Not gekannt. Wahrscheinlich hatte er noch nie wirklich arbeiten müssen für sein Geld, anders als Frieder und seine Freunde.

»Seid ihr schon lange miteinander bekannt?«, fragte der Student.

Armin schlug ihm auf die Schulter, was dazu führte, dass Goethe fast in die Knie ging. »Frieder und ich kennen uns, seit wir geboren sind. Ruedi ist später dazu gestoßen. Vor drei Jahren ist er mit seiner Schwester Anna in ein Haus in Neuenburg gezogen.«

»Wie habt ihr eure Bekanntschaft gemacht?«, wollte Goethe wissen und blickte Ruedi an.

»Wir haben das Haus von einem entfernten Onkel geerbt, der selbst keine Nachkommen hatte. Er hat es etwas herunterkommen lassen. Da lernst du den örtlichen Schmied als Ersten kennen. Und über ihn den hier.« Er zeigte auf Frieder. »Er sucht das Gold, und ich verarbeite es. Und wir haben uns gut verstanden. Das passte.«

»Apropos Gold. Habt ihr schon überlegt, was ihr mit eurem Anteil machen wollt?«, fragte Armin in die Runde.

Frieder hatte sich darüber bereits einige Gedanken gemacht, sie aber erstaunlicherweise noch kein einziges Mal ausgesprochen. Armin gingen die Worte sehr leicht über Lippen: »Ich will wieder nach Hause und eine Familie gründen«, sagte er.

»Mit Lina Zahler«, merkte Ruedi an.

»Dein Mädchen?«, fragte Goethe.

Armin grinste breit und nickte.

»Aber er hatte schon eine Menge anderer Liebchen«, erklärte Ruedi. Frieder fand, dass das den Studenten eigentlich nichts anzugehen hatte. Er gab dem Freund mit den Augen zu verstehen, nicht so viel zu reden. Doch Ruedi warf ihm nur einen verärgerten Blick zu.

»Jetzt gibt es nur noch Lina«, erklärte derweil Armin munter. Je länger sie von zu Hause weg waren, desto verklärter redete er von dem Mädchen. »Ich will ihr ein Leben bieten, wie sie es verdient. Darum würde ich von einem Teil des Geldes die Schmiede neu gestalten und mit modernen Werkzeugen erweitern. Dann würde ich ein schönes, großes Haus errichten lassen, das groß genug ist für uns und unsere hoffentlich vielen Kinder.« Armin lächelte zufrieden bei dem Gedanken.

»Und du?«, fragte Goethe Ruedi.

»Ich hätte gern eine Villa mit vielen Dienern«, sprudelte es aus ihm heraus. »Am besten in der Stadt. Freiburg. Oder gleich in Wien. Mit Stuck verzierte Decken, teure Möbel, Kamine, mit denen man selbst im kältesten Winter jeden Raum schön warm hat. Und feine Möbel, die mit wertvollen Stoffen bezogen sind.«

»Das klingt, als wolltest du ein Fürst sein«, sagte Goethe lächelnd.

»Wenn man das mit genug Gold erkaufen kann«, strahlte Ruedi. »Natürlich wäre ich auch mit weniger zufrieden. Aber eine schöne Tochter aus gutem Hause würde ich schon gern heiraten. Ich würde mit einer herrschaftlichen Kutsche mit acht Pferden die Kandidatinnen besuchen und mir die Allerschönste von ihnen aussuchen.« Er küsste in die Luft vor sich und fiel dann in das Lachen der anderen ein.

»*Du* brauchst ja keine mehr wählen«, sagte Ruedi schließlich zu Goethe. »Du hast ja schon eine Liebste. Ihr saht beim Tanz sehr glücklich aus. Du willst mit dem Schatz für Dein Schätzchen sicher ein großes Hochzeitsfest ausrichten.«

»Ja, vielleicht«, gab Goethe kurz angebunden zurück und reichte die Frage weiter an Frieder: »Und, hast du eine, mit der du dein Gold teilen möchtest?«

»Wer weiß«, entgegnete Frieder knapp.

Armin grinste, erwies sich aber als Freund und blieb still. Nur Ruedi konnte seine Klappe mal wieder nicht halten. Obwohl Frieder ihn warnend anfunkelte und mahnend seinen Namen nannte, sagte er kichernd: »Der Frieder hat nur noch die Eleonore im Kopf, aber ob die was von ihm will?«

Er lachte.

»Sie?«, fragte Goethe interessiert und wies mit dem Kopf nach hinten.

»Ach, Unsinn. Ich mag sie einfach. Ruedi, du bist ein Idiot.«

So ruhig, wie er sich gab, war Frieder nicht. In seinem Innern herrschte eine Mischung aus Scham und Wut über seinen Freund, dass der dem Fremden ein solches Geheimnis verraten hatte.

»Gräme dich nicht, Freund Frieder. Es ist in der Welt nichts schätzbarer als ein Herz, das der Liebe und Leidenschaft fähig ist.«

Sie erreichten Karlsruhe erst am frühen Abend, sodass sie die Vorsprache im Schloss und die anderen Erledigungen auf den kommenden Tag verlegen mussten. In einer einfachen Wirtschaft in der Stadt nahmen sie ein günstiges, aber wohlschmeckendes Abendessen zu sich und bezogen gleich darauf die karge Schlafstube, in der noch zwei andere Männer untergebracht waren, die aber noch in der Wirtsstube saßen.

Als sie alle auf ihren Strohsäcken lagen, bat Ruedi: »Erzählt uns weiter die Geschichte Siegfrieds, Bruder Melchior!«

Der Mönch setzte sich bereitwillig auf.

»Aber gerne! Wo waren wir noch?«, fragte er.

»In Sessenheim erzählte uns Herr von Auenstein zuletzt, wie Siegfried die Sachsen und Dänen besiegte und beim Fest zum ersten Mal Kriemhild sah.«

»Und beide verliebten sich ineinander«, ergänzte Armin.

Bruder Melchior räusperte sich. »Wenn zwei Menschen sich lieben, dann tun sie gut daran, sich vor Gott zueinander zu erklären.«

Frieder blickte zu Eleonore hinüber. Sie bemerkte das, tat aber so, als habe sie es nicht gesehen.

»Siegfried und Kriemhild erkannten das, doch Gunther war noch unverheiratet. Es musste also zuerst eine Frau gefunden werden, die dem mächtigen König des Burgundenreichs zur Ehre gereichte. Siegfried kannte ein solches Weib.«

Bruder Melchior blickte in die Runde und nannte dann ihren Namen: »Brünhild, die einzigartige Königin Islands. Durch ihre Jungfräulichkeit verfügte sie über eine magische, übermenschliche Stärke, die sie eigentlich unbesiegbar machte. Wollte ein Mann, ob Ritter oder König, um sie werben, musste er sie in drei Disziplinen besiegen, im Steinwurf, Weitsprung und Speerwurf. Nur die stärksten Edelmänner wagten es überhaupt, sie herauszufordern. Der Erfolg blieb allen verwehrt, und wer nur einen Wettkampf gegen Brünhild verlor, dessen Leben war verwirkt.«

»Was für ein Weib! Da bin ich froh über meine Lina«, scherzte Armin. Frieder warf ihm einen tadelnden Blick zu, denn er war gespannt, wie es weiterging.

»Brünhild war eine mächtige Kriegerin, die in ihrem Schloss mit vielen anderen jungen Frauen lebte, eine schöner als die andere«, berichtete Bruder Melchior weiter. »Aber keine konnte es an Liebreiz mit der Königin aufnehmen. Siegfried riet Gunther, dass nur der treue Hagen von Tronje und sein jüngster Bruder Dankwart sie auf der Reise begleiten sollten. Sie ließen sich von Kriemhild und ihren Mädchen herrliche Kleider schneidern und segelten mit einem Schiff über den Rhein und das Meer, bis sie sich vor Ort von Brünhilds Schönheit selbst ein Bild machen konnten.«

Bruder Melchior schaute rundum bei seinen Zuhörern in gebannte Gesichter. Ein erneuter Blick zu Eleonore zeigte Frieder, dass auch sie fasziniert lauschte. Er sah schnell weg, als ihm klar wurde, dass Magnus von Auenstein bemerkte, wohin seine Augen geschweift waren.

»Brünhild dachte zuerst, dass es Siegfried wäre, der um sie werben wollte«, fuhr der Mönch fort. »Sie kannte ihn von einem früheren Aufenthalt an ihrem Hof. Aber Siegfried führte nur das Pferd von Gunther, was damals ein Zeichen war, dass er dem König untertan war, fast wie ein Knappe.«

»Wie Goethe bei Euch, Bruder«, lachte Ruedi.

»Ihr sollt mich doch nicht ständig unterbrechen! Passt lieber auf! Das Führen des Pferds wird später in der Geschichte noch einmal von Bedeutung sein«, sagte der Mönch bestimmt. »Jetzt weiter: Als schließlich der Wettkampf anstand, gerieten Gunther und sein Gefolge in große Sorge. Aber Siegfried beruhigte den König, dass er ihm mit einer List helfen würde. Unser Held ging also zurück zum Schiff und zog dort seine Tarnkappe an.«

»Die, die er dem Zwerg Alberich abgenommen hatte?«, fragte Frieder nach.

»Eben die. Die Zauberkraft der Tarnkappe machte ihn unsichtbar und so stark wie zwölf Mann. So gelang es ihm, den Felsen weiter zu schleudern als Brünhild und es so aussehen zu lassen, als habe Gunther es getan. Auch im Weitsprung macht er einen gewaltigen Satz und trug dabei den Burgundenkönig mit sich. Und beim Schleudern des Speers und einer Rangelei mit der Königin übertrumpfte er Brünhild ebenso. Sie sah sich von Gunther besiegt und willigte ein, sein Weib zu werden.«

»Ganz anständig war das ja nicht«, merkte Armin an.

»Da gebe ich dir recht, mein großer Freund«, gab Bruder Melchior zurück. »Dieser Betrug wird sowohl Gunther als auch Siegfried später noch zum Nachteil gereichen.«

»Die Täuschung wird sogar noch viel schlimmer«, merkte Eleonore an.

»So ist es«, bekräftigte der Mönch. »Aber der Reihe nach. Gunther führte Brünhild schließlich als seine zukünftige Braut heim nach Burgund. Beim Aufbruch nach Island hatte Siegfried ja mit Gunther vereinbart, dass er Kriemhild heiraten dürfe, die er über alles liebte. Und genau das erlaubte der König ihm nun. Es sollte eine Doppelhochzeit geben. Jetzt erinnert euch an meine Worte von eben, dass Siegfried in Island wie ein Knappe des Königs aufgetreten war. Brünhild war bis ins Mark getroffen, dass die Schwester des Königs Siegfried heiraten sollte, also einen rangniederen Knappen. Sie wollte von Gunther erfahren, wie es dazu kam. Aber der konnte ihr es schließlich nicht verraten, es war ja der Lohn dafür, dass Siegfried ihm beim betrügerischen Kampf gegen sie geholfen hatte. Er lavierte sich also heraus.«

Bruder Melchior unterbrach seine Geschichte, um ausgiebig zu gähnen. Frieder wurde davon angesteckt. Sie waren den ganzen Tag auf den Beinen gewesen, und nach dem Essen fühlte er sich bettschwer.

»Ich denke, ich rede ein anderes Mal weiter«, sagte der Mönch.

»Endet bitte noch nicht«, bat Goethe. »Ein wenig wollen wir Eurer Stimme noch lauschen.«

Ruedi und Armin stimmten ihm zu.

»Nun gut. Dann will ich euch noch von dem zweiten Betrug berichten. Aber dann ist Schluss für heute. Denn jetzt folgt die Hochzeitsnacht.«

Der Mönch funkelte Ruedi und Armin warnend an, die beide schon feixen wollten.

»Während Siegfried und Kriemhild ihr Glück gefunden hatten, versuchte Gunther endlich, sich an seine Brünhild zu schmiegen. Aber die wollte sich ihrem Ehemann erst hingeben, wenn er ihr verriet, warum der Knappe seine Schwester heiraten durfte.«

»Ein wahrhaft dramatisches Dilemma«, bemerkte Goethe.

»So ist es. Für Gunther wurde die Hochzeitsnacht noch weitaus unangenehmer. Als er sich nämlich zu seinem Weib legen wollte, band sie ihm mit ihrem Gürtel Arme und Beine zusammen und hängte ihn kurzerhand so verschnürt an einen Nagel. Erinnert euch, sie war als Jungfrau übermäßig stark. Und bis zu diesem Zeitpunkt war sie ja noch unberührt. Und sie blieb es, denn während sie im weichen Bett lag, musste der König ungemütlich an der Wand hängen.«

Ruedi kicherte nun doch, und Armin fiel ein.

»Ihr amüsiert euch über einen König, der von seinem Weib

in der Hochzeitsnacht besiegt wurde und betteln musste, freigelassen zu werden«, stellte Bruder Melchior ernst fest. »Gunthers Scham war natürlich groß, als er am Morgen endlich von seiner Angetrauten aus seiner misslichen Stellung befreit wurde. Ihr könnt euch vorstellen, dass er nicht stolz darauf war, also sprach er mit niemandem außer mit Siegfried darüber. Der versprach, dem König abermals zu helfen. In der nächsten Nacht zog er wieder seine Tarnkappe an und ging mit dem Königspaar ins dunkle Schlafgemach.«

»Wirklich?« Frieder fand das eine eigenartige Wendung.

»So steht es geschrieben«, bekräftigte Bruder Melchior. »Es kam zu einem gefährlichen Kampf zwischen Siegfried und Brünhild. Erst sah es aus, als überwinde sie ihn, doch dann ließ er jede Rücksicht fallen und rang die Königin nieder. Die bat um Gnade und versprach, ihrem Ehemann von nun an ihre Liebe nicht mehr zu verweigern. Wegen der Tarnkappe glaubte sie ja, dass Gunther sie verprügelt hatte. Gunther legte sich endlich zu seiner Frau, und mit dem Vollzug der Ehe schwand ihre jungfräuliche Kraft dahin. Das war der zweite Betrug Siegfrieds an Brünhild.«

»Eine ziemlich raue Geschichte«, merkte Eleonore an.

»Das kann man sagen«, stimmte der Mönch ihr zu. »Siegfried hatte sich auch noch zwei Trophäen mitgenommen, bevor er das Schlafgemach verließ: Brünhilds Ring und ihren Gürtel. Beides schenkte er später seiner Kriemhild. Und das wird im Laufe der Geschichte auch noch von Bedeutung sein … Ah, guten Abend.«

»Ihr seid noch wach«, sagte einer der beiden Männer lallend, die nun in die Schlafstube traten. Sie stiegen über Frieder zu ihren Plätzen und ließen sich auf ihre Lager sinken.

»So, jetzt schlafen wir«, endete Bruder Melchior.

Neben Frieder lag Armin, daneben Magnus von Auenstein und an der Wand seine Tochter. Trotz der Entfernung hatte Frieder das Gefühl, Eleonores Atemzüge aus all den anderen herauszuhören. Er war so aufgeregt, in einem Zimmer mit ihr die Nacht zu verbringen und ihr so nah zu sein, dass er längere Zeit wach liegen blieb. Irgendwann verschwammen die Erlebnisse des Tages mit der Nibelungengeschichte und verfolgten ihn in einen unruhigen Schlaf.

24

Karlsruhe, 18. Juni 1771
Noch drei Tage bis zum längsten Tag des Jahres

Wolfgang hatte auf seinen Reisen schon einmal eine kurze Station in Karlsruhe eingelegt. Es handelte sich um eine junge und für ihre Bedeutung recht kleine Stadt. Vor knapp sechzig Jahren hatte der damalige Markgraf von Baden-Durlach von einer standesgemäßen Residenz für sich geträumt und sie anlegen lassen. Hätte man wie ein Vogel darüber fliegen können, würde man breite Alleen erblicken, die wie die Stäbe eines Fächers auf einen einzigen Punkt hinausliefen: das markgräfliche Schloss. Vom Boden aus konnte man dies selbstverständlich nur erahnen. Auf jeden Fall erblickte man den prunkvollen Bau von allen größeren Kreuzungen – und je näher man dem Schloss kam, desto feiner waren die Stoffe, die die Menschen trugen, und desto sauberer die gelackten Kutschen und herausgeputzten Pferde vermögender Adliger oder Beamter in gehobener Position.

Auf dem gestrigen Marsch hatte Magnus von Auenstein Wolfgang über die bisherigen Geschehnisse skizzenhaft in Kenntnis gesetzt. Vom Fund des Buches über das Zusammentreffen mit Bruder Melchior, über einen wegen des Schatzes erschlagenen Freund des St. Galler Fürstabts und den Überfall der Leute des Barons am Rhein bis zur erneuten Konfrontation mit seinen Männern und vor allem einem Riesen namens Wüller in Straßburg. Wolfgang hatte seither überlegt, ob er diesem Baron wohl schon einmal in der Stadt begegnet sein mochte, oder bei seinem Besuch in der Residenz der Rohans außerhalb in Saverne.

Da hatte Wolfgang dem Fürstbischof und einer kleinen Gesellschaft kurz durch die Tür beim Essen zugesehen. Doch sonst spielten Seine Eminenz Louis César Constantin de Rohan-Guéméné und andere Mitglieder des Bistums keine Rolle in seinem Leben. Ein Baron entsprach etwa einem Freiherrn. Davon gab es Hunderte. Wolfgang war in den Kreisen, in denen er in Straßburg verkehrte, noch keinem begegnet.

Trotz des Berichts des Buchhändlers blieben für Wolfgang viele Fragen offen. Er brannte, mehr über das Buch und den Autor der geheimen Schrift zu erfahren, jedoch kratzte Magnus von Auenstein bei seinen Antworten stets nur an der Oberfläche. Mit Details zu dem Buch oder dem Schatz hielt er sich zurück. Er hatte nur verraten, dass die Zeit schon recht knapp wurde. Der Schatz sollte laut den Notizen nur zur Sommersonnenwende am längsten Tag des Jahres in der Gegend von Worms zu finden sein. Und das war in drei Tagen. Drei Tage, die sie von Karlsruhe nach Speyer und weiter nach Worms eilen mussten. An sich war das gut möglich, wenn man nicht zwischendurch Geld eintreiben, Rätsel lösen und fremden Mächten ausweichen müsste.

Magnus von Auenstein hatte wegen der knappen Zeit vorgeschlagen, dass sie sich aufteilen sollten. Er selbst wollte mit Frieder und Ruedi eine Audienz beim Markgrafen erbitten. Sie waren soeben in Richtung Schloss aufgebrochen.

Wolfgang hatte dem Buchhändler gestern von Marcus Johann Seelbrecht berichtet, einem Studienkollegen seines Vaters, der eine kleine Kanzlei im nahen Durlach betrieb. Wolfgang war ihm nie begegnet, doch sein Vater lobte den Mann bis heute in höchsten Tönen als guten Freund und Kameraden. Wolfgang wollte versuchen, bei ihm ein Darlehen aufzunehmen für den Fall, dass der ersten Gruppe beim Fürsten keinen Erfolg beschieden war. Armin sollte ihn begleiten. Wolfgang wusste genau, dass der Schmied ihm nicht nur zur Seite gestellt wurde, um ihm Gesellschaft zu leisten, wie Magnus von Auenstein es nannte, sondern auch, um ihn im Auge zu behalten. Für Wolfgang war das in Ordnung. Im Gegenteil. Er mochte den derben Kerl, der ein großes Herz am rechten Fleck zu haben schien, und freute sich darauf, ihn besser kennenzulernen.

Die dritte Gruppe bestand aus Eleonore und Bruder Melchior. Ihre Aufgabe sollte es sein, die beim gestrigen Unfall verloren gegangenen Essenzen des Mönchs wiederaufzufüllen, die nötig waren, die Geheimschrift im Buch sichtbar werden zu lassen. Und genau das sollte das zweite Ziel des Tages werden. Wie Wolfgang aus den Gesprächen herausgehört hatte, brauchte es einige Zeit, die Schrift zu entschlüsseln. Darum sollten sie alle Buchstaben übertragen, sodass sie möglichst nach dem Lösen des Rätsels in Speyer mit dem gefundenen Schlüssel gleich weiterlesen konnten.

»Und du denkst, der Mann gibt dir einfach so ein kleines Vermögen?«, fragte Armin, als sie sich auf der Straße in Richtung Durlach aufmachten.

»Ich werde ihm einen Schuldschein ausstellen, der von meinem Vater eingelöst wird«, antwortete Wolfgang. »Es sollte für ihn kein großes Risiko bestehen, sodass ich hoffe, dass wir etwas bekommen.«

Sie hatten eine ordentliche Strecke vor sich. Bei einem fahrenden Händler kauften sie zwei süße Brote als Proviant und erfragten den Weg nach Durlach. Für die Wanderung sollten sie rund eine Stunde benötigen, meinte er.

Armin hatte sein Brötchen verputzt, bevor Wolfgang den ersten Bissen genommen hatte.

»Hast du keinen Hunger?«, fragte der Schmied und zeigte auf die Backware.

Wolfgang brach sein Brötchen in zwei Hälften und reichte Armin den einen Teil, der auch schnell in dessen Mund verschwand.

»Erzähl mir von deiner Lea«, forderte Wolfgang ihn auf.

»Lina«, korrigierte Armin kauend. Er schluckte den Rest herunter. »Sie ist die jüngste Tochter eines Fischers in unserer Stadt.«

»Was gefällt dir an ihr?«, fragte Wolfgang.

»Sie gefällt mir einfach«, antwortete Armin, als sei damit das Wichtigste gesagt. Allerdings bemerkte Wolfgang, dass der Schmied offenbar noch etwas hinzufügen wollte. »Sie ist schön«, fuhr Armin fort.

Wolfgang lächelte in sich hinein. Wenn all die Dichter, die er so gern las, die Liebe einfach darauf reduzieren würden, wäre die Poesie eine recht sparsame Kunstform.

»Dir gefällt ihr liebliches Gesicht? Oder ihre grazile Gestalt?« Wolfgang versuchte, mehr aus dem einfachen Kerl herauszukitzeln.

»Lieblich ist sie. Grazil ist aber übertrieben. Man sollte ja keine Angst haben müssen, sie zu zerbrechen. Vor allem gefällt mir ihre liebe Art. Wie sie mich in den Arm nimmt, wenn ich unsicher bin. Oder die Pläne, die sie schmiedet, wie wir ihre Brüder auf unsere Seite bekommen können.«

»Wie lange seid ihr schon ein Paar?«, fragte Wolfgang mit steigendem Interesse.

»Erst seit drei Monaten. Aber ich weiß, dass sie die Richtige ist für mich. Frieder und Ruedi würden jetzt sagen, dass ich das Gleiche auch schon bei anderen gesagt habe. Doch bei Lina ist es wirklich etwas Besonderes.«

»Und sie fühlt wie du?«

Armin nickte versonnen.

Sie kamen gerade an einem Brunnen am Wegrand vorbei. Aus einem hölzernen Ausguss sprudelte ein schmales Rinnsal sauberes Wasser in den länglichen Trog, an dem Vieh getränkt werden konnte. Armin formte seine Hände zu einer Schale und trank ausgiebig. Er zog sein Hemd aus und bespritzte seine stählerne Brust mit dem kalten Wasser. Wolfgang hatte noch nie solche Muskelberge gesehen. So stellte er sich Atlas vor, der das Erdenrund auf seinen Schultern trug.

Die letzte Nacht hatte die Luft kaum abkühlen lassen. Obwohl die Sonne noch niedrig stand, brannte sie bereits auf das Land nieder. Wolfgang trank ebenfalls einen großen Schluck und öffnete schließlich den obersten Knopf seines Hemdes, während Armin das seine mit den Ärmeln um die Hüfte band. So gingen sie weiter.

»Ich hoffe nur, Lina macht sich nicht zu große Sorgen um mich«, meinte Armin nachdenklich.

»Sorgen?«

»Wir sind alle drei sehr plötzlich verschwunden. Wir sind sozusagen in die Schusslinie geraten, als die Männer des Barons Magnus, Eleonore und Melchior angegriffen haben. Wir haben geholfen, sie zurückgeschlagen und sind mit dem Kahn entkommen. Ich konnte Lina nicht mal etwas zum Abschied sagen.«

»Sie wusste aber, wo du warst?«

»Ja. Wir sind schon vorher ein paar Tagen auf den Rhein raus. Vielleicht denkt sie, wir seien gekentert und alle gestorben.«

»Hat euch denn niemand gesehen?«

»Nicht in Neuenburg. Allerdings sind wir flussabwärts doch schon ein paar Fischern begegnet. Wenn die mitbekommen haben, dass man nach uns sucht, haben sie bestimmt Bescheid gegeben, dass wir mit drei anderen Männern gesehen worden sind.«

»Ah, du sprichst von drei Männern wegen Eleonores Verkleidung. Wenn sie ihre Haare verbirgt, könnte man sie aus der Ferne tatsächlich für einen Jungen halten.«

»Das kann man wohl«, lachte Armin.

»Als Ruedi gestern verriet, dass euer Freund Frieder in Eleonore verliebt ist, war der ziemlich wütend, oder?«

»Vielleicht sollte er sich darüber erst einmal selbst klar werden können, bevor andere darüber reden.«

»Das sind kluge Worte.«

»Frieder ist ein guter Kerl. Es fällt ihm nicht leicht, auf ein Mädchen zuzugehen.«

Sie gingen ein Stück schweigend weiter. Wolfgangs Gedanken schweiften zu Friederike ab. Sie machte sich sicherlich ebensolche Sorgen wie Armins Liebchen. Eigentlich hatte er vorgehabt, vor seiner Abreise noch einmal am Haus ihrer Eltern Station zu machen und sich mit ihr auszusprechen nach dem Streit. Doch nun musste es für sie aussehen, als sei er ohne ein Wort des Abschieds abgereist. Als wäre er ihr doch noch böse.

Hatte vielleicht irgendjemand mitbekommen, dass er nach Norden geritten war? Sonst musste Friederike vermuten, dass es ihn zurück nach Straßburg gezogen hatte. Dass er einfach so verschwunden war, musste ihr großen Kummer bereiten.

»Ich habe eine Idee, mein Freund«, setzte er an.

Armin blickte zu ihm rüber.

»Was hältst du davon, wenn wir nachher deiner Lina einen Brief schreiben? Wir sagen natürlich nichts von der Mission. Nur, dass es allen gut geht und du bald zu ihr zurückkehren wirst. Dann braucht sie sich nicht sorgen um dich.«

Armin überdachte den Vorschlag. Sein Lächeln wurde breiter, schließlich setzte er einen bedenkenvollen Blick auf. »Ich kann nicht gut schreiben«, gestand er.

Wolfgang zuckte mit den Schultern und zeigte auf sich.

»Du diktierst, und ich notiere, was du ihr sagen willst.«

»Das würde sie auf jeden Fall beruhigen«, sagte Armin froh und nickte.

»Dann soll es so sein. Ich werde auch an mein Mädchen schreiben, damit sie beruhigt sein kann.«

»Aber wir dürfen nichts durchblicken lassen, was Hinweise auf unsere Reise und unser Ziel gibt«, mahnte Armin.

»Selbstverständlich!«

Zwischen Karlsruhe und Durlach herrschte reger Betrieb. Männer gingen mit langen Sensen die Wiesen mit drehenden Bewegungen ab. Das geschnittene Heu trocknete in der prallen Sonne schneller, als es von den bunt gekleideten Männern und Frauen aufgeschichtet werden konnte. Kinder spielten zwischen den Haufen oder um die Ochsengespanne herum. Auf der Straße begegneten ihnen mehrere Kutschen und andere Wagen, aber auch Knechte, die schwer beladene Handkarren hinter sich herzogen. Immer, wenn sie auf jemanden trafen, wünschte man sich einen guten Tag und zog den Hut. Baden-Durlach war ein freundliches Ländchen mit stolzen Männern und hübschen jungen Frauen, wenn sie auch nicht an Friederikes Schönheit heranreichten.

»Wie lange kennst du dein Mädchen schon?«, fragte Armin, als habe er Wolfgangs Gedanken hören können.

»Seit acht Monaten. Vom ersten Augenblick an stand mein Herz in lodernden Flammen. Nie hat ein Mann eine solche Liebe empfunden, wenn sie nah, nie eine solche Sehnsucht gespürt, wenn sie ihm fern war.«

»Schwätz doch nicht immer so hochgestochen daher!«

»Ich bin im Herzen nun einmal ein Dichter.«

»Und darum klingen deine Worte auch eher nach einem Liebesgedicht als nach der Wahrheit.«

Wolfgang staunte. Armin mochte die Fassade eines derben, ungehobelten Schmiedes aufweisen, aber offenbar wusste er nicht nur seine Muskeln einzusetzen, sondern auch den Kopf. Er bewies einmal mehr, dass man keinen Menschen unterschätzen sollte.

»Acht Monate sind eine gute, lange Zeit«, sagte Armin schließlich versöhnlicher. »Dann habt ihr bestimmt auch schon …«, er knuffte Wolfgang mit den Ellenbogen in die Seite, »… beieinandergelegen?«

»Sie ist die Tochter eines Pfarrers.«

»Das sind oft die wildesten, sagt man.« Er zwinkerte grinsend.

Wolfgang atmete tief durch. »Wir haben uns schon oft geküsst. Und es gab auch ein, zwei Schäferstündchen im Freien.«

»Wie bei Lina und mir. Also ist es dir auch ernst mit ihr. Wann willst du sie heiraten?«

»Heiraten?« Das Wort fühlte sich an wie ein Strick, der sich um Wolfgangs Hals legte. »Das hat sie mich vorgestern auch gefragt«, gab er zu.

»Sie dich? Dann hast du wohl schon zu lange gezaudert. Oder liebst du sie etwa doch nicht wirklich?«

»Doch!«, schoss es aus Wolfgang heraus. »Ich liebe sie. Aber ich liebte vorher auch schon zwei andere Mädchen. Woher soll ich wissen, dass sie die Richtige ist? Vielleicht gibt es an einem anderen Ort eine Frau, die ich noch viel mehr lieben würde.«

Wolfgang war selbst von seinen Worten überrascht. Hatte er das wirklich gesagt? Er hatte es ja bisher nicht einmal zu denken gewagt. Auch Armin blieb stehen und sah ihn mit prüfendem Blick an.

»Ich meine, woher weiß man, dass man wahrhaft liebt?«, fragte Wolfgang, um den Moment der Stille zu beenden.

»Ich habe mir die gleichen Fragen auch gestellt«, gab Armin zu. »Man muss sich wohl auf die Liebe einlassen, denke ich. Ansonsten wird man wahrscheinlich von Liebchen zu Liebchen hüpfen und immer fürchten, eine noch Bessere zu verpassen, statt sich einer wahren Liebe hinzugeben.«

Wolfgang spürte ein Beben in seiner Brust.

»Aber ich hörte, du hättest vor deiner Lina auch viele andere Mädchen geküsst und lieb gehabt.«

»Das waren nur Spielereien, keine Liebe.«

»Und woher weißt du, dass es jetzt Liebe ist?«

»Manchmal ist es besser, nicht auf den Kopf zu hören, sondern auf das Herz. Das sagt einem sehr deutlich, was recht ist.«

Sie gingen ein Stück weiter, und jeder hing erst einmal seinen Gedanken nach.

Es war wieder Armin, der zuerst sprach: »Du liebst deine Friederike, sagst du. Und sie liebt dich. Warum also willst du sie nicht heiraten?«

»Ich fühle mich dafür zu jung«, gab Wolfgang endlich zu. »Ich bin erst einundzwanzig Jahre alt, studiere noch und habe so viel vor.«

»Was denn?«

»Ich dichte.«

»Das hast du eben schon gesagt. Was dichtest du denn?«

»Ich arbeite gerade an einem großen Werk über den Götz von Berlichingen mit der eisernen Hand. Ich erstelle die Handlung des Dramas.«

»Aber davon kann man doch nicht leben.«

»Nach Golde drängt, am Golde hängt doch alles, ach wir Armen! Ich bestreite nicht, dass Geld im Leben wichtig ist. Als Advokat kann ich das wohl verdienen. Aber wie blind muss ein Mensch sein, der Geld vor Kultur und Liebe stellt? Ich liebe es zu dichten. Und ich bin gewiss, dass der Götz mich bekannt machen könnte.«

»Und deine Friederike würde dich am Dichten hindern?«

Wolfgang antwortete nicht, und Armin drängte ihn auch nicht, etwas zu sagen. Sie erreichten Durlach und kamen bei der Poststation vorbei. In einer halben Stunde sollte eine Kutsche nach Müllheim aufbrechen. Von dort würde ein anderer Bote einen Brief weiter zu Armins Lina bringen können. Wolfgang ließ sich einen Bogen Papier, Tinte und eine Feder geben und forderte Armin auf: »Sag mir, was ich ihr schreiben soll.«

»Wirklich?«

»Nur zu. Sie kann doch lesen?«

Armin nickte und sah aus, als fiele es ihm schwer, einen Anfang zu finden.

»Meine liebste Lina«, schlug Wolfgang vor.

»Ja, das ist gut!«, rief Armin begeistert und wartete, bis Wolfgang die Worte notiert hatte.

»Und weiter?«

»Kannst du nicht einfach weiterschreiben?«, wollte der Schmied wissen. »Ich bin nicht so gut im Reden.«

»Du hast während unseres Gesprächs sehr kluge Dinge gesagt, Armin. Lass jetzt dein Herz sprechen!«

Armin lächelte und schloss die Augen. Dann sagte er: »Meine liebste Lina, ich melde mich bei dir, damit du dir keine Sorgen machst um mich. Es tut mir leid, dass wir einfach so verschwunden sind, aber es ging nicht anders. Wir helfen ein paar Freunden, die eine wichtige Reise überstehen müssen: Magnus von Auenstein, Bruder Melchior und Eleonore. Jetzt ist noch der Wolfgang dazugestoßen, der für mich diesen Brief schreibt, daher kommt die ordentliche Schrift. Mir geht es gut, aber ich vermisse dich sehr. Bald kommen Frieder, Ruedi und ich wieder nach Hause. Ich hab dich lieb und denk ganz viel an dich.«

»Dein Armin«, setzte Wolfgang unter die Zeilen und faltete den Brief zusammen. Auf den Umschlag schrieb er Linas Namen und dazu die Bemerkung, dass der Brief nur persönlich zu übergeben sei. Armin drückte seinen Daumen in das heiße Siegelwachs und anschließend einen Kuss auf das Papier, bevor sie es dem Postbeamten reichten.

»Und jetzt du«, sagte der Schmied.

Wolfgang schüttelte mit dem Kopf und entgegnete: »Vielleicht tut es mir gut, mir zuerst klar zu werden, was ich wirklich will.«

Armin atmete tief ein und aus, schluckte aber eine Entgegnung herunter. Stattdessen sagte er: »Dann wollen wir mal sehen, ob wir den Freund deines Vaters finden.«

25

Karlsruhe, 18. Juni 1771
Noch drei Tage bis zum längsten Tag des Jahres

Frieder hatte noch nie in seinem Leben ein Gebäude wie das Karlsruher Schloss erblickt. War ihm der Prunk in Straßburg schon übermäßig vorgekommen, das Schloss in Rastatt aus der Ferne herrschaftlich erschienen, verschlug es ihm vor den gewaltigen Flügeln des Baus die Sprache. Mit Hunderten Fenstern versehen reckten sie sich in die Höhe, vor allem aber von einem zentralen Turm aus in die Breite.

Rund um das Schloss herrschte an diesem Montagmorgen reger Betrieb. Mehrere Kutschen standen in einer Reihe nebeneinander, die Kutscher warteten auf ihre Fahrgäste und gaben den Tieren in der Hitze Wasser aus Ledereimern, die von kleinen Jungen emsig herbeigetragen wurden. Soldaten marschierten auf einem Teil des Vorplatzes auf, während die Wachen an den Toren genau überprüften, wer Einlass suchte in das prunkvolle Gebäude.

»Magnus von Auenstein ist mein Name«, sagte der Buchhändler zu einem Wachmann, der im Schatten eines Wachhäuschens wartete. »Das sind meine Reisebegleiter Ruedi Greiner und Frieder Fischer. Letzterer ist ein Untertan Seiner Hoheit, des Markgrafen Karl Friedrich.«

Der Blick des Wachmanns flog prüfend über einen Papierbogen, fand die genannten Namen aber darauf nicht vermerkt. »Ihr wünscht?«

»Wir sind unterwegs in einer wichtigen Mission im Auftrag

des hochwürdigsten Fürstabts von St. Gallen, Beda Angehrn, und wollen dem Markgrafen seine Grüße übermitteln.«

Der Wachmann musterte sie eindringlich, vor allem ihre Kleidung, die nach den Strapazen der Reise und der staubigen Hitze längst in Mitleidenschaft gezogen war. Ob nun die umgeschnallten Degen oder die feineren Stoffe von Magnus von Auensteins Garderobe Ausschlag gaben, konnte Frieder nicht einschätzen. Statt sie wegzuschicken, forderte er sie auf, zu einem Beamten aufzuschließen, dem sie ihr Begehr nochmals vorbringen sollten.

Diesem beschattete ein Diener das Gesicht mit einem Sonnenschirm. Dem mit bedeutender Miene dreinblickenden kleinen Mann spannte der rote Rock um den Bauch. Die Allongeperücke stand vor Puder, das bei der nur selten auftretenden sanften Brise wie eine Fahne von seinem Kopf geweht wurde.

Eleonores Vater wiederholte seine Rede, und sie wurden wieder weitergeschickt. Diesmal näher zum Eingang des Schlosses, wo ein weiterer Beamter namens Martin Brugger sie erneut musterte und ihr Begehr erfragte.

»Wir notieren Euren Wunsch nach einer Audienz und bitten Euch, in einer Woche erneut hier zu erscheinen. Ihr könnt dann direkt zu mir durchgehen«, bot er Magnus von Auenstein an.

»Ich fürchte, wir werden unseren Aufenthalt in der kommenden Woche bereits von Karlsruhe an einen anderen Hof verlagert haben. Zudem bin ich mehr als zuversichtlich, dass der Markgraf bezüglich des Vorschlags, den wir ihm zu unterbreiten haben, glücklich sein wird, uns empfangen zu haben.« Er verbeugte sich, während er sprach.

Auch Martin Brugger verbeugte sich jedes Mal, allerdings eine Spur weniger tief, wie Frieder feststellte. »Ich bestätige Euch gerne, werter Herr von Auenstein, dass Eure Anfrage um Audienz noch in dieser Woche gestellt werden kann. Ich werde in einem Vermerk kenntlich machen, dass eine umgehende Entscheidung für Euch wichtig ist. Ihr könnt das Ergebnis gern in der kommenden Woche bei mir erfragen.«

»Verzeiht, mein Herr«, mischte Frieder sich ein, bevor Magnus von Auenstein einen weiteren Versuch starten konnte, der ihm letztlich nur eine erneute Abfuhr einbringen würde. »Ich bin Goldwäscher und arbeite unter dem Obergoldinspektor seiner Durchlaucht, Karl Leopold Scheffler. Gibt es vielleicht eine Möglichkeit, zu ihm vorgelassen zu werden?«

»Der Goldinspektor wird euch auch nicht schneller zum Markgrafen bringen können«, gab Brugger kühl zurück. Auffällig war aber, dass er immerhin nicht verneinte.

»Wir verstehen«, sagte Magnus von Auenstein, dem diese Feinheit der Reaktion ebenfalls aufgefallen war. »Dennoch wäre unser Besuch beim Obergoldinspektor für Baden-Durlach ebenso lohnend wie vielleicht in der kommenden Woche für den Markgrafen. Und auch Euer Schaden soll es nicht sein.« Dabei schob er dem Beamten ein paar Münzen hin, die schneller verschwunden waren als ein flauschiges Küken im Rachen eines hungrigen Wolfs.

Martin Brugger gab ein Zeichen, woraufhin ein junger Diener herbeitrat. Der Beamte füllte eine Note aus und überreichte sie dem Mann, der sie aufforderte, ihm zu folgen.

»Kann der Obergoldinspektor uns wirklich weiterhelfen?«, fragte Magnus von Auenstein unterwegs flüsternd.

Frieder zuckte mit den Schultern, weil er es wirklich nicht wusste. Er hatte eine Idee, aber scheute sich gleichzeitig ein bisschen davor, sie umzusetzen.

»Besser, als bis nächste Woche warten müssen«, ließ sich Ruedi vernehmen.

Der Diener führte sie in einen Flügel des Schlosses, in dem ministeriale Räume untergebracht waren. Glänzender Marmorboden, weiße, stuckverzierte Wände, an denen Gemälde der fürstlichen Familienmitglieder und schmuckvolle Landkarten hingen und gepolsterte Stühle. Frieder wurde von der luxuriösen Einrichtung ganz schwindelig. Ihm stand der Mund offen.

»Man kann wohl davon ausgehen, dass die Gemächer des Markgrafen noch weit prächtiger und wertvoller ausgestattet sind«, flüsterte Magnus von Auenstein ihm zu, dem Frieders Erstaunen aufgefallen sein musste. Langsam ging ihm auf, was mit dem Gold geschah, das er in mühevoller Kleinarbeit dem Fluss entriss.

Der Diener klopfte an eine der hintersten Türen.

»Ja?« Frieder erkannte die Stimme. Scheffler persönlich.

Der Diener gab ihnen ein Zeichen zu warten und verschwand kurz allein im Raum. Obwohl er die Tür etwas zuzog, konnten sie hören, dass er ihre Namen von der Note ablas – und dass Martin Brugger einen Fehler gemacht hatte. Statt Magnus von Auenstein stellte er Markus von Pfauenstein vor.

»Kenne ich nicht.«

»Ihn begleiten zwei schmutzige Gesellen, Ruedi Greiner und Frieder Fischer.«

»Sagt mir auch nichts. Wimmele sie ab!«

Sie hatten nicht die Zeit, sich von dem Obergoldinspektor abwimmeln zu lassen. Frieder fasste sich ein Herz und schob die Tür auf. Sie war erstaunlich schwer.

»Verzeiht, Herr Scheffler. Ihr habt sicher nicht mit mir gerechnet, aber kennt mich doch sehr wohl.«

Frieder fand sich in einer Kammer wieder, die viel kleiner war, als er erwartet hatte. Zudem hatte sie kein Fenster, sondern wurde nur durch mehrere Kerzen erhellt, die vor polierten Messingplatten brannten, wodurch ihr Licht verstärkt wurde. Das auffälligste Möbelstück des Raums war ein mannshoher Schrank, der ganz aus blank geputztem Schmiedeeisen zu bestehen schien und zahlreiche Schlösser aufwies, ein Tresor. Davor stand ein Sessel an einem Schreibtisch, neben dem mehrere kleinere Tische aufgebaut waren, um dem Obergoldinspektor mehr Fläche für seine Arbeit zu bieten. Jedes Stückchen der Tische war mit Papieren belegt. An der linken Wand hing eine riesige Karte des Rheins, auf der zahlreiche kleine Punkte markiert waren. Die gegenüberliegende Wand schmückte ein riesenhaftes Gemälde, das einen Teil des Flusslaufs mit vielen Inseln zeigte. Es steckte in einem opulenten, vergoldeten Stuckrahmen.

Scheffler sprang von seinem Sessel auf und rief: »Ich kenne dich!«

»Frieder Fischer.«

»Der, der für uns bei Neuenburg Gold wäscht«, fiel es ihm endlich ein. Er kam um die Tische herum zu ihnen und trieb den Diener mit ein paar wedelnden Handbewegungen hinaus.

»Frieder Fischer! Es hieß, dass du spurlos verschwunden seist.«

»Zusammen mit zwei Neuenburger Freunden, Herr.«

»Was nimmst du dir nur heraus! Erst verlässt du deine Arbeit, dann tauchst du einfach hier auf. Ich habe dir doch gesagt, dass der Markgraf Gold verlangt. Warum wäschst du nicht?«

»Ich bin nicht ganz freiwillig von Neuenburg aufgebrochen«, antwortete Frieder.

»Und wer seid Ihr?«, wandte sich Scheffler an seinen Begleiter.

»Mein Name ist Magnus von Auenstein, mein Herr, das ist Ruedi Greiner, ein Vergolder. Ich bin Buchhändler und spezialisiert auf alte Handschriften und frühe Drucke.«

Scheffler betrachtete seine Besucher misstrauisch.

»Was soll diese Störung?«

»Wir benötigen eine Audienz bei seiner Hoheit, dem Markgrafen«, erklärte Magnus von Auenstein. »Wir haben ihm ein Angebot zu unterbreiten, das für ihn von größter Bedeutung sein dürfte.«

Frieder sah Scheffler an, dass seine Laune sich zwischen Wut und Amüsement bewegte. Letzteres gewann die Oberhand, denn Scheffler prustete schließlich los.

»Ein Buchhändler, ein Vergolder und ein Goldwäscher, der sich unerlaubt von seiner Arbeit entfernt hat, wollen zum Markgrafen?«

Frieder nickte ernst.

»Was für ein Angebot solltet ihr meinem Herrn unterbreiten können?«

»Eines, das ihm eine hübsche Summe in Gold einbringen würde«, erwiderte Magnus von Auenstein, ohne wegen des Lachens seines Gegenübers eine Gefühlsregung zu zeigen.

Das schien Scheffler zu verunsichern. Seine Mundwinkel sanken bei dem Wort Gold herab, die Augen zuckten hin und her und nahmen seine drei Besucher genau unter die Lupe.

»Sprecht!«, befahl er und ließ sich wieder mit seinem mächtigen Leib in den Sessel zurückfallen.

Magnus von Auenstein hatte die Führung übernommen, und war es nun auch, der zuerst etwas sagte: »Nun, zunächst könnte es für den Markgrafen von Interesse sein, dass aller Wahrscheinlichkeit nach eine Gruppe von französischen Soldaten unerkannt durch sein Land zieht.«

Scheffler zog die Augenbrauen hoch. »Unerkannt?«

»Wir werden seit Neuenburg von Freischärlern verfolgt, die vermutlich in Straßburger Diensten stehen. Sie tragen aber eigene Farben.«

»Und was bringt euch auf den Gedanken, dass diese ominösen Soldaten euch folgen sollten?«

»Ich reise im Auftrag des Fürstabts von St. Gallen. Einer seiner Vertrauten wurde von den Männern ermordet und in den Rhein geworfen.«

»Wir haben ihn in Neuenburg gefunden«, rief Ruedi. Frieder bedeutete ihm, sich mit weiteren Wortmeldungen zurückzuhalten. Es war besser, wenn nicht zu viele Stimmen laut wurden.

»Die Wasserleiche von Neuenburg?«, riet der Obergoldinspektor.

Magnus von Auenstein nickte. »Er sollte uns eigentlich auf unserer Reise begleiten. Seither wurden wir bereits zweimal von den Verfolgern angegriffen, konnten ihnen aber beide Male knapp entwischen.«

»Und wieso sind diese Verfolger so hartnäckig? Was habt ihr, was sie unbedingt in die Hände bekommen wollen?« Schefflers Augen verengten sich zu Schlitzen.

»Sie wollen uns den Goldschatz abluchsen, nach dem wir suchen«, meldete sich Ruedi.

»Ruedi!« Magnus von Auenstein und Frieder riefen seinen Namen zur gleichen Zeit.

Scheffler grinste und schien noch interessierter zu sein als zuvor. »Einen Schatz sucht ihr also? Was soll das denn für ein Schatz sein?«

Dass Magnus von Auenstein sich in einer Verhandlung nicht aus der Ruhe bringen ließ, merkte Frieder an seiner Reaktion. »Der junge Mann neigt dazu, maßlos zu übertreiben«, sagte er schmeichelnd. »Man mag es einen Schatz nennen, aber in Wahrheit handelt es sich um alte Bücher, die ich günstig zu erwerben hoffe.«

»Du sprachst doch eben von einem Goldschatz?«, wandte Scheffler sich an Ruedi.

Der nickte, bestätigte aber: »Sicher, sicher, es sind wirklich Bücher. Wie er es sagt.«

»Mit vergoldeten Einbänden«, ergänzte Magnus von Auenstein geistesgegenwärtig. »Sie sind ein Vermögen wert. Wir müssen sie jedoch bis zum Freitag erwerben, sonst kommt das Geschäft nicht zustande.«

»Alte Bücher«, knurrte Scheffler misstrauisch. »Was mögen die wert sein, dass der Markgraf deswegen zu belästigen wäre?«

»Sie sind wirklich kostbar. Wertvoll genug, dass wir seiner Hoheit im Fall unseres Erfolgs zehn Pfund Gold anbieten können, wenn er uns im Vorfeld mit Pferden, einem Vorschuss für Ausrüstung und Reise sowie Straßensperren gegen unsere Verfolger aushilft.«

Zehn Pfund Gold! Frieder versuchte, sich die Überraschung nicht anmerken zu lassen. Erst jetzt wurde ihm bewusst, wie groß der Schatz sein mochte, nach dem sie suchten. Das waren mehr als fünftausend Goldgran. Dafür stand ein Goldwäscher wie er viele Jahre im eisigen Wasser, ach, Jahrzehnte!

Der Goldinspektor schien von der Menge ebenfalls beeindruckt zu sein. Kein Wunder. Geschlagen zu Blattgold hätte man wahrscheinlich das ganze Schloss damit vergolden können. Scheffler murmelte unverständliches Zeug vor sich hin und suchte auf seinem Schreibtisch nach einem Zettel. Kurz darauf stellte er Rechnungen an.

»Sind wir im Geschäft?«, fragte Magnus von Auenstein.

»Das wäre grob gerechnet genug, um 1400 Dukaten daraus prägen zu lassen. Wenn dieses Geschäft so lohnenswert ist, sollte ich vielleicht ebenfalls ins Büchergeschäft einsteigen.«

»Glaubt mir, Herr Scheffler, normalerweise lebt man nur von der Hand in den Mund. Es handelt sich um eine außergewöhnliche Situation. Sind wir uns einig?«

»Seine Durchlaucht der Markgraf soll das Gold aber nur bekommen, wenn ihr erfolgreich seid? Habe ich das recht verstanden?«

Der Buchhändler nickte.

»Und wenn nicht?«

»Dann haben auch wir keinen Gewinn gemacht und geben die Pferde und Wagen und Anschaffungen an Euch zurück. Seht es als Investition, mit der Ihr wenig verlieren, aber umso mehr gewinnen könnt.«

Scheffler wuchtete sich wieder hoch, hielt Magnus aber nicht die Hand zum Einschlag hin. »Ich danke euch für euren Besuch. Ich werde euren Vorschlag mit den nötigen Stellen besprechen.«

»Bis wann könnt Ihr uns die Entscheidung übermitteln, Herr Scheffler? Bedenkt, uns sitzt die Zeit im Nacken.«

»Stellt euch heute um vier Uhr erneut vor. Ich sorge dafür, dass man euch gleich durchlassen wird«, sagte er. Dann blickte er Frieder an und fügte mit einem Kopfschütteln hinzu: »Der Goldwäscher Frieder Fischer. Wer hätte das gedacht, ihn jemals im Karlsruher Schloss zu sehen.«

Frieder verbeugte sich und verließ mit den beiden anderen den Raum. Mit jedem Schritt wuchs seine Wut auf Ruedi. Ohne sein vorlautes Geschwätz wäre die Sache vielleicht anders verlaufen.

26

Karlsruhe, 18. Juni 1771
Noch drei Tage bis zum längsten Tag des Jahres

D ie letzten beiden Einbestellungen des Barons beim Koadjutor, dem Stellvertreter des Fürstbischofs, konnten beileibe nicht als erfreulich bezeichnet werden. Louis René
Édouard de Rohan-Guéméné hatte ihm allzu deutlich dargelegt,
dass er weiteres Scheitern nicht tolerieren würde. Zuerst hatte der
Baron Thomas Selinger entkommen lassen, dann zwar bei den
Findern der Leiche, drei jungen Männern aus Neuenburg, die
gesuchte Gruppe um Magnus von Auenstein entdeckt, das Buch
aber nicht erbeutet. Zu allem Überfluss waren die sechs Personen
der Übermacht des Barons und seiner Soldaten auf einem Kahn
entkommen und offenbar zu einer stärkeren Gruppe zusammen-
gewachsen.

Frédéric Martin de Vuillery hatte seine Männer auf beiden
Seiten des Rheins ausschwärmen lassen, um Spuren der Gesuch-
ten zu finden. Und doch waren sie ausgerechnet in Straßburg
von ihnen überrascht worden. Der Gang zum Koadjutor war hei-
kel gewesen. Er hatte ihm nicht nur erklären müssen, warum es
in der Kathedrale zu einem Degenkampf gekommen war, sondern auch, wie sie die Männer und die eine Frau in einer direkt
vor dem Palais vorgefahrenen Kutsche hatten entkommen lassen können. Einen Moment lang hatte der Baron gefürchtet, dass
der Koadjutor seine Wut an ihm auslassen würde. Und das war
nichts, was man sich wünschen mochte. Doch sein wacher Geist
hatte ihm geholfen.

»Statt zu versuchen, ihnen das Buch abzunehmen, sollten wir sie die Arbeit erledigen lassen und über einen Spion in ihren Reihen den rechten Moment für den Angriff abwarten«, hatte er dem wutschnaubenden Stellvertreter des Fürstabts vorgeschlagen. Der hatte an dieser Empfehlung zum Glück Gefallen gefunden. Sie würden also Magnus von Auenstein nach dem Schatz suchen lassen und sich erst zu erkennen geben, wenn die Drecksarbeit getan war. Das war der Plan – und nun hieß es, die Schatzsucher im Auge zu behalten und nichts mehr zu vermasseln.

Die nächste Spur hatte sich bald in Sessenheim ergeben. De Vuillery wusste, dass es die Gruppe nach Norden zog. Er hatte seine Männer in allen Dörfern Nachforschungen anstellen lassen. Einer hatte sich in Sessenheim mit einem Jungen unterhalten, dem ein hochgewachsener Fremder am vorigen Abend im Suff von einem Rätsel in Speyer erzählt hatte. Darauf hatte man nördlich von Sessenheim eine verunfallte Kutsche und ein totes Pferd gefunden. Ein anderer seiner Boten hatte derweil von einem Fährmann erfahren, dass er gerade sieben Männer und zwei Pferde über den Rhein nach Rastatt übergesetzt hatte. Das entsprach nicht ganz der Gruppe, die sie suchten. Wenn die junge Eleonore von Auenstein noch immer ihre Maskerade aufrechterhielt, sollte man von sechs Männern ausgehen. War etwa jemand dazugestoßen? Oder hatte sich der Fährmann einfach verzählt? Auf jeden Fall hatte er einen Mönch unter denen beschrieben, der nur der St. Galler Bruder Melchior sein konnte.

De Vuillery wusste sehr genau, dass der Koadjutor ein erneutes Versagen nicht tolerieren würde. Dabei fürchtete er nicht allein um sein eigenes Leben. Auch seine Frau Claire, ihre Tochter Mariette und die kleinen Zwillingssöhne waren im Falle eines Scheiterns in Gefahr. Deshalb hatte er beschlossen, nichts mehr dem Zufall zu überlassen, sondern jeden Schritt der Operation höchstpersönlich zu überwachen. In Speyer würde die Gruppe das zweite Rätsel zu lösen versuchen. Wenn es erst geschafft war, würden sie sie attackieren!

Gestern Nachmittag hatte er mit Gabriel Wüller und zwei anderen Soldaten den Rhein überquert und in Rastatt bei einem Vertrauensmann eine Kutsche und Pässe besorgt, die sie als Bürger der Markgrafschaft Baden-Baden auswiesen. Franzosen waren auf dieser Seite des Rheins nicht immer wohlgelitten. Dafür war die Liste der kriegerischen Überfälle zu lang.

Sie hatten die Gruppe bis nach Karlsruhe verfolgt und dort mit etwas Glück und Bestechungsgeld bald gefunden. Es war gar nicht so leicht gewesen, Gabriel von einem direkten Überfall abzuhalten. Er wollte den Schatzsuchern die Gurgeln im Schlaf durchschneiden und sich einfach das Buch nehmen! Doch sie waren gerade nur zu viert, und es bestand die Gefahr, dass etwas schieflaufen konnte, zumal sie sich auf feindlichem Gebiet befanden und Soldaten bei Nacht in der Residenzstadt patrouillierten. Ein solches Risiko musste de Vuillery um jeden Preis vermeiden. Er hatte Gabriel die Order gegeben, sich zurückzuhalten.

Gabriel Wüller besaß die Befehlsgewalt über eine Einheit aus zehn Männern, die ihm direkt unterstanden. Wie Wildschweine konnten sie für flächendeckende Verwüstungen sorgen und nannten sich darum *sangliers*, Wildschweine. Sie waren bekannt für die gnadenlose Ausführung aller Anweisungen und berüchtigt für ihren sündhaften Hunger nach Gold, Weibern und Alkohol. Alle waren unverheiratet, und nichts war ihnen heilig – schon gar nicht ein Menschenleben. Jeder Einzelne von ihnen galt als brandgefährlich, zusammen konnten sie ein verheerender Feuersturm sein. Seine Familie würde Frédéric Martin de Vuillery keinem von ihnen vorstellen, am wenigsten ihrem Anführer. Gabriel wurde nicht umsonst »der Eber« genannt. Er war ein Tier, das sich nahm, was es wollte. Hindernisse rammte er ohne Sorge für das eigene Wohl um. Die Führung des Barons akzeptierte er zwar, aber de Vuillery wusste genau, dass Gabriel ihm keinen echten Respekt entgegenbrachte.

Einen der *sangliers* ließen sie als Wache vor dem Gasthaus zurück, als Magnus von Auenstein es mit zwei Neuenburgern verließ. Frédéric Martin de Vuillery befahl seinem Mann Brillet auf dem Kutschbock, ihnen mit Abstand zu folgen. Er war mehr als neugierig, weshalb sie diesen Umweg über Karlsruhe auf sich genommen hatten.

Die Route des Buchhändlers führte sie in Richtung Schloss. Magnus von Auenstein musste dort ein aufwendiges Prozedere durchlaufen. Hätte es sich um einen angekündigten offiziellen Besuch gehandelt, wäre er wohl gleich vorgelassen worden. Für den Baron begann einmal mehr das Warten.

Endlich verließ der Buchhändler das Schloss wieder. Er und der Goldwäscherjunge stritten mit dem Kleinsten der Neuenburger, Ruedi Greiner, wie de Vuillery wusste. Bei ihrem ersten Aufeinandertreffen hatte er einigen seiner Männer Verletzungen mit zielsicher geworfenen Steinen beigebracht.

Der Goldwäscher stieß Ruedi gegen die Brust, der Angegriffene schrie sein Gegenüber an.

»Ganz schön zornig, der Kleine«, bemerkte Gabriel neben ihm. Die kratzige Stimme versetzte selbst seinem Befehlshaber einen Schauer.

Ruedi löste sich von den beiden anderen und stapfte mit wütenden Schritten in ihre Richtung davon. Jeder seiner Bewegungen merkte man die Wut an, die in ihm tobte. Der Goldwäscher rief ihm etwas nach, aber Magnus von Auenstein hielt ihn davon ab, ihm zu folgen.

War ein Holz zu stark, um es mit einem Axthieb zu zerteilen, nutzte man einen Keil. Man brachte ihn mit der Kante ein und schlug ihn tiefer und tiefer, bis die Spannung die Fasern des Holzes auseinandersprengte und es somit den Zusammenhalt verlor. So wie man Holz spaltete, konnte man auch bei Freunden, Kameraden und gar Familienmitgliedern vorgehen. Wenn wie hier der Keil schon gesetzt war, bedurfte es nur noch ein paar gezielter Schläge. All das ging dem Baron durch den Kopf, als der junge Vergolder in der Nähe ihrer Kutsche vorbeistampfte.

»Hinterher. Ich will mit ihm sprechen!«, befahl er. Gabriel ließ die Knöchel seiner Hände knacken und grinste.

»Nicht so«, sagte er. Als er den enttäuschten Blick des Ebers bemerkte, fügte er hinzu: »Noch nicht.« Es war einfach ein schmutziges Geschäft, das man sich nicht aussuchen konnte, wenn man der Erbe eines verarmten Herrenhauses war und wollte, dass seine Söhne es einmal besser hatten.

Brillet wartete kurz ab, bevor er die Pferde in Bewegung setzte.

»Wir greifen zu, wenn er vom Schloss aus nicht mehr gesehen werden kann«, gab Gabriel durch die Klappe nach vorn durch. »Fahr so neben ihn, dass wir ihn möglichst ungesehen durch die Tür holen können.«

Es dauerte nicht lange, bis von vorne Brillets Zeichen kam. »Rechts«, fügte er hinzu.

»Ich halte auf, du ziehst ihn rein«, sagte de Vuillery und erhielt als Reaktion ein konzentriertes Nicken.

»Mein Herr, einen Moment!«, hörten sie die Stimme Brillets, dann blieb die Kutsche stehen.

»Was ...«

De Vuillery warf die Tür auf, der Eber packte zu und zerrte den kleinen Mann so leicht ins Innere, als sei er ein Kind. Ruedi Greiners vor Schreck aufgerissene Augen bewiesen, dass er nicht wusste, wie ihm geschah. Der Baron zog die Tür zu, und im gleichen Moment fuhr die Kutsche bereits wieder an. So muss eine gelungene Entführung aussehen, dachte de Vuillery stolz.

Mit der Klinge von Gabriels Dolch hätte man eine armdicke Stange aus purem Gold schneiden können, so scharf war sie. Sie schwebte nun vor dem Gesicht des auf dem Kutschboden liegenden Vergolders. Gabriel kniete ihm mit einem Bein auf dem Hals und raubte ihm so die Möglichkeit zu atmen. Er hielt ihm die Klinge an die Kehle.

»Du wirst kein Wort sagen, wenn du nicht gefragt wirst«, stellte Gabriel klar. Die Fahrtbewegung der Kutsche erhöhte den Druck seines Gewichts auf den Hals. In Ruedis Augen stand Todesangst.

»Hast du mich verstanden?«

Gabriel löste den Druck. Ruedi sog begierig die Luft ein.

»Ob du ihn verstanden hast«, setzte de Vuillery nach.

»Ja, ja!«

»Du bist Ruedi Greiner?«

Der Junge sah aus, als könne er sich jeden Moment in die Hose machen. »Ja.«

»Du weißt, wer wir sind, Ruedi?«

»Ja.« Die Stimme zitterte. Immerhin hielt er sich an die Vorgaben. Das war gut. Jetzt galt es, ihn aus der reinen Angst herauszuholen.

»Lass ihn los, Gabriel. Ich möchte ihm ein Angebot unterbreiten.«

Der Baron beobachtete, wie sein Scherge ihrem Gefangenen mit einem Wippen seines Dolchs und dem Heben der Augenbrauen klar machte, dass jegliche Gegenwehr zu einem blutigen Ende führen würde. Dann steckte er die Klinge geräuschvoll in die Scheide.

»Steh auf!«, befahl de Vuillery.

Der junge Mann drehte sich um und drückte sich hoch.

»Du kannst neben Gabriel Platz nehmen.«

Dieser wies auf die Sitzbank, und der Vergolder ließ sich mit wackeligen Knien so weit wie möglich entfernt von ihm auf die Bank sinken. Er rieb sich den Hals.

»Keine Sorge, wenn du dich einverständig zeigst, wird dir nichts passieren«, erklärte der Baron mit sanftem Unterton in der Stimme.

Ruedi sah ein wenig zuversichtlicher drein.

»Was wolltet ihr im Schloss?«

Er dachte nach.

»Antworte!«, fuhr Gabriel ihn von der Seite an. So war es richtig. Keine Zeit zum Denken lassen. Das verhinderte, angelogen zu werden.

»Es ging um Geld. Wir brauchen Pferde und Ausrüstung.«

»Wo ist das Buch?«

Man sah dem Burschen den inneren Kampf an, als er sagte: »Es ist bei einem Unfall verloren gegangen.«

De Vuillery konnte nicht so schnell blinzeln, wie Gabriel Ruedis linke Hand packte und ihm den kleinen Finger mit einem deutlich hörbaren Knacken brach.

Ein brüllend lauter Schmerzensschrei drang aus dem Mund des jungen Mannes. Einen Moment später legte sich die Hand des Riesen über das Gesicht und dämpfte den Lärm.

Brillet ließ die Pferde schneller laufen. Offenbar war der Schrei auch draußen gut zu hören gewesen.

Der Baron wusste, dass es nötig gewesen war, ihren künftigen Spion endgültig vom Ernst seiner Lage zu überzeugen, trotzdem fand er es von Gabriel zu schnell. Er hätte seinen Befehl abwarten müssen. Das Problem war einfach, dass es dem Kerl Freude bereitete, anderen Menschen körperliche Schmerzen zuzufügen.

Der durch Gabriels Hand unterdrückte Schrei des Vergolders ging in ein jämmerliches Wimmern über.

»Wirst du wieder still sein?«, fragte Gabriel lauernd.

Ruedi nickte übereifrig, brachte aber trotzdem ein paar Glukser und Stöhngeräusche hervor. Doch das war erlaubt. Er hielt die Hand vor sich wie einen Fremdkörper. Der kleine Finger stand unnatürlich ab und begann bereits anzuschwellen. Das würde nur der Anfang sein, wusste Frédéric Martin de Vuillery.

»Es tut mir sehr leid, dass es dazu kommen musste, mein junger Freund«, sagte er einschmeichelnd. »Ich hoffe, es wird nicht nötig, dir noch mehr anzutun.«

»Nein, nein, bitte nicht!«, bettelte Ruedi sofort drauflos.

»Dann lüg uns nicht mehr an. Ich kann dir das wirklich empfehlen. Du hast nur zehn Finger.«

Gabriel ließ seine Fingergelenke knacken, was den jungen Mann dazu brachte, wimmernd zusammenzuzucken.

»Du bist Vergolder, nicht wahr, Ruedi?«

»Ja, Herr.«

»Dann solltest du eigentlich besser auf deine Hände aufpassen. Also, wo ist das Buch.«

»Der Mönch hat es immer bei sich. Er will mit dem Fräulein von Auenstein neue Essenzen kaufen, um die Geheimschrift sichtbar zu machen. Diese Arbeit wollen sie nachher im Gasthaus vornehmen. Bitte tut uns nichts!«

Frédéric Martin de Vuillery nickte anerkennend. »Wenn du weiter so fügsam bist, muss niemandem etwas passieren«, sagte er.

Der Finger des jungen Burschen verfärbte sich bläulich und schwoll dabei weiter an. Doch die Angst schien ihm den Schmerz zu nehmen, denn er schaute zwar weiterhin gebannt auf die Verletzung, wimmerte aber nicht. Der Schmerz würde bald wiederkehren, da war sich der Baron sicher. Und Gabriel sah er die Vorfreude an, sich beim kleinsten Anlass einen zweiten Finger vorzunehmen. Insgeheim hoffte de Vuillery, dass der Kleine sich und auch ihm das ersparen würde.

»Ihr wollt als Nächstes nach Speyer«, bemerkte er. Ruedi blickte ihn überrascht an. »Dein großer Freund hat in Sessenheim betrunken mit einem Bauernsohn geredet.«

»Armin!«, knurrte der Vergolder. Es klang fast, als gäbe er ihm die Schuld für sein Leid. Gut so. Der Keil setzte sich fest und begann, Wirkung zu zeigen.

»Wie lautet das neue Rätsel?«

Der junge Mann sog erschrocken die Luft ein. »Ich sag es

euch! Aber ich muss nachdenken«, rief er beschwichtigend, zog aber die Hände weg, als könne das Gabriel davon abhalten, ihm etwas anzutun. »Es hat mit kleinen Zwergen und Christi Blut zu tun. Die zeigen den ersten Schlüssel.«

»Rede deutlicher!«, befahl Frédéric Martin de Vuillery.

»Ich kann mich an den genauen Wortlaut nicht erinnern. Es besteht aus so vielen schwierigen Worten. Eos' Thron. Und etwas mit Wurzeln und Würmern. Nein! Bitte nicht!«

Gabriel hatte seine Hand ergriffen.

»Es reicht, Gabriel!«, ging der Baron dazwischen. »Er weiß es wohl wirklich nicht genau.«

»Ja, danke, Herr, danke!«, wimmerte Ruedi und nickte mehrmals ergeben mit dem Kopf.

»Vielleicht hilft es beim Nachdenken, wenn ich seine Hand halte«, knurrte Gabriel.

»Ich würde euch alles sagen, aber ich weiß die genauen Worte nicht«, brabbelte der junge Mann kaum verständlich weiter. »Ich sage euch, was ich weiß, aber das weiß ich nicht besser.«

De Vuillery glaubte ihm. Der Mönch würde die Worte auswendig kennen, der Buchhändler auch und sicher auch seine Tochter, aber bei den einfachen, ungebildeten Kerlen konnte man es nicht erwarten. Ohnehin war es zum jetzigen Zeitpunkt nicht entscheidend.

»Du hast dich mit dem Goldwäscher gestritten? Worum ging es?«, wechselte der Baron das Thema.

»Er denkt, dass ich zu viel gesagt habe, als wir beim Obergoldinspektor waren.«

»Er hackt wohl öfter auf dir herum«, trieb de Vuillery den Keil tiefer. Ruedis Nicken bewies ihm, dass der das so sah.

»Schade«, sagte der Baron. »Dabei könntet ihr doch Schwäger werden, wenn er mit deiner Schwester …«

Ruedis Blick spiegelte eine Mischung aus Sorge, Furcht und Wut.

»Du wusstest es nicht?«, fragte Frédéric Martin de Vuillery lachend.

»Wir haben uns natürlich genau über euch erkundigt. Deine Schwester muss ein gottgläubiges junges Ding sein.«

»So, wie ich sie mag!«, knurrte Gabriel. »Klein und zart, unschuldig und zerbrechlich.« Beim letzten Wort ließ er wieder die Knöchel seiner Hände knacken.

Dem Baron lief erneut ein kalter Schauer über den Rücken. Im Notfall würde er seine Tochter eher töten, als sie mit Gabriel Wüller allein lassen zu müssen.

»Bitte, lasst Anna aus der Sache heraus!«, flehte Ruedi.

»Keine Sorge«, beruhigte ihn de Vuillery. »Ich habe dir einen Vorschlag zu machen, der für alle zu einem guten Abschluss führen wird. Bist du bereit, ihn dir anzuhören?«

Der junge Mann zögerte einen Moment, doch dann nickte er umso eifriger.

27

Karlsruhe, 18. Juni 1771
Noch drei Tage bis zum längsten Tag des Jahres

Für Eleonore und Bruder Melchior standen an diesem Tag zwei Aufgaben an. Zum einen hatten sie die verloren gegangenen Essenzen des Mönchs zu ersetzen, anschließend sollten sie damit an dem Buch arbeiten. Bruder Melchior hatte darauf bestanden, alle Zeichen, Buchstabe für Buchstabe, bis zum Ende sichtbar zu machen und zu übertragen, damit sie nicht später noch einmal zur Tat schreiten mussten, sondern mit dem neuen Schlüssel gleich lesen konnten, wie es weitergehen sollte. Eleonore hoffte nur, dass nach Speyer keine weiteren Rätsel auf sie warten würden.

In Sessenheim hatte sie sich in der Kammer das letzte Mal einer schnellen Katzenwäsche unterziehen können. Seither waren sie einen ganzen Tag in glühender Hitze unterwegs gewesen. Da sie hier in Karlsruhe einen Unterschlupf in einer Schlafstube gefunden hatten, in der auch andere Parteien nächtigten, war am Abend keine Wäsche möglich gewesen. Aus Gewohnheit hatte sie sich nicht offen als Mädchen gezeigt und die Hose erst unter der Decke ausgezogen – und heute früh wieder angezogen. Den Hut hatte sie später im Dunkeln abgenommen. Die Haare fühlten sich fettig an, und die Kopfhaut juckte und schrie nach Wasser und Seife. Und auch einigen anderen Stellen ihres Leibes würde eine Säuberung guttun. Puder mochte sie bei dieser Hitze jedenfalls keinen benutzen.

Bruder Melchior wollte eigentlich sofort aufbrechen, aber als sie »Frauensachen« als Begründung angab, dass er im Schatten vor dem Gasthaus auf sie warten solle, nahm er sich nur zu gern zurück und machte es sich draußen mit einer Weinschorle gemütlich.

Im Gasthaus herrschte noch kein Betrieb, aber Eleonore hatte die Tochter des Wirts gesehen, ein hübsches, molliges Mädchen, das ein oder zwei Jahre jünger als sie sein mochte. Sie hieß Reni und war nur mäßig überrascht, als Eleonore sich ihr als Geschlechtsgenossin vorstellte.

»Ich hab das doch gesehen«, sagte sie grinsend.

Eleonore wollte eigentlich nur etwas sauberes Wasser, ein Stückchen Seife und ein Handtuch von ihr erbitten, um eine Notwaschung in der nun leeren Schlafkammer vorzunehmen, aber Reni fand, dass das gar nicht infrage komme, und nahm sie mit in eine Waschküche, deren Tür sie von innen abschloss. Hier stand ein Zuber für die Waschtage, unter dem Wasser mit einem Feuer erhitzt werden konnte. Das hätte natürlich viel zu lange gedauert. Stattdessen füllte Reni ihr eine Waschschüssel mit kaltem Wasser aus einem Fass. Bei den heute herrschenden Temperaturen war das ohnehin das Beste.

Eleonore hatte erwartet, dass Reni sie allein lassen würde, doch dem war nicht so. Sie blieb und plapperte in einem fort. Sie hatte tausend Fragen, die sie ihr stellte. Ein paar davon – woher sie kam und wohin sie wollte – konnte sie natürlich nicht wahrheitsgemäß beantworten, warum sie sich aber als Junge gab, erklärte sie ihr gern.

»Du hast wirklich einen ziemlich flachen Busen«, stellte Reni fest, als nur noch das enge Unterhemd Eleonores Brüste verbarg. Reni schien nichts Ungewöhnliches daran zu finden, ihr zuzusehen, aber Eleonore verspürte wachsende Scham. Es war lange her, dass sie sich zum letzten Mal einem anderen Menschen völlig nackt gezeigt hatte – damals, als Maria und sie noch befreundet waren. Jetzt das Unterhemd auszuziehen, kostete sie große Überwindung. Und gleichzeitig fühlte es sich aufregend an.

»Wirklich sehr flach«, bekräftigte Reni. »Sei froh, so hast du nicht so schwer zu tragen wie ich.« Sie drückte ihre prallen Wölbungen empor, um sie lachend wieder fallen zu lassen. »Jede Frau ist halt anders«, lachte die Wirtstochter. »Und zum Glück die Kerle auch. Der eine mag nur die kleinen Brüstchen, der andere wird beim Wippen der großen Dinger verrückt.«

»Bei mir wippt gar nichts«, erwiderte Eleonore lachend und hüpfte zum Beweis kurz auf und ab.

»Bei mir bebt dafür die Erde«, meinte Reni und tat es ihr freudig nach.

Es tut so gut, so unbefangen sein zu können, dachte Eleonore. Mit einem Mann wäre so etwas nie möglich.

»Aber deine Reisebegleiter wissen schon, dass du eine Frau bist, oder?«, fragte Reni, als Eleonore die Hose ablegte. Trotz der Hitze im Raum schauderte es sie, als sie nun nackt vor der Wirtstochter stand, die sich noch immer nichts daraus zu machen schien. Nackt. Was für ein Gefühl!

»Ja, sie wissen es.« Noch hielt Eleonore die Hände vor die Scham. Es kostete sie Überwindung, sie wegzunehmen und sich Reni so zu zeigen, wie der Herr sie geschaffen hatte. Zu groß, dünn, aber mit vielen Muskeln, ein buschig lockiges Schamdreieck und helle Haare, die aus der bleichen Haut ihrer sonst immer verdeckten Beine wuchsen. Dazu die leuchtend rote Narbe unterhalb des Bauchnabels, die ihr nach einem Sturz vom Pferd geblieben war.

»Und? Welcher von ihnen gefällt dir? Oder ist einer sogar dein Liebster?«

»Nein, nein, nein«, versicherte Eleonore schnell. »Ich habe keinen Liebsten.«

»Aber einer gefällt dir?« Reni fragte das mit einem wissenden Grinsen. »Der Große, stimmt's? Was für ein Mannsbild! Du bist selbst ja auch groß!«

»Armin? Nein. Er ist aber ein guter Kerl.«

»Hat er schon ein Liebchen? Oder könnt ich ihm gut gefallen?«

»Tut mir leid«, gab Eleonore zurück. »Er hat eine und redet nur von ihr.« Sie drehte sich zur Schüssel und tauchte die Hände in das klare, kühle Wasser.

Reni hatte ihr ein schönes Stück Kernseife und einen Waschlappen gegeben. Eleonore konnte es kaum fassen, dass sie sich jetzt vor einer anderen Frau einseifte, als sei nichts dabei. Und es war ja auch nichts dabei, oder?

»Dir gefällt aber nicht der Kleine?«

»Ruedi ist auch ein guter Kerl, aber nichts für mich.«

»Ich wusste es. Der Mittlere sieht aus, als würde aus ihm ein guter Ehemann. Stille Wasser sind tief, sagt man. Wie heißt er?«

Eleonore schüttelte leicht den Kopf. »Frieder.«

»Magst du ihn nicht?«

»Doch«, entgegnete sie. Und spürte, dass das stimmte. »Aber ich muss ihn ja nicht gleich heiraten.«

»Ich würde gern den Karl heiraten«, flüsterte Reni. Sie kam ihr ganz nah. Eleonore spürte ihren warmen Atem in ihrem Ohr. »Er ist Tischler. Aber der Vater kann ihn nicht ausstehen. Leider.« Sie roch süß und würzig zugleich. Eleonore wollte gerade zur Seite weichen, als Reni sich wieder etwas von ihr wegbewegte.

»Komm, ich wasch dir die Haare«, schlug die Wirtstochter vor.

Bevor Eleonore wusste, wie ihr geschah, lag eine Hand auf ihrem Rücken und drückte ihren Oberkörper sanft in Richtung Schüssel. Sie tauchte ihr Haar ins Wasser und ließ sich, nackt wie sie war, von Reni den Kopf einseifen. Als Reni die Seife mit dem Wasser wieder auswusch, liefen Eleonore Schauer vom kalten Wasser über den Rücken.

»Was zuckst du so?«

Ganz einfach, Renis Berührungen ließen Bilder der Erinnerung vor ihrem inneren Auge aufblitzen. Sie hatte solche Berührungen nämlich zum letzten Mal mit Maria erlebt. Sie erinnerte sich an die Nachmittage unter den Apfelbäumen, die unbeschwerten Abende und die Nächte, die sie im gleichen Zimmer verbracht hatten. Und an den Kuss beim vorletzten Besuch, in der Nacht, bevor Eleonore mit dem Vater aufbrechen sollte. An zärtliche Liebkosungen unter der Decke und ein Gefühl, das ihr wohlige Krämpfe im ganzen Leib verursacht hatte. Seither hatte sie niemand Fremdes mehr berührt. Auch nicht mehr Maria. Bei Eleonores nächstem und letztem Besuch hatte keine von ihnen beiden diese Nacht erwähnt. Denn obwohl sich die Berührungen richtig angefühlt hatten, waren sie doch Sünde und abgrundtief falsch gewesen. Maria hatte seitdem nur noch von jungen Männern gesprochen. Sie musste mittlerweile längst verheiratet und Mutter sein. Sicherlich hatte sie schon lange nicht mehr an Eleonore von Auenstein gedacht, das Mädchen, dem sie einst in innigster Zuneigung ewige Freundschaft geschworen hatte.

»So, jetzt kannst du wieder deinem Frieder unter die Augen treten!«, zog Reni sie auf, als Eleonore sich angezogen hatte.

»Ich danke dir sehr«, sagte sie. »Es war lange kein Mädchen so gut zu mir.«

»Das schwache Geschlecht muss zusammenhalten. Dann ist alles möglich!«, sagte Reni lachend, aber mit einem ernsthaften Unterton in der Stimme.

»Das hat ja ewig gedauert«, schimpfte Bruder Melchior, als Eleonore endlich wieder draußen erschien, beließ es aber dabei. Er stopfte eilig den Kanten eines Butterbrots in den Mund und spülte mit dem Rest seiner Weinschorle nach, dann drängte er zum Aufbruch.

Eleonore hatte ihr Haar zwar in der Waschküche trockengerubbelt, aber etwas feucht war es immer noch. Hätte sie es nicht unter dem Dreispitz verstecken müssen, wäre es wahrscheinlich schon getrocknet, bevor sie die Apotheke erreichten, wo Bruder Melchior hoffte, die Ingredienzien für seine Essenzen zusammengerührt zu bekommen.

Der erste Apotheker hatte zum Ärger des Mönchs nicht alles im Angebot, sodass sie eine zweite Apotheke aufsuchen mussten. Während er im Innern verschwand, wartete Eleonore in einem nicht einsehbaren Hinterhofgarten und lüpfte den Hut. Ihr Haar fühlte sich sauber an, das Jucken war verschwunden.

Sie hatte noch nie mit jemandem über ihre Erfahrung mit Maria Hirzer sprechen können. Nicht mit ihr, nicht mit dem Vater – natürlich nicht! Nicht mit irgendjemandem sonst auf dieser Welt. Sie wusste, dass sie eine Sünde begangen hatte, die schlimm genug sein mochte, um sie in ewige Verderbnis zu stürzen. Aber sie hatte es nicht einmal geschafft, jemals bei einer Beichte ein Wort darüber zu verlieren. Vielleicht, hatte sie zu Beginn insgeheim gedacht, ist der Herrgott mir ja gar nicht so böse. Denn immerhin hatte er Maria und sie ja zusammengeführt. Niemand kannte seinen Plan. Vielleicht sollten sie beide lernen, wie falsch es war, wenn Freundinnen sich zu nahe kamen. Vielleicht sollten sie lernen, dass nur die Liebe zwischen Mann und Frau gesegnet war. Vielleicht hatte er etwas mit ihnen vor, was sie heute noch nicht verstand.

Bruder Melchior sah zufrieden aus, als er sie aus dem Schatten eines Apfelbaums herausrief. Er hatte alle Ingredienzien bekommen und trug sie nun gut gepolstert in seiner Tasche.

Als sie endlich wieder bei ihrem Gasthaus ankamen, erwartete sie eine schlimme Überraschung. Der Vater und Frieder waren zurückgekehrt. Offenbar hatte es einen Streit gegeben. Ruedi war weggelaufen und hatte vor Wut mit der Faust gegen eine Mauer geschlagen.

»Die Mauer hat gewonnen«, sagte der Vater. Ruedi war kurz vor Bruder Melchior und Eleonore mit einem stark geschwollenen kleinen Finger an seiner linken Hand erschienen. Er klagte über heftige Schmerzen und sah verweint aus. Vater begleitete ihn zu einem Arzt, damit der Finger gerichtet und geschient werden konnte.

»Worüber habt ihr denn gestritten?«, wollte Eleonore von Frieder wissen, als die beiden aufgebrochen waren. Bruder Melchior richtete den von unten heraufgetragenen Tisch, an dem sie gleich sitzen wollten.

»Wir waren beim Obergoldinspektor, und Ruedi hat dauernd Sachen gesagt, die nicht gut waren für die Verhandlung. Er hat noch nicht mal begriffen, warum dein Vater und ich deswegen wütend waren.«

»Wird der Markgraf unsere Reise denn unterstützen?«, hakte Bruder Melchior nach.

»Das wird sich erst am Nachmittag zeigen. Wir müssen noch einmal hin. Ich hoffe, Armin und dieser Wolfgang haben Erfolg, sonst könnte es eng werden.«

Diese beiden kehrten erst nach dem Vater und Ruedi zurück, dessen Finger in einem dicken Verband steckte, aus dem vorne die Enden zweier Stöckchen hervortraten. Der Vergolder schien sich sehr zu schämen, denn er schaute nur zu Boden und sprach kaum ein Wort. Sonst war er doch gern lustig und vorlaut, aber offenbar hatte der Schmerz ihm die Laune verhagelt.

Armin und Wolfgang hatten bei ihrem Ausflug leider kein Glück gehabt. Der Bekannte von Wolfgangs Vater war ausgerechnet am Vortag zu einer Reise nach Straßburg aufgebrochen. Vielleicht war man sich unterwegs sogar auf dem Weg zwischen Karlsruhe und Rastatt begegnet.

»Seine Frau hat uns gut bewirtet, aber konnte uns natürlich nicht weiterhelfen mit einem Darlehen.«

So waren sie ohne weiteres Geld zurückgekehrt, aber immerhin satt.

Jetzt blieb als letzte Hoffnung, dass das erneute Treffen mit dem Goldinspektor positiv verlaufen würde. Kurze Zeit später brach der Vater mit Frieder zum Schloss auf. Ruedi brauchte Ruhe. Das sahen alle. Er war ganz bleich und still.

»Bist du noch böse auf Frieder?«, hörte Eleonore Armin fragen, als sie bereits mit Bruder Melchior mitten in der Arbeit steckte.

»Nein. Es ist nur der Schmerz«, erwiderte Ruedi kaum hörbar.

28

Karlsruhe, 18. Juni 1771
Noch drei Tage bis zum längsten Tag des Jahres

*W*olltet ihr euren Freund nicht mehr mitbringen?«, fragte der Obergoldinspektor.

Ein Diener hatte sie in einen anderen Raum geführt als am Morgen. Er war größer und erlaubte durch ein hohes Fenster einen Blick auf die Plätze und Gärten hinter dem Schloss. Auch der Schreibtisch war weit prunkvoller und vor allem aufgeräumter. Mehrere Schränke verdeckten eine Wand, an der anderen hing ein Porträt des Markgrafen in einem breiten vergoldeten Rahmen. Davor gruppierten sich sechs gepolsterte Stühle um einen ovalen Tisch, auf dem eine Karaffe und sechs Likörgläschen auf einem Tablett aus Silber standen.

Hinter dem Schreibtisch erhob sich ein mittelgroßer Mann, der Frieder an einen Fuchs erinnerte. Unter der dunkelbraunen Allongeperücke lugte sogar eine rote Locke hervor.

»Der ehrenwerte Polizeirat Johann August Schlettwein«, machte Scheffler den Mann bekannt, ohne auf eine Antwort auf seine Frage zu Ruedi zu warten. Dann stellte er Magnus von Auenstein und Frieder vor. Schlettwein reichte nur dem Adeligen die Hand.

»Nehmt Platz, Herr von Auenstein!«, forderte er ihn auf. »Du kannst dort warten.«

Frieder blieb stehen. Auf ein Klingeln erschien ein Diener, der den Beamten und Eleonores Vater einen dunkelroten Likör einschenkte.

»Wir haben Euer Anliegen besprochen«, kam Schlettwein gleich zur Sache. Er wirkte kühl, überlegt und berechnend. »Das Haus Baden-Durlach betreibt normalerweise keine Zinsgeschäfte dieser Art, vor allem nicht, wenn es sich um geringere Beträge handelt. Aber Seine Hoheit erwägt, in Eurem Fall eine Ausnahme in Betracht zu ziehen.«

»Das freut mich zu hören, Herr Schlettwein. Wann können wir mit dem Geld rechnen?«

»Ich sagte, in Betracht zu ziehen. Denn ich habe zunächst noch ein paar Fragen an diesen jungen Mann.«

Frieder nahm sofort Haltung an.

»Mein Herr?«

Doch Schlettwein sprach vorerst noch nicht zu ihm, sondern weiter zu Magnus von Auenstein.

»Ihr seid sicherlich mit den Mechanismen der Physiokratie vertraut?«

»Die Wirtschaftslehre, dass Überschuss nur aus Grund und Boden stammen kann?«

»Es ist der natürliche Weg«, stimmte Schlettwein zu. »Das hat der Markgraf auch erkannt. Und viele bedeutende Ökonomen sind ebenfalls Physiokraten. Nur Land- und Forstwirtschaft, Fischerei und Bergbau erzeugen für eine Gesellschaft Überschüsse unmittelbar aus der Natur. Alle anderen Tätigkeiten dienen nur der Veredelung oder dem Transport und Verkauf oder der Regierung, die ihre schützende Hand über das Land hält.«

Frieder fragte sich, was der Polizeirat im Sinn haben mochte.

»Auch die Goldwäscherei gehört zu den Überschuss produzierenden Arbeiten.« Jetzt blickte er endlich Frieder an. »Verstehst du, was ich sage?«

»Ja, Herr, selbstverständlich. Werte werden aus dem Grund und Boden, in diesem Fall aus dem Flusssand, erzeugt.«

Schlettwein nickte anerkennend. »Ich sehe, du bist kein

Dummkopf, Goldwäscher Frieder Fischer. Das kann sich für dich als gut erweisen.«

»Was wünschen Sie zu erfahren?«, fragte Magnus von Auenstein.

Schlettwein nippte an seinem Glas und stellte es wieder ab.

»Die Mengen an Gold, die durch die Goldwäscherei die Landeskasse füllen, sind stetig im Sinken begriffen«, sagte er schließlich. »Erhielt der Markgraf vor fünfundzwanzig Jahren noch …«

Scheffler schob ihm einen Zettel hin, mit dem Schlettwein seiner Erinnerung nachhalf.

»Erhielt der Markgraf vor fünfundzwanzig Jahren noch mehr als hundertsechzig Kronen Gold zu je fünfundzwanzig Batzen, waren es im vergangenen Jahr gerade noch achtundfünfzig. Ihre Durchlaucht hat die Ökonomie Baden-Durlachs in meine Hände gelegt – und die der demnächst wiedervereinten Markgrafschaft Baden. Nun wüsste ich zu gern, woran der Rückgang in der Goldförderung deiner Meinung nach begründet sein könnte.«

Magnus von Auenstein sah Frieder verwundert an.

»Verzeihung, mein Herr«, begann Frieder.

»Du sollst nicht um Verzeihung bitten, sondern mir sagen, warum es so schwer ist, das Gold aus dem Rhein zu holen.«

Frieder schluckte. »Nun, ich bin nur ein kleiner Goldwäscher, der sogar meist allein arbeitet. Wie soll ich einem studierten Mann dazu etwas sagen?«

»Mein Vater war früher ein einfacher Schmied, mein Junge. Fleißig, geschickt und mit Verstand.« Schlettwein tippte sich an die Schläfe. »Du kannst also mit mir sprechen wie mit einem Mann gleichen Standes.«

»Männer gleichen Standes würden auch am gleichen Tisch sitzen«, sagte Frieder und hätte sich am liebsten gleich auf die Zunge gebissen. Seine allzu offenen Worte bescherten ihm einen finsteren Blick des Obergoldinspektors, einen mahnenden Augenaufschlag von Magnus von Auenstein, aber auch ein Lachen Schlettweins.

»Du bist ein mutiger junger Mann, das muss ich dir lassen«, sagte er und wies beiläufig auf den von ihm am weitesten entfernt stehenden Stuhl.

Frieder nahm Platz.

»So, Goldwäscher Frieder Fischer. Ich wünsche deinen Rat und schätze dich hoch genug, um dich an den Tisch zu bitten. Nun beweise mir, dass ich nicht falsch gelegen habe!«

»Ihr seid mit der Goldgewinnung gut vertraut, das merke ich wohl«, begann Frieder. In seinem Kopf versuchte er, sich zurechtzulegen, was er dem Mann sagen durfte und konnte und was er besser für sich behielt. »Dann wissen Sie als Kenner auch, dass der Rhein nicht in jedem Jahr die gleiche Menge Gold nach einem Hochwasser ablagert. Das hat damit zu tun, wie schnell das Hochwasser wieder zurückgeht.«

»Fließt es zu schnell ab, reißt es die Flitter weiter«, sagte Schlettwein nickend. »Aber das sind jährlich wechselnde Bedingungen. In einem Jahr gibt es mehr neues Gold, im anderen weniger. Das sollte sich ausgleichen. Die Minderung des Goldertrags, von der ich rede, besteht aber schon lange.«

»Dass es weniger wird, mag auch daran liegen, dass kaum einer noch von der Goldwäsche allein leben kann«, sagte Frieder nun. »Ich bin alleinstehend und komme gerade über die Runden mit dem kärglichen Betrag, den die Goldinspektoren im Namen des Markgrafen auszahlen.«

»Das will mir sogar einleuchten, aber auch eine Steigerung des Lohns hat uns nicht mehr Gold gebracht. Ich gehe darum davon aus, dass ihr Goldwäscher uns Gold vorenthaltet.«

Frieder schluckte trocken. »Meine Mengen sind meist gleich geblieben«, brachte er leise hervor.

»Ja, dabei hätten sie mehr werden sollen. Und jetzt hast du dich einfach von deiner Arbeit entfernt.«

»Es war höhere Gewalt, Herr Schlettwein«, kam Magnus von Auenstein ihm zur Hilfe.

Der Polizeirat lehnte sich zurück. »Es soll auch gar nicht dein Verhalten zu bestrafen sein«, sagte er generös. »Ich möchte nur mit deiner Hilfe herausfinden, wie die Erträge verbessert werden können.«

Eleonores Vater nickte Frieder auffordernd zu.

»Nun, ich würde mich damit nur selbst in Schwierigkeiten bringen, wenn ich Euch etwas sagte.«

»Sprich endlich! Sonst könnt ihr das Darlehen vergessen.«

»Frieder«, ermahnte Magnus von Auenstein ihn nun.

Für ihn hätte es der Ermahnung nicht bedurft. Er würde mit absoluter Sicherheit sein System nicht preisgeben, wie er mit Armin und Ruedi am Markgrafen vorbei verdiente. Er konnte auch ein paar der anderen Tricks nicht nennen. Wenn unter den Goldwäschern des Rheins jemals bekannt würde, dass Frieder Fischer der Obrigkeit von den Möglichkeiten erzählt hatte, ergiebige Goldgründe vor einer Prüfung mit längst ausgewaschenem Sand zu präparieren, würde er sich zu viele Feinde machen.

»Das Goldwaschen geht nur fünf, maximal sechs Monate lang«, sagte er schließlich. »Nach dem Rückgang des Hochwassers suchen wir neue Gründe, prüfen hier und da und waschen Sand, bis unsere Finger vom Wasser wellig aufgequollen sind. Und weil die Leute nicht davon satt werden, machen sie die Goldwäsche nur noch nebenbei. Ich bin einer der wenigen, die in der Goldzeit ganz davon leben.«

»Jaja, ich weiß. Deshalb will ich von dir erfahren, wie man es macht, uns weniger zu liefern.«

»Guter Herr Schlettwein. Schaut Euch die Häuser an, in denen die badischen Goldwäscher leben. Ihr werdet in keinem einzigen irgendwelche Reichtümer finden. Manchmal mögen wir ein paar Flitterchen behalten und für schlechte Zeiten sammeln. Bis ein Batzen daraus wird, dauert es einen Monat. Und dann kauft man vom Erlös etwas zu essen, um am nächsten Tag wieder im Fluss zu stehen und für unseren geliebten Markgrafen weiteres Gold zu waschen. Denkt nur an die vergangenen Jahre. Viele konnten sich das Mehl für ein Brot nicht leisten. Aber der Erlös ist gleich niedrig geblieben.«

Frieder sah, dass er den Polizeirat nachdenklich gestimmt hatte. Er beugte sich vor und setzte nach: »Niemand will dem Markgrafen stehlen, was ihm gehört. Das ginge auch gar nicht. Denn da sind die Rheinstückpächter und die örtlichen Goldinspektoren, denen wir das Gold abgeben müssen. Von denen hat übrigens keiner gehungert oder gefroren in den vergangenen Jahren. Sie leben in Häusern, in denen man sich wohlfühlen kann.«

Scheffler funkelte Frieder wütend an: »Willst du etwa sagen, dass meine Inspektoren Gold unterschlagen?«

Frieder hielt die Hände offen ausgebreitet vor sich. »Ich habe nichts dergleichen gesagt.«

Schlettwein grinste. »Du gefällst mir, Goldwäscher Frieder Fischer. Was machst du, wenn du kein Gold suchst?«

»Danke, Herr«, gab er zurück. »In den Wintermonaten koche ich Goldsand mit Quecksilber aus und reinige den Löschsand, der übrig bleibt. Den liefere ich an Eure Schreibstuben. Sonst bin ich, wenn es geht, am Rhein. Meine Vorfahren haben stets auch gefischt, falls es nötig war. Und manchmal, das gestehe ich Euch nun, habe ich trotzdem eine Schüssel dabei und schaue, ob ich im Sommer etwas Gold übersehen haben könnte.«

»Also doch«, sagte Schlettwein ohne Triumph in der Stimme. »Ich danke dir für deine Worte. Und aus dem, was du betont nicht so gesagt hast, wie du es wohl meintest, will ich meine Lehren ziehen. Das soll mir genügen.«

Er wandte sich wieder an den zweiten Besucher: »Herr von Auenstein, Seine Durchlaucht der Markgraf ist bereit, Euch die Unterstützung zu bieten, die Ihr benötigt. Morgen früh wird Euch hier eine Kutsche erwarten, über die Ihr frei verfügen könnt. Ihr werdet damit zunächst nach Durlach reisen, wo Ihr Euch in der Karlsruher Münze, der Prägeanstalt unseres Heimatlandes, zehn Golddukaten auszahlen lassen könnt. Der Schuldschein wird Euch dort zum Signieren vorgelegt.«

Schlettwein trank den letzten Rest aus seinem Likörgläschen, stand auf und reichte zum Abschied Magnus und diesmal auch Frieder die Hand.

»Ich habe ansonsten bereits am Vormittag Polizei und Garnison angewiesen, die Augen nach französischen Truppen offen zu halten. Wenn euch wirklich jemand folgt, dann werden sie es innerhalb der Markgrafschaft nicht leicht haben.«

Diese Nacht mussten sie also in Karlsruhe bleiben. Zwar blieb noch etwas Zeit bis zum längsten Tag des Jahres, aber nun durften keine Achsbrüche oder andere Katastrophen mehr passieren. Magnus von Auenstein war jedenfalls zufrieden und legte am Abend in der Wirtschaft sogar stolz einen Arm um Frieders Schulter. Ruedi stöhnte ab und zu vor Schmerz auf, wenn er mit der Schiene gegen etwas stieß. Ansonsten war er still und in sich gekehrt. Frieder würde morgen mit ihm reden.

Eleonore und Bruder Melchior hatten den ganzen Nachmittag konzentriert gearbeitet und bis eben benötigt, um die restlichen Zeichen sichtbar zu machen und zu übertragen. Ohne Schlüssel waren sie vollkommen nutzlos. Aber vielleicht wüssten sie morgen um die gleiche Zeit schon, wo der sagenumwobene Hort der Nibelungen zu finden war. Und falls sie ihn tatsächlich entdecken sollten, hätte Frieder danach genug Geld, um mit der Frau seines Herzens auf eine unbeschwerte Zukunft zuzusteuern. Er warf einen Blick zu Eleonore. Sie wirkte heute irgendwie anders. Als er nach dem Abendessen hinter ihr die Treppe emporstieg, fiel ihm auf, dass sich in ihren Geruch noch der Duft von Seife gemischt hatte.

»Bruder Melchior, erzählt ihr uns weiter von den Nibelungen

und Siegfried?«, bat Wolfgang. Er und Armin hatten schon den ganzen Nachmittag und Abend zusammengesessen. Sie schienen sich angefreundet zu haben. Frieder fand das in Ordnung. Der Student machte Eleonore keine schönen Augen mehr – und sie beachtete ihn nicht. Sobald er ihn nicht mehr als Konkurrenz einstufen musste, fand Frieder ihn sogar ganz angenehm, auch wenn er für seinen Geschmack etwas hochgestochen daherredete.

»Nun gut«, begann Bruder Melchior, als alle nachtfertig waren. »Die Nibelungensage macht jetzt einen Sprung von mehreren Jahren.«

»Taucht der Schatz noch mal auf?«, fragte Armin.

»Erst mal nur am Rande. Aber der Reihe nach: Siegfried und seine Kriemhild reisten nach der Doppelhochzeit nach Xanten. Siegmund, Siegfrieds Vater, übergab ihm dort das Königreich, und so herrschten sie gemeinsam über das Niederland und über das Nibelungenland. Ihre Liebe wurde durch die Geburt eines Sohnes gekrönt, den sie nach seinem Onkel Gunther nannten. Und auch Gunther und Brünhild bekamen einen Sohn, dem sie den Namen Siegfried gaben. Unser alter Siegfried verfügte in diesen zehn Jahren über die gewaltigen Reichtümer des Nibelungenhorts, sodass sein Land prächtig gedieh.«

Frieder ging das Gespräch mit dem Polizeirat durch den Kopf. Wenn jeder Überschuss nur durch Land-, Wald- und Bergbau sowie die Fischerei erzeugt werden konnte, mussten doch jahrtausendelang Bauern und Bergarbeiter geschuftet haben, um einen solchen Schatz wie den der Nibelungen anzusammeln. Warum nur kam ein solcher Reichtum nie denen zugute, die ihn mit ihrer Hände Arbeit schufen? Immer blieben sie die Ärmsten, während andere davon profitierten und die Reichtümer anhäuften. Gehörte der Schatz der Nibelungen also nicht eigentlich allen? Vermutlich ist das Gotteslästerung, dachte Frieder. Denn die Könige und Fürsten standen ja in Gottes Gnaden. Zumindest sagte man so.

»Ein Weib vergisst nie«, sprang Bruder Melchior in seiner Erzählung nach Worms zurück. »Brünhild fragte sich auch nach zehn Jahren noch immer, wieso ihr Mann seine königliche Schwester einem vermeintlichen Vasallen zum Weib gegeben hatte. Zumal dieser Vasall nicht einmal Lehnsdienste leisten wollte. Gunther konnte ihr natürlich weiterhin nicht von dem Verrat erzählen und lud die beiden darum als Lehnsdienst ein, nach Worms zu kommen. Letztlich veranstaltete er dort nur ein rauschendes Fest. Auch Siegmund, Siegfrieds mittlerweile alter Vater, war eingeladen und begleitete sie.«

Bruder Melchior versicherte sich mit einem Blick durch den Raum, der nur durch das Mondlicht, das durch das schmale Fenster fiel, erleuchtet war, dass ihm auch wirklich alle zuhörten. Zufrieden erzählte er weiter: »Und jetzt kam es zum offenen Streit zwischen Kriemhild und Brünhild. Siegfried gewann einen Turnierkampf, worauf die beiden Frauen ihre jeweiligen Männer in den Himmel lobten und den jeweils anderen als Vasallen darstellten. Brünhild befand sich ja immer in der Gewissheit, dass Siegfried Gunthers Untertan sei, aber jetzt von Kriemhild das Gegenteil vorgeworfen zu bekommen, erstaunte sie doch sehr. Die beiden Frauen vereinbarten in ihrem Streit, dass diejenige von ihnen höherrangig sein solle, die den Wormser Dom zur Abendmesse zuerst betreten dürfe. Am Abend aber spitzte sich der Disput nur weiter zu. Erinnert ihr euch, dass Siegfried König Gunther half, seiner Angetrauten beizuschlafen?«

Bruder Melchior wartete die Rückmeldung nicht ab, denn es war offenkundig, dass das niemand vergessen hatte.

»Vom Streit angefeuert warf Kriemhild ihrer Kontrahentin vor dem Dom an den Kopf, dass es Siegfried und nicht Gunther gewesen wäre, der Brünhilds Jungfräulichkeit wie eine Blume gepflückt hatte. Über diese ungeheuerliche öffentliche Anschuldigung brach die Königin von Worms in Tränen aus, und Kriemhild betrat den Dom zu Worms als Erste.«

»Ich wette, es wird kein lange dauernder Triumph gewesen sein«, sagte Frieder, als der Mönch innehielt, um Luft zu holen. Er bekam laute Zustimmung von allen, nur Ruedi bleib still.

»So ist es.« Bruder Melchior nickte. »Brünhild, die ihren Gunther mittlerweile liebte, ging zunächst davon aus, dass Siegfried ein Dieb und Lügner sein musste. Sie beschloss, dass er dafür sterben müsse. Aber nach dem Gottesdienst zeigte Kriemhild ihrer Feindin Ring und Gürtel, die Siegfried ihr ja in der Hochzeitsnacht gestohlen und anschließend Kriemhild geschenkt hatte. Das waren für sie die Beweise, auch wenn wir wissen, dass Siegfried sie nur besiegt und gehalten hat.«

»Und was machten Siegfried und Gunther?«, fragte Armin. »Die hätten doch den Streit schlichten und das Missverständnis auflösen können.«

»Oh ja, das haben sie auch«, sagte der Mönch. »Aber jetzt kommt einer ins Spiel, der dem König von Burgund immer treu ergeben war: Hagen von Tronje.«

»Den hatte ich fast schon vergessen«, sagte Frieder.

»Hagen sah seine Herrin Brünhild gedemütigt und wollte sie rächen. Er mochte Siegfried ja noch nie, sodass er erwog, Kriemhild Schmerz zu bereiten und seinen Feind verschwinden zu lassen. Als positive Nebenerscheinung würde der Nibelungenschatz an Burgund fallen. Wahrscheinlich war das sein wichtigster Grund. In einer Ratssitzung überzeugte er Gunther, dass Siegfried sterben müsse. Ich erzähle euch dann ein andermal, wie diese Arglist weitergesponnen wurde.«

Armin und Wolfgang gaben ein enttäuschtes Murren von sich, aber der Mönch ließ sich nicht erweichen.

»Das Gold des Schatzes hat aller Sicht verblendet. Bevor wir uns jetzt schlafen legen, lasst uns beten, dass das uns nicht widerfahren mag.«

Alle falteten die Hände, nur Ruedi konnte es ihnen wegen des gebrochenen Fingers natürlich nicht nachtun.

29

Auf dem Weg nach Speyer, 19. Juni 1771
Noch zwei Tage bis zum längsten Tag des Jahres

Am frühen Morgen umarmte Eleonore Reni vor dem Gasthaus zum Abschied und nahm sich vor, ihr später ein Goldstück aus dem Schatz zukommen zu lassen. Dann eilte sie den Männern nach. Am Schloss erwartete sie Justus Paul Giebelfeld, ein Beamter Schlettweins, der sie zu den Stallungen brachte. Er war um die dreißig Jahre alt und kurzsichtig. Zum Notieren brauchte er eine Brille, die er für Blicke in die Weite ganz unten auf der hakenförmigen Nase trug. Wenn er über den Rand spähte, wirkte er älter.

Am Marstall stand eine Kutsche bereit, die in etwa der glich, die Armin in Straßburg gestohlen hatte. Man sah dem Fahrzeug die hervorragende Qualität an. Die Federung war weich, die Räder besonders stark beschlagen. Auf dem Dach befanden sich mehrere Kisten. Ein paar davon waren mit Spaten und anderem Werkzeug und mit Proviant gefüllt worden. Giebelfeld nahm neben Vater auf dem Kutschbock Platz und lenkte die vier stolzen Pferde höchstpersönlich nach Durlach. Wolfgang begleitete sie auf seinem Ross. Der Schimmel, der vom Gespann der vorigen Kutsche übriggeblieben war, hatte zu lahmen begonnen, sodass sie ihn im Marstall abgaben, was Giebelfeld in seinen Unterlagen notierte.

Die Karlsruher Münze stand innerhalb der schützenden Mauern Durlachs. Wie Giebelfeld berichtete, war sie zunächst in einem Nebengebäude des Schlosses untergebracht gewesen, aber bald wieder verlegt worden.

»Hierher also gelangt das Gold, das ich aus dem Rhein wasche«, sagte Frieder, als sie aus der Kutsche stiegen.

»Vielleicht werden wir eine Münze bekommen, in der Gold von dir drin ist«, erwiderte Eleonore. Es gefiel ihr, wie aufgeregt Frieder wirkte.

Das Gebäude wurde von mehreren Soldaten streng bewacht. Eleonore begleitete Frieder, Vater und Giebelfeld nach drinnen, wo Wachleute ihnen Waffen und Hüte abnahmen. Als sie die Kappe absetzte und ihr Haar bis über die Schultern fiel, zuckte der Wachhabende sichtbar zusammen. Frieder hingegen sah sie bewundernd an, wie eigentlich immer öfter in letzter Zeit. Eleonore musste zugeben, dass ihr das gefiel.

Abschließend stand noch eine Durchsuchung an. Der Wachmann verzichtete darauf, ihren Leib nach versteckten Waffen abzuklopfen, tat das aber bei allen Männern mit Ausnahme Giebelfelds dafür umso gründlicher.

Eleonore war weit und breit die einzige Frau in der Münzprägewerkstatt. Ihr Erscheinen sorgte bei den Männern für Aufsehen, die teils nur mit kurzen Hosen und schweren Schürzen an den Schmelzöfen standen.

»Wird hier auch das Gold für die Flussgolddukaten geprägt?«, fragte sie Giebelfeld.

»Selbstverständlich«, erwiderte er. Er rief einen älteren Mann herbei, der offenbar die Arbeiten überwachte.

»Herr Albiker, können Sie den Herrschaften einen Flussgolddukaten zeigen? Der junge Mann ist selbst Goldwäscher und arbeitet für uns.«

»Es werden gerade welche geprägt«, sagte Albiker. »Wenn Sie wollen, können Sie zusehen.«

Frieder klatschte vor Freude in die Hände.

»Derweil können Herr von Auenstein und ich das Geschäftliche regeln«, sagte Giebelfeld.

Albiker war ein Mann von ruhigem Gemüt. Er ging Eleonore und Frieder langsam voraus. Der Prägemeister führte sie zu einem großen Schmelzofen, in dem das Rohgold verarbeitet wurde. Hier war es trotz geöffneter Fenster noch weitaus heißer als draußen. Eleonore versuchte, den Öfen nicht zu nahe zu kommen. Die Dämpfe, die von ihnen emporstiegen, rochen metallisch scharf.

»Das Gold haben wir bereits gereinigt, sodass wir es hier mit vollkommen reinem Material zu tun haben«, erklärte er.

»Ihr erhaltet es doch von uns Goldwäschern schon in gereinigter Form«, bemerkte Frieder.

»Nicht alle deiner Berufsgenossen gehen dabei mit gleicher Sorgfalt vor. Bei anderen liegt es am Können«, sagte Albiker. »Die Golddukaten der Markgrafschaft sollen überall höchstes Ansehen genießen. Jeder soll darauf vertrauen können, dass das verwendete Gold von höchster Reinheit ist. Kommt weiter.«

Eleonore merkte Frieder an, dass er von den Vorgängen beeindruckt war. Im nächsten Raum stockte auch ihr der Atem. Laut klappernde Zahnräder, höher als ein Mensch groß war, griffen ineinander. Angetrieben wurden sie alle von einer Welle, die die Kraft eines Mühlrades von außen ins Innere des Gebäudes übertrug.

»Hier werden gerade Kreuzer geprägt«, erklärte Albicker.

Zwei Männer schoben eine flache Metallplatte zwischen zwei Walzen, in die als Negativ Rohlinge der Vorder- und der Rückseite gearbeitet waren. Auf der anderen Seite kam die Platte noch dünner heraus.

»Die Münzen werden jetzt ausgeschnitten«, beschrieb der Prägemeister, »aber die Flussgolddukaten werden auf andere Art hergestellt.«

Sie folgten ihm durch weitere Räume und gelangten schließlich zu einer Maschine, an der drei Männer arbeiteten. Vor ihnen stand ein Korb, aus dem einer gerade eine glänzende Goldscheibe entnahm.

»Wartet ein wenig!«, forderte Albicker die Arbeiter auf. »Wir haben Gäste, die sich ansehen wollen, wie wir die Golddukaten prägen.«

Die Männer hielten inne. Eleonore spürte ihre überraschten Blicke, als sie sich gewahr wurden, dass eine Frau dabei war.

»Hier seht ihr die Spindelpresse«, erklärte Albicker ihnen. »Wir haben mehrere davon, setzen im Moment aber nur die eine ein.«

Das Gerät machte weit weniger Eindruck als die Walzenprägemaschine. Es besaß die Größe eines kleinen, eisernen Tischs. Die vier Beine gingen am Fuß in eine schwere Metallplatte über, die im Boden eingelassen war. In Hüfthöhe befand sich ebenfalls eine Platte aus Stahl, die mittig eine runde Erhebung aufwies. Der stabil wirkende Aufbau darüber hielt ein großes, horizontal angebrachtes Schwungrad.

»Zuerst nehmen wir einen Rohling«, sagte Albicker und reichte ihnen jedem einen. »Alle sind genau gleich schwer.«

Das Edelmetall glänzte in Eleonores Hand. Frieder betrachtete seines ganz entrückt, als könne er erspüren, ob es sich vielleicht um von ihm gefundenes Gold handelte.

»Jetzt haben wir einen Unter- und einen Oberstempel, die jeweils das Prägebild für eine Seite der Münze eingearbeitet haben. Zwischen die Stempel kommt ein Ring, in den wir den Rohling einlegen.«

Einer der Arbeiter machte es vor. Schließlich brachte er die beiden Stempel so zusammen, dass ihre Stempelflächen die Ober- und die Unterseite der Goldmünze berührten.

»Die Presse hat genug Kraft, um die Münze zu prägen«, sprach Albicker weiter.

Es dauerte einen Moment, bis die zusammengefügten Stempel auf der kleinen Stahlempore aufgestellt und gerichtet waren.

»Und jetzt wird durch die schnelle Drehung des Schwungrads das Gewicht nach unten gebracht. Es entwickelt gewaltige Kräfte, ihr werdet es sehen.«

Der muskulöseste der Männer packte einen Griff und schleuderte das Rad schwungvoll herum. Es drehte sich und trieb das an einer Gewindestange befestigte Pressgewicht nach unten. Dieses drückte den Oberstempel hinab und wurde von der Aufprallkraft wieder nach oben zurückbewegt. Der Große drehte das Schwungrad weiter, bis das Gewicht sich im Ausgangszustand befand.

Währenddessen nahm ein anderer Mann die Stempel heraus und trennte sie von dem breiten Ring. Darin befand sich die Münze, die mit einem weiteren Eisenstück herausgeschlagen wurde und klimpernd auf der Stahlplatte landete.

Albicker sammelte die Rohlinge bei Eleonore und Frieder wieder ein und überreichte ihr stattdessen die eben geprägte Münze. Auf einer Seite war eindeutig das nach rechts blickende Profil von Markgraf Karl Friedrich mit seinem umlaufenden Namen zu erkennen. Auf der anderen sah man das Landeswappen und den Schriftzug *Ex Sabulis Rheni*.

»Aus den Sanden des Rheins«, übersetzte sie die lateinische Inschrift und gab die Münze an Frieder weiter. »Von stolzen Männern wie dir gewonnen.«

Als sie die Münzprägestätte verließen, wartete Eleonores Vater schon mit Giebelfeld bei der Kutsche auf sie. Sie verabschiedeten sich von dem Beamten und brachen gleich auf. Bruder Melchior hatte sich die Wartezeit mit einer halben Flasche Wein versüßt und fiel bald in einen unruhigen Schlaf.

»Wie geht es deiner Hand?«, erkundigte sich Eleonore bei Ruedi. »Brauchst du noch Wasser zum Kühlen?«

Er nickte dankbar und beträufelte den Verband mit etwas Wasser aus dem angebotenen Schlauch.

»Das kommt davon, wenn Freunde sich streiten«, sagte Eleonore streng und blickte Frieder auffordernd an. »Ihr solltet euch wirklich wieder vertragen.«

Beide schauten bekümmert auf den Kutschenboden vor sich. »Es tut mir leid, Ruedi«, sagte Frieder schließlich leise. »Ich war nur in dem Moment wütend, sonst war nichts.«

Ruedi zitterte regelrecht. Er erwiderte mit Scham in seiner Stimme: »Ja, ich bin ja auch ein Idiot.«

»Sag so was nicht!«, rief Eleonore. »Du bist garantiert kein Idiot, sondern hast einiges auf dem Kasten. Von allen hier kann man von dir die größte Überraschung erwarten.«

»Wirklich?« Ruedis Stimme klang brüchig. Er lief rot an.

»Ich glaube an dich, Ruedi«, sagte Eleonore. »Also, wenn ihr euch wieder vertragt, dann gebt euch die Hand. Es ist wichtig, dass wir zusammenhalten.«

Ruedi atmete tief ein und aus und ergriff mit seiner gesunden Hand die von Frieder. Eleonore hoffte, dass die Versöhnung die Stimmung zwischen den beiden wieder verbessern würde.

»Ich denke, ich sollte jetzt auch etwas schlafen«, sagte Ruedi nach dem kurzen Händedruck. Er nahm eines der Kissen, die unter der Sitzbank gelegen hatten, und lehnte sich damit an die Außenwand der Kutsche.

Die Straße, die sie von Karlsruhe aus nach Norden fuhren, war weit besser ausgebaut als die um Straßburg, aber auch hier wurden sie ordentlich durchgerüttelt.

An einem Schlagbaum mussten sie einen ersten, unerwarteten Halt einlegen. Zwei Soldaten begutachteten kritisch das markgräfliche Dokument, das der Kutsche freie Fahrt garantieren sollte. Der Vater fragte, wen man suche, und der Ältere der beiden teilte ihnen offenherzig mit, dass sie den Auftrag hätten, die Augen nach französischen Freischärlern offen zu halten. Der Vater nickte anerkennend und freute sich offensichtlich, dass der Polizeirat Schlettwein Wort gehalten hatte.

Sie fuhren weiter durch eine grüne Landschaft. Bauern mähten müde die Wiesen, Kühe lagen matt auf den Weiden oder käuten das Gras wieder, das wie das ganze Land nach Regen lechzte. Der Fahrtwind brachte im Innern der Kutsche zwar etwas Abkühlung, trotzdem freute Eleonore sich immer, wenn die Straße durch ein schattiges Waldstück führte. Es tat einfach gut, wenn die Sonne mal kurz nicht auf das schwarze Kutschendach brannte.

Frieder und Eleonore vertrieben sich die Zeit mit im Flüsterton geführten Gesprächen über ihre Kindheit. Sie saßen dicht nebeneinander, und wer gerade sprach, brachte seinen Mund nahe an das Ohr des anderen. Sie wollten Bruder Melchior und Ruedi nicht wecken, und Eleonore genoss die intimen Gespräche und den kurzen Abstand, den sie beim Flüstern zueinander hielten. Sie redeten lange so. Zuerst über unbeschwerte Momente, erste Erlebnisse als Kinder. Doch bald wurde die Unterhaltung ernsthafter. Denn beiden war gemein, dass sie ihre Mutter verloren hatten, wobei Eleonore sogar noch mehr Erinnerungen an ihre Mutter besaß als Frieder an seine. Frieder erzählte auch, dass er seinen Vater tot aufgefunden hatte.

»Wie alt warst du da?«

»Gerade mal sechzehn.«

»Das ist hart. Du hattest auf einmal niemanden mehr?«

»Keine Geschwister, keine Großeltern, keine sonstigen Verwandten. Nur einen Onkel, der vor meiner Geburt nach Spanien gegangen war und nie zurückgekehrt ist. Ich habe bis heute nie etwas von ihm gehört.«

Eleonore schüttelte den Kopf.

»Wie hast du das überstanden?«

»Zuerst nur mit Wut. Mein Vater ist ermordet worden, musst du wissen.«

»Ermordet?«

»Er war beim Goldwaschen«, erzählte Frieder leise. »Eigentlich war ich seit meinem vierzehnten Lebensjahr meist dabei, um ihm zu helfen, aber an dem Tag nicht. Am Nachmittag kam er nicht zurück, und als ich am Abend noch immer nichts von ihm gehört hatte, bin ich losgelaufen zum Anleger. Der Weidling war fort, also musste er noch draußen sein. Ich habe einen Fischer gebeten, mich rauszufahren. Und als wir an dem Goldgrund ankamen, wo mein Vater arbeitete, habe ich seinen Weidling gesehen und seinen Goldherd. Und dann ihn.«

Er biss sich auf die Unterlippe. Es fiel ihm schwer, über diesen Moment zu sprechen, das merkte Eleonore deutlich.

»Man hatte ihm die Kehle durchgeschnitten«, flüsterte er kaum hörbar.

»Das tut mir leid!«, brachte sie hervor. Sie spürte Tränen in sich aufsteigen, wenn sie sich in den sechzehnjährigen Frieder versetzte. Sie ergriff seine Hand und hoffte, ihm ein bisschen Trost spenden zu können.

»Man hatte ihm das gefundene Gold genommen«, erzählte Frieder weiter und erwiderte den leichten Druck ihrer Hand. »Ein paar Gran mögen es gewesen sein, vielleicht genug, um sich davon zu besaufen.«

Eleonore brachte kein Wort heraus.

»Ich habe das Ganze nur durchgestanden, weil Armin da war. Als ich in ein ganz tiefes Loch der Verzweiflung gefallen bin, hat er mich herausgeholt. Und später kam Ruedi dazu.« Er wies mit dem Kopf zu dem schlafenden Freund.

»Hat man je herausgefunden, wer der Mörder war?«

Frieder schüttelte den Kopf. »Nein, nie. Ich habe alle Fischer gefragt, auf beiden Seiten des Flusses. Zwei hatten ein Boot gesehen, das aus dem Süden den Rhein hinabgefahren war. Einer hat gesagt, dass drei Mann darin waren, und sie hätten Französisch gesprochen. Aber er war sich nicht sicher.«

Die nächsten Minuten saßen sie still da, und Eleonore hing ihren Gedanken nach. Irgendwann wurde sie sich dessen bewusst, dass sie und Frieder ihre Hände nicht mehr hielten. Fast bedauerte sie es, denn es hatte sich gut angefühlt.

30

Speyer, 20. Juni 1771
Noch ein Tag bis zum längsten Tag des Jahres

Frieder war fasziniert von dem Dom, der sich über der Stadt Speyer erhob. Die östliche Hälfte des Baus war erhalten geblieben, der westliche Teil glich einer Ruine. Dem zugänglichen Abschnitt sah man sein hohes Alter an. Ein mächtiger Geviertturm stand im Zentrum, zwei schlankere Türme überragten ihn deutlich.

»Im Neunjährigen Krieg haben die Franzosen 1689 die ganze Stadt in Brand gesetzt. Der Dom sollte eigentlich verschont bleiben, aber das Feuer griff über«, hatte Bruder Melchior bereits gestern Abend erklärt, als sie nach der anstrengenden Reise in einem Gasthaus vor den Toren von Speyer Halt gemacht und dort die Nacht verbracht hatten.

Sie standen mit der Kutsche nun etwas abseits des Marktplatzes. Frieder reichte Ruedi die Hand zum Aussteigen. Er wich erst kurz zurück, nahm dann aber die Hilfe an.

Wolfgang, Armin und Magnus von Auenstein hatten auf der Fahrt bereits besprochen, dass sie dieses Mal vorsichtiger vorgehen mussten als in Straßburg. Sie benötigten einen Ort, wo sie die Kutsche sicher als Fluchtfahrzeug abstellen konnten. Wegen Armins zwischenzeitlich gewonnener Erfahrung im Lenken der Kutsche sollte er als Wache vor Ort bleiben. Schutz konnte ihm eine Steinschlosspistole bieten, die sie samt Munition unter dem Kutschbock gefunden hatten. Zudem hatte er sich eine Eisenstange aus dem Werkzeugkasten geholt, die in seinen Händen wahrscheinlich weit durchschlagenderen Erfolg versprach als jeder Degen, wenn es hart auf hart kam.

Da Ruedi mit seinem gebrochenen Finger ohnehin keine große Hilfe sein konnte, sollte er bei Armin bleiben und aufpassen, ob sich ihre Feinde näherten. Vier Augen sahen sicherlich mehr als zwei.

Die anderen, neben Frieder selbst also Eleonore, ihr Vater, Bruder Melchior und Wolfgang Goethe, wollten derweil versuchen, dem neuen Rätsel auf die Spur zu kommen.

Auf dem Platz vor dem Dom liefen Händler mit Handkarren oder großen Körben umher und verkauften Brote und Würste. Andere boten Wein an. Viele Leute nutzten den Schatten der noch stehenden Mauern des Westbaus, um sich etwas Abkühlung zu verschaffen. Frieder kam es vor, als sei es schon wieder heißer geworden, wenn das überhaupt ging. Daheim würde er am Rheinufer unter einem Baum sitzen und die Füße ins Wasser halten oder bei einem kleinen Flussbad eine willkommene Erfrischung suchen. Hier blieb nur die Hoffnung, ein bisschen von der Brise abzubekommen, die lau um die Häuser strich.

Bis auf den Mönch trugen sie mittlerweile alle Degen. Bruder Melchior meinte, sein Gottvertrauen und der Gehstock mit dem massiven Griff genügten ihm, um sich zu wehren. Sie gingen an den Ruinen entlang, bis sie den größten, weiterhin genutzten Teil der Kathedrale erreichten und ihn zunächst umrundeten. Als sie an der Apsis emporblickten, zeigte Goethe auf einen oben in der Fassade angebrachten Säulengang mit runden Bögen.

»Das ist eine Zwerggalerie«, erklärte er. »Ihre einzige Funktion ist es, das Bild der Fassade aufzulockern.«

»Zu Speyer, wo kleine Brüder am Fuß von Eos' Thron erwachen, zeigt Christi Blut den ersten Schlüssel. Der zweite steckt im Wurzelwerk. Mensch und Gewürm wirst du dort finden. Die Könige, die nimm weg«, wiederholte Bruder Melchior das Rätsel aus dem Buch.

»Ich denke, mit kleinen Brüdern sind Zwerge gemeint«, sagte Wolfgang, »ein Hinweis auf die Zwerggalerie. Und sowohl Eos' Thron als auch das Erwachen deuten auf den Osten.«

Bruder Melchior schüttelte energisch den Kopf und murrte: »Wo ist denn da oben Wurzelwerk zu finden? Oder Gewürm? Ich stimme dir zu, dass Eos' Thron in den Osten weist, aber ich glaube weiter daran, dass es um kleine Figuren geht, die das Grab eines der Kaiser verzieren und Wein trinken.«

Während sie sprachen, gingen sie zurück zum Portal – von außen würde sich das Rätsel nicht lösen lassen, ob sich nun herausstellen sollte, dass Bruder Melchiors Gedanken oder Goethes Idee zutrafen. Im schlimmsten Fall, dachte Frieder, sind beide auf dem Holzweg. Aber das wollte er mal nicht hoffen.

»Sollen wir uns wieder trennen?«, fragte Magnus von Auenstein.

»Auf keinen Fall!«, erwiderte seine Tochter. »Falls der Baron doch irgendwie Wind von unserem Besuch hier bekommen hat, hätten seine Männer noch leichteres Spiel mit uns.«

Frieder stellte sich ihr an die Seite und nickte bedeutsam.

Und auch Bruder Melchior schien es wohler zu sein, wenn sie zusammenblieben.

»Beginnen wir mit den Gräbern. Falls die sich als falsch oder zu schwierig erweisen, können wir noch immer unter dem Dach dieses Gotteshauses herumklettern.«

Sie betraten das Gebäude, und Eleonore seufzte erleichtert, weil es hier deutlich kühler war als draußen in der Junihitze.

»Der Dom wirkt ganz anders als das Münster in Straßburg«, bemerkte Frieder leise. Es war ihm auch schon von außen aufgefallen.

»Wir haben zwei verschiedene Stile der Kirchenbaumeister vor uns«, erklärte Wolfgang. »Straßburg steht für den Spitzbogenstil, der auch Gotik genannt wird, während wir hier ein Meisterwerk der romanischen Baukunst vor uns haben. Romanische Kirchen sind viel älter. Erst als die Baumeister ihre Künste verfeinert hatten, konnte man Türme und ein Langschiff wie in Straßburg höher und höher errichten, dem Himmel zustrebend.«

Frieder bewunderte die klareren Formen in diesem Bau.

»Wir sind nicht die Einzigen, die sich für die Grablege interessieren«, stellte Eleonores Vater fest. Eine Gruppe von Mönchen stand im erhöhten Chor und betrachtete interessiert den Boden. Bruder Melchior folgte ihnen die Treppe hoch und winkte den anderen, auf seine Rückkehr zu warten.

Goethe musste natürlich wieder einmal mit seinem Wissen prahlen. Er zählte Namen von Kaisern und Königen auf, die Frieder noch nie gehört hatte. Ja, er fragte sich sogar, ob der Student all die Namen wirklich kannte oder einfach frech ausdachte, um vor Eleonore mit seinem angeblichen Wissen zu glänzen. Konrad der Zweite, gleich drei Heinriche und ein Rudolph von Habsburg. Alles lange verstorbene Männer, die unter dem Chorraum vergraben liegen sollten. Zudem befanden sich dort auch die Ruhestätten von Königinnen und Prinzessinnen.

Bruder Melchior interessierte sich besonders für die Gräber, die zur Apsis hin lagen, also ganz im Osten. Als er die Treppe wieder herunterkam, wirkte er wenig zuversichtlich.

»Oben sind die Grabplatten der Könige und Kaiser in den Boden eingelassen. An ihnen ist nichts zu erkennen, was mit unserem Rätsel in Verbindung stehen könnte«, berichtete er. »*Christi Blut zeigt den ersten Schlüssel*«, wiederholte er die Worte aus dem Buch. »Aber an den Grabplatten ist nichts zu erkennen, was man als Christi Blut deuten könnte.«

»Also liegen wir mit den Gräbern falsch«, schloss Magnus von Auenstein aus seinen Worten.

»Ich denke nicht«, machte der Mönch deutlich. »Ich vermute eher, dass wir nicht *bei*, sondern *unter* einer Grabplatte den nächsten Hinweis finden werden.«

»Aber wir können doch nicht die Kaisergräber öffnen«, protestierte Goethe leise. »Lasst uns erst einmal die kleinen Brüder auf der Zwerggalerie suchen.«

»Ach, das ist ein gewaltiger Unsinn«, polterte Bruder Melchior.

»Pst, leise!«, forderte Magnus von Auenstein ihn auf, der sie ungern ein zweites Mal in einer Kirche im Mittelpunkt des allgemeinen Interesses wissen wollte. Denn schon hatten sich ein paar der Dominikaner nach ihnen umgedreht.

»Der zweite Schlüssel steckt im Wurzelwerk. Mensch und Gewürm wirst du dort finden. Die Könige, die nimm weg«, flüsterte der Mönch weiter. »Wie kann ein vernunftbegabter Mann da nur zweifeln, dass sich das auf die Gräber bezieht?« Er verdrehte die Augen.

»Aber wie sollen wir das angehen, Bruder?«, fragte Magnus von Auenstein.

»Wir müssen eben abwarten, bis keiner mehr da ist, und kommen bei Nacht zurück, um die Gräber zu öffnen.«

»Dass ich solche Worte je von einem Mitglied des Klerus zu hören bekomme«, amüsierte sich Goethe.

Frieder sah, dass Bruder Melchiors Gesicht rot anlief. Das bedeutete Gefahr. Doch zum Glück siegte eine – vielleicht sogar göttliche – Eingebung, die die Miene des Mönchs schlagartig wieder aufhellte.

»Vielleicht kommt man von der Krypta an die Gräber!«

Aufgeregt lief er auf eine Treppe rechts des Chorgevierts zu.

»Melchior!«, flehte Magnus von Auenstein, aber dann sah er ein, dass er den Mönch so nicht aufhalten würde. Er eilte ihm nach. Die anderen folgten ihm.

Je näher sie der Treppe kamen, desto kühler wurde es. Sie sahen in ein nur schemenhaft beleuchtetes Gewölbe.

»Einen Moment.« Goethe hob die Hand. »Vielleicht sollten wir uns nun doch trennen. Die Zeit ist knapp genug.«

Magnus von Auenstein war hin- und hergerissen. Aber das Argument, dass sie in Eile waren, wirkte. »Nun gut, dann trennen wir uns. Frieder, du begleitest ihn«, bestimmte er. »Seht nach, ob ihr auf dieser Zwerggalerie etwas findest. Wenn nicht, stoßt schnellstmöglich wieder zu uns. Falls die Lösung des Rätsels doch da zu finden ist – nun, dann sehen wir weiter. Wenn irgendetwas passiert, treffen wir uns an der Kutsche.«

Frieder war nicht gerade glücklich darüber, Wolfgang Goethes Hirngespinsten nachjagen zu müssen. Auf der anderen Seite freute er sich über Magnus von Auensteins Vertrauen. Goethe lief zu einem der Türme und fand gleich eine offene Tür, durch die sie unauffällig schlüpften. Es musste ja niemand sehen, was sie taten.

Jede Stufe der Steintreppe war ein bisschen anders und die meisten bereits ausgetreten. Frieder kam normalerweise nicht leicht außer Atem, aber so viele Stufen war er noch nie hinaufgestiegen. Bald schnaufte er und hatte nur die Genugtuung, dass Goethe weitaus angestrengter wirkte und sich auf seine Knie stützte, als sie an einer Tür angekommen waren, die nach draußen führen musste. Die Treppe nach oben ging derweil weiter.

Die Tür hatte kein Schloss. Frieder wunderte sich nicht darüber, als er sie öffnete. Niemand konnte von hier aus in den Dom eindringen – und niemand wollte freiwillig hier hinausgehen.

Die Zwerggalerie war gerade breit genug, dass ein Mann an den Säulen vorbeigehen konnte. Von oben wirkte sie deutlich höher als mit mehr Abstand von unten. Selbst Armin hätte hier ohne Probleme stehen können. Während auf der linken Seite der Sandstein des Doms eine glatte Fläche bildete, gab es rechts zwischen den Säulen keine Begrenzung. Ein falscher Schritt würde einen in die Tiefe stürzen lassen. Mit wackeligen Knien trat Frieder hinaus.

Der Ausblick an diesem klaren Vormittag war atemberaubend. Durch die Säulen hindurch sah er das Land, als flöge er wie ein Vogel darüber. Er sah Wälder und Felder, Dächer und ein verzweigtes Band im Licht glänzender, wellenförmiger Flussläufe des Rheins, dahinter erstreckten sich grüne Landschaften und verschwammen in der Ferne im Dunst. Mehrere Dörfer waren zu erahnen. Schaute er direkt rechts hinunter, konnte er über die Stadt blicken – er entdeckte sogar die Kutsche! Armin saß auf dem Bock. Ruedi musste sich darin aufhalten.

Hier oben, so hoch über der Welt, wehte eine sanfte Brise die schlimmste Hitze davon. Frieder gefiel der Frieden, der hier herrschte. So nahe an Gott.

»Jetzt geh schon«, sagte Goethe hinter ihm und holte ihn unsanft in die Wirklichkeit zurück.

Die Sicht von hier aus zu genießen und einfach loszugehen waren aber zwei Paar Schuhe. Frieder verspürte ein leichtes Schwindelgefühl, als er den ersten Schritt wagte. Er drückte sich mit dem Rücken an die Steinwand und ging seitlich weiter. Dennoch sorgte er sich, dass eine plötzliche Böe oder ein Stolpern ihn der Kante zu nahe bringen könnten.

»Wo kleine Brüder an Eos' Thron erwachen«, hörte er Wolfgang hinter sich sagen. »Das muss ganz im Osten sein, also hier auf der Zwerggalerie um die Apsis.«

Frieder setzte seine Schritte nur sehr zögerlich.

»Was ist los?«

»Nichts, ich will nur nicht runterfallen.«

»Du hast wohl Höhenangst, mein Freund.«

»Ach was.«

»Lass mich mal vor«, sagte der Student und drückte sich an Frieder vorbei. Dem wurde dabei so schwindelig, dass er die Augen schließen musste. Er wartete nur darauf, den Sturz Goethes in Form eines lang gezogenen Schreis und darauffolgenden Aufpralls zu hören, aber beides blieb aus.

»Komm schon. Es ist wirklich breit genug.«

Goethe ging beschwingten Schrittes voraus, Frieder verharrte in seinem Seitwärtsgang. Sie hatten es zum Glück nicht allzu weit.

Jede Säule bestand aus einer Basis, die hin und wieder vom Steinmetz besonders geschmückt worden war. Der Schaft war bei den meisten Pfeilern ein grob behauener Stein, doch an manchen Säulen hatten die Handwerker Verzierungen angebracht. Am auffälligsten waren die Kapitelle gestaltet, die über dem rundförmigen Säulenschaft emporwuchsen und auf denen die steinernen Querbalken ruhten, die die Decke der Zwerggalerie trugen. Frieder sah verschiedenen Schmuck, einfache Formen oder Blätterranken. Ansonsten gab es in den Stein gehauene Ornamente oder wie bei der Säule, an der er gerade stand, um Atem zu holen, eine lustige Schnecke mit Haus.

»Mir ging es lange ähnlich wie dir«, sagte Goethe im Weitergehen. »Ich hatte eine solche Angst vor Höhen, dass mein Herz bebte und mir die Knie weich wurden.«

»Genau so fühlt es sich an«, gab Frieder zurück. Er drängte sich an die sichere Wand und folgte dem Studenten.

»Aber ich habe die Angst überwunden.« Wie zum Beweis lehnte er sich an eine der Säulen. Frieder konnte kaum hinsehen.

»Wie hast du das geschafft?«, fragte er.

»Indem ich mich meiner Angst stellte, mein Freund. Ich habe ganz allein den höchsten Punkt des Münsterturms in Straßburg erstiegen und mich in den sogenannten Hals gesetzt. Ich zitterte wohl eine Viertelstunde lang, bis ich es wagte, auf eine kaum eine Elle lange und ebenso schmale Platte ins Freie zu treten. Ohne mich festhalten zu können, stand ich da und betrachtete mir das unendliche Land vor mir, so wie wir es hier tun können. Und das wiederholte ich in regelmäßigen Abständen, bis die Angst vergangen war.«

Frieder schüttelte es schon beim bloßen Gedanken. Sein Herz schlug schnell, der Schweiß auf seiner Stirn war kalt. Aber er ging weiter, Schritt für Schritt.

»Du könntest schon etwas mutiger sein«, frotzelte Goethe.

»Hier so langzulaufen wie du, ist eher Übermut!«, gab Frieder gereizt zurück.

»Das meinte ich gar nicht. Ich rede von dir und Eleonore.«

»Was soll mit uns sein?«

Wolfgang lachte. »Glaub mir, mein Lieber, das ist für niemanden ein Geheimnis.«

Frieder folgte dem Studenten weiter.

»Und was meinst du mit ›mutiger sein‹?«

»Wie wäre es, wenn du ihr unumwunden zeigst, dass du sie magst? Ihr Vater jedenfalls scheint keine Einwände zu haben.«

»Aber ...«, begann Frieder, doch er kam nicht weiter. Goethe stieß einen heiseren Schrei aus und ging in die Hocke.

»Christi Blut zeigt den ersten Schlüssel«, rief er triumphierend. »Ich hatte recht!«

Frieder merkte, dass er die letzten Säulengänge ruhiger abgeschritten war. Wahrscheinlich, weil er durch das Gespräch über Eleonore abgelenkt gewesen war.

Goethes Schrei hatte sein Herz aber wieder zum Stolpern gebracht. Frieder konnte kaum hinsehen, wie der Student direkt an der Kante am östlichsten Bereich der Apsis kniete und mit den Händen den Außenbereich der Säulenbasis abtastete.

Die östlichste Säule war mit besonders üppigen Verzierungen versehen. Als Frieder sich näher hinüberbeugte, konnte er in der Basis plastisch gravierte Weinranken und Trauben erkennen, die der Steinmetz kunstfertig aus dem Stein geschlagen hatte.

»Wein steht für Christi Blut«, sagte Goethe. »Und hier finden sich wirklich die Schlüssel! In manche Beeren wurde nämlich eine kleine Markierung in Form eines X gehauen.«

»Sei vorsichtig«, bat Frieder. Wolfgang lehnte sich viel zu weit vor und schwebte mit dem Oberkörper über dem Abgrund.

»Jaja. Die Markierungen sind definitiv neueren Datums als die Säulen, aber auch nicht frisch eingeschlagen. Es könnte passen, dass unser geheimnisvoller Rätselfreund sie hier angebracht hat.«

»Wie viele hast du denn gefunden, die markiert sind?«, fragte Frieder.

»Fünf«, gab Goethe zurück, zählte aber vorsichtshalber noch einmal nach. Als er erneut über die Kante greifen wollte, hielt Frieder ihn zurück: »Wenn nur auf einer Seite Markierungen sind, dann wird er nicht noch welche außen versteckt haben, wo er selbst nur unter Lebensgefahr hingekommen sein kann«, argumentierte er.

Wolfgang schaute ihn verwundert an und antwortete: »Das klingt logisch. Wieso habe ich daran nicht gedacht? Demnach müsste der erste Schlüssel fünf lauten.«

»Wahrscheinlich sind so viele Buchstaben zu überspringen«, mutmaßte Frieder. Er war zufrieden mit sich. Doch die Einsicht, jetzt den ganzen Weg über die Zwerggalerie wieder zurückgehen zu müssen, entlockte ihm einen tiefen Seufzer.

31

Speyer, 20. Juni 1771
Noch ein Tag bis zum längsten Tag des Jahres

Wolfgang war beeindruckt. Bisher hatte er Frieder für einen sehr einfachen Kerl gehalten, aber er musste zugeben, dass sein Verstand wach und er in der Lage war, richtige Schlüsse zu ziehen. Ja, er passte irgendwie doch zu Eleonore.

»Wieder kann ich dir nur recht geben«, sagte er. »Das bedeutet, wir haben jeden fünften Buchstaben zu lesen.«

»Moment«, ging Frieder dazwischen. »Es gibt noch einen zweiten Schlüssel. Der im Wurzelwerk mit den Königen, die man wegnehmen soll.«

Wolfgang dachte nach. »Da steh ich nun, ich eitler Geck, und such des Rätsels heil'gen Zweck.«

»Eitler Geck passt zu dir«, lachte Frieder.

Aber Wolfgang gefiel der Reim nicht. Er schüttelte den Kopf. »Nein, für eine poetische Dichtung ist das nicht gut genug. Zu erwartbar!« Er dachte kurz nach und begann erneut: »Da steh ich nun, ich blöder Narr, ich wünscht, mir wär das Rätsel klar.«

Diesmal schüttelte Frieder ernsthaft und vehement den Kopf. Wolfgang musste ihm recht geben. Einen so schlechten Reim durfte niemand je mit seinem Namen in Verbindung bringen. Es musste doch noch etwas Besseres geben. Er versuchte: »Da steh ich nun, ich armer Tor ...« Er schaute nachdenklich in die Weite und suchte dort nach einer Inspiration für den perfekten Reim.

Doch Frieder, der vor ihm stand und ihn ansah, wurde vor

ihm von der Muse geküsst. »Und bin so klug als wie zuvor!«, ergänzte er frech und lachte.

Goethe hingegen lachte nicht. Ihm gefiel das. Sehr sogar. Er
fühlte sich richtig entrückt. Vielleicht würde er es einmal ver-
wenden, wenn all das vorüber war.

»Also, wo ist das Wurzelwerk, von dem das Rätsel spricht?«,
riss ihn Frieder aus seinen Gedanken. »Hat der Bildhauer auch
die Wurzeln in Stein geschlagen?«

»Nein, die Basis ist das unterste Stück der Säule«, erklärte
Wolfgang. »Und dort sind die Reben mit den Trauben.«

»Dann muss damit etwas anderes gemeint sein.«

»Zu Speyer, wo kleine Brüder am Fuß von Eos' Thron erwachen, zeigt Christi Blut den ersten Schlüssel. Den haben wir gefunden. Es gibt fünf markierte Trauben. Der zweite steckt im Wurzelwerk. Mensch und Gewürm wirst du dort finden. Die Könige, die
nimm weg. Vielleicht hat doch Bruder Melchior recht beim zweiten Teil des Rätsels. Wurzelwerk gibt es unter der Erde. Da findet man Mensch und Gewürm. Aber ich finde den Gedanken be-
fremdlich, die Könige in ihren Gräbern zu stören, um an einen
zweiten Schlüssel zu gelangen. Komm, wir gehen zurück.«

»Rein, raus. Und das auf dreißig Metern Höhe! Ich hätte niemals mitkommen sollen!«, regte Frieder sich auf.

»Du wirst einmal deinen Kindern davon erzählen.«

»Falls ich lebend hier herunterkomme und eine Frau finden
sollte, die mich heiraten will.«

»Komm schon, Schritt für Schritt. Und schau nicht nach unten.«

Wolfgang bewegte sich völlig sicher. Nur vorhin, als er nach
den Verzierungen der Säulenbasis auf der abgewandten Säule ge-
tastet hatte, gab es einen Moment, als die Tiefe ihn einlud. Da
hatte er kurz geschaudert, aber nicht aus Angst, sondern weil er
sich vorstellte, wie es sei, der stummen Aufforderung nachzuge-
ben. Sein Geist wusste, dass er nicht fliegen konnte, aber sein

Körper gab ihm diesen einen Moment lang das Gefühl, trotzdem springen zu wollen. Wie das erste Mal auf dem Münsterturm.

Der Moment war vorüber, als er darüber nachdachte. Bei Frieder war es anders. Er war bleich im Gesicht, hatte sichtlich weiche Knie und versuchte, so viel Fläche seines Körpers wie möglich an der Fassadenwand zu behalten. Rücken, Beine, Hinterkopf. Sogar die Handflächen fuhren über den Sandstein der Wand hinter ihm.

»Wann wirst du Eleonore gestehen, dass du in sie verliebt bist?«, fragte Wolfgang, um ihn abzulenken.

»Was?«

»Du hast mich genau verstanden.«

»Wenn wir den Schatz gefunden haben«, sagte Frieder zögerlich. »Dann bin ich endlich kein Niemand mehr, sondern kann ihr ein Leben bieten, wie sie es verdient. Oh!«

»Nicht runterschauen, habe ich doch gesagt. Meinst du denn, dass es für sie einen Unterschied machen würde, ob du Geld hast oder nicht?«

»Ein gesunder Mensch ohne Geld ist halb krank«, antwortete Frieder. Wieder ein Satz, der Wolfgang gefiel.

»Wer durchs Augenglas der Liebe sieht, achtet nicht auf Geld und Gold«, entgegnete er. Schließlich konnte er sich als angehender Dichter nicht von einem Goldwäscher die Butter vom Brot der Inspiration nehmen lassen. »Du sagst, mit Gold wärest du kein Niemand mehr. Aber sie sieht keinen Niemand in dir, sonst würde sie nicht so oft in deine Richtung blicken.«

»Tut sie das denn?«

»Ebenso wie du andauernd ihr schüchterne Blicke zuwirfst. Man sieht Amor förmlich um euch flattern. Seine Pfeile haben dich getroffen. Und doch fürchtest du, ihr nicht genug zu sein, wie du bist. Wenn das der Fall sein sollte, wirst du ihr auch mit Gold nicht genügen.«

»Gott sei Dank!«, stöhnte Frieder auf, als er die Tür zum Turm öffnete und sich drinnen auf den sicheren Boden sinken ließ. Er streichelte den steinernen Boden, als könne er kaum glauben, ihn wirklich zu spüren.

»Los, wir sollten schnell sehen, dass wir wieder zu den anderen stoßen«, sagte Wolfgang und beließ es dabei.

Sie eilten die Stufen hinab und glitten zurück in den Kirchenraum. Dort sahen sie, wie drei Kirchendiener den tobenden Bruder Melchior unsanft vor das Kirchenportal verfrachteten.

»Wir sollten besser auch rausgehen«, sagte Wolfgang und bewegte sich mit Frieder zur Treppe.

»Unmöglich. So etwas will ein Benediktiner sein!«, hörte er einen der Kirchendiener sagen. Die beiden anderen nickten.

Bruder Melchior schimpfte noch immer vor sich hin, als Wolfgang und Frieder auf ihn und den Rest seiner Gruppe stießen.

Erst, als Wolfgang berichtete, dass es ihnen gelungen war, den ersten Teil des Rätsels auf der Zwerggalerie der Apsis zu lösen, vergaß der Mönch die Schmach, aus dem Kaiserdom geworfen worden zu sein.

»Wie war es bei euch? Kommt man von der Krypta an die Königsgräber?«

»Nein, eben nicht«, antwortete Eleonore. »Es sind vier Gewölberäume mit mehreren Altären, aber man kommt nicht an die Königsgräber heran.«

»Es gibt von unten keinen Zugang«, erklärte Bruder Melchior. »Ich hatte nur laut überlegt, ob man von unten aus mit Spitzhacken an die Gräber gelangen könnte, da erschienen schon diese Kretins und haben uns beschimpft. An die Gräber kommen wir so oder so nur in der Nacht.« Er schlug ein Kreuz.

»Frieder hat vorhin etwas sehr Kluges gesagt, als ich auf der Zwerggalerie die markierten Trauben zählte und prüfen wollte, ob auch auf der Außenseite welche sind«, wechselte Wolfgang das Thema.

Alle blickten erst ihn, dann Frieder an. Selbst der schien nicht zu wissen, was er meinte.

»Er sagte, dass der Mann, der damals die Hinweise hinterlassen hat, ebenso schwer an die äußere Basis der Säule gelangt wäre wie vorhin ich.«

»Ja, und?«, fragte Bruder Melchior. »Was willst du damit sagen?«

Nur Magnus von Auenstein verstand ihn. Er nickte und sagte: »Du meinst, dass unser Rätselerfinder ebenso wenig an die Königsgräber gelangt sein kann, wie es uns möglich ist.«

Wolfgang nickte. »Vielleicht liegen wir falsch damit, Mensch und Gewürm in den Gräbern suchen zu wollen.«

»Das wäre fast zu wünschen«, sagte Bruder Melchior. Er blickte in die gleißende Sonne und polterte dann weiter: »Kein Wunder, dass man keinen klaren Gedanken fassen kann. Wie soll das auch in dieser Wüstenhitze und ohne einen einzigen Tropfen Wein gehen?«

Sie suchten den Schatten einer alten Eiche auf. Im Dom war es angenehm kühl gewesen, auf der Zwerggalerie hatte eine erfrischende Brise die Luft in Bewegung gehalten, aber in der prallen Sonne war es kaum auszuhalten. Wolfgang öffnete die obersten Knöpfe seines Hemdes.

»Zu Speyer, wo kleine Brüder am Fuß von Eos' Thron erwachen, zeigt Christi Blut den ersten Schlüssel«, sagte Eleonores Vater. »So weit ist das Rätsel dank euch gelöst. Dann weiter: Der zweite steckt im Wurzelwerk. Mensch und Gewürm wirst du dort finden. Die Könige, die nimm weg. Gehen wir es Stück für Stück durch. Was kann mit Wurzelwerk gemeint sein?«

»Wurzeln sind unter der Erde«, warf Bruder Melchior ein.

»Wie bei diesem Baum«, stimmte Frieder zu. »Die Pflanze ist oben und das Wurzelwerk darunter.«

»So ist es«, rief der Mönch. »Darum wird man dort auch Mensch und Gewürm finden.«

Wolfgang achtete kaum auf diesen Einwurf. Er hatte noch Frieders Worte im Ohr und betrachtete sich die Eiche.

»Ich glaube, mir geht ein Licht auf«, sagte er schließlich. Aller Augen hefteten sich auf ihn.

»Frieder hat mich gerade darauf gebracht, als er sagte ›Die Pflanze ist oben und das Wurzelwerk darunter.‹ Wenn die Pflanze die Weinrebe ist, die ich oben an der Basis der Säule gefunden habe, dann wäre ihr Wurzelwerk direkt darunter, oder?«

»Da ist die Apsis«, bemerkte Bruder Melchior bissig. »Wo sollen dort Könige begraben sein?«

Doch Wolfgang verließ den Schatten der Eiche bereits und ging um die Apsis von außen herum. Die anderen folgten ihm.

»Hier ist der östlichste Punkt«, sagte er, als alle da waren. »Hier müssen wir graben!«

»Dann holen wir einen Spaten!«, rief Magnus von Auenstein.

»Einen Moment«, ging Frieder dazwischen. Als der Goldwäscher ihre Aufmerksamkeit hatte, zeigte er hinauf. »Da oben waren wir. Das ist die östlichste Säule der Zwerggalerie. Seht ihr sie?«

»Was soll der Unsinn, Junge?«, schalt Bruder Melchior.

»Wenn Wurzelwerk ›darunter‹ bedeutet, dann schaut mal, was ihr darunter seht!«

Wolfgang bemerkte auf Anhieb, was Frieder meinte. Er rief: »Heureka!«

Unter der östlichsten Säule fand sich im Halbrund des Apsis-Umbaus ein Fenster. Die Fassade darüber formte Bögen, die wie eine Wurzel von der Zwerggalerie in Form von Halbsäulen die Fassade schmückten. In einer befand sich ein einsames Relief. Leider lag es recht hoch, sodass man nur schwer Einzelheiten erkennen konnte. Fünf Männer waren abgebildet, zwei von ihnen thronten in der Mitte, zwei saßen neben ihnen auf dem Rücken zweier Löwen, und der fünfte stand ganz links und hielt ein Buch in der Hand. Die beiden Löwenreiter hatten beide je eine Hand erhoben. Und in die biss je eine Schlange! Das musste das Gewürm aus dem Rätsel sein!

»Die Halbsäulen stützen die Zwerggalerie wie Wurzelwerk, das sich nach unten verbreitet«, erklärte Wolfgang.

»Und auf dem Bild sind Schlangen und Menschen zu sehen!«, jubilierte Frieder.

Wolfgang fiel auf, dass der Goldwäscher Eleonore anstrahlte, die seinen Blick geradezu stolz erwiderte. Er hoffte, dass Frieder sich bald ein Herz nehmen und ihr gestehen würde, was er für sie empfand.

»Die Könige, die nimm weg«, zitierte Bruder Melchior aufgeregt den letzten Teil des Rätsels. »Bedeutet das, wir müssen das Relief entfernen?«

»Oder sind ein paar der abgebildeten Personen Könige?«, fragte Eleonore.

»Aber welche und wie viele?« Magnus von Auenstein wischte sich den Schweiß von der Stirn.

Wolfgang sah die Lösung plötzlich deutlich vor Augen. Keiner der Männer trug eine Krone. Zwei von ihnen saßen, was man vielleicht als Vorrecht eines Königs deuten mochte. Aber viel unmissverständlicher war eine andere Verbindung. »Der Löwe ist der König der Tiere. ›Die Könige, die nimm weg.‹«

Es dauerte nur einen Moment, bis Bruder Melchior ihm auf die Schulter klopfte. »Du hast es wirklich gefunden«, sagte er mit breitem Grinsen. »Und ich wollte schon die Sünde begehen, die Totenruhe zu stören! Danke Gott für diesen Studenten!« Er bekreuzigte sich erneut.

»Ein Student, der ohne das genaue Auge und den wachen Geist dieses Goldwäschers wahrscheinlich selbst auch nicht auf die Lösung gekommen wäre«, erwiderte Wolfgang und nahm Frieders Hand. »Ihm sollten wir alle gratulieren und danken für seine Hilfe.«

Frieder blickte ihn erstaunt, aber auch sichtlich erfreut an.

Wolfgang wollte sich nicht mit fremden Federn schmücken. Der Goldwäscher war wie sein Freund Armin nicht so dumm, wie man es bei einem so einfachen Kerl erwarten würde. Ohne seine Anregungen hätte Wolfgang wahrscheinlich länger gebraucht, um seine Schlüsse zu ziehen. Aber sein Vorschlag, dass sich alle bei Frieder bedanken sollten, hatte noch einen anderen Grund. So reichten alle ihm die Hände – zu guter Letzt auch Eleonore.

»Seht, der eine hält ein Buch, wie Bruder Melchior!«, versuchte Wolfgang, die Aufmerksamkeit von dem jungen Paar abzulenken. Es gelang. Er hatte den Eindruck, dass die beiden ihre Hände länger hielten und sich tiefer in die Augen schauten, als für ein reines Dankeschön nötig gewesen wäre.

32

Speyer, 20. Juni 1771
Noch ein Tag bis zum längsten Tag des Jahres

Eleonore genoss es sehr, dass sie Frieders Hand erneut in ihrer spürte und sie sich gegenseitig tief und fast innig in die Augen schauten. Der Augenblick dehnte sich aus, bis Frieder blinzeln musste. Der Bann war gebrochen. Schüchtern zogen beide gleichzeitig ihre Hände zurück.

»Du hast ja ganz schön Eindruck bei Wolfgang hinterlassen.« Frieder wurde rot.

»Das würde bedeuten, der erste Schlüssel ist fünf, der nächste zwei«, vernahm sie Bruder Melchiors Stimme.

»Wobei zu bedenken ist, dass man die Könige wegnehmen soll«, warf Goethe ein.

»Wahrscheinlich muss man jeden fünften Buchstaben lesen und dann zwei zurückgehen«, tippte der Mönch. »Das wollen wir uns gleich anschauen. Los, zur Kutsche! Habt ihr auch so einen Höllendurst?«

Sie gingen los. Eleonore befürchtete schon die ganze Zeit, dass der Baron mit seinen Männern wieder auftauchen könnte. Sie blickte sich mehrmals um. Aber zum Glück blieb alles friedlich. Offenbar hatte es geklappt, ihre Verfolger endlich abzuschütteln.

Trotzdem vermittelte es ihr ein beruhigendes Gefühl, eine Fluchtkutsche bereitstehen zu haben. Armin hatte sie im Schatten dreier Bäume auf dem Platz abgestellt. Vom Dom aus erstreckte sich eine Straße hinab zum Speyerbach, über den eine

Brücke führte. Von dort aus war es nicht weit aus der Stadt hinaus. Viel wichtiger noch als die Fluchtmöglichkeiten war der Brunnen, in dem Armin die Trinksäcke für die Pferde gefüllt hatte. In einer Kiste am Heck hatten sie Hafer gefunden, der nach dem Saufen aus den umgehängten Eimern verfüttert werden konnte.

Eleonore sah den Tieren schon von Weitem an, dass sie sich bei der Hitze Besseres vorstellen konnten, als vor eine Kutsche gespannt regungslos herumstehen zu müssen. Der Wallach vorne rechts zeigte durch mehrfaches Auftreten mit dem Huf auf den gepflasterten Boden, dass er genug von der Warterei hatte.

Während es nach Norden eben zum Speyerbach ging, öffnete sich in den Westen der Vorplatz des Doms. Dort herrschte reger Betrieb von Menschen, die ihren Geschäften nachgingen, das eindrucksvolle Gotteshaus bewunderten, sich trafen und unterhielten oder einfach den Platz überquerten. Auch vom Speyerbach her waren mehrere Leute zu sehen. Gerade schritt eine größere Gruppe Mönche geordnet über die Brücke auf die Kathedrale zu. Ihrem Habit nach ordnete Eleonore sie dem Orden der Kapuziner zu. Sie wunderte sich, wie die armen Männer es bei der Hitze unter ihren Kapuzen aushalten konnten. Zumal sie die Steigung recht flott nahmen.

»Großartig. Jetzt können wir gleich weiterfahren!«, sagte Bruder Melchior, als Armin sie bemerkte und ihnen zuwinkte. Nur von Ruedi war nichts zu sehen. Eleonore hatte eigentlich gehofft, dass er endlich aufhören würde, sich eingeschnappt zu verhalten. Aber vielleicht lag seine schlechte Stimmung ja auch an den Schmerzen im Finger.

Armin schnallte den Tieren die Futterbeutel ab und verstaute sie in der Kutsche.

»Seid gegrüßt, Brüder!«, verbeugte sich Bruder Melchior nach vorn. Die Kapuziner blieben mit gesenkten Häuptern genau zwischen ihnen und der Kutsche stehen.

Eleonore verspürte ein eigenartiges Zwicken in ihrem Bauch. Noch bevor sie sich umsehen konnte, woher das Gefühl stammen mochte, rissen sich die Mönche gegenseitig mit einer ruckhaften Bewegung den Habit vom Leib. Erst in diesem Moment bemerkte sie, dass die Tuniken hinten nur gesteckt waren. Darunter trugen die Männer normale Kleidung – und Degen!

Einer richtete sich nun zu seiner vollen Größe auf. Entsetzt erkannte Eleonore in ihm den Riesen Wüller, gegen den sie schon zweimal hatte kämpfen müssen.

Mit ihm zogen insgesamt zehn Männer ihre Degen. Zwei wandten sich zu Armin, acht, darunter Wüller, gingen gegen ihre Gruppe vor.

Der Vater gab das Kommando: »Achtung!« Eleonore zog im gleichen Moment ihre Waffe. Der kühle Griff lag angenehm vertraut in ihrer Hand. Frieder nahm die Kampfstellung ein, die sie manchmal mit ihm bei Pausen oder am Abend geübt hatte, aber sie wusste genau, dass er im Kampf mit dieser Übermacht geübter Fechter keinerlei Chance hatte.

»Ergebt ihr euch?«, fragte ein kleinerer Mann. Diesen hatte Eleonore vorher auch schon gesehen. Er war es gewesen, der Frieder bei der Flucht im Boot am Ohr getroffen hatte, der Einzige, der feinere Kleidung trug.

»Wir haben nur als ›Baron‹ von Euch gehört«, wandte sich der Vater an ihn. »Sagt wenigstens, mit wem wir es zu tun haben.«

»*Non*. Mein Name tut nichts zur Sache.« Der Mann sah entschlossen aus.

Sein hünenhafter Scherge grinste Eleonore hässlich an. Sie war sicher, dass sie seine Gedanken nicht kennen wollte. Und dass der Tod einer Gefangenschaft in seinen Händen vorzuziehen war.

»Euch muss nichts passieren«, sagte der Baron. »Legt einfach eure Waffen nieder, ergebt euch, gebt uns das Buch und die Lösung des Rätsels!«

»Damit ihr dreckigen Franzmänner uns ohne Gegenwehr töten könnt?«, tobte Bruder Melchior. »Euch sollte man der Länge nach aufschlitzen dafür, dass ihr euch als Männer des Glaubens ausgebt!«

»Nur die Ruhe, alter Mann«, erwiderte der namenlose Baron. Das machte den Mönch nur noch wütender. Und er hob seinen Gehstock drohend in die Luft. Erste Passanten wurden auf die Konfrontation am Dom aufmerksam und zogen sich eilig zurück. Eleonore hoffte, sie würden die Stadtwachen alarmieren, die ihnen vielleicht noch rechtzeitig zur Hilfe kommen würden.

»*Attaquez!*«, rief der Baron in diesem Moment.

Seine Männer ließen sich das nicht zweimal sagen.

Eisen klirrte gegen Eisen. Eleonore sah sich wieder dem vierschrötigen Kerl als Gegner gegenüber. Er focht, täuschte an, stieß zu und zog sich zurück. Sie hatte den Eindruck, dass er sie verhöhnte, indem er erst einmal mit ihr spielte wie ein räudiger Kater mit einer jungen Maus. Er machte Kusslippen in ihre Richtung und schmatzende Geräusche, die von einem abartigen Grinsen abgelöst wurden. Er wollte ihr Angst einjagen, so viel war klar.

Eleonore wusste, dass sie einen klaren Kopf behalten musste. Sie war die geschicktere und schnellere Fechterin. Sie ging nach einer Parade zum Angriff über, musste jedoch zur Seite springen, um Frieders Gegner abzulenken, der ihn jeden Moment erwischen konnte. Aber das brachte wiederum Wüller in Vorteil.

»Zurück, Frieder!«, befahl sie kurz und deckte seinen Rückzug. Er musste nicht weit weichen, denn die Angreifer folgten ihm nicht, sondern formierten sich neu für einen Flankenangriff.

»Das muss schneller gehen!«, hörte Eleonore den Baron rufen.

Sie bemerkte eine Finte Wüllers frühzeitig und brachte sich mit einem Satz zur Seite in Sicherheit, um von dort mit einer Battuta, einem Schlag zum Ablenken der gegnerischen Waffe, ihrerseits einen neuen Angriff einzuleiten.

Der Vater hatte zu Beginn den Baron gegen sich gehabt, doch der hatte sich offenbar zurückgezogen und dirigierte den Kampf aus sicherer Entfernung. Der Vater focht derweil mit einem seiner Soldaten. Eleonore war zuversichtlich, denn der Kerl war zwar stark, aber ihrem Vater technisch haushoch unterlegen.

Wolfgang band gerade zwei Mann an sich, und Bruder Melchior drosch mit seinem Stock auf einen am Boden liegenden Gegner ein. Der Vater kämpfte sich zu ihm und hielt dem Mönch den Rücken frei.

Eleonore gewann etwas Boden und musste ihn wieder abgeben. Frieder hielt sich erstaunlich gut. Er hatte einen Mann gegen sich, der sehr präzise focht, sich aber offenbar nicht auf Frieders wildes Degenfuchteln einstellen konnte. Dennoch drang er durch seine Deckung. Eleonore sah, wie er dem Goldwäscher einen Schlag gegen den Arm versetzte. Frieders Kleidung hielt die Klinge zum Glück ab. Ihr Besitzer sollte sie mal wieder schärfen, dachte sie, aber war froh, dass er es nicht getan hatte, sonst wäre ihr Frieder nur noch ein einarmiger Mann.

Eleonore hatte Wüller mit ihrem letzten Angriff so überrascht, dass er sich zunächst etwas zurückzog. Jetzt ging er erneut in die Offensive und legte auch mehr Kraft in seine Attacke. Doch wieder brachte sie sich mit einem Sprung in Sicherheit. Sorge bereitete ihr die Gruppe, die über die rechte Seite angestürmt kam. Frieder würde nicht gegen seinen Gegner kämpfen und die Flanke gegen drei weitere Kämpfer freihalten können. Und war er erst einmal am Boden, würden sie sie selbst erledigen, wenn sie wieder einen Schlag parierte, wie jetzt gegen den Hieb des Riesens.

»Lasst sofort die Waffen fallen!«, rief der Baron.

Im gleichen Moment traf der Vater seinen Gegner mit einem geraden Stoß in die Brust. Der Kerl ging röchelnd zu Boden.

Längst erregte der Kampf große Aufmerksamkeit. Offenbar ging es nicht so schnell und unauffällig, wie der Baron es erwartet hatte. Eleonore sah hinter ihm, dass Armin seine Gegner mit seiner Eisenstange auf Abstand hielt. Die Männer, die Frieder und sie einkesseln wollten, waren zögerlich. Sogar Wüller zog sich erneut ein Stück zurück.

»Das ist die letzte Gelegenheit, ohne Schaden aus der Sache herauszukommen!«, rief der Baron ihnen zu.

Sie nutzten den Moment des nachlassenden Drucks, um sich zu einem engen Halbkreis zu formieren. Eleonore sah aus den Augenwinkeln den Vater an ihrer Seite und Frieder auf der anderen. Die Lücken, die Vaters und Bruder Melchiors zu Boden gegangene Gegner hinterlassen hatten, waren bereits durch einen anderen Kämpfer gefüllt.

»Niemals geben wir auf, ihr gottlosen Halunken!«, brüllte Bruder Melchior und versetzte einem weiteren Gegner einen heftigen Treffer mit dem Gehstock am Kopf. Der Mann fiel wie ein gefällter Baum.

Als er stürzte, war es mit der Ruhe vorbei.

»Tötet sie alle!«, bellte der Baron. Wüller hustete ein heiseres Lachen heraus, die anderen drangen einfach wieder geschlossen vor.

Die Männer des Barons waren zuerst zwischen sie und die Kutsche getreten, aber als Goethe auch seinen ersten Gegner zu Boden geschickt hatte, eröffnete sich ihnen die Möglichkeit, zur Kutsche und somit zu Armin durchzubrechen. Eleonore sah jetzt auch Ruedi. Mit der gesunden Hand warf er mit Steinen aus dem Kutschenfenster und brachte so einen von Armins Gegnern zum Straucheln.

»Zur Kutsche!«, befahl der Vater, und sie setzten sich in Bewegung. Allerdings löste sich ihre Formation unter dem neuen Angriff gleich wieder auf. Diesmal übernahm Eleonores Vater den Riesen. Er war nicht nur groß gewachsen, sondern ein geübter Fechter, schnell und unnachgiebig.

Eleonore wandte sich zu Frieder, der, anstatt auf die Kutsche vorzustürmen, weiter vor seinen gerade zwei Gegnern zurückweichen musste. Und da erhielt er einen zweiten Treffer, zum Glück wieder von dem Kerl mit dem stumpfen Degen. Eleonore sah diesem an, dass er wütend war, weil sein Schlag außer Schmerzen nichts gebracht hatte. Während Frieder den Schlag des zweiten parierte, wollte der andere ihn mit seiner Spitze angreifen. Eleonore lenkte den Stich mit einer kreiselnden Klinge ab. Aber schon stürmte Verstärkung heran.

Bis hierhin hatte der Kampf noch keine Minute gedauert, aber es war klar, dass sie nicht mehr lange standhalten könnten.

»Wir müssen zur Kutsche«, raunte Eleonore Frieder zu.

»Ich mag dich«, sagte Frieder und wich weiter zurück.

Hatte sie richtig gehört?

»Was?« Ihr Angriff wurde geblockt.

»Ich mag dich. Ich möchte, dass du das weißt, bevor ich sterbe.«

»Du stirbst nicht!«

Das Geräusch der aufeinanderprallenden Degen legte eigentlich eine andere Deutung nahe.

»Ich mochte dich vom ersten Moment an«, rief er.

Eleonore fand den Zeitpunkt zwar etwas beschwerlich für ein solches Gespräch, aber ihn schien es zu beflügeln. Er schlug plötzlich wie ein Berserker auf seinen Gegner ein. Doch Schaden fügte er ihm keinen zu. Schnell fiel er zurück an ihre Seite.

»Magst du mich auch?«, fragte er atemlos.

Eleonore blieb ihm eine Antwort schuldig, denn ihre Aufmerksamkeit wurde von einer Frau erregt. Sie stürmte aus Richtung der Brücke mit einem gezogenen Degen auf sie zu.

»Lasst diese Leute in Ruhe!«, verlangte sie lautstark und

sprang auf einen der Männer zu, die sich ihr in den Weg stellen wollten. Sie warf sich in der Luft so zur Seite, dass ihre Füße voraus gegen dessen Brust donnerten. Er wurde von der Wucht aufs Pflaster geschleudert. Sie schaffte es, eine Rolle über den Boden zu machen und den Schwung zu nutzen, um vor dem nächsten Gegner aufrecht zu stehen zu kommen, und schlug ihm den Knauf des Degens auf den Kopf.

»Jetzt, zur Kutsche!«, rief Eleonore und gab Frieder Deckung.

Die Frau, die ihnen zu Hilfe gekommen war, mochte knapp dreißig Jahre alt sein. Wie Eleonore trug sie eine Reisehose, dazu ein weißes Hemd unter einer Weste. Ihr Dreispitz mit Feder war bei dem Sprung vom Kopf gefallen und hatte ihr langes, fast schwarzes Haar freigegeben, das glänzte wie frisch gewaschen und geölt. Ihre Bewegungen waren geschmeidig wie die einer Katze. Wie sie nun einen weiteren Kämpfer attackierte, wirkte wie eine sorgfältig eingeübte Choreografie und strahlte zugleich eine unglaubliche Leichtigkeit aus. Sie tanzte um ihn herum, duckte sich unter einem hohen Rundschlag durch und schaffte es in der Bewegung, den Degen des Gegners wegzuschlagen, sodass die Waffe mehrere Meter weit durch die Luft flog, bevor sie klirrend über das Pflaster rutschte.

Während er seinem Degen nachsah, gelangte die Frau irgendwie in den Rücken des jetzt unbewaffneten Gegners und rammte ihm ihren Ellenbogen in die Nieren, sodass er vor Schmerz zu Boden ging.

Eleonore hätte beinahe einen Hieb eines weiteren Mannes übersehen, so gebannt beobachtete sie die Kämpferin. Und nicht nur sie tat das. Der Vater stand mit offenem Mund da, bis Bruder Melchior ihn mit sich zur Kutsche zog.

Wüller brüllte wütende Befehle. Der Baron hielt sich etwas abseits und starrte fassungslos auf die Szenerie und dann wieder zur Kutsche.

»Alle auf die Frau!«, rief er.

Frieder und Bruder Melchior kletterten mit Ruedis Unterstützung in den Landauer. Armin wehrte einen letzten Mann mit der Stange ab, der die Pferde angreifen wollte, und sprang auf den Bock. Die Tiere waren sehr unruhig, aber im markgräflichen Marstall Kampflärm ausgesetzt gewesen. Sie hatten standgehalten. Goethe bestieg sein am Baum angebundenes Pferd. Nur Eleonore und ihr Vater bewegten sich wieder von der Kutsche weg, um ihrer Helferin zur Seite zu stehen, die sich nun fünf Männern gleichzeitig gegenübersah. Selbst für sie schien das zu viel zu sein. Trotzdem fand sie noch Worte: »Schnell, flieht!« Ihre Stimme war merkwürdig samten und dennoch scharf wie ihre Klinge.

Weder der Vater noch Eleonore hörten auf sie. Im Gegenteil. Sie stürmten auf ihre Gegner zu, die, obwohl sie in Überzahl waren, tatsächlich zurückwichen.

»Los, Gabriel! Setz dem ein Ende!«, befahl der Baron.

Die kratzige Stimme des Riesen hallte weithin hörbar über den Platz. »Wer weicht, stirbt!«

Das wirkte. Die Männer drangen wieder vor, die Degen surrten nur so durch die Luft und bildeten ein Konzert aus klirrendem Stahl.

»Ich komme hier klar«, rief die Frau Eleonore und ihrem Vater zu. »Haltet mir nur einen Platz in der Kutsche frei!«

Die fuhr bereits los. Eleonore sah, was Armin vorhatte. Er kam ihnen entgegen und lenkte die Pferde direkt auf die Gegner zu. Um nicht unter die schweren Hufe zu geraten, sprangen sie zur Seite. Der Vater wurde durch die offene Tür von kräftigen Händen ins Innere gezogen, Eleonore ergriff Goethes Hand, der sie hinter sich auf sein Pferd zerrte und ihm dann die Hacken in die Seite schlug. Der Wallach raste los.

Sie bemerkte, dass auch die Kutsche Fahrt aufnahm. Und auf der anderen Seite ergriff die Fremde ihren vorhin zu Boden gefallenen Hut. Hinter ihr stürmten vier Wachen auf den Platz.

Bei den Franzosen ging alles ganz schnell. Sie packten ihre Verwundeten und liefen in alle erdenklichen Richtungen davon.

Wo war die geheimnisvolle Frau? Eleonore atmete auf, als sie sah, wie sie sich von hinten auf das Dach der Kutsche zog. Sie winkte Eleonore zu, die sich an Wolfgangs Taille klammerte. Dann verschwand die Schwarzhaarige kopfüber vom Dach.

33

Auf der Flucht aus Speyer, 20. Juni 1771
Noch ein Tag bis zum längsten Tag des Jahres

Frieder und die anderen hielten sich im Innern der Kutsche fest. Armin ließ die Pferde rennen, um schnell Raum zwischen sich und ihre Angreifer zu bringen.

»Wer war diese Frau?«, fragte Magnus von Auenstein.

Wie als Antwort erschien plötzlich ihr Gesicht kopfüber im Fenster. Sie schlüpfte wie eine Schlange durch die Öffnung auf den Boden der Kutsche und kam behände wieder auf die Beine. In der Hand hielt sie sogar ihren Dreispitz, deren Federn vollkommen unbeschädigt aussahen.

»Wer ich bin? Linette von Fleckenstein, mein Herr. Ihr scheint Euch mächtige Feinde gemacht zu haben.«

Jetzt herrschte einiger Trubel. Doch Frieder machte sich vorrangig Sorgen um Eleonore. Die Frau, der er eben erst seine Liebe gestanden hatte.

»Eleonore, bist du auf dem Bock?«, rief er nach vorn.

»Das Mädchen?«, fragte Linette von Fleckenstein. »Sie ist mit dem Mann auf dem anderen Pferd.«

Goethe! Die Nachricht versetzte Frieder einen kurzen Stich ins Herz, aber in erste Linie war er froh, dass es ihr gut ging. Ihm selbst brannten beide Arme, wo er im Kampf von dem Degen getroffen worden war.

»Wer seid Ihr?«, fragte Magnus von Auenstein die Frau. Sie war auffallend schön, kleiner als Eleonore und trotz weiblicher Kurven zierlich. Das Gesicht bestach durch feine ebenmäßige Züge, und die dunkelbraunen Augen waren fast exotisch geschnitten. Sie trug wie Eleonore Männerkleidung, die ihre Rundungen aber nicht verstecken konnte und vielleicht auch nicht sollte. Die glänzend schwarzen Locken wippten bei jeder Bewegung.

»Ich habe den Hinterhalt dieser Mönche beobachtet und gedacht, ihr könntet Hilfe brauchen. Ich hoffe nur, dass ich mich auf die gerechte Seite gestellt habe?«

»Eure Hilfe war ein Geschenk Gottes!«, antwortete Bruder Melchior inbrünstig.

»Ja. Ihr habt ein gutes Gespür bewiesen«, lobte Eleonores Vater. »Mein Name ist Magnus von Auenstein.« Er nahm ihre Hand und hauchte einen Kuss darauf.

»Darf ich vorstellen: Bruder Melchior aus der Fürstabtei St. Gallen, Frieder Fischer, ein Goldwäscher aus Neuenburg, sein Freund Ruedi Greiner, ein Vergolder und leider verletzt.«

Alle reichten sie ihr die Hand. Frieder bemerkte, dass Ruedi die Frau verlegen anlächelte. Dabei mochte sie sicher fünf oder sechs Jahre älter sein als er, aber das schien ihn nicht zu stören.

Die Kutsche wurde langsamer. Von vorn drang Armins Stimme durch die Klappe. »Wir halten kurz, damit Eleonore umsteigen kann.«

Frieder spähte durch das Fenster. Sie hatten die Stadt bereits ein gutes Stück hinter sich gelassen. Wiesen und Felder gab es hier und einen Bach. Die Kutsche hielt im Schatten einer Baumgruppe. Vom Baron und seinen Männern war nichts zu sehen. Eleonore stieg gerade von Goethes Pferd und lächelte Frieder an, als sie zur Kutsche kam. Sein Herz tat einen Sprung. Dann hatte sie seine Worte während des Kampfes also gehört und auch richtig verstanden? Er hatte es mit der Angst zu tun bekommen, dass ihnen etwas geschehen könnte, bevor er ihr seine Gefühle gestanden hätte. Der Moment war vielleicht nicht der geeignetste gewesen, aber jetzt war die Wahrheit heraus und konnte nicht wieder in sein Herz zurückgesperrt werden.

Eleonore war von Linette von Fleckensteins plötzlichem Einschreiten so überrascht gewesen, dass sie ihm nicht geantwortet hatte, aber ihr Lächeln sollte ihm zunächst Antwort genug sein.

»Geht es dir gut?«, fragte sie auch gleich besorgt, als sie in die Kutsche stieg.

»Ja, danke. Die Arme schmerzen ein bisschen.«

»Wir können froh sein, dass du noch welche hast. Dein Gegner muss aus Versehen seine Übungswaffe gegriffen haben«, sagte sie. Als die anderen sie fragend anblickten, fügte sie hinzu: »Er wurde zweimal am Arm getroffen.«

»Das ist wirklich ein verdammtes Glück!«, sagte Bruder Melchior und schlug schnell ein Kreuz, weil er geflucht hatte. Offenbar zur Sicherheit nahm er einen Schluck aus einer Weinflasche, als könne das Blut Christi seine Sünden ungeschehen machen.

»Danke für Eure Hilfe«, sagte Eleonore zu Linette von Fleckenstein.

»Ich habe nur getan, was jede rechtschaffene Frau tun würde, wenn eine Gruppe in einen feigen Hinterhalt mit einer Übermacht von Feinden gerät. Wer waren diese Männer?«

»Oha, das wird wehtun!«, sagte der Vater.

Aller Augen richteten sich auf Frieder, der sich während Linettes Worten sein Hemd über den Kopf gezogen hatte. Seine gebräunte Haut war schweißfeucht und glänzte im Zwielicht der Kutsche. Über beide Arme lief ein länglicher roter Striemen, wo der stumpfe Degen ihn getroffen hatte.

»Tut es sehr weh?«, fragte Linette und berührte die Stelle mit der Fingerspitze.

Frieder bemühte sich, den Schmerz nicht zu zeigen, aber konnte ein Stöhnen nicht unterdrücken.

»Du wirst kräftige Blutergüsse bekommen«, sagte sie, »aber bei einer scharfen Waffe wäre der Schnitt bis auf den Knochen gegangen.«

Sie wandte sich an Eleonore: »Ist er dein Liebster?«

Als die Stille in der Kutsche einen Moment zu lange währte, hob sie die Hände abwehrend vor sich. »Verzeiht meine indiskrete Frage. Ich meinte nur, dass ihm jemand kühlende Verbände anlegen sollte, damit die Schmerzen nicht so stark werden.«

»Eleonore, das kannst du doch machen«, sagte ihr Vater.

Frieder registrierte ihr Erröten. Sie stieg aus.

»Wollt Ihr ebenfalls aussteigen?«, fragte Bruder Melchior die dunkelhaarige Frau. »Ihr seid sehr schnell wieder in Speyer.«

»Um diesen Kerlen in die Arme zu laufen?« Linette lachte herzhaft. »Ich wollte ohnehin von Speyer aufbrechen. Außerdem bin ich eine Frau und viel zu neugierig, um euch zu verlassen, ohne wenigstens eine Ahnung zu bekommen, in welche Schwierigkeiten ihr euch gebracht habt.«

Eleonore kehrte mit zwei im Bach angefeuchteten Lappen zurück.

»Wir sollten nicht zu lange hier stehenbleiben«, mahnte Goethe vom Pferd in die Kutsche. Auch Armin drängte auf die Weiterfahrt und eine vorherige Entscheidung, ob er sich an der Kreuzung vor ihnen nach Norden oder Osten wenden sollte.

»Halte dich erst mal weiter nördlich«, sagte Magnus von Auenstein.

Die Kutsche setzte sich ruckelnd in Bewegung. Armin brachte die Tiere in einen gemütlichen Trab, den sie über längere Zeit ausdauernd halten konnten.

Eleonore legte derweil den nassen, kühlen Stoff auf die Striemen auf Frieders Armen und band die Lappen auf der anderen Seite mit einem Knoten zusammen. Jede noch so leichte Berührung, zu der es dabei unweigerlich kam, ließ ihn erschauern. Sie waren sich näher als je zuvor.

»Eure Frage soll nun endlich beantwortet werden«, sagte Magnus von Auenstein. Frieder war gespannt, was er Linette für eine Geschichte auftischen würde.

»Wir sind eine etwas zusammengewürfelte Gruppe von

Glücksrittern, die auf der Suche nach einem vor Hunderten von Jahren versteckten Schatz sind.«

Frieder war überrascht, dass er so nahe an der Wahrheit blieb. Er merkte auch Linette von Fleckenstein ihr Erstaunen an.

»Eine Schatzsuche?«, fragte sie ungläubig. »Gold, Silber, Geschmeide?«

»So ist es. Ein schlechter Mann, von dem wir nur wissen, dass er ein französischer Baron ist, will uns die Schatzkarte abnehmen.«

»Eine Schatzkarte gibt es also auch«, bemerkte Linette. »Dazu einen Drachen, der ihn bewacht?«

Magnus von Auenstein lächelte. »Ich hoffe nicht. Dafür Rätsel, die uns helfen, die Schatzkarte in Form eines alten Buches entziffern zu können.«

»Wartet!«, ging Linette von Fleckenstein mit einer erhobenen Hand dazwischen. »Warum erzählt Ihr mir das so ausführlich?«

»Ihr habt uns gerettet und die Wahrheit verdient. Erlaubt mir das Kompliment: Ich habe noch nie eine Frau so geschickt und elegant mit dem Degen umgehen sehen.«

»Ich übe, seit ich ein Kind bin«, entgegnete Linette.

Und Frieder hatte nach ein paar Lektionen gedacht, bereits ein fertiger Fechter zu sein. Kein Wunder, dass er zwei beißende Hiebe hatte einstecken müssen. Die feuchten Lappen kühlten gut und ließen ihn fast den Schmerz vergessen.

Bruder Melchior holte Nadel und Faden aus seiner Tasche und begann, seinen von einem Degen aufgeschlitzten Überhang mit ein paar Stichen zu sichern. Hätte Frieders Gegner keine stumpfe Waffe gehabt, gäbe es bei ihm nichts mehr zu flicken. Dann wäre er jetzt sehr ernst verwundet.

»Du gehst mit deiner Klinge auch recht geschickt um«, sagte Linette von Fleckenstein voller Anerkennung zu Eleonore. Die nickte nur und lächelte.

Frieder staunte. Vor ein paar Tagen hatte er das Mädchen

nicht einmal gekannt und bei ihren ersten Treffen für einen Jungen gehalten. Und nun fühlte es sich an, als kenne er sie schon ewig. Er konnte sogar an kleinsten Veränderungen ihres Mienenspiels ihre Stimmung ablesen. Die Grübchen um die Mundwinkel zeigten ihm deutlich, dass sie sich über das Kompliment der Frau von Herzen freute.

»Wir könnten Euch als schlagkräftige Verstärkung unserer Gruppe brauchen«, erklärte Magnus von Auenstein.

»Das ehrt mich, aber ich muss Euer Angebot leider ablehnen. Ich befinde mich auf einer Reise in ein elsässisches Dorf, um dort das Erbe einzufordern, das meiner Familie vor einem halben Jahrhundert entrissen wurde. Gebt mir ein Pferd, dann werde ich um Speyer einen großen Bogen machen und meiner Wege gehen.«

Alle sahen Eleonores Vater gespannt an.

»Weiß irgendjemand in Speyer Euren Namen und wohin Ihr wollt?«

»Mein Ziel kennt niemand genau. Aber ja, in der Unterkunft, wo sich noch meine Ausrüstung und mein Pferd befinden, habe ich den Namen angegeben. Oh …«

Linette von Fleckenstein blickte erschüttert in die Runde. »Dort liegen auch die Dokumente, die meine Ansprüche belegen.« Ihr schien nun bewusst zu werden, dass eine Rückkehr gefährlich werden könnte.

»Wir vermuten, dass dieser Baron mit wichtigen Persönlichkeiten der Familie Rohan zusammenarbeitet, die auch den Fürstbischof von Straßburg aus ihren Reihen eingesetzt haben«, erläuterte Magnus von Auenstein. »Frieder hier hat mit eigenen Ohren gehört, dass der Unteranführer Gabriel Wüller nach unserer Sichtung eine Nachricht an den Koadjutor geben wollte, und das ist der Stellvertreter und Neffe des heutigen Fürstbischofs.«

Frieder nickte.

»Straßburgs Arme reichen durchs ganze Elsass«, fuhr Eleonores Vater fort.

Linettes dunkle Augen bewegten sich so schnell hin und her, wie sie vorhin auf der Bühne erschienen war.

»Habt ihr denn die Rätsel gelöst und könnt den Schatz finden?«

Bruder Melchior begann schon wieder, ungehalten zu werden. »Wenn Ihr jetzt endlich zustimmen würdet, könnten Eleonore und ich den Schlüssel anwenden und sehen, welche weiteren Aufgaben es gibt.«

»Wenn es nicht zu lange dauert, bleibe ich bei euch«, sagte Linette schließlich. Sie strahlte, als könne sie es kaum erwarten, ein neues Abenteuer zu beginnen.

Die Schatzsucher waren alle begeistert.

»Somit wären wir schon zu acht«, sagte Magnus. »Die acht Jäger des Nibelungenschatzes!«

34

Auf dem Weg nach Worms, 20. Juni 1771
Noch ein Tag bis zum längsten Tag des Jahres

Wie sich herausstellte, kannte Linette weder die Geschichte der Nibelungen, noch hatte sie je von ihrem Schatz gehört. Aber eine Verbindung zu alten Büchern gab es bei ihr. Sie stammte aus dem Fürstentum Braunschweig-Wolfenbüttel, was bei Eleonores Vater für große Aufregung sorgte. In Wolfenbüttel befand sich die Bibliotheca Augusta, die größte Sammlung mittelalterlicher Handschriften und Bücher nördlich der Alpen.

»Es war immer ein Wunschtraum von mir, diese Bibliothek anzusehen«, schwärmte er.

Das stimmte. Der Vater hatte schon öfter davon gesprochen, wenn Eleonore verheiratet sei, seine Reisen in den Norden auszuweiten, um sich dieses Wunder der menschlichen Kultur anzusehen und vielleicht gar dort zu studieren.

Linette erzählte, dass sie nicht nur die Bibliothek in der Rotunde, sondern auch ihren neuen Leiter, den berühmten Dichter Gotthold Ephraim Lessing, kannte, was wiederum Wolfgang interessierte, der selbst Ambitionen hatte, einmal ein Stück zu veröffentlichen.

»*Der* Lessing, der Miss Sara Sampson geschrieben hat und vor ein paar Jahren die Minna von Barnhelm?«, fragte der Student nach.

Um eben den handelte es sich.

Eleonore und Bruder Melchior nutzen die Fahrt zum Entziffern der Zeichen des Buches. Sie war froh, dass sie alle Buchstaben bereits sichtbar gemacht und übertragen hatten, denn es wäre auf der holprigen Strecke zu gefährlich gewesen, mit einer Kerzenflamme am Buch zu hantieren.

Die erste Zeile lautete:

Foujdhg sla pterd oncvsluhetus,slbegd fgenfueud.un

»Fünf voraus und zwei zurück«, erinnerte Bruder Melchior und begann, die Lettern auszuzählen. Die so gefundenen Buchstaben las er Eleonore vor, die sie wegen der holprigen Fahrt ziemlich krakelig mit einem Brett auf dem Schoß als Unterlage aufschrieb.

»Du hast den Schlüssel gefunden«, las sie vor.

»Wir sind also auf dem rechten Weg«, freute sich ihr Vater. »Gott sei Dank haben wir nicht die Königs- und Kaisergräber in Speyer geschändet!«

Sie übersetzten die Zeichenfolgen weiter. Immer fünf vor und zwei zurück. Eleonore war erleichtert, dass der unbekannte Autor der geheimen Kommentare ihre Findigkeit dieses Mal etwas weniger wortreich lobte. Recht bald wechselte er von allgemeinen Gratulationen zu konkreten Informationen. Trotzdem kamen sie beim Entziffern nur schleppend voran. Denn Bruder Melchior verzählte sich immer wieder. Mal verlor er durch ein Schlagloch die richtige Zeile oder vergaß einfach, die Leerzeichen mitzurechnen. Doch im Laufe der Reise füllten sich ihre Blätter mit vielen krakelig notierten Worten.

Bevor Eleonore allen vorlas, was im Buch geschrieben stand, bat sie Armin, in eine Nebenstraße zu fahren und einen Schattenplatz für eine Rast zu suchen. Die Hitze in der Kutsche war trotz der offenen Fenster kaum noch auszuhalten. Sogar das Atmen kam ihr beschwerlich vor. Nur Linette schienen die Temperaturen nichts auszumachen. Sie hatte zwar die Weste abgelegt, ihr weißes Hemd weiter aufgeknöpft und die Ärmel hochgekrempelt, aber sie roch als Einzige weiterhin süß und frisch wie eine Rose. Frieder, der auf der anderen Seite neben Eleonore saß, hatte sein Hemd nach der Behandlung mit den mittlerweile getrockneten Lappen nicht mehr angezogen. Von seinem glänzenden Oberkörper ging ein herber, salziger Geruch aus, der Eleonore an die Lagune Venedigs an einem Sommertag erinnerte.

Armin fand bald einen geeigneten Platz für eine Rast auf einer Lichtung in einem Wäldchen. Ein tief in den Boden gegrabener Bach führte zwar nur wenig Wasser, war aber bei einem flacheren Zugang aufgestaut worden, sodass sie nach und nach trinken und die Wasservorräte auffüllen konnten. Wolfgang tränkte seinen Rappen, und Armin und Frieder taten es ihm mit den Kutschpferden nach. Es war natürlich ein Risiko, sie im Anschluss nicht sofort wieder anzuspannen, sondern grasen zu lassen. Falls der Baron auch die Seitenstraßen absuchen ließ, wäre an eine schnelle Flucht nicht mehr zu denken. Aber auf der anderen Seite lagen bis Worms noch viele Stunden Weges vor ihnen. Den Pferden etwas Ruhe und Futter zu gönnen, würde sich auf der weiteren Reise bezahlt machen.

Eleonore breitete mit Linette die Decken aus der Kutsche auf dem Waldboden aus.

»Ich begegne selten Mädchen wie dir«, sagte Linette.

»Und ich Frauen wie dir«, erwiderte Eleonore und ärgerte sich, dass ihr keine schlagfertigere Antwort in den Sinn gekommen war.

Linette lächelte geheimnisvoll. »Du trägst die Männerkleidung, um nicht als Frau aufzufallen«, riet sie.

Eleonore antwortete mit einem Nicken.

»Bei mir ist das etwas anders. Ich trage sie, weil man darin besser kämpfen kann.«

»Wo hast du so zu fechten gelernt?«

»Ein alter Freund hat es mir beigebracht. Seit ich zehn Jahre alt bin, übe ich täglich.«

»Ich fechte, seit ich neun bin«, erwiderte Eleonore und ergänzte: »Aber bei Weitem nicht täglich.«

»Hat dein Vater es dich gelehrt?«

»Ein bisschen, doch das meiste habe ich von einem Fechtmeister gelernt, bei dem ich etwas Unterricht hatte. Aber für echte Meisterschaft bin ich zu schnell gewachsen und war zu oft unterwegs.« Eleonore zeigte an sich herunter: »So sieht keine gute Fechterin aus.«

»Sag das nicht«, meinte Linette. »Zumal ich mir sicher bin, dass der Körper unter dieser Kleidung wunderschön aussieht.«

Eleonore spürte, wie ihr das Blut ins Gesicht schoss. Linettes Worte verursachten ein Kribbeln ähnlich dem, als sie sich vor Reni ausgezogen hatte.

Linette bemerkte ihr Unwohlsein. »Du brauchst dich nicht zu schämen. Du bist einfach eine schöne Frau. Das wissen die Männer hier auch. Du weißt schon, dass Frieder ...«

»Pst!«, machte Eleonore. Der Genannte führte just in diesem Moment ein Pferd vorbei.

»Was ist?«, fragte er und schüttelte dann verständnislos den Kopf, als Linette zu kichern begann und Eleonore einstimmte.

Von der Kutsche kam nun auch Bruder Melchior auf sie zu. Eleonore hoffte, dass Linette das Thema fallen lassen würde.

»Ich habe nur noch eine Flasche Wein!« Der Mönch wirkte besorgt. Als er kurz darauf fragte, ob jemand davon trinken wolle, schüttelten zu seiner sichtlichen Erleichterung alle mit dem Kopf. Bei der Hitze war Wasser ohnehin besser, wenn man einen klaren Kopf behalten musste.

Linette ließ sich neben dem Mönch nieder. Frieder hatte die Lappen neu getränkt und bat Eleonore, sie ihm erneut umzubinden. Der Bluterguss auf jeder Seite der starken Arme würde noch einige Farben des Regenbogens annehmen, bevor er ganz verschwunden wäre.

Sie nahm anschließend auf den Decken neben Linette Platz.

Es tat gut, nicht mehr die einzige Frau in der Gruppe zu sein. Und ihr fiel auf, dass einiges der Aufmerksamkeit auf den Neuzugang übergewechselt war. Ruedi konnte sich wegen seines gebrochenen Fingers nicht nach hinten abstützen und saß darum im Schneidersitz. Er warf andauernd Blicke zu Linette hinüber und wurde feuerrot im Gesicht, als er bemerkte, dass Eleonore ihn beobachtet hatte.

Doch auch die anderen Männer – mit Ausnahme von Bruder Melchior – verhielten sich ungewöhnlich. Zu ihrem Schreck sogar der Vater, der Linette fragte, ob er ihr noch etwas Wasser holen könne! Was war denn das? Linette war viel zu jung für ihn!

Auf einmal benahmen sich alle weitaus gesitteter. Armin rülpste nach dem Essen nicht, Frieder wischte sich die von einer Wurst fettigen Hände am Gras ab statt an seiner Hose, und Wolfgang stellte sich nach dem Essen tatsächlich auf, um ihnen ein von ihm selbst verfasstes Gedicht zu vorzutragen! Eleonore konnte es kaum fassen.

Die letzte Strophe blieb ihr besonders in Erinnerung. Während Wolfgang sie voller Glut rezitierte, blickte sie zu Frieder. Und der sah sie an.

Mädchen, das wie ich empfindet,
Reich mir deine liebe Hand!
Und das Band, das uns verbindet,
Sei kein schwaches Rosenband!

Frieder lächelte schüchtern, und Eleonore lächelte vorsichtig zurück. So fühlt es sich also an, wenn man verliebt ist, dachte sie.

»Was steht denn jetzt in dem Buch?«, unterbrach der Vater ihre Gedanken.

Sie ging zur Kutsche und holte ihre Aufzeichnungen. Sie las ihnen die neuen Zeilen vor, in denen noch einmal mitgeteilt wurde, dass ihr nächstes Ziel in der Stadt Worms zu finden sei. Bald wurde der unbekannte Verfasser konkret:

Genau zur achten Stund' nach ihrem Aufgang am längsten Tag des Jahres zeigt dir der Schein der Sonne oben auf einem Turm des Doms den Weg, den Hagen einst gegangen ist. Folge ihm zu Fuß für die Dauer von zwei Stunden. Dann findest du das Gold an allzu offenkund'ger Stelle. Beim Herrgott such das wache Auge! Sieh hindurch, und du erblickst den Fels, der Siegfrieds Schatz beschützt. Zügele deine Gier, sonst ist dir Leid in ew'ger Nacht gewiss. Und greif dir nie das Rüetlîn!

»Noch mehr Rätsel«, klagte Frieder.

»Jede Lösung eines Problems ist ein neues Problem«, ließ sich Goethe mit gewichtiger Miene vernehmen.

»Nun, das sind eher Hinweise als Rätsel oder Probleme«, verkündete Bruder Melchior. »›Zur achten Stund' nach Sonnenaufgang am längsten Tag des Jahres auf dem Turm des Doms.‹ Das muss etwas Ähnliches sein wie der grüne Lichtstrahl in Straßburg. Vielleicht fällt dann kurz ein besonderer Schatten. Wir werden es sehen.«

»Ich war vor zwei Jahren zu Besuch in Worms und glaube, mich zu erinnern, dass beim Dom gleich vier Türme in den Himmel ragen«, stellte Wolfgang fest.

»Wir müssen morgen früh messen, wann die Sonne aufgeht und dann acht Stunden später alle vier Türme besetzt haben, um den Lichtstrahl nicht zu verpassen«, sagte der Mönch.

»Und der führt zum Weg, den einst Hagen ging? Was bedeutet das?«, fragte Frieder.

»Richtig! Damit ihr das versteht, muss ich euch den ersten Teil des Nibelungenliedes zu Ende erzählen. Wir nähern uns dem Schatz!«

»Wir haben hier lange genug gerastet«, ging der Vater dazwischen. »Erzählt die Sage lieber auf der Fahrt weiter, damit wir keine Zeit mehr verlieren.«

So machten sie es. Eleonores Vater übernahm die Position auf dem Bock, weil Armin klagte, er könne die Geschichte sonst nicht mithören.

Bruder Melchior ölte mit dem letzten Schluck Wein seine Kehle, bevor er begann: »Ich habe euch ja von dem Streit zwischen Kriemhild und Brünhild berichtet. Morgen werden wir am Kaisertor des Wormser Doms an genau der Stelle stehen, wo dieser Streit stattgefunden hat. Im Anschluss, ihr erinnert euch, wollte Hagen die Ehre seiner Herrin Brünhild rächen und hat in einem Mordrat auch König Gunthers Zustimmung erhalten, unseren Helden Siegfried durch ein Komplott zu töten, um Burgund in den Besitz des Nibelungenschatzes zu bringen.«

Linette blickte Eleonore fragend an, aber sie konnte nur mit der Schulter zucken und ein bedauerndes Gesicht aufsetzen. Auf die Schnelle konnte sie ihr nicht darlegen, wer die Personen waren, denen sie im Lied wieder begegneten.

»Ich werde dir später erklären, was vorher geschehen ist«, flüsterte sie ihr zu.

Linettes Lippen sahen aus wie ein Kissen, als sie lächelte.

»Also dann. Ihr erinnert euch auch, dass Hagen zu Beginn von Siegfrieds Kampf mit einem Drachen zu berichten wusste. Siegfried hatte das Untier erschlagen und wurde durch ein Bad in dessen Blut unverwundbar. Aber auf seinem Rücken klebte dabei ein Lindenblatt, wo ihn das Blut nicht berühren konnte. Es blieb also eine verwundbare Stelle bei unserem Helden. Um Siegfried zu töten, musste Hagen nur in Erfahrung bringen, wo genau diese Stelle war. Und wer konnte das als Einzige wissen?«

»Sein Weib«, riet Armin. »Aber die liebt ihn doch und würde es nie jemandem verraten.«

»Oh, wie recht du hast, du schlauer Schmied. Und trotzdem

wurde ihr das Geheimnis mit einer arglistigen Täuschung entlockt. Und das geschah so.«

Bruder Melchior genoss es wie jedes Mal, wenn seine Zuhörer ihm gebannt lauschten. Eleonore konnte es ihm ansehen, als er weitersprach: »Nun, Hagen und Gunther taten so, als wollten die Sachsen sein Reich erneut angreifen. Siegfried erklärte sich heldenhaft bereit, den Feinden entgegenzureiten. Sein Weib Kriemhild bat ausgerechnet Hagen, auf ihn Acht zu geben. Der gab kund, das wolle er gerne tun, aber um seine einzig verletzliche Stelle schützen zu können, müsse er ja wissen, wo diese war. Kriemhild verriet es ihm schließlich und nähte sogar noch eine Markierung in Siegfrieds Kleidung.«

Eleonore rollte mit den Augen. »Wirklich? Warum sind nur immer die Frauen schuld?«

»Schuldig ist nur der Täter, nicht das betrogene Weib«, sagte Bruder Melchior. »Zumal sie im guten Glauben gehandelt hat.«

Eleonore fand trotzdem, dass Kriemhild bei der Geschichte nicht gut wegkam. Aber der Mönch erzählte schon weiter: »Siegfried ritt daraufhin mit Hagen gegen die Sachsen. Unterwegs erreichte sie eine von Hagen fingierte Nachricht, dass die Sachsen nun doch keinen Krieg mehr mit Burgund wollten. Sie ritten also zurück, wo Gunther zu einer großen Jagd einlud, um den Frieden zu feiern. Kriemhild sorgte sich mittlerweile doch, Siegfrieds Geheimnis verraten zu haben. Sie wagte es aber nicht, das ihrem Mann zu gestehen, und flehte ihn deshalb an, an der Jagd nicht teilzunehmen, da sie in Vorahnungen und Träumen sein Verschwinden gesehen habe. Aber was für ein Held ließe sich davon abbringen?«

Eleonore fand auch diese Handlung Kriemhilds wenig verständlich. Während Bruder Melchior versuchte, der leeren Weinflasche noch einen Tropfen abzuringen, schüttelte sie verärgert den Kopf.

»Jetzt kommt die Jagd, die im Lied ausführlich beschrieben

wird. Siegfried erlegte alle möglichen Tiere, sogar einen Löwen und einen Bären. Beim Festmahl bekam er Durst, aber es ging ihm wie mir: Es war nicht genug Wein da! Hagen hatte den Wein statt in die Vogesen in den Spessart bringen lassen, sodass den Durstigen nur der Gang zu einer Quelle im Wald blieb. Siegfried, König Gunther und Hagen machten einen Wettlauf zum Wasser. Damit der nicht ungerecht wurde, wollte Siegfried alle seine Waffen als Gewichte mit sich tragen, Bogen, Schwert und Speer. Aber trotz dieser Erschwernis erreicht er das Ziel als Erster. Als er die Waffen zur Seite gelegt hatte und sich zum Trinken an die Quelle kniete, versteckte Hagen seinen Bogen und das Schwert und bewaffnete sich selbst mit dem Speer des Helden.«

Alle hingen gebannt an den Lippen des Mönchs.

»Hagen nahm den Speer, zielte genau und rammte ihn in die von Kriemhild markierte Stelle zwischen Siegfrieds Schulterblättern. Die Spitze drang in seinen Leib und versetzte seinem Herzen eine tödliche Wunde. Aber Siegfried starb nicht gleich. Er suchte seine Waffen, um es dem Mörder heimzuzahlen, sank dann aber doch zu Boden und beweinte seine Frau, die Schwester eines Verräters zu sein, und seinen in Xanten zurückgelassenen Sohn, zu einer verräterischen Familie zu gehören. Dann starb er, und das Gras war rot von seinem Blut.«

Bruder Melchior setzte eine ausgiebige Pause. Seine Zuhörer sahen ihn betroffen an.

»Und dann?«, fragte Armin.

»Hagen legte Kriemhild die Leiche ihres Mannes vor die Tür«, antwortete der Mönch. »Als sie den Toten fand, klagte sie, wie nie ein Weib um seinen Mann geklagt hat. Und sie ahnte natürlich, dass Hagen der Mörder war. König Gunther und er hatten zwar erzählt, dass Räuber Siegfried ermordet hätten, doch das nahm sie ihnen nicht ab. Sie ließ Siegfried aufbahren, um die Mordprobe zu machen. Alle Männer mussten an der Leiche vorbeigehen. Als Hagen an der Reihe war, begannen die Wunden

Siegfrieds erneut zu bluten. Aber Gunther nahm ihn in Schutz. Als Siegfried ein paar Tage später bestattet wurde, schwor Kriemhild ewige Rache.«

»Und was ist jetzt mit dem Schatz?«, fragte Ruedi in die Stille hinein.

»Ja, der Schatz.« Bruder Melchior nickte bedeutsam. »Der befand sich nach Siegfrieds Tod zunächst weiter unter Bewachung Alberichs im Nibelungenland. Nach mehreren Jahren wollte Hagen aber, dass die Reichtümer endlich König Gunther und dem Land der Burgunden zur Verfügung stehen sollten. Gunther überredete die trauernde Kriemhild, den Schatz nach Worms zu holen. Gernot und Giselher, die beiden anderen Brüder von Gunther und Kriemhild, machten sich auf den Weg. Es heißt hier im Buch …«

Der Mönch blätterte darin herum und suchte die rechte Stelle. »Ah, da ist es: ›Zwölf Trosswagen brauchten vier Tage und Nächte, um ihn‹, also den Schatz, ›vom Berg herunterzubringen. Und jeder musste dreimal fahren‹.«

»Und das alles war Gold?«, fragte Frieder ungläubig.

Bruder Melchior nickte. »Gold, Silber, Edelsteine. Mit Schiffen brachten sie den Schatz nach Worms, wo er Kammern und Türme füllte, wie man es nie wieder gesehen hat.«

»Verstehe ich das richtig?«, ging Linette dazwischen. »Das soll der Schatz sein, den wir finden wollen?«

Die Aufregung darüber hatte längst alle Mitfahrer in der Kutsche erfasst.

»Aber der Schatz blieb nicht in diesen Kammern und Türmen«, fuhr der Mönch fort. »Denn Kriemhild bekam viel Besuch von Rittern und Edelleuten, denen sie höchst wertvolle Geschenke machte. Die fühlten sich ihr dadurch verpflichtet – und so wuchs ihr Einfluss. Hagen erkannte das bald und riet Gunther und seinen beiden Brüdern, Kriemhild nicht zu mächtig werden zu lassen. Sie beschlossen darum, ihr den Schatz zu nehmen. Hagen brachte ihn fort und versenkte ihn in einem Loch im Rhein. Nur er, Gunther, Gernot und Giselher wussten, wo die rechte Stelle war. Damit endet nun der erste Teil des Nibelungenlieds.«

»Und der zweite?«, fragte Armin aufgeregt.

Bruder Melchior winkte ab. »Darin geht es darum, wie Kriemhild sich viele Jahre später mithilfe ihres neuen Ehemanns, des Hunnenkönigs Etzel, rächte. In mancher Schlacht und manchem Gemetzel fielen nach und nach die Helden, die wussten, wo der Nibelungenschatz versenkt wurde. Zuletzt starb Hagen, dem Kriemhild höchstpersönlich mit Siegfrieds Schwert den Kopf abschlug. Damit war ihrer Rache genüge getan, aber der Schatz verloren.«

»Woher wusste dann eigentlich der Verfasser der geheimen Zeilen, wo der Schatz sich befindet?«, fragte Eleonore.

Der Mönch zuckte mit den Schultern. »Vielleicht taucht ja noch ein Hinweis darauf auf. Oder es wird für immer im Dunkeln bleiben. Wer weiß?«

35

Worms, 20. Juni 1771
Noch ein Tag bis zum längsten Tag des Jahres

Der Wormser Dom war schon von Weitem gut sichtbar, als sie sich der Stadt am Abend näherten. Bruder Melchior wusste von einem Kapuzinerkloster im Norden, wo sie einfach, aber sicher unterkommen würden. Die Brüder betrieben die Weinberge rund um das Stift und die Liebfrauenkirche und stellten zur Freude des Benediktinermönches einen süßen Weißwein her, der Liebfrauenmilch genannt wurde.

Die Kutsche wurde untergestellt, die erschöpften Pferde getränkt und gefüttert und auf eine kleine Weide geführt. Die Gruppe fand Aufnahme in einem kargen Gästehaus mit drei Betten pro Kammer. Dass Eleonore und Linette in einer Kammer schlafen würden, war klar. Bruder Melchior und Magnus von Auenstein gingen gleich zu dem zweiten Zimmer. Ruedi blickte grimmig drein, als Frieder und Armin sich zu dem dritten Raum begaben. Frieder wandte sich nach ihm um. Eigentlich hatten sie sich ja längst ausgesprochen und die Hand gereicht, aber Ruedi verhielt sich noch immer abweisend. Dabei war Frieder den Streit leid und wollte am liebsten, dass es wieder so wäre wie früher: Armin, Ruedi und er als Freunde. Und drei Freunde gingen natürlich zusammen in ein Zimmer.

Doch es kam anders. Wolfgang nahm das dritte Bett in ihrer Kammer, und Ruedi schloss sich mit ausdrucksloser Miene Eleonores Vater und Bruder Melchior an.

Armin und Wolfgang hatten sich angefreundet. Es war eigenartig, wie der zwar groß gewachsene, aber schmal gebaute Student hochgestochen daherredete und trotzdem an den Lippen des riesigen Schmieds hing, als habe er einen weisen Eremiten vor sich. Die beiden unterhielten sich häufig über die Liebe. Armins Schwärmerei nahm beinahe beunruhigende Ausmaße an. Er sprach sogar schon davon, seiner Lina nach der Rückkehr gleich einen Antrag zu machen. Goethe hingegen schien nachdenklich und sich seiner Gefühle zu Friederike Brion nicht so sicher, wie es zu Beginn ausgesehen hatte, als beide tanzend durch das Sessenheimer Gasthaus gewirbelt waren.

»Man muss nur ein Wesen recht von Grund aus lieben, da kommen einem die übrigen alle liebenswürdig vor!«, sagte Armin grinsend. »Aber wenn die eine dein Herz nicht vollkommen ausfüllt, dann liebst du vielleicht nicht wirklich sie, sondern nur den Gedanken zu lieben.«

Beim Abendessen, das aus einem grauen Sauerteigbrot, Schinken, Würsten, ein paar Brocken Käse und etwas süßem Wein bestand, verteilte Magnus von Auenstein die Aufgaben für den kommenden, den entscheidenden Tag. Die Mönche konnten ihnen mit dem genauen Zeitpunkt des Sonnenaufgangs aushelfen, um vier Uhr und vierzehn Minuten sei das. Acht Stunden danach, um zwölf Uhr vierzehn, mussten sie also in allen vier Türmen des Wormser Doms stehen. Davor war zu klären, wie sie in die Türme gelangen konnten. Das wollte Bruder Melchior mit Ruedis Unterstützung in Erfahrung bringen. Linette und Eleonore sollten die Umgebung im Auge behalten, um im Falle eines Angriffs durch den Baron schnell dazwischengehen oder Hilfe holen zu können.

Magnus von Auenstein wollte derweil mit Frieder zwei Ochsenkarren und einen Lastenkahn organisieren, um morgen das ganze Gold abtransportieren zu können. Armin und Goethe sollten ihre Absicherung im Hintergrund sein.

Sie gingen alle früh zu Bett, aber Aufregung und Anspannung

hielten Frieder wach. Vermutlich wälzen sich alle noch eine Weile hin und her, dachte er. Sicher war auch die Hitze schuld, die selbst am Abend kein bisschen nachließ. Eigentlich perfektes Wetter, um im Schatten einiger Bäume mit den Füßen im Rhein zu stehen und Sand in den Goldherd zu schaufeln, träumte Frieder vor sich hin. Er vermisste seine Arbeit. Vor allem aber vermisste er die sorgenfreien, einfachen Tage. Da ging er zum Goldwaschen, schuftete sich nicht tot, verbarg mit der Hilfe seiner besten Freunde etwas Gold vor dem Markgrafen, und sie verzechten den Gewinn gemeinsam im Wirtshaus. Das Leben glitt gemütlich an ihm vorbei wie ein gemächliches Rheinfloß. Und jetzt? Seine Arme schmerzten vom Kampf am Morgen, bei dem er durchaus hätte sterben können! Er war den ganzen Tag in einer überhitzten Kutsche durchgeschüttelt worden, sodass ihm jetzt der Schädel brummte. Und die kratzige, längst vollgeschwitzte Strohmatratze verbreitete einen unangenehm säuerlichen Gestank, als habe sie schon Hunderten Männern zuvor als Unterlage gedient. Immerhin lag er direkt an der Wand, die an das Zimmer der Frauen grenzte. Die Mauern waren stark, dennoch hörte er noch längere Zeit ihre Stimmen. Mal klangen sie ernst, mal glaubte er, ein Lachen zu vernehmen. Frieder hätte zu gern verstanden, was sie sagten, und nur allzu gern gewusst, ob Eleonore mit Linette über ihn und das unwillkürliche Geständnis seiner Gefühle sprach, doch er konnte beim besten Willen kein einziges Wort verstehen. Dafür schluckten die Wände zu viel Schall. Wenn er das Gefühl hatte, vielleicht doch einmal die Richtung erahnen zu können, die das Gespräch nahm, machten ihm Armin und Goethe einen Strich durch die Rechnung, die sich noch flüsternd unterhielten.

Dabei wollte Frieder nur erfahren, ob Eleonore für ihn genauso empfand, wie er für sie. War das zu viel verlangt? Ihr seine Gefühle zu gestehen, war ihm schwergefallen. Sich einem anderen Menschen so zu öffnen, machte verletzlich. Aber Eleonore hatte ihm genügend Zeichen gegeben, dass sie ihm nicht wehtun wollte. Ihre Blicke, die Berührungen, als sie ihn verbunden hatte, wie sie an ihm gerochen hatte, als er mit freiem Oberkörper neben ihr saß. Nun, sie hatte nicht direkt gerochen an ihm, aber tief durch die Nase eingeatmet, so wie er es oft tat, wenn sie in seiner Nähe war. Sie duftete einfach zu gut!

»Jetzt seid endlich mal still!«, fauchte er, als Armin und Wolfgang über irgendeinen Scherz des Schmieds in ein fast mädchenhaftes Kichern ausbrachen.

»Spielverderber«, murrte Armin. Doch danach war endlich Ruhe.

Frieder legte sein Ohr noch einmal an die Wand. Da! War da gerade sein Name gefallen? Es blieb dabei: So sehr er sich auch anstrengte, in dieser Unterkunft war Lauschen unmöglich. Mit dieser Erkenntnis fielen ihm vor Anstrengung, Hitze und schlichtweg Müdigkeit die Augen zu.

Frieder erwachte mit dem ersten Licht des Tages der Sommersonnenwende im Jahr 1771. Die letzte Nacht hatte keinerlei Abkühlung gebracht. Im Gegenteil. Es schien noch brütender geworden zu sein. Und doch lief ihm ein Schauer über den Rücken. Denn heute war der Tag, der sein Leben für immer verändern sollte. Entweder er fand den Nibelungenschatz, die Liebe oder den Tod.

Nach dem ersten Stundengebet genossen sie das karge Frühstück, das die Kapuziner ihnen und den anderen Gästen des Hauses auftischten. Dann teilten sie sich wie besprochen auf und gingen los.

Frieder folgte Magnus von Auenstein zu einem Hof, den ihnen die Mönche genannt hatten. Dessen Besitzer führte mit seinen Männern Erd- und Transportarbeiten in und um Worms aus. Es gab drei große Gebäude, einen Stall für die Ochsen, eine riesige Scheune, in der Waren zwischengelagert wurden, und das Haus des Besitzers, eines Johannes Willers. Auf dem riesigen Innenhof standen eine Vielzahl von Karren aller Größen sowie Lasttiere, die geduldig auf ihren Einsatz warteten. Fuhrleute führten die Gespanne zu Haufen von Kies und Sand. Ein paar kräftige Kerle luden die Materialien mit Schaufeln auf die Ladeflächen. Und während Eleonores Vater mit Willers um vier Ochsen und zwei stabile Wagen feilschte, beobachtete Frieder, wie sich der Platz nach und nach leerte.

»Habt Ihr auch einen Lastkahn?«, erkundigte sich Magnus von Auenstein.

»Versucht es mal bei meinem Bruder«, sagte der Fuhrmann und beschrieb ihm den Weg.

Bald hatten sie im Hafen einen geeigneten Kahn gefunden, den Frieder genau unter die Lupe nahm. Er war gebaut wie ein Weidling, aber länger und breiter. Das Boot konnte schwer beladen werden. Flussaufwärts würden sie die Ochsen anspannen müssen, um es gegen die Strömung zu treideln. Aber die Tiere hatten sie ja schon.

»Meint Ihr wirklich, dass der Schatz so groß ist, dass wir einen so schweren Kahn brauchen?«

»Auf jeden Fall!«, zeigte sich Magnus von Auenstein überzeugt, als sie zum Marktplatz liefen, um Proviant und Werkzeuge zu kaufen, die gleich zu ihren noch bei Willers abgestellten Wagen geliefert werden sollten.

Die ganze Zeit über folgten ihnen Armin und Goethe, blieben aber so weit im Hintergrund, dass Frieder sie beinahe vergaß. Er hielt selbst immer mal wieder Ausschau nach den Männern des Barons, doch die ließen sich nicht blicken. Nicht einmal als verkleidete Mönche. Zum Glück.

Als sie auf dem Weg zurück zum Kloster waren, wo sie sich mit den anderen treffen wollten, fasste sich Frieder ein Herz. Er war nun einmal mit Eleonores Vater allein unterwegs und wollte die Gelegenheit nicht verstreichen lassen.

»Darf ich Euch etwas fragen?«

»Ja, natürlich.«

»Es, es geht um …«

»Den Schatz?«, ergänzte Magnus von Auenstein.

»Auch. Ich denke, der Schatz wird unser aller Leben sehr verändern.«

»Das kann man wohl sagen. Wir werden alle reich sein, wenn wir die letzten Rätsel auch noch rechtzeitig lösen können.«

»Ja«, bekräftigte Frieder und überlegte, wie er fortfahren sollte. »Ich bin ja bisher nur ein einfacher Goldwäscher, aber mit meinem Anteil werde ich ein Leben haben können, das mich auch in gehobenere Kreise führen kann.«

»Ganz gewiss sogar, Frieder.«

»Ich bin natürlich kein Adeliger, aber mit dem Gold habe ich Möglichkeiten, die mir vorher nicht offenstanden.«

»Worauf willst du hinaus?«, fragte Eleonores Vater.

Frieder rutschte das Herz in die Hose. Aber Magnus von Auensteins forschender Blick ließ ihm keine Möglichkeit mehr, das Gespräch in eine andere Richtung zu lenken. Er blieb stehen, wandte sich ihm zu und schaute ihm in die Augen.

»Ich erbitte Euren Segen, die Hand Eurer Tochter heiraten zu dürfen. Oh nein!« Er hatte alles durcheinandergebracht! »Ich meine …«

»Ich weiß, was du meinst«, erwiderte Magnus von Auenstein ernst.

»Seid Ihr jetzt böse auf mich?«

Eleonores Vater atmete tief ein und sagte endlich: »Wie könnte ich einem Menschen böse sein, der mein Liebstes auf der Welt so sehr mag, dass er sie immer um sich haben will?«

Mit einer so positiven Reaktion hatte Frieder nicht zu rechnen gewagt.

»Also ja?«, fragte Frieder überglücklich. Sein Herz schlug schneller als der Hammer eines Dachdeckers.

»Moment, mein Junge! Nicht so schnell. Lass mich ausreden.« Er blickte in den Himmel, als stünden dort die rechten Worte angeschrieben.

»Ich habe natürlich bemerkt, wie du Eleonore anschaust. Und ich spüre auch, dass du ihr nicht gleichgültig zu sein scheinst. Aber ich habe nicht das Gefühl, dass du dich mit meiner Tochter schon über die Frage ausgesprochen hast, die du mir eben gestellt hast.«

»Wir haben bereits miteinander geredet«, sagte Frieder und fühlte sich im siebten Himmel.

Magnus von Auenstein sah ihn verwundert an. »Sie hat dir gesagt, dass sie dich heiraten will?«

»Nun, ganz so weit ging unser Gespräch noch nicht«, gab Frieder zu. »Ich wollte erst Euren Segen einholen. Natürlich nur, wenn wir den Schatz finden und mein neuer Reichtum mich zu einer standesgemäßen Partie macht.«

»Du liebst meine Tochter?«

»Ja. Ich …«

»Dann sprich dich erst mit ihr aus und komm danach noch einmal zu mir.«

Während sie weiter schweigend vor sich hin schritten, dachte Frieder nach.

»Darf ich Euch um noch etwas bitten?«

»Um was denn?«

»Es ist nicht leicht, sich mit Eleonore zu unterhalten, ohne sich belauscht zu fühlen. Könntet Ihr nachher zum Besteigen der Türme sie und mich zusammen in eine Gruppe bringen?«

»Du willst, dass ich dir meine Tochter zuschustere?«, fragte er mit einer Mischung aus Entrüstung und Belustigung.

Frieder schüttelte erst abwehrend den Kopf, doch dann nickte er.

»Nun gut«, sagte Magnus von Auenstein mit einem Seufzen. »Dann soll es so sein.« Eher zu sich selbst fuhr er fort: »Ich kann es nicht glauben!«

Kurz darauf erreichten sie das Kloster und stellten fest, dass die anderen schon zurück waren. Frieder strahlte Eleonore an, die das Strahlen erwiderte. Sie wirkte gelöst und glücklich. Und Frieders Herz jubilierte.

36

Worms, 21. Juni 1771
Am längsten Tag des Jahres

Bruder Melchior hatte am frühen Morgen ein Gespräch mit dem Dombaumeister geführt und ihm die Erlaubnis abgerungen, dass sie die Türme offiziell besteigen durften. Eleonore wollte wissen, wie ihm das gelungen sei, aber darüber verlor der Mönch kein Wort. Und auch Ruedi schwieg wie ein Grab. Der unglückliche Vergolder klagte nur über neu aufgeflammte Schmerzen in seiner Hand und kündigte an, dass er einen Arzt aufsuchen würde, der sich den Finger ansehen solle. Linette hatte sich bereit erklärt, ihn zu begleiten, was Eleonore zunächst etwas überrascht hatte. Sie bot an, ebenfalls mitzukommen, aber Linette meinte, sie solle besser zum Schutz bei Bruder Melchior und dem Buch bleiben.

Linette. Es fühlte sich wundervoll an, in ihrer Nähe zu sein. Sie war schlau, mutig, lustig und tiefsinnig. Gestern Abend hatten sie sich in ihrer Kammer noch ewig unterhalten. Dabei hatte Linette sich ganz selbstverständlich wegen der Hitze nackt bis aufs Leibchen auf das Lager gelegt. Eleonore hatte es ihr auf ihrem Bett nachgemacht und, während sie sprachen, die Formen der anderen Frau im letzten Licht bewundert, das mit der heißen Luft durchs Fenster in die Kammer drang. Zuerst hatte sie sich selbst ihrer Erscheinung geschämt, aber Linettes erneute Komplimente ließen sie fast an ihre eigene Schönheit glauben.

Eleonore musste an Frieder denken. Der lag im Zimmer nebenan und vielleicht dachte er gerade an sie. Auch Linette hatte das Gespräch noch einmal auf Frieder gelenkt. »Wenn er dir wirklich gefällt, dann zeig es ihm«, sagte sie.

»Kannst du bitte leiser reden?«, bat sie flüsternd. Sie wollte nicht, dass Frieder sie am Ende noch hörte.

Linette hingegen stand auf und kam zu ihr. Mittlerweile war die Kerze das einzige Licht. Ihr Schein spiegelte sich auf ihren Schenkeln. Sie setzte sich Eleonore gegenüber in den Schneidersitz, sodass ihre Knie sich berührten.

Sie fühlte sich auf einmal ganz schwindelig. »Woher weiß ich, ob er mir wirklich gefällt?«, flüsterte sie.

»Wenn du es noch nicht weißt«, Linette beugte sich vor, »es aber herausfinden möchtest, bleibt dir nichts übrig als ihn zu küssen.«

»Küssen?«, fragte Eleonore fast lautlos.

Linettes Kopf schien ihrem noch näher zu kommen. »Beim Kuss spürst du, ob er dir geben kann, was du brauchst. Es zeigt dir, wie gut ihr zusammenpasst.«

»Und woher weiß ich das?«

»Wenn er der Richtige ist, dann weißt du es.«

»Und wenn es mir nicht so gut gefällt?«

»Dann suchst du vielleicht doch nach etwas anderem«, flüsterte Linette noch näher an ihrem Ohr. Ihr Atem war heiß und ließ Eleonore trotzdem eiskalte Schauer über den Rücken rieseln.

»Nach etwas anderem?«, fragte sie.

Statt einer Antwort hatte Linette sich von Eleonore wegbewegt und sich geschmeidig wie eine Raubkatze vom Lager erhoben. »Morgen wird ein aufregender Tag«, hatte sie gesagt. »Schlaf gut und träum' etwas Schönes.«

Als die Glocke der Stiftskirche elf Mal läutete, waren sie wieder alle zusammen.

»Noch eine Stunde und vierzehn Minuten, dann soll laut dem Buch in einem der Türme ein Zeichen zu sehen sein, das den Weg weist, den damals Hagen genommen hat«, sagte der Vater feierlich. »Wir gehen jetzt gleich los. Ich schlage vor, dass wir uns diesmal anders aufteilen. Ruedi, du kommst mit mir«, bestimmte er. »Armin, du begleitest Bruder Melchior. Wolfgang und Linette, ihr nehmt den dritten Turm. Und Eleonore und Frieder versuchen auf dem vierten ihr Glück.«

Eleonore fand die Formulierung eigenartig. Mehrere aus der Gruppe grinsten, doch ihr Vater überging das mit den Worten: »Wir müssen weiter damit rechnen, dass der Baron auftaucht. Er hat uns schon dreimal am helllichten Tag überfallen. Dass wir uns trennen müssen, ist ein Risiko, aber ich wüsste nicht, wie wir es vermeiden könnten. Wenn alles glattgeht, stoßen wir möglichst schnell wieder zusammen. Sobald jemand den Baron oder seine Leute sieht, bringt euch in Sicherheit.« Er beschrieb ihnen den Weg zum Fuhrhof, wo ihre Ochsen standen. »Kommt dorthin, sobald ihr ausschließen könnt, dass euch jemand folgt.«

Sie näherten sich dem Dom in gespannter Vorfreude. Eleonore konnte kaum glauben, dass sich heute erweisen würde, ob ihr Buch wirklich den Schlüssel zu unerschöpflichem Reichtum darstellte. Und sie verspürte eine große Aufregung, denn Frieder ging an ihrer Seite und redete über die Hitze, als könne das Erleichterung bringen. Aber sie musste ihm in dem Punkt recht geben, dass es sich anfühlte, als habe der Herrgott noch einmal ein paar Scheite nachgelegt in seinem himmlischen Ofen.

Sie näherten sich dem Koloss aus rosafarbenem Sandstein von Norden und gelangten auf den Kaiserplatz, der laut Bruder Melchior vor der Zerstörung durch die Franzosen im Jahr 1689 viel prächtiger ausgesehen haben musste. Wie Speyer war auch Worms im Neunjährigen Krieg der Zerstörungswut der Franzosen zum Opfer gefallen. Der Dom war zwar ausgebrannt, hatte jedoch den Flammen standgehalten.

»Seht ihr das Portal?«, fragte Bruder Melchior fast ehrfürchtig und zeigte auf ein Tor im nördlichen Mittelschiff des Baus. »Das ist das Nordtor, das Kaiserportal, von dem ich euch erzählt habe. Hier haben Kriemhild und Brünhild darüber gestritten, wer zuerst die Kirche betreten durfte.«

»Ist das alles wirklich geschehen? Oder ist es vielleicht doch nur eine Sage?«, fragte Wolfgang.

»Wahrscheinlich trifft in Teilen beides zu«, erwiderte der Mönch. »Jede Geschichte enthält ein Körnchen Wahrheit.«

Der Vater ergänzte ehrfürchtig: »Im Nibelungenlied scheint mir aber mehr als nur ein Körnchen zu stecken, sonst hätten wir den Spuren des Schatzes wohl nicht bis hierher und auf den heutigen Tag folgen können.« Er schaute alle der Reihe nach kurz an und sagte dann: »Los jetzt. Jeder auf seine Position!«

Die letzte Etappe der Schatzsuche hatte begonnen.

An jeder Ecke des Doms ragte ein schlanker, hoher Rundturm in den Himmel. Die Türme waren nicht eingedeckt, sondern zu einer sich nach oben verjüngenden Spitze gemauert worden. Mehrere Fenster im obersten Teil der Türme wiesen in alle Himmelsrichtungen.

Eleonore kam sich eigenartig wichtig vor, als sie mit Frieder und den anderen durch die Kaiserpforte schritt. So nahe war sie den Figuren der Nibelungensage noch nie gewesen. Hier berührte ihr Fuß den Boden, den Kriemhild vor Hunderten von Jahren ebenfalls betreten hatte. Statt Siegfried hatte sie Frieder an ihrer Seite, keinen Helden mit übermächtigen Kräften, aber einen Mann mit gutem Herzen.

Kühle Luft schlug ihnen entgegen und sorgte bei allen für erleichtertes Aufstöhnen. Sie gelangten zuerst in das Seitenschiff, das mit gewaltigen, rechteckigen Säulen vom Mittelschiff abgetrennt war. Hier war es recht dunkel, aber durch die hoch in der Fassade angebrachten Fenster drang der Schein der Sonne bis ins Innerste des Doms.

Eleonore wandte sich mit Frieder zum nordöstlichen Turm. Sie mussten über das Chorgeviert bis zum Hochaltar gehen. Bis hierher wurden sie von Vater und Ruedi begleitet. Ruedis Mund stand offen, als er den Hochaltar mit seiner reichen Vergoldung bewunderte.

Auf jeder dessen Seiten führte eine Tür in die Türme. Eleonore und Frieder wandten sich nach links und gingen durch eine dunkle, beschlagene Holztür. Als die sich hinter ihnen schloss, stand Eleonore allein mit Frieder am Fuß einer Wendeltreppe, die sich steil in den Himmel schraubte.

»Sei vorsichtig«, mahnte er. »Die Stufen sind ganz schön ausgetreten.«

Stufe um Stufe stiegen sie die Treppe empor. In regelmäßigen Abständen befanden sich Durchlasslöcher in Boden und Decke. Seile hingen dort hindurch, damit der Glöckner die Glocken im Turm läuten konnte, ohne ihn jedes Mal emporklettern zu müssen. Ab und zu fiel etwas Licht durch kleine Fensterlöcher. Eleonores Augen hatten sich rasch an die Dunkelheit gewöhnt, sodass sie jetzt fast geblendet war, wenn sie in das gleißend helle Licht des Tages schaute.

Die Windungen der Treppe nahmen kein Ende. Immer weiter schraubte sie sich in die Höhe. Endlich gelangten sie zu einer in den Turm eingezogenen Plattform mit einer Tür. Frieder öffnete sie einen Spalt und spähte hindurch. Es ging von hier aus zum Dachstuhl. Aber die Konstruktion, die das mächtige Dach des Langhauses trug, war für ihre Aufgabe nicht von Bedeutung. Sie mussten höher hinauf.

Je weiter sie stiegen, umso wärmer wurde es ihnen. Die angenehme Kühle des Kirchenraums war hier vergessen. Durch die scheibenlosen Fenster drang die heiße Luft herein, und die Anstrengung des Treppensteigens tat ein Übriges.

Endlich erreichten sie den Glockenturm. Vier schwere Glocken hingen mittig in einer gewaltigen Balkenkonstruktion.

Sechs hohe Fenster boten Ausblicke in verschiedene Richtungen.

»Ob wir hier schon richtig sind?«, fragte Eleonore.

»Ich vermute, wir müssen noch weiter hinauf«, erwiderte Frieder. Er wies auf eine Leiter. »Es hieß doch ›oben auf einem Turm des Doms‹. Das wird sicher ganz oben bedeuten.«

Mithilfe einer langen Leiter gelangten sie zur nächsten Plattform aus Holz, die über den Glockenbalken in den Turm gebaut war. Hier gab es ebenfalls sechs Fenster mit der gleichen Ausrichtung wie ein Stockwerk darunter. Zwei Tauben flogen durch eine der Öffnungen davon. Ein verletztes Tier kauerte am Boden im Dreck.

Obwohl eine leichte Brise durch den Turm wehte, konnte sie weder die Hitze noch den Gestank forttragen. Eine graue Kotschicht bedeckte den Boden und auch die Sprossen der weiter hinaufführenden Leiter. Die Exkremente der Vögel waren eingetrocknet, trotzdem verzog Eleonore das Gesicht, als sie hinter Frieder mit bloßen Händen die Sprossen hinaufkletterte.

»Ich glaube, wir sind jetzt schon höher, als ich in Speyer mit Goethe auf der Zwerggalerie war«, sagte Frieder. Eleonore fiel auf, dass sein Gesicht an Farbe verlor. Es lag wohl an der Höhe, die ihm nicht ganz geheuer zu sein schien.

»Und doch geht es noch weiter.«

»Genau. Ins Dach des Turmes«, seufzte er.

Die letzte Leiter brachte sie in den obersten Turmraum. Über ihnen lief dieser spitz zu und besaß ein paar kleine Luftdurchlässe. Auf ihrer Höhe befanden sich zu den vorigen Etagen leicht versetzte, scheibenlose Fenster. Der Steinboden war auch hier mit Vogelkot, Federn und ein paar Skeletten von Vögeln bedeckt. Woher die Knochen stammten, sahen sie sofort. In einem der Fenster saß ein Raubvogelweibchen, das sie mit nervösen Blicken aus gelb umrahmten Augen anstarrte. Die Mutter kauerte vor drei fast ausgewachsenen Jungtieren und schien entschlossen, ihre Brut gegen jeden Angreifer zu verteidigen.

»Wanderfalken«, bemerkte Frieder fachmännisch und trat einen Schritt auf die Fensteröffnung zu. Ein schriller Warnruf der Mutter erscholl. Frieder blieb ruhig stehen und sagte: »Wir wollen deiner Familie kein Leid antun.«

Als habe der Vogel ihn verstanden, beruhigte sich das Tier, behielt die Eindringlinge aber weiterhin streng im Auge.

»Also, sind wir hier richtig oder weiter unten?«, fragte Eleonore.

Frieder ging zu einem freien Fenster. Er musste sich auf die Zehenspitzen stellen, um hinauszublicken. Auf einmal winkte er und rief laut: »Hier!«

»Was ist?«

»Dein Vater im anderen Turm.«

Eleonore trat an Frieders Seite und ging ebenfalls auf die Zehenspitzen. Sie sah kurz den Hinterkopf ihres Vaters, dann verschwand er aus dem Sichtfeld.

»Er hat uns nicht gesehen«, sagte Frieder und drehte sich zu ihr um.

Eleonore wandte sich ihm zu.

Sie standen sich gegenüber, fast Kopf an Kopf. Eleonore verspürte zuerst noch das Bedürfnis zurückzuweichen, aber dann blieb sie einfach stehen. Ein flatterndes Gefühl regte sich in ihrem Magen. War das die Liebe?

»Was du mir während des Kampfs gesagt hast, fand ich sehr schön«, flüsterte sie.

Frieders Gesicht lief rot an. »Ich hatte schon Sorge, dass du vielleicht, also, dass ich mehr empfinde …«

Sie hätte nicht sagen können, von wem die Initiative ausgegangen war, sich die Hände zu reichen. Auf einmal lagen sie ineinander. Eleonore versank fast in Frieders Augen und entdeckte einen Goldflitter darin, als sei der ihm bei seiner Suche ins Auge geraten. Sie fand es einen wundervollen Zufall und lächelte ihn an.

»Der Zeitpunkt war sicher nicht der beste, aber ich habe jedes Wort ernst gemeint«, sagte er. Auf einmal wirkte er gar nicht mehr unsicher. Das gefiel ihr. Ihr Atem ging schnell, ihr Herz flatterte heftig, und dann näherten sich ihre Gesichter einander an. Ihre Blicke waren so fest verwoben, wie ihre Hände sich hielten. Zumindest bis sich ihre Lippen berührten. Eleonore schloss die Augen. Im gleichen Moment begannen der Boden unter ihr zu beben und die Glocken zu läuten. Es war zwölf Uhr am längsten Tag des Jahres. Und sie bekam endlich den ersten Kuss ihres Lebens von einem Mann.

37

Worms, 21. Juni 1771
Am längsten Tag des Jahres

Frieders Herz raste in seiner Brust. Ihre Münder trafen sich. Leidenschaftlich presste er seine Lippen auf ihre. Ein Beben setzte ein und dann ertönte der erste Glockenschlag. Es war höllisch laut. Aber Frieder wollte sich davon jetzt nicht stören lassen. Ihre Nasen waren sich im Weg. Also neigte er den Kopf, um ihrer auszuweichen. Eleonore allerdings folgte seinen Bewegungen, und so waren sie nicht weiter als zuvor. Der zweite Glockenschlag lärmte noch ohrenbetäubender als sein Vorgänger. Endlich fanden sie eine Position, bei der ihre Nasen nicht gegeneinanderstießen. Frieder zuckte beim dritten Läuten zusammen. Gleichzeitig schnellte Eleonores Zunge vor und drückte sich zwischen seinen Lippen durch, bis sie auf seine Zunge traf. Noch ein Glockenschlag, der in seinen Ohren schmerzte. Er ärgerte sich, dass es ausgerechnet Mittagszeit sein musste! Wahrscheinlich war er am Ende dieses Kusses taub. Trotzdem umarmte er Eleonore fester. Das geschah wohl etwas zu heftig, denn sie biss ihm leicht in die Unterlippe. Sein Stöhnen ging im fünften Läuten unter. Und schon war da wieder diese nasse Zunge!

Er löste sich von Eleonore, die sofort die Hände zu den Ohren hob. Sie blickten sich verlegen an. Dann lächelte sie unsicher. Er lächelte gequält zurück.

Statt nach dem zwölften Schlag zu enden, nahm das Geläut daraufhin sogar zu, denn nach dem Stundenschlag folgte das Angelusläuten aller Glocken, das sicher ein paar Minuten dauern würde.

Frieder wusste gar nicht, was er tun und wohin er blicken sollte. Er stand mit den Händen auf die Ohren gepresst da, und seine Gedanken rasten.

Schließlich wurde das Läuten ein bisschen leiser, langsamer. Die Glöckner hatten endlich aufgehört, weiter an den Seilen zu ziehen. Nun schwangen die Glocken nach, und die Klöppel schlugen mit weniger Kraft gegen die metallene Hülle.

Die Wanderfalken schienen sich gar nicht an dem Lärm zu stören. Frieder fragte sich, ob die Vögel schon taub waren. Er lockerte den Druck seiner Hände auf die Ohren. Ja, jetzt war es auszuhalten. Vielleicht gewöhnte man sich mit der Zeit daran. Eleonore nahm ebenfalls die Hände vom Kopf.

Es dauerte trotzdem noch eine ewige Minute, bis der letzte Glockenschlag ertönte, und weitere quälende Augenblicke, bis ihr Schlag verklungen war.

Eleonore kam verlegen auf ihn zu und nahm erneut seine Hände in die ihren.

»Eleonore«, sagte er.

»Frieder«, sagte sie.

Dann schüttelte sie ganz langsam den Kopf. Frieder bemerkte, dass er ihr Kopfschütteln längst erwiderte. Oder war es sogar ursprünglich von ihm ausgegangen?

»Das war nichts«, hörte er sich enttäuscht sagen.

»Eine Katastrophe«, erwiderte sie.

»So schlecht nun auch wieder nicht«, protestierte er.

»Sollen wir es vielleicht noch mal probieren? Ohne Glocken?«

Frieder erwog das noch, da drückte sie ihre Lippen schon wieder auf die seinen. Sie waren zart und warm, das musste er zugeben. Es gab sicher weit Schlimmeres, als Eleonore zu küssen, aber als sich ihre Zungen erneut berührten, erschrak er und löste sich von ihr.

»Und, war es diesmal besser?«, fragte Eleonore schüchtern.

Frieder konnte nur mit dem Kopf schütteln. Er wagte es kaum, ihr in die Augen zu sehen.

»Frieder! Sieh mich an! Ich bin so erleichtert, dass es dir nicht anders erging als mir«, sagte sie erfreut und nahm ihn fast stürmisch in den Arm.

»Ich finde es sehr schade, dass es sich so seltsam für uns angefühlt hat«, sagte er und erwiderte die Umarmung freundschaftlich. »Vielleicht sollten wir es einfach noch ein drittes Mal probieren. Um wirklich sicherzugehen.«

»Meinst du?« Eleonore sah ihn zweifelnd an. »Na gut.« Sie zuckte mit den Schultern.

Frieder schluckte und holte tief Luft, als wolle er bis zum tiefsten Grund des Rheins tauchen, dann näherte er sich ihrem Gesicht erneut. Ihre Lippen kamen zum dritten Versuch zusammen. Übung macht den Meister, ging Frieder durch den Kopf. Aber von Meisterschaft war nichts zu spüren. Es fühlte sich an, als würde er seine eigene Hand küssen. Er versuchte, sich ganz auf die Berührung zu konzentrieren, doch das machte es nur noch schlimmer. Auch ein erneutes Zusammentreffen ihrer Zungen riss die Sache nicht heraus.

Eleonore schüttelte den Kopf, als sie sich wieder voneinander lösten.

»Es ist, als würde ich eine Schwester küssen«, sagte Frieder.

»Es passt einfach nicht. Linette hatte recht.«

»Wieso? Was hat Linette damit zu tun?« Das fuchste ihn nun doch ein bisschen.

»Linette hat gesagt, ich soll dich küssen, um herauszufinden, ob du der Richtige bist für mich. Wenn ja, würde ich es spüren. Falls nicht, wüsste ich wenigstens Bescheid.«

»So ähnlich hat es mir Wolfgang geraten«, gab Frieder zu. »Ich fürchte, wir müssen beide weitersuchen.«

Frieder entfuhr ein so tiefer, inniger Seufzer, dass Eleonore plötzlich in Lachen ausbrach. Und ihr Lachen steckte ihn an. Auf einmal lagen sie sich erneut in den Armen, als Freunde. Und obwohl Frieder unter allem eine Traurigkeit empfand, dass diese schöne Frau offensichtlich vom Herrgott nicht für ihn bestimmt war, fühlte er sich erleichtert, dass er es nun wusste.

»Ich mag dich wirklich sehr gerne, Frieder. Ich habe gedacht, du könntest es sein.«

»Und ich habe sogar schon deinen Vater um seinen Segen gebeten.«

»Was hast du?« Einen Moment sah sie fassungslos aus, dann wurde ihr bewusst, dass Magnus von Auenstein sie beide zusammen in diesen Turm gesteckt hatte.

»Dieser alte Hund!«, schimpfte sie, musste aber erneut lachen.

Frieder kam es vor, als würde es mit einem Mal heller. Er blickte sich verwirrt um. Durch eine der oben im Dach untergebrachten Öffnungen fiel ein gleißender Sonnenstrahl in den Turm hinein und beleuchtete ein handtellergroßes Stück am Boden vor dem Fenster mit den Wanderfalken. Das musste das Zeichen sein, auf das sie warteten. Es musste jetzt genau acht Stunden nach Sonnenaufgang sein, zwölf Uhr und vierzehn Minuten.

»Schau da!«, rief er. Aber Eleonore hatte den Lichtschein auch schon bemerkt. Er markierte eindeutig das Fenster mit den Wanderfalken. Nach einer Minute wurde der Fleck kleiner und verblasste schließlich ganz.

»Der Schein der Sonne oben auf einem Turm des Doms zeigt den Weg, den Hagen einst gegangen ist«, zitierte Frieder den Teil des Rätsels. »Ich denke eher, der Lichtschein zeigt das Fenster, durch das man die Richtung ermitteln kann. Wir müssen da hinausschauen.«

»Wir haben nur das Problem der Vögel«, gab Eleonore zu bedenken.

Frieder fuchtelte mit den Händen in Richtung der Tiere. Das Weibchen stieß erneut ihren Ruf aus. Als Eleonore noch neben

Frieder trat und »Kusch, kusch!« rief, sprangen die Jungvögel weiter vor zum Sims. Einer stürzte in die Tiefe, die beiden anderen hüpften aufgeregt hin und her.

Frieder verstärkte sein Scheuchen und machte dazu zischende Geräusche. Das war dem Weibchen zu viel. Einen Moment lang fürchtete er, sie würde ihn mit ihrem scharfen Schnabel und den Klauen angreifen, doch dann besann sie sich eines Besseren und sprang ebenfalls vor auf den Sims. Der Vogel drückte seine Brut hinaus, um selbst hinter ihnen im Freien zu verschwinden. Draußen waren aufgeregte Falkenschreie zu vernehmen.

»Schau, sie fliegen!«, rief Eleonore, als sie durch die Öffnung alle vier Vögel erkennen konnten.

Frieder jedoch interessierte sich weniger für die Falken als für die Aussicht. Das Fenster führte weg vom Domgebäude nach Norden.

Er erkannte den Graben, der bis zur Zerstörung der Mauer durch die Franzosen außerhalb der alten Stadtmauer verlaufen war, von der nur noch Teile existierten. Die Reste eines großen Tors lagen genau in seiner Richtung. Dahinter verlief der Weg nach Norden, von dem eine Seitenstraße zu ihrem Kloster abbog. Die Hauptstraße jedoch führte weiter nach links und verlor sich dort in einem Waldstück. So sehr er auch schaute, war dies die einzige große Straße, die er von hier aus erblicken konnte.

»Oder erkennst du sonst noch etwas von Bedeutung?«, fragte er.

Eleonore schüttelte den Kopf. »Ich denke, das muss der Weg sein, den wir nehmen sollen. Ich bin gespannt, ob die anderen auch etwas gesehen haben.«

»Ich klettere vor.«

Als sie durch die Tür zum Hochaltar traten, bemerkten sie, dass ein Gottesdienst stattfand. So weit hinten fiel ihre Anwesenheit niemandem auf, aber Frieder schloss die Tür schnell wieder.

Einen anderen Ausgang gab es nicht. Sie beschlossen, das Ende des Gottesdienstes abzuwarten. An Sonntagen dauerte ein Mittagsgottesdienst etwa anderthalb Stunden, aber heute war ein Freitag. Da sollte es schneller gehen.

Sie unterhielten sich leise, bis der Dompropst seine Predigt beendet hatte und die Orgel zum Auszug erklang. Zu wissen, dass Eleonore und er kein Paar werden würden, war eine Erleichterung. Sobald der Dompropst in der Sakristei verschwunden war, verließen sie ihr Versteck und gingen im Gefolge der anderen Gottesdienstbesucher aus der Kirche.

Offenbar hatten Magnus von Auenstein und Ruedi genauso gehandelt wie sie, denn sie trafen sich unter den letzten Gläubigen, die aus dem Dom traten.

Während Eleonore ihrem Vater etwas zuflüsterte, hielt Frieder Ausschau nach den Männern des Barons. Bisher waren sie immer dann erschienen, wenn sie ein Rätsel gelöst hatten. Er fürchtete, dass sie in der Nähe waren. Aber es war niemand zu sehen. Außer Armin, Wolfgang, Linette und Bruder Melchior, die im kurzen Schatten des Doms auf sie warteten. Ihnen allen war kein Licht aufgegangen. Sie waren froh, von Frieder zu erfahren, dass der Nordostturm der Richtige gewesen war.

»Und wo müssen wir hin?«, fragte Eleonores Vater, als sie weit genug weg von allen anderen Leuten waren, um nicht belauscht werden zu können.

Frieder berichtete von dem Sichtfeld, das durch das Fenster zu sehen gewesen war. »Wir müssen so gehen wie zum Kloster, nur an der Kreuzung nicht rechts, sondern auf der Hauptstraße geradeaus weiter«, fügte er hinzu und fragte dann misstrauisch: »Wo bleibt denn der Baron?«

»Ich denke, wir haben ihn endlich abgeschüttelt«, meinte Magnus von Auenstein. »Auf jeden Fall aber sollten wir so schnell wie möglich die Kutsche und die Ochsenkarren holen. Die Zeit wird knapp.«

Auf dem Weg zurück zum Kloster blickten sie sich mehrfach argwöhnisch um, machten aber weder Verfolger oder anderweitig verdächtige Personen aus.

Die beiden Frauen gingen zusammen. Sie unterhielten sich leise, teils flüsternd. Frieder ahnte, dass Eleonore Linette von den verunglückten Kussversuchen berichtete. Wenn das neuste Mitglied ihrer Gruppe ihr am Abend zuvor bereits Ratschläge gegeben hatte, war es einleuchtend, dass sie jetzt erfahren wollte, wie es ausgegangen war. Frieder störte sich nicht weiter daran.

Bis zum Kloster blieb es dabei: Es gab keine Spur vom Baron, diesem Riesen Gabriel Wüller oder ihren Leuten. Frieder entspannte sich etwas. Dabei wurde ihm bewusst, dass er eine Sache noch klären musste, die er wegen Eleonore die ganze Zeit unbeachtet gelassen hatte.

»Ruedi?«

»Ja?«

»Ich dachte, wir sind Freunde. Aber du bist mir immer noch böse. Was erwartest du von mir?«

Ruedi blickte verlegen zum Boden. So kannte Frieder den Vergolder gar nicht.

»Es ist doch klar, dass wir alle etwas angespannt und nervös sind. Ich fand nur, dass du dich zu weit aus dem Fenster gelehnt hattest«, fuhr Frieder fort. »Können wir das nicht vergessen?«

»Du hast ja recht«, sagte Ruedi endlich. »Aber manchmal geschehen einfach Dinge, die einem später leidtun.« Er blickte auf seine Hand.

Frieder wusste nicht genau, was er sagen sollte. »Tut es noch weh?«

»Es geht. Es juckt und ist heiß.«

»Sei mir nicht mehr böse.«

»Ich bin dir doch gar nicht böse. Ich bin nur …«

»Was ist?«

»Frieder, ich muss dir …«

»Was denn?«

»Ach, vergiss es. Ich habe einfach eine Bitte an dich.«

Sie gelangten an die Kreuzung zum Kloster, hielten sich aber geradeaus. Auf den hölzernen Wegweisern stand: *Herrnsheim, Osthofen, Mettenheim.* An dieser Straße befand sich auch der Fuhrhof, wo ihre Wagen auf sie warteten. Von dort konnten sie dann einfach weiterziehen. Weiter auf dem Weg zum Schatz.

»Welche Bitte hast du denn?«, fragte Frieder seinen Freund.

»Wenn mir etwas passiert –«

»Dir wird nichts passieren«, fiel er Ruedi ins Wort.

»Lass mich ausreden! Diese ganze Mission ist eine gefährliche Sache. Ich will einfach wissen, dass sich jemand um meine Schwester kümmert, falls ich nicht mehr nach Hause zurückkommen sollte.«

»Das ist Ehrensache. Wir sind doch Freunde!«

Ruedi stiegen Tränen in die Augen. Er nickte nur kurz und sagte: »Danke.«

38

Bei Worms, 21. Juni 1771
Am längsten Tag des Jahres

Es dauerte nicht lange, bis sie alle vollkommen durchgeschwitzt waren. Die Sonne brannte unbarmherzig auf sie nieder, immerhin wehte ab und zu eine stärkere Brise über das Land. Die Luft war schwül und von Feuchtigkeit getränkt wie ihre Kleidung von Schweiß.

Sie hatten zwei Stunden Fußmarsch vor sich. Armin saß auf dem Kutschbock und lenkte die Pferde im Schritt. Ruedi führte ein Ochsengespann, Frieder das zweite. Bruder Melchior hatte es sich in der Kutsche gemütlich gemacht, Wolfgang hielt sein Pferd. Und der Vater wechselte sich mit Frieder und Ruedi bei den Ochsen ab.

Die Gruppe hatte sich ein wenig auseinandergezogen. Eleonore und Linette liefen etwas voraus.

»Wieso ist dir dieses Dorf im Elsass so wichtig?«, fragte Eleonore ihre neue Freundin.

»Eigentlich geht es um weit mehr als Besitztümer, die mir zustehen, aber Drachenbronn ist mir besonders wichtig. Es ist eine komplizierte Geschichte.«

»Wir haben zwei Stunden Weg vor uns. Was hindert dich, sie mir zu erzählen?«

»Na gut«, sagte Linette und lächelte sie an. Sie mochte es, wenn sie lächelte. Ihre Grübchen sahen dann wunderschön aus.

»Die Familie von Fleckenstein hat einen langen Stammbaum. Einer meiner Vorfahren, Ritter Gottfried, soll sogar dem Teufel persönlich widerstanden haben. Rund sechshundert Jahre später wurde mein Großvater geboren, Friedrich Jacob von Fleckenstein. Er war der einzige Sohn seines Vaters und damit der einzige Erbe. Aber dann soll er sich mit dreiundvierzig Jahren das Leben genommen haben.«

»Warum hat er sich umgebracht?«

»Das ist es ja. Ich bezweifele, dass er das getan hat. Jedenfalls ging die Baronie so nach dem Tod seines Vaters nicht an ihn, sondern wurde aufgelöst. Die Ländereien wurden an die drei Schwestern meines Großvaters oder deren Nachkommen verteilt.«

Linette wischte sich mit der Hand den Schweiß von der Stirn.

»Mein Großvater hatte eine Tochter aus seiner Ehe. Nach dem Tod seiner Frau gab es allerdings später noch einen Sohn.«

»Deinen Vater.«

»So ist es. Mein Vater wurde von einem einfachen Mädchen in Drachenbronn geboren, das sich wohl unsterblich in meinen Großvater verliebt hatte.«

»Wie kommst du darauf, dass man ihn ermordet hat?«, fragte Eleonore.

»Der Todestag meines Großvaters und der Geburtstag meines Vaters stimmen überein. Das ist doch eigenartig. Das Mädchen, meine Großmutter, hat an diesem Tag zwei Söhne zur Welt gebracht, Zwillinge. Die Mutter und eines der Kinder waren am nächsten Morgen tot. Aber der Mörder hatte wohl nicht von der Zwillingsgeburt gewusst. Mein Vater wurde als Säugling von einem Vertrauten meines Großvaters außer Landes gebracht und wuchs im Geheimen bei einem Freund auf.«

Eleonore schüttelte den Kopf. »Das hört sich an, als sei die Geschichte der Nibelungen wahr geworden.«

»Wer weiß. Ich habe nach dem Tod meines Vaters seinen rechtmäßigen Familiennamen angenommen und bin aus dem Norden hergereist, um meine Heimat zu sehen und vielleicht sogar herauszufinden, wer genau hinter der schändlichen Tat steckt.«

»Und was wirst du tun, wenn du es herausfindest?«

»Das muss ich mir genau überlegen, denn es sieht aus, als verbirgt sich weit mehr dahinter als eine tödliche Intrige eines oder mehrerer Schwäger meines Großvaters. Der König gab die Baronie nämlich an Hercule Mériadec de Rohan-Soubise, den Prinzen von Rohan. Dessen Sohn wiederum war Bischof in Straßburg und errichtete von dem Geld aus der Baronie den Palais Rohan am Münster.«

»Den haben wir gesehen«, sagte Eleonore. Sie war beeindruckt von den Zusammenhängen, die es zu geben schien. »Und der Koadjutor des heutigen Bischofs, ebenfalls ein Rohan, hat uns die Verfolger auf den Hals gehetzt, den Baron und seine Männer. Vielleicht sind da die gleichen Mächte am Werk, die schon damals so viel Unheil angerichtet haben.«

Linette ging gedankenverloren weiter.

Endlich schob sich eine Wolke über den Himmel und verdeckte für ein paar Minuten die auf sie hinabbrennende Sonne. Wo immer sie Menschen trafen, klagte man über die Hitze, als gäbe es kein anderes Thema mehr. Zwei Jahre lang war es zu kalt und zu nass gewesen, jetzt war es so heiß und trocken, dass die Pappeln bereits erste Blätter abwarfen.

Das Land war nahezu eben. Die Rösser zogen die Kutsche ohne Anstrengung und gingen allen voran. Die Ochsenkarren fuhren mit etwas Abstand weiter hinten, weil die Pferde sonst vor den Rindern scheuen könnten. Offenbar nicht aus Angst, sondern eher aus Stolz, so wie Ritter nicht hinter Bauern marschieren würden.

Goethe gab ein paar Lieder zum Besten. Sein Gesang war nicht immer wohltönend, aber es tat gut, etwas Unterhaltung zu haben. Bruder Melchior klagte ständig aus der Kutsche heraus. Er hatte seinen Habit bis auf ein dünnes Leibchen abgelegt und hielt eine Weinflasche, aus der er immer wieder einen kleinen

Schluck nahm. Der Schweiß, der unaufhaltsam aus seinen Poren drang, musste selbst schon alkoholisch sein.

Eleonore spürte plötzlich, dass sich ein Stein in ihren Schuh verirrt hatte. Sie hinkte zum Straßenrand. Linette stützte sie, als sie sich den Schuh auszog und das Steinchen herausschüttelte. Bis sie den Schuh wieder angezogen hatte, waren alle an ihnen vorbeigezogen. Eleonore wollte ihnen hinterhereilen, aber Linette bat sie, einen Moment zu warten.

»Was ist?«, fragte sie.

»Ich muss dir noch etwas Wichtiges sagen.«

»Ja? Was denn?«

»Ich habe dir doch den Rat gegeben, Frieder zu küssen, um zu sehen, ob ihr zusammenpasst.«

»Ja?«

»Bitte verzeih mir. Ich muss es tun«, sagte sie und zog Eleonore hinter ein Gebüsch.

»Was machst …«

Linette brachte sie mit einem Kuss zum Schweigen. Als ihre Lippen sich berührten, durchströmte glühend heißes Verlangen Eleonores ganzen Körper. Sie bebte vor Leidenschaft, verkrampfte vor Lust und entspannte sich sofort wieder, sah goldene Sterne vor Augen, und die Knie drohten, ihr schwach zu werden. Linettes Lippen waren zart wie feinste Seide und schmeckten süß wie reife Früchte. Als Eleonore bewusst wurde, dass sie den Kuss erwiderte, erschrak sie. Sie drückte Linette von sich weg.

»Was hast du getan?«, fragte sie entsetzt.

»Ich konnte nicht anders, Eleonore. Wir kennen uns erst seit einem Tag, aber es fühlt sich für mich an, als seist du ein Teil, der mir immer gefehlt hat.«

»Was?« Eleonore konnte die Gefühle gar nicht begreifen, die ihr Innerstes durcheinanderwirbelten. Sie hatte Angst, fühlte sich von einer Last befreit, wollte lachen und weinen zugleich.

»Ich musste dich küssen, um zu sehen, wie es sich anfühlt. Es war perfekt! Es gibt auch Frauen, die kein *Rüetlin* suchen, sondern einen Heiligen Gral, weißt du?«

Eleonore wusste vor allem, dass es eine Sünde war, wenn zwei Frauen … Sie dachte an ihre Jugendfreundin Maria, daran, wie ein Kuss alles verändert und eine verbotene Nacht ihre Freundschaft zerstört hatte.

Sie schüttelte den Kopf.

Linette hatte wohl etwas anderes von ihr erhofft. Sie atmete tief ein und blickte sie traurig und verlegen zugleich an.

»Es … es tut mir leid«, stammelte sie. »Ich dachte, du würdest auch …«

»Du hast mir geraten, Frieder zu küssen!«, schimpfte Eleonore. Alle anderen Gefühle wurden jetzt von Wut abgelöst.

»Weil ich wissen wollte, ob du vielleicht Frauen mehr magst als Männer«, erklärte Linette. Obwohl sie älter war, wirkte sie gerade schüchtern wie ein kleines Mädchen.

»Das wird nie wieder passieren!«, erklärte Eleonore.

»Nie wieder«, stimmte sie ihr zu. »Verzeih mir. Es ist nicht leicht …«

»Und ich will nie wieder darüber sprechen. Es ist nie passiert!«

»Hallo?« Das war Wolfgangs Stimme.

Eleonore stapfte wütend hinter dem Gebüsch hervor. Wolfgang war zurückgekommen, um nach ihnen zu sehen. Er bemerkte ihren Blick, wich vor ihr zurück und ließ sie vorbeischießen. Als sie sich später umdrehte, kamen er und Linette von Fleckenstein ihr langsamer hinterher.

Eleonores Körper war so voller Feuer, dass sie trotz der schwülen Hitze bald der Gruppe voranging. Der Vater hatte sie gefragt, warum sie so aufgebracht sei, aber sie hatte nur abgewunken.

Wie konnte Linette so etwas tun? Wie konnte sie sie küssen? Dachte sie etwa, sie würde sich durch einen Kuss einfach in sie verlieben? In eine andere Frau?

Mit Maria war das anders gewesen. Sie waren junge Mädchen

und sich seit ihrer Kindheit vertraut. Sie hatten oft zusammen gebadet, jedes ihrer Geheimnisse besprochen. Aus reiner Neugierde und jugendlichem Übermut war es zu dieser Nacht gekommen. Eine Berührung hatte die nächste ergeben, eine wundervolle Empfindung die nächste abgelöst, und sie hatten sich vergessen. War das nicht menschlich?

Ja, die Nacht hatte sich wunderschön angefühlt, der folgende Morgen hingegen furchtbar. Nähe konnte auch trennen. Es kam Eleonore vor, als hätte sich in dieser Nacht eine unüberwindbare Mauer zwischen ihnen erhoben.

Sie hatten nicht mehr darüber gesprochen, sondern waren sich ausgewichen. Und dann sehr schnell fremd geworden.

Der Vater rief von hinten ihren Namen. Eleonore blickte sich um. Er winkte sie zu sich. Sie suchte Linette und fand sie ein Stück hinter der Gruppe. Als sich ihre Blicke trafen, lagen in Linettes Augen Bedauern und Traurigkeit. Eleonore war längst nicht mehr wütend. Im Moment wusste sie gar nicht, wie sie sich fühlen sollte. An einem Tag hatten zwei Menschen sie geküsst. Und beide Male war sie im Anschluss unglücklicher gewesen als vorher.

»Wir sind fast zwei Stunden gegangen«, sagte der Vater. Bruder Melchior hatte sich wieder vollständig angezogen und stieg aus der Kutsche.

»Dann findest du das Gold an allzu offenkund'ger Stelle. Beim Herrgott such das wache Auge! Sieh hindurch, und du erblickst den Fels, der Siegfrieds Schatz beschützt«, zitierte er den Text, den sie aus dem Buch übersetzt hatten.

Eleonore blickte sich um. Ein Stück vor ihnen befand sich ein Dorf, links wuchsen Weinberge empor. Oberhalb des Dorfs erkannte sie dort ein von alten Bäumen umsäumtes Kirchlein, rechts hingegen war das Land flach. In einem schmalen Bewässerungskanal stand ein Rest veralgten Wassers, über dem die Zuckmücken zu Tausenden in der Luft schwirrten. Hinter weiteren

Feldern und Wiesen konnte Eleonore einen alleinstehenden Hof ausmachen.

»Also, hier ist noch nichts Offensichtliches zu sehen, wie es im Rätsel heißt«, sagte Goethe und schaute sich um. »Entweder sind wir noch nicht weit genug gekommen, oder die Spur, die unser geheimnisvoller Urheber gelegt hat, ist zu dürftig, als dass sie nach so langer Zeit noch zum Ziel führen kann.«

Zwei müde aussehende Männer kamen ihnen entgegen und zogen zum Gruß die Mützen. Einer war etwa im Alter von Eleonores Vater, der zweite ein paar Jahre jünger. Beide hatten runde, teigige Gesichter und einen armselig dünn gewachsenen Bart, der sie wie Brüder wirken ließ.

»Verzeiht, meine Herren«, sprach der Vater sie an. »Was ist das für ein Dorf, das da vor uns liegt?«

»Ach, ihr seid wohl nicht von hier?«, fragte der Ältere.

»Nein, wir kommen aus dem Süden.«

»Das ist Osthofen. Das Dorf geht hinter dem Goldberg weiter.« Er zeigte damit auf die Erhöhung, auf der die Kirche stand.

»Goldberg?«, stieß Wolfgang Goethe aus.

»Ja, dahinter fließt der Seebach. An dem entlang steht der Großteil des Dorfs. Das da vorne sind nur ein paar Höfe.«

»Was ist das für eine Kirche auf dem Goldberg?«, wollte Bruder Melchior wissen.

»Die Bergkirche, ehrwürdiger Bruder«, sagte der Mann. »Umgeben wird sie vom Friedhof. Ist Osthofen euer Ziel?«

Sie sahen sich alle gegenseitig an und schienen der gleichen Meinung zu sein.

»Ich glaube, wir sind hier richtig«, sagte Bruder Melchior. »Jetzt müssen wir nur noch ein waches Auge finden.«

Darauf wussten die beiden Männer nichts zu erwidern. Bruder Melchior drückte ihnen in einer Anwandlung von Dankbarkeit eine seiner Weinflaschen in die Hand. Die beiden bedankten sich herzlich und gingen alsbald weiter.

»Offenkundig«, sagte Frieder. »Was könnte auf einer Schatz-suche offenkundiger sein als ein Goldberg?«

»Und auf dem Goldberg steht ein Haus Gottes«, sagte der Mönch. »›Beim Herrgott such das wache Auge!‹ Es muss in der Nähe dieser Kapelle zu finden sein! Halleluja!«

39

Der Weg wand sich steil den Berg hinauf. Sie beschlossen daher, die Ochsenkarren und die Kutsche vorerst unten zurückzulassen. Ruedi und Armin warteten bei ihnen und sollten mit der Pistole ein Zeichen geben, falls der Baron wider Erwarten doch noch auftauchen sollte. Linette bot sich an, bei den beiden zu bleiben. Frieder wunderte sich schon die ganze Zeit, was zwischen ihr und Eleonore wohl vorgefallen sein mochte. Offenbar hatten sie sich gestritten, denn auf einmal war sie an ihnen allen vorbeigestapft und Linette hinter ihnen geblieben.

»Worum ging es bei eurem Streit?«, fragte Frieder Eleonore beim Aufstieg zur Kirche.

Sie schüttelte den Kopf.

»Das gibt sich schon wieder«, sagte er.

Sie knurrte. Ein Geräusch, das er so von ihr noch nicht kannte.

Um den Friedhof und die Kirche wand sich eine grob errichtete Mauer. Der Kirchturm war sichtlich alt, das Schiff schien weit jüngeren Datums zu sein. Frieder konnte keine Regelmäßigkeit erkennen, nach der die Gräber angelegt worden sein könnten. Einige waren in Reih und Glied angeordnet, andere schienen wie zufällig über dem Gelände verteilt. Kleine Grabsteine oder hölzerne Kreuze zeigten an, wer dort begraben lag. Die Wipfel der auf dem Friedhof stehenden Pappeln und anderer Bäume rauschten im aufziehenden Wind und warfen tanzende Schatten auf den geweihten Boden.

Bruder Melchior bekreuzigte sich: »Beim Herrgott such das

wache Auge! Sieh hindurch, und du erblickst den Fels, der Siegfrieds Schatz beschützt, heißt es. Wir sind ganz nah. Wir müssen
nur dieses Auge finden!«

Sie teilten sich auf. Bruder Melchior und Wolfgang traten in
die Kirche, Eleonore, ihr Vater und Frieder suchten draußen. Dabei ging es Frieder durch den Sinn, ob »waches Auge« wie bei den
Rätseln zuvor wieder übertragen gemeint sein könnte. Ein waches Auge war offen, ein müdes oder schlafendes Auge geschlossen. Aber das half ihm nicht weiter. Und mehr fiel ihm dazu auch
nicht ein.

Frieder kletterte auf die Mauer und schaute ins Tal hinab. Er
erkannte die Kutsche und die Ochsenkarren, die von hier aus
klein wie Kinderspielzeuge wirkten. Auf der anderen Seite ging
es zum Dorf hinunter. Dort herrschte hektische Betriebsamkeit,
weil die Menschen ihre Höfe und Häuser und das Vieh auf das
aufziehende Gewitter vorbereiteten. Aus der beständigen Brise
war ein böiger Wind geworden, so warm, dass er fast auf der
Haut brannte. Ein Bauer trieb ein paar Kühe in den Stall, auf
einem Feld bemühte sich ein anderer, das bereits trockene Heu
noch vor dem Regen einzuholen. Wahrscheinlich hielt sich auch
deshalb niemand hier oben auf, den man nach einem »wachen
Auge« hätte fragen können.

Vielleicht war das Symbol auf einem der Grabsteine angebracht, ging es Frieder durch den Kopf. Der Blick durch das
wache Auge sollte auf den Stein weisen, unter dem der Schatz
verborgen lag? Konnte das bedeuten, dass unter einer der Grabstätten der Eingang in die Tiefen des Goldbergs zu finden war?

Frieder sprang von der Mauer und eilte von Grabstein zu
Grabstein. Manche Ruhestätten waren hundert oder mehr Jahre
alt, die Grabsteine wackelig und zum Teil eingesunken, aber kein
Grab stammte aus der Zeit der Burgunden. Aufmerksam suchte
Frieder nach Markierungen, die an ein waches Auge erinnerten,
aber er wurde nicht fündig.

Und die anderen hatten auch kein Glück. Wenn nun gleich noch ein Gewitter losbrechen sollte, können wir wahrscheinlich einpacken, dachte Frieder verzweifelt. Sie waren ihrem Ziel so nah gekommen. Jetzt konnten doch nicht ein Rätsel um ein waches Auge und das unwirtliche Wetter ihnen einen Strich durch die Rechnung machen!

Frieder kletterte noch einmal auf die Mauer, um die Wolken zu betrachten, die aus Westen herangetrieben wurden. Es war eine düstere Wand, die nichts Gutes verhieß. In der anderen Richtung sah alles noch recht ruhig aus, wie er am Ast einer alten Eiche vorbei erkennen konnte. Frieder fuhr zusammen. Sein Blick wurde von etwas angezogen, das sich am Stamm des Baumes befand. Oben in deren Rinde war etwas eingeschnitzt worden: ein Auge!

»Hierher!«, rief er die anderen herbei. »Hierher!«

Er formte kurz darauf mit seinen Händen eine Räuberleiter und half Eleonore, auf die Schultern ihres Vaters zu klettern. Sie musste sich auf die Zehenspitzen stellen, um das Auge zu erreichen. Sie tastete die Stelle ab. »Nichts, es gibt kein Loch!«

»Da *muss* ein Loch sein«, schimpfte der dazugekommene Mönch. »Sonst würde es nicht so im Buch stehen.«

»Ich denke, hier war früher eines«, erwiderte Eleonore, »aber das ist wohl über die Jahre zugewachsen.«

»Dann muss es so gehen«, sagte Magnus von Auenstein. »Schau am Stamm vorbei, ob dir etwas auffällt, ein Fels, ein Stein oder irgendetwas in der Art.«

Aber Eleonore wusste nicht, in welchem Winkel sich das Loch durch den Stamm gezogen haben mochte. Sie sprang von den Schultern ihres Vaters, und sie suchten auf der anderen Seite. Die Öffnung musste früher einmal so dick wie ein kleiner Finger gewesen sein. An einer Stelle fanden sie eine leichte Erhebung. Hier war vor Jahren ein Loch zugewachsen.

»Du musst ziemlich steil hinabschauen«, sagte Magnus von

Auenstein und stellte sich seiner Tochter erneut zum Klettern zur Verfügung.

»Und, was siehst du?«

Eleonore hatte sich den Winkel in etwa eingeprägt und mit der freien Hand mit Zeigefinger und Daumen ein rundes O geformt, das sie nun verkleinerte. Dann blickte sie hindurch.

»Felder. Nur Felder«, rief sie enttäuscht hinunter.

»Da muss irgendwo ein Stein sein!«, sagte Bruder Melchior ungehalten.

In dem Moment spürte Frieder einen ersten Regentropfen auf seiner Stirn. Er fühlte sich so warm an wie frisches Blut.

»Ich sehe von hier aus keinen Stein«, rief Eleonore. »Vielleicht müssen wir auf den Feldern suchen, ob es da einen gibt.«

»Wie soll sich dort ein unentdeckter Eingang befinden?«, fragte Goethe. Dann kam ihm offenbar ein Gedanke. »Halt!«

»Was ist, Wolfgang?« Magnus von Auenstein sah ihn an.

»Wie kann man so dumm aussehen, wenn man es nicht ist?«, fragte er in die Runde. »Das Loch ist zugewachsen über die Jahre.«

»Ja, das haben wir auch schon herausgefunden«, knurrte Bruder Melchior.

»Versteht ihr denn nicht? Nicht nur das Loch ist zugewachsen, auch der Baum ist größer geworden!«

Frieder begriff sofort, was er meinte. Bruder Melchior schlug sich mit der flachen Hand auf die Stirn.

»Dann müsstest du nur weiter herunter mit deinem Blick, Eleonore«, erklärte Wolfgang.

Frieder beobachtete, wie sie das Guckloch in ihrer Hand senkte. Sie fuhr eine Linie von den Feldern bis zu den Weinbergen.

»Kein Stein«, sagte sie. »Das Einzige ist ein kleines, altes Wäldchen direkt am Fuß des Goldbergs. Die Bäume stehen in einem Kreis.«

»Bäume, die in einem Kreis wachsen?«, fragte Frieder.

»Ich gebe meine letzte Flasche Wein, wenn wir dort nicht finden, wonach wir suchen!«, rief Bruder Melchior triumphierend.

Die ersten Regentropfen waren nur eine übereifrige Vorhut gewesen. Während die Schatzsucher den Weg aufgeregt und hoffnungsfroh hinabeilten, verdunstete das bisschen Wasser, das den Boden erreicht hatte, und machte die Luft nur noch schwüler. Es war, als stünde man in einer Waschküche, in der Wasser in einem riesigen Kessel unablässig vor sich hin kochte.

Unten fanden sie Linette allein bei den Ochsengespannen vor. Armin und Ruedi waren verschwunden, ebenso die Kutsche. Das Rätsel löste sich schnell auf, denn Armin kam ihnen aus Richtung Dorf entgegengelaufen. Die drei hatten zuerst gewartet, doch bald das drohende Gewitter bemerkt. Sie hatten auch nach dem Baron Ausschau gehalten, aber niemanden gesehen außer einem Reiter, der an ihnen vorbeigeprescht war, als wolle er vor dem Unwetter zu Hause sein. Das vorbeigaloppierende Pferd und das erste, entfernte Donnergrollen hatten ihre Tiere nervös gemacht. Während die Ochsen stoisch grasten, waren die vier Kutschpferde und Wolfgangs Wallach kaum noch zu beruhigen gewesen. Ruedi hatte vorgeschlagen, die Kutsche und die Pferde besser unterzustellen. Armin hatte das Gefährt gelenkt und Ruedi Goethes Rappen geführt, sodass Linette allein bei den schweren Gespannen gewartet hatte.

»Und wo ist Ruedi jetzt?«, wollte Magnus von Auenstein wissen.

»In dem Hof da vorn war ein Stall leer. Da konnten wir die Pferde unterstellen«, erklärte Armin. »Ich bin gleich wieder zurückgelaufen, damit Linette nicht so lange allein bleiben musste. Ruedi hilft noch, die Pferde zu versorgen und die Kutsche zu sichern. Er kommt gleich nach. Habt ihr denn etwas gefunden?«

Magnus von Auenstein nickte eifrig. »Ich denke, wir wissen

jetzt, wo der Schatz liegt«, sagte er und wies auf das Eichenwäldchen ganz in der Nähe.

Wenn man ihn erst einmal gefunden hatte, schien auch dieser Ort offensichtlich. Sieben Eichen waren vor langer Zeit in gleichmäßigem Abstand zu einem perfekten Kreis gepflanzt worden. Während außerhalb des Runds andere Bäume und Brombeeren gediehen, schien im Innern kaum etwas wachsen zu wollen. Dort war der Boden trocken und bestand vornehmlich aus altem Laub, halb verrotteten Eicheln und Dreck.

»Ich denke, dass wir genau hier graben müssen!«, rief Frieder aufgeregt und stieß den Spaten bis zum Anschlag in den weichen Boden. Und tatsächlich berührte er in etwa einer Spatentiefe ein festes Hindernis! Er grub schneller und legte ein Stück einer hellen, festen Oberfläche frei.

»Eine Steinplatte!«, jubelte Frieder. »Hier ist der Stein, der Siegfrieds Schatz beschützt!«

Magnus, Armin und Wolfgang kamen ihm mit weiteren Spaten zu Hilfe. Der lockere Boden flog in alle Richtungen. Bald war ein etwa zwei mal zwei Schritt großes Stück einer durchgehenden hellen Steinplatte freigelegt. Linette und Eleonore schauten sich die darin eingravierten Bilder an und reinigten sie vom Dreck der Jahrzehnte, die vergangen waren, seit der Rätselsteller den Schatz gefunden hatte. Bruder Melchior reichte derweil den schaufelnden und schwitzenden Männern Wasser und trank sogar selbst davon.

»Schaut!«, rief Eleonore.

Alle beugten sich über die Steinplatte. Eines der Reliefs zeigte einen kräftig gebauten Mann, der einem Drachen einen Speer ins Maul stieß. Und daneben gab es weitere Motive, die man eindeutig mit dem Nibelungenlied in Verbindung bringen konnte.

Sie standen andächtig und schweigend im Kreis zusammen und bewunderten den kunstvollen Schmuck des Steins. Dann durchbrach Magnus von Auenstein die Stille. »Meine Freunde und Mitstreiter, wie es aussieht, haben wir den Schatz der Nibelungen gefunden!«

Er klang, als könne er es noch immer nicht glauben. Bruder Melchior bekreuzigte sich. Dann arbeiteten sie alle wie auf ein geheimes Zeichen voller inbrünstigen Eifers weiter. Sie stellten fest, dass die Platte weit größer war als gedacht. Etwa vier Schritte lang und mehr als zwei Schritte breit. Der helle Stein war außergewöhnlich fest, sodass ihre Spaten kaum einen Kratzer darauf hinterließen. Vielleicht stammt der Stein noch aus dem Nibelungenland, ging es Frieder durch den Kopf. Trotzdem waren über die Jahrhunderte einige der in die Oberfläche geschlagenen Reliefbilder beschädigt worden und nur noch schlecht zu erkennen. Andere waren offensichtlich erst später hinzugefügt worden, etwa zwei Frauengestalten, die sich vor einer Kirche gegenseitig an den Haaren zogen. Das stellte wohl den Streit der Königinnen dar. Etwas weiter konnte Frieder die wuchtige Figur Siegfrieds ausmachen, der mit einem kleinen Mann kämpfte, der nur Alberich, der Wächter des Nibelungenschatzes sein konnte. Frieder erkannte auch das Segelschiff, mit dem Siegfried, Hagen und Gunther nach Island gereist waren.

Rund um die Steinplatte lag der zur Seite geschaufelte Dreck auf mehreren Haufen. Die Platte war nun vom gröbsten Schmutz befreit.

Bruder Melchior nahm eine Weinflasche aus seiner Tasche, die er extra für diesen Moment aufgespart zu haben schien. Er biss mit einem seligen Grinsen in den Korken und zog ihn aus dem Flaschenhals. Doch dieses Mal trank er nicht selbst, sondern hielt sie Magnus von Auenstein hin. »Wir haben ihn gefunden! Lasst uns darauf anstoßen«, sagte er.

Eleonores Vater nahm einen kleinen Schluck und reichte die Flasche Frieder. Der Wein war warm und süß wie gekochter Honig. Statt den Durst zu stillen, verstärkte er ihn nur. Und doch fand Frieder es wunderbar, den Rebensaft zu trinken und mit den anderen zu teilen. Er gab die Flasche weiter an Wolfgang.

»Aber wie kommen wir jetzt hinein?«, fragte Frieder.

Er grub an der kurzen Seite der Platte an deren Ende den Boden weg, um zu sehen, wie tief der Fels hinabreichte. Armin half ihm dabei. Sie staunten nicht schlecht. Die Steinplatte war über zwei Ellen dick.

Während sie so beschäftigt waren, kamen die düsteren Wolken über ihnen an. In der Ferne erklang bedrohlicher Donner. Magnus von Auenstein holte ein Steinschlossfeuerzeug hervor. Es ähnelte vom Aufbau einer Pistole ohne Griff und hatte eine Schüssel, in der Zunder steckte. Er schoss das Feuerzeug ab und schon zeigte sich eine schmale, fast blaue Flamme, die er an die mitgebrachten Öllampen hielt. Bald beleuchtete ihr flackernder Schein die kleine Lichtung unter dem Eichenblätterdach.

»Vielleicht können die Ochsen die Platte anheben oder wegziehen«, meinte Armin.

»Aber wo sollen wir Seile befestigen?«, fragte Magnus von Auenstein. »Hier sind doch nur runde Kanten.«

Frieder klopfte dreimal mit dem Spaten auf den Stein und versuchte, etwas zu hören, aber das tiefe Grollen des Donners war zu laut. Doch! Da war etwas anderes. Das Donnergrollen stammte nicht nur aus dem Himmel, sondern drang auch aus der Tiefe zu ihnen herauf. Es klang, als habe sein Klopfen einen Drachen geweckt, der nun voller Grimm herbeieilte, um nachzusehen, wer ihn in seinem Schlaf gestört hatte.

Der erste Blitz zuckte durch die Luft, und im gleichen Moment fielen einzelne dicke Hagelkörner zu Boden. Und dann hob sich die Steinplatte wie von Zauberhand. Frieder, der mitten darauf stand, brachte sich mit einem Satz zur Seite in Sicherheit.

40

Beim Nibelungenschatz, 21. Juni 1771

Die Steinplatte öffnete sich mit einem lauten, knarrenden Geräusch. Eleonore vermutete, dass Frieders Klopfen mit dem Spaten einen Mechanismus in Gang gesetzt haben könnte. Die längliche Platte blieb am schmalen hinteren Ende am Boden, die vordere Seite bewegte sich in die Luft wie eine Zugbrücke, die hochgezogen wurde. Nur gab es hier keine Seile. Im halbrechten Winkel blieb der schwere Fels schräg stehen. Was mussten das für starke Scharniere sein!

Im gleichen Winkel, in dem der Stein stand, führte eine schmutzige Treppe nach unten. Die Luft, die aus dem nachtschwarzen Loch drang, roch wie altes, fauliges Wurzelwerk eines schon lange gefällten Baumes.

»Los, bringt die Lampen ins Trockene, bevor der Regen sie uns auslöscht«, befahl Vater. Neben den Öllampen hatte er auch einen Haufen dicht gewebter Lastensäcke besorgt, die man sich wie einen Rucksack umbinden und hinter sich herziehen konnte. Er drückte sie Wolfgang in den Arm.

Zwischen die herabdonnernden Hagelkörner mischten sich nun auch dicke Regentropfen. Noch fiel der Niederschlag nur vereinzelt, aber Eleonore ahnte, dass der Schauer wahrscheinlich kräftiger werden würde. Es verging einige Zeit bis zum nächsten Donnerschlag. Das Gewitter war noch gar nicht richtig über ihnen angekommen.

Zusammen mit Linette und Bruder Melchior nahm sie die ersten von etwa zehn Stufen, die zunächst gerade hinabführten, bevor sie in eine Wendeltreppe übergingen, die sich weiter in die Tiefe schraubte.

»Augenblick«, rief Eleonore. Da war ein Geräusch, das sie hier nicht erwartet hatte. »Hört ihr das auch?«

»Ein Ticken wie von einer Uhr«, entgegnete ihr Vater. »Woher kommt es?«

Eleonore vernahm das Geräusch trotz des Prasselns der dicken Regentropfen auf das Blätterdach der Eichen und des erneuten Donnergrollens. Es klang wie das Werk von Vaters Taschenuhr, wenn sie ihr Ohr daran legte, nur deutlich lauter und langsamer.

»Ein Mechanismus, der den Eingang nach einer festgelegten Zeit von allein wieder schließt?«, mutmaßte Bruder Melchior.

»Oder sinkt mit jedem Ticken die Platte unmerklich ein Stückchen ab?«, fragte Wolfgang unsicher.

»Wir müssen die Öffnung sichern«, sagte Eleonore. »Vielleicht irgendetwas dazwischenlegen, damit wir nicht eingesperrt werden, wenn die Zeit vorüber ist.«

»Stand dazu nichts im Buch?«, fragte Frieder.

»Zügele deine Gier, sonst ist dir Leid in ew'ger Nacht gewiss«, deklamierte der Mönch den Passus. »Wir sollten jedenfalls zur Sicherheit nicht alle hinabgehen.«

»Ich lasse mich lieber vom Blitz erschlagen als in dieses Grabesloch zu steigen«, meldete sich Armin freiwillig.

»Du bist stark«, sagte Eleonore. »Aber wenn der Stein zufällt, kannst selbst du ihn nicht halten.«

»Aber vielleicht das hier.« Armin holte seine daumendicke Eisenstange und drückte sie zwischen Erdreich und offene Steinplatte. Eleonore fürchtete, dass sie sich unter der Last der Höhlenabdeckung einfach verbiegen würde.

»Ich bekomme das schon hin«, versuchte Armin, sie zu beruhigen. »Wir haben hier ja ein paar Sachen, die ich zur Sicherung nutzen kann. Und Ruedi sollte ja auch gleich kommen.«

Ein Schrei aus dem Inneren der Höhle versetzte Eleonore einen gewaltigen Schrecken. Er stammte von Linette, die schon weiter hinabgestiegen war. Sie drückte sich an dem Mönch vorbei und lief die Treppe hinunter bis zum Beginn der Wendung, wo Linette stand. Der Lichtschein ihrer Lampe beleuchtete ein Skelett. Der verrotteten Kleidung nach handelte es sich um die sterblichen Überreste eines Mannes. Hose und Rock waren sehr altmodisch, aber praktisch gehalten. Sachen, wie Eleonore sie auch trug, nur alt, verstaubt und löchrig. Ein Degen hing an einem Gürtel, der noch immer um die Hüfte über die steif gewordene Lederhose geschnallt war. Einige Knochen lagen abgetrennt ein oder zwei Stufen weiter oben. An einem Fingerknochen steckte ein schwerer Goldring. Um den Hals trug die Leiche mehrere Ketten aus purem Gold.

»Können wir einfach darüber hinwegklettern?«, fragte sie Bruder Melchior, der zu ihnen aufgeschlossen war.

Der Mönch setzte zu einem kurzen Gebet auf Latein an und fügte dann hinzu: »Was immer du durchlebt haben magst, Gott möge deiner armen Seele gnädig sein. Und jetzt vergib uns, dass wir deine Ruhe stören.« Mit dem Fuß schob er die Knochen zusammen und zur Seite. Der Fingerknochen mit dem Ring kullerte erst eine, dann eine weitere Stufe hinab, bevor er zu liegen kam. Jetzt gab es Platz für sie.

Die Wendeltreppe war breit genug, dass man zu zweit nebeneinander gehen konnte, wobei die Person an der inneren Spindel der Treppe nur noch sehr schmale Stufen vorfinden würde. Deshalb blieben sie lieber hintereinander auf der äußeren Seite, wo die Stufen breit waren und man sich an einem eisernen Handlauf festhalten konnte, der in die Wand eingelassen war. Der Vater bestand darauf, voranzugehen, gefolgt von Eleonore und Linette. Hinter ihnen waren Frieder und Bruder Melchior. Wolfgang bildete mit den Säcken und einer Lampe das Schlusslicht.

»Nicht gierig werden«, wiederholte Bruder Melchior die Warnung aus dem Buch.

Die Treppe schraubte sich Runde um Runde tief in die Erde, wie weit, konnte Eleonore nicht einschätzen. Wände und Decken waren sehr grob geschlagen, die Stufen staubig und verdreckt. Bis auf Bruder Melchiors gemurmelte Gebete hingen sie alle ihren Gedanken nach. Bald erreichten sie eine Tiefe, in der kein Geräusch von oben mehr an ihre Ohren drang, nicht einmal der Lärm des Gewitters.

Eleonore überkam schon die Sorge, dass die Treppe niemals enden würde. Doch nur ein paar Windungen später mündete sie schließlich in einen niedrigen, modrigen Gang. Trotz der schlechten Luft atmete sie auf.

Linette bückte sich und griff nach etwas, das am Boden lag. Es erwies sich als kleine goldene Münze, in deren Oberfläche sich das Feuer der Öllampe spiegelte. Darauf geprägt war ein Löwe im Kampf mit einem Stier.

»Dieses Geldstück ist älter als alles, was meine Augen jemals erblickt haben«, staunte Bruder Melchior. »Es muss schon alt gewesen sein, als unser Herr Jesus Christus für uns am Kreuz gestorben ist.«

Linette steckte die Münze ein. Ermutigt gingen sie weiter und fanden bald mehr vereinzelte Goldstücke auf dem Boden. Endlich weitete sich der Gang zu einem etwa fünf mal fünf Schritte großen Raum, dessen Decke von drei steinernen Säulen gehalten wurde. Eine vierte war über die Jahre zerborsten. Bis zur Hälfte stand sie auf einem einfach geschlagenen Fuß, der obere Teil lag zerbröckelt um ihn herum auf einem mit zahlreichen Goldmünzen bedeckten Boden. Die Decke wies Risse auf und wirkte nicht sonderlich vertrauenerweckend.

Das Licht ihrer Lampen spiegelte sich in der Oberfläche von vier hüfthohen Kesseln, die randvoll mit Münzen gefüllt waren. Drei mit Eisen beschlagene Türen führten weiter in den Berg, je eine auf jeder Seite des Raums.

»Los, nehmt mit, was ihr tragen könnt!«, befahl der Vater.

Eleonore fand in einer Ecke einen Haufen Geschmeide. Schwere Goldketten mit Anhängern, die vor Edelsteinen nur so glitzerten. Dazwischen lag eine Krone. Sie zog sie hervor, nahm ihren Dreispitz ab und setzte sie auf.

»Meine Königin!«, sagte Linette lachend und verbeugte sich tief vor ihr.

Eleonores Groll ihr gegenüber war mittlerweile verflogen.

»Und dich ernenne ich zu meiner Ritterin. Ritterin Linette von Fleckenstein«, scherzte sie übermütig. Sie zog eine besonders reich geschmückte Kette hervor, die sie Linette umhängte. Sie sah wunderschön aus. Dann schnellte Eleonores Kopf vor, und sie gab ihr einen kurzen Kuss auf die Lippen. »Möge die Ritterin ihrer Königin stets treu ergeben sein«, sagte sie. Linette sah sie verwundert an.

Wolfgang verteilte derweil die mitgebrachten Säcke. »Auch aus Steinen, die einem in den Weg gelegt werden, kann man Schönes bauen. Was wird erst mit diesen Schätzen zu schaffen möglich sein?«

»Los, packt alles ein!«, befahl Magnus von Auenstein.

Eleonore fragte sich einen Moment, ob ihr Vater den Kuss eben gesehen hatte. Offenbar nicht, denn er wandte sich bereits voller Tatendrang einer der Türen zu.

Sie setzte die Krone ab und ließ sie in den Sack fallen, den Linette ihr offen hinhielt. Geschmeide, Ketten aus Gold und weitere Schmuckstücke fanden den gleichen Weg.

Ihr Vater inspizierte derweil die nach rechts führende Tür. Sie hatte einen rostigen Eisenknauf in der Mitte, an dem er erst zog, bevor er dagegendrückte. Letzteres brachte eine Reaktion. Mit einem gequälten Quietschen ließ sich die Tür gerade so weit aufstoßen, dass der Vater mit der Öllampe hineinleuchten konnte.

»Was ist?«, fragte Eleonore in seine Richtung, denn er blieb regungslos stehen, als wäre er zu Stein erstarrt.

»Papa?«

Sie eilte an seine Seite und folgte mit ihrem Blick dem Licht-schein. Von der Tür führten ein paar Stufen in einen tiefer gelege-nen Raum, der so weit in den Berg hineinreichte, dass das Licht nicht bis zu seinem Ende gelangen konnte, obwohl es sich mil-lionenfach in Gold, Silber und Edelsteinen spiegelte. Es war, als hätte man alles Gold der Welt an diesem einen Ort zusammen-getragen.

Zusammen mit ihrem Vater drückte sie die Tür auf. Alle paar Schritte standen Säulen. Vorn aus Stein, weiter hinten waren es rohe Holzbalken, die zum Teil bereits vermodert waren.

»Sei vorsichtig und stoß nirgends an!«, mahnte der Vater.

Eleonores Sinne waren vollkommen überwältigt von den un-ermesslichen Reichtümern, die sich hier vor ihr ausbreiteten. Sie schritt die Treppe hinunter und lief auf einem Boden aus Gold-münzen. Sie grub mit dem Fuß darin herum, kam aber nicht bis zum Grund. Dann fiel ihr Blick auf weitere Skelette, sechs oder sieben an der Zahl, die hinter einem großen Haufen von gol-denen Brustharnischen und anderen Rüstungsteilen im Gold la-gen. Entweder sie waren alle während einer großen Rauferei ver-schieden, oder jemand hatte sie hier übereinandergestapelt.

Linette trat an ihre Seite. »Eleonore, hörst du mich?«, fragte sie. »Eleonore?«

Erst jetzt konnte sie reagieren. Sie wandte sich der besorgt dreinblickenden Frau zu.

Ihr Vater drang immer tiefer in den Raum vor, Bruder Mel-chior war ebenfalls eingetreten und kramte murmelnd mal hier, mal da in den Preziosen herum, die er fand. Frieder und Wolf-gang kamen gerade in die Halle und brachen in ungläubigen Ju-bel aus.

»Eleonore, ich muss unbedingt mit dir sprechen«, flüsterte Linette drängend.

»Was willst du?« Eleonore hatte eigentlich gar nicht beabsich-tigt, so abweisend zu klingen.

»Komm mit heraus!«, bat Linette und ergriff ihre freie Hand, um sie zum Ausgang der Goldhalle zu führen.

Eleonore hörte hinter sich ein lautes Prasseln. Frieder und Wolfgang warfen übermütig Goldmünzen in die Höhe, die wie Sterne auf sie zurückregneten.

»Bitte, komm kurz mit mir! Es ist wirklich wichtig.«

Eleonore gab ihren ersten Widerstand auf. Sie ergriff Linettes angebotene Hand und ließ sich von ihr führen, blickte sich aber immer wieder um, ob die Schätze noch da waren.

»Ich muss dir ein Geständnis machen«, begann Linette im oberen Raum, wo sie nun allein standen.

»Noch eins?«

»Bitte mach es mir nicht so schwer. Ich habe etwas getan, worauf ich nicht stolz bin.« Sie drückte ihre Hand fester, als hätte sie Angst, Eleonore könne sie ihr entziehen.

Und genau das tat diese dann auch. Ihr Blick fiel auf die Tür, die sich in der Wand gegenüber der befand, wo die Männer gerade im Gold badeten.

»Nicht jetzt«, rief sie und lief zu dieser zweiten Tür. Linette folgte ihr nicht.

Eleonore musste ihr ganzes Gewicht einsetzen, um den schweren Zugang auch nur einen kleinen Spalt zu öffnen. Sie holte die Lampe und leuchtete in den Raum dahinter. Er war wie ein Spiegelbild des ersten aufgebaut. Auch hier türmte sich das Gold weiter, als das Licht ihrer Lampe reichte. Nahe an der Tür stand ein mit goldenen Ringen beschlagenes Holzfass, das offenbar bis zum Rand mit glitzernden Diamanten gefüllt war. Menschliche Überreste sah sie von hier aus keine.

Eleonore fragte sich, ob auch die letzte Tür an der Stirnseite des Raumes zu weiteren Schätzen führte. Diese war leichtgängiger. Erneut fand sie eine Treppe. Erst jetzt wurde ihr das wahre Ausmaß des Nibelungenschatzes bewusst. Vor ihr erstreckte sich in einer weiten Halle ein wahres Meer aus Gold.

»Ein aurischer Ozean«, murmelte sie.

»Eleonore!«, drang Linettes Stimme zu ihr durch. »Lass uns doch bitte reden.«

Doch Eleonore wollte nicht reden. Sie trat in die von Hunderten Säulen gestützte Halle. Das Gold lag hier noch höher. Sie zog den Kopf ein, weil sie sich sorgte, sonst an der Decke anzustoßen, von der stellenweise bereits Teile herabgebröckelt waren.

Auch in diesem Raum befanden sich mehrere Skelette. Sie waren zu zwei Haufen aufgetürmt worden. Acht auf dem einen Haufen, vier auf dem anderen. Anhand der verfaulten Kleidungsreste konnte Eleonore nicht nachvollziehen, warum diese Aufteilung vorgenommen worden war.

Aber ihre Aufmerksamkeit wurde ohnehin gleich wieder vom Schatz belegt. Vor ihr standen aufgereihte goldene Vasen. Es mussten sicher Hunderte sein. Und sie alle waren der Reihe nach mit Edelsteinen gefüllt, dass sich alle Farben des Regenbogens ergaben. Daneben hatte man Goldringe zu einer regelrechten Halde aufgeschüttet. Etwas weiter vorn lagen Kannen, und daneben waren Barren zu Tischen aufgestapelt, auf denen besonders schöne Schmuckstücke bewundert werden konnten.

»Eleonore!« Linettes Stimme klang drängend. Aber es gab so viel zu sehen, dass sie sich gar nicht umdrehen wollte. Sie konnten auch später reden, wenn der Schatz geborgen war!

»Eleonore! Schnell! Sie kommen!«

Eleonore war wie weggetreten und brauchte ein wenig, um zu reagieren. Dann drehte sie sich zur Tür und sah im Licht mehrerer Lampen zwei triefendnasse Männer, die die Treppe zu ihr herunterstürmten. Ein weiterer stand oben mit einer Pistole in der Hand: Es war der Baron.

»Nehmt sie gefangen!«, befahl er. In seinen Augen lag ein entrückter Glanz.

Eleonores Herzschlag setzte für einen Moment aus. Sie zog ihren Degen. Sie nahm gedämpften Lärm aus der anderen Halle wahr, wo sich die Männer aufhielten. Das Donnern eines Schusses störte die Ruhe des Horts, dann wurde alles still. Gleichzeitig erreichten die beiden Männer sie. Eleonore parierte den Angriff des einen, aber konnte nichts dagegen tun, dass der andere ihr den Griff seines Degens gegen die Schläfe schlug. Sie spürte noch, wie ihr die Beine wegsackten, dann wurde die goldene Welt um sie herum schwarz.

41

Beim Nibelungenschatz, 21. Juni 1771

Frieder dachte darüber nach, mit wie viel Mühsal und Ausdauer er sein Leben lang winzige Goldflitter aus dem Rhein gewaschen hatte. Kein Wunder, dass man dort nicht mehr als feinste Reste fand, denn alles andere Gold der Welt schien hier zusammengetragen worden zu sein.

Vor ihm hatten unbekannte Hände einen Berg aus tauben-eigroßen Goldklumpen bis zur Höhe seiner Brust aufgeschüttet. Zu einer Mauer aufgeschichtete Barren aus Silber und Gold verliehen dem Berg Stabilität. Frieder griff nach einem ungleichmäßig geformten Brocken und zog ihn heraus. Das brachte das ganze Gefüge durcheinander und die oberen Goldklumpen gerieten ins Rutschen. Mehrere Pfund Gold rollten hinab und sprangen über die Mauer wie Wasser über die Einfassung eines Brunnens.

Der Goldklumpen fand einen neuen Platz in Frieders Tasche und traf dort auf Münzen und Schmuck, die er sich schon eingesteckt hatte. Ihm fiel ein kleiner, zarter Ring ins Auge. Die kunstvoll gearbeitete Ringschiene war von einem wunderschönen Rubin gekrönt, in dessen Innerem das Licht der Öllampe ein flackernd rotes Feuer entfacht hatte. Er steckte an einem Stab aus Gold, der eine knappe Handspanne lang, dick wie sein kleiner Finger und bis auf eine Kette und einen Anhänger mit schwarzem Stein am Ende vollkommen ohne Zierde war. Frieder zog beides zwischen den Goldmünzen heraus. In dieser Säulenhalle schlummerte ein so unbeschreiblicher Reichtum, dass der Ring fast schlicht wirkte. Vielleicht gefiel er Frieder gerade deshalb besonders gut. Er zog ihn von dem Stab und schob sich das feine Schmuckstück in die Tasche. Der Stab gefiel ihm auch. Ihn in der Hand zu halten, vermittelte ihm ein Gefühl von Sicherheit und Zuversicht. Er fühlte sich stark und frei. Der Stab samt Anhänger mit dem achteckig geformten schwarzen Stein lag erstaunlich schwer in seiner Hand. Frieder beschloss, auch dieses Stück mitzunehmen. Da der Stab zu lang für seine Jackentasche war, steckte er ihn einfach unter das Hemd in den Bund seiner Hose.

Frieder sah sich nach seinen Mitstreitern um. Bruder Melchior bewunderte mit entrücktem Blick eine lebensgroße Frauenskulptur aus reinem Gold, und Magnus von Auenstein hatte Wolfgang dazu verpflichtet, ihm beim Tragen einer großen runden Goldschüssel zu helfen, in der sich zahllose Münzen und Edelsteine befanden.

Dabei fiel sein Blick auf die Skelette. Frieder machte ein paar Schritte auf die Knochen zu. Er fragte sich, zu welchen Männern sie wohl gehört hatten. Und auf welche Art diese den Tod gefunden hatten. Waren sie möglicherweise Kameraden des Mannes gewesen, der die alte Handschrift mit den Kommentaren und Rätseln versehen hatte? Hatte dieser sie vielleicht sogar selbst getötet, um den Schatz für sich allein zu haben? Oder lagen ihre Überreste schon viel länger dort? Am Ende waren es Gefolgsleute von Hagen von Tronje aus dem Nibelungenlied, die ihr Wissen um das Versteck des Schatzes mit ihrem Leben bezahlen mussten.

Frieder blickte sich verwundert um. Wo waren eigentlich Linette und Eleonore abgeblieben? Er konnte sie nicht sehen. Ein Haufen glänzender und reich verzierter Waffen und Schilde lenkte seine Gedanken in eine andere Richtung. Die Schwerter lagen neben goldenen Brustharnischen und Helmen aufgestapelt. Gold war viel zu weich für den Krieg. Diese Waffen und Rüstungen hatten einst wohl nur als imposanter Schmuck gedient. Frieder zog ein sehr altertümlich wirkendes, beidseitig geschliffenes Schwert hervor. Die Klinge war von den Jahrhunderten stumpf, aber den Spuren nach einst doch geschärft worden. Er legte es zurück, denn es war zu unhandlich zu tragen.

Frieders Augenmerk wurde nun von einem daumennagelgroßen Diamanten erregt. Erst auf den zweiten Blick erkannte er, dass er auf einem Haufen Goldflitter lag. Er packte den Diamanten und griff den darumliegenden Goldstaub, der ihm wie Sand durch die Finger lief. Er warf eine Handvoll in die Luft. Die Flitter schienen kurz wie eine Wolke zu schweben, während der Edelstein höher schnellte und gleich darauf wieder hinabfiel. Frieder fing ihn lachend auf und steckte das Juwel in seine Jackentasche. Wie feiner Sprühregen rieselten die Goldflitter derweil auf ihn hinab und verfingen sich in den Fasern seiner Kleidung und den Haaren.

Alle Goldsucher des Rheins müssten jahrzehntelang Tag und Nacht arbeiten, um auch nur einen Bruchteil dieses Flitterberges aus dem Flusssand waschen zu können. Und hier befand sich ein Haufen, der unter den weiteren Schätzen fast unscheinbar wirkte.

Sie würden heute nur einen winzigen Bruchteil des Goldes mitnehmen können und trotzdem reicher sein, als er es sich jemals hätte träumen lassen. Gut, der Markgraf bekäme ein bisschen ab als Zins für die geliehenen Dukaten. Aber das war beim Anblick dieser Schätze eine lächerlich geringe Schuld. Auch dem Fürstabt von St. Gallen hatten Bruder Melchior und Magnus von Auenstein einen großen Anteil abzugeben. Und doch würde für Frieder und jeden Einzelnen ihrer Gruppe mehr als genug übrig bleiben, damit sie und ihre Nachfahren auf Generationen nie wieder arbeiten müssten. Im Gegenteil: Gold gesellt sich zu Gold, hatte sein Vater immer gesagt. Frieder hatte den Sinn seiner Worte erst später begriffen. Reiche Menschen blieben unter ihresgleichen und wurden nur noch wohlhabender. Wenn man Frieders Vermögen überall preisen würde, stünden sicher bald reiche Väter mit ihren hübschen Töchtern vor seiner Tür Schlange. Eine war dann bestimmt darunter, deren Kuss so verführerisch und aufregend schmeckte wie bei einem Liebchen und nicht wie bei einer Schwester. Wo ist nur Eleonore?, fragte Frieder sich erneut.

Im gleichen Moment drang eine tiefe, kratzige Stimme durch die Säulenhalle und übertönte das Geräusch prasselnder Münzen: »Hände weg von unserem Gold!«

Frieder wandte sich benommen dem Ursprung der Worte zu. Auf der Treppe standen fünf Männer. Vier von ihnen hielten den Lauf ihrer Musketen in die Goldhalle gerichtet, der fünfte stand ganz oben und grinste im Licht einer Öllampe. Gabriel Wüller. Frieder gefror das Blut in den Adern. Wie hatten sie nur so leichtsinnig sein können?

»Wie kommt Ihr …«, begann Eleonores Vater. Er wollte seinen Degen ziehen, doch im gleichen Moment erscholl ein lauter Knall. Aus einem der Gewehre drang ein gleißender Feuerblitz, und fast gleichzeitig spritzten Münzen direkt vor Magnus von Auensteins Füßen auf.

»Das war ein Warnschuss. Jeder weitere wird ein Treffer«, drohte Wüller glaubhaft.

Eleonores Vater hielt in seiner Bewegung inne.

»Schnallt eure Waffen ab und ergebt euch!«

Aller Augen richteten sich auf Magnus von Auenstein.

»Tut, was er sagt!«, stieß der Buchhändler nach einem Augenblick zähneknirschend hervor. Frieder griff nach der Lederschnalle, die die Scheide seines Degens am Bund hielt und öffnete sie. Er war ohnehin kein Degenfechter, sodass er nicht allzu viel verlor. Aber, das war ihm gleich bewusst, er lief Gefahr, etwas weit Wertvolleres als die Schätze um sich herum zu verlieren. Auf einmal ging es um sein Leben!

»Ihr solltet wissen, dass der Markgraf von Baden-Durlach ebenso über unsere Anwesenheit hier informiert ist wie der Kurfürst von Mainz, dessen Männer wir in Kürze als Verstärkung erwarten«, erklärte Goethe so überzeugend, dass sich sogar Frieder kurz fragte, ob das wirklich der Fall war. Natürlich nicht. Es war eine List. »Nehmt euch, was ihr greifen könnt, und macht euch besser aus dem Staub!«, riet er den Elsässern.

Wüller durchschaute die Täuschung. Er ging nicht auf Goethes Worte ein, sondern forderte Magnus von Auenstein auf, mit hinter dem Kopf verschränkten Händen zur Treppe zu kommen.

»Und ihr werdet ihm einer nach dem anderen folgen, wenn ich euch dazu auffordere«, bestimmte der Anführer.

Frieder überlegte, ob er sich mit einem Satz hinter die nächste Säule in Sicherheit bringen konnte. Es war recht dunkel, das Licht flackerte, und ein bewegtes Ziel würde selbst für einen geübten Musketier schwer zu treffen sein.

»Frieder Fischer«, rief der Riese seinen Namen. Er spürte den Lauf des Gewehrs auf seine Brust gerichtet und ahnte, dass die Kugel ihn einholen würde, bevor er an der nächsten Säule ankam. Ihm blieb nichts anderes übrig, als mit erhobenen Händen vorzutreten. Wo steckten nur Linette und Eleonore? Er hoffte, sie hatten die Ankunft der Feinde rechtzeitig bemerkt und ein sicheres Versteck gefunden.

Doch allzu schnell musste Frieder einsehen, dass seine Hoffnung trog. Nachdem seine Hände fest hinter seinem Rücken gebunden waren, wurde er die Treppe hinauf in den Vorraum gestoßen. Zu seinem Entsetzen kauerte Eleonore neben ihrem Vater in einer Ecke. Sie wirkte benommen. Ein Soldat hielt eine Muskete auf die beiden Gefesselten gerichtet. Ein anderer stieß Frieder in deren Richtung. Er landete halb auf Eleonore am Boden.

Nun trat Linette mit dem Baron aus einer der anderen Türen, von denen Frieder nur ahnen konnte, dass dahinter ebenfalls Schätze zu finden waren. Zu seiner großen Überraschung trug sie keine Fesseln, dafür aber weiter ihren Degen umgeschnallt. Was hatte das zu bedeuten? Der Baron sprach mit ihr auf Französisch.

»Linette?«, stieß Eleonore entsetzt hervor.

»Die gute Linette von Fleckenstein«, stellte der Baron sie vor. »Eine tolle Frau, die weiß, was sie will.«

Linette blickte Eleonore ohne Triumph an. »Es tut mir leid, Mädchen. Ich verfolge ein Ziel – und ihr wart das Mittel, den Weg schneller hinter mich zu bringen.«

»Aber du hast doch an unserer Seite gekämpft!« Eleonore klang regelrecht aufgelöst.

Der Baron lachte schallend auf. Mehrere handtellergroße Schmuckanhänger, die er an einer Goldkette um den Hals gehängt trug, wippten hin und her. »Da haben wir euch an der Nase herumgeführt«, sagte er. »Indem sie auf eurer Seite in den Kampf eingriff, hat sie euer Vertrauen gewonnen. Ihr hättet sie sonst wohl nicht ohne Weiteres bei euch aufgenommen. Habt ihr euch denn gar nicht gewundert, dass euch nichts passiert ist?«

Frieder erinnerte sich an die beiden Hiebe, die ihn an den Oberarmen getroffen hatten. Er hatte gedacht, dass der Soldat aus Versehen mit seiner Übungswaffe in den Kampf gezogen war. Jetzt sah er ein, dass sein Gegner ihn gar nicht ernsthaft verletzen wollte.

»Wer seid Ihr, und in wessen Auftrag handelt Ihr?«, wollte Magnus von Auenstein wissen.

Der Baron zog seinen gefiederten Hut und verbeugte sich tief. »Ihr habt recht. Wir haben uns jetzt schon ein paarmal getroffen, und ich habe mich nie richtig vorgestellt. Wie unhöflich von mir.« Er grinste. »Baron Frédéric Martin de Vuillery lautet mein Name. Ich stehe im Dienste des Bischofs von Straßburg und erfülle besondere Aufgaben für seinen Neffen und designierten Nachfolger, den Koadjutor. Mein Auftrag ist es, ihm den Zugang zum größten Schatz seit Menschengedenken zu verschaffen. Ich lobe mich ungern selbst, aber ich darf wohl sagen: Das ist mir soeben aufs Trefflichste gelungen.«

In diesem Moment wurde Bruder Melchior in den Vorraum

geführt und ebenfalls zu Boden gestoßen. Der Mönch fluchte wie ein Kesselflicker. Als er den Baron erkannte, tobte er noch lauter los.

»Seid still!«, befahl der Baron, aber Bruder Melchior gebärdete sich wie ein Berserker, bis ihm einer der Wachleute auf ein Zeichen des Barons den Schaft seiner Muskete ins Gesicht rammte. Eleonore schrie erschrocken auf. Der Mönch stieß einen Schmerzensschrei aus, gefolgt von einem mitleiderregenden Wimmern.

»Das geschieht, wenn ihr nicht gehorcht«, versicherte der Baron.

»Wie konntest du mich dermaßen anlügen?«, rief Eleonore Linette zu. »War denn alles gelogen?«

»Sie erhält für ihre Lügen einen guten Lohn«, erklärte de Vuillery an ihrer statt. »Ich denke sogar, dass der Koadjutor sich ihr gegenüber als großzügiger erwiesen hat, als nötig gewesen wäre. Denn ich hätte euch auch so gefunden. Dafür habe ich gesorgt. Schaut, da kommt noch eine Überraschung für euch!«

Der Baron zeigte in den langen Gang, der zur Treppe führte. Drei Personen näherten sich von dort: ein Soldat mit einer Lampe und ihm voraus Ruedi und Armin. Der Schmied war als Einziger gefesselt, der Vergolder schien freiwillig mitzugehen. Als Ruedi nicht einmal wagte, in ihre Richtung zu blicken, wusste Frieder, dass er sie verraten hatte.

»Wie konntest du nur?«, rief er empört.

»Ja, euer Freund Ruedi. Ab Karlsruhe hat er die Seiten gewechselt«, freute sich der Baron über seine eigene Verschlagenheit. »Er hat mich auf dem Laufenden gehalten, wohin euer Weg euch führte.«

Während er sprach, wurde auch Goethe aus der Schatzkammer gebracht und zu ihnen auf den Boden gestoßen. Ihre Waffen landeten klirrend auf einem Haufen in einer anderen Ecke des Raums.

»Er hat gedroht, meiner Schwester wehzutun«, versuchte Ruedi mit weinerlichem Tonfall, seine Beweggründe zu erklären.

»Schäm dich!«, brachte Frieder nur hervor, obwohl er sich durchaus vorstellen konnte, dass es sich so verhielt, wie Ruedi sagte. Wahrscheinlich hatten der Baron und Wüller ihrer Drohung durch das Brechen seines Fingers Nachdruck verliehen. Auch wenn man ihn gezwungen hatte – Verständnis konnte Frieder dennoch nicht für den Verrat des Freundes aufbringen.

»Ich glaube, ich werde nach dieser ganzen Sache deinem Schwesterchen trotzdem noch einen Besuch abstatten«, knurrte Wüller. »Das könnte lustig werden.« Er rieb sich voller Vorfreude die riesigen Hände. Dazu stieß er seine Hüfte mehrmals vor und zurück. Ruedi riss entsetzt die Augen auf. Als sei es ein Stichwort gewesen, packten zwei Soldaten ihn und drückten ihn zu Boden. Wüller lachte und stellte sich mit seinem ganzen Gewicht auf die Hand mit dem gebrochenen Finger. Ein weiterer Schmerzensschrei hallte durch den unterirdischen Bau. Bald darauf lag auch Ruedi gefesselt neben ihnen.

»Gabriel, wir sind nicht zum Spaß hier. Du und du, ihr passt auf die Gefangenen auf!«, befahl der Baron. »Wenn einer muckt, erschießt ihn ohne Gnade.«

Die zwei angesprochenen Soldaten salutierten.

»Und ihr tragt raus, was ihr zu greifen bekommt!« Damit zeigte er auf seine anderen Männer. Wüller packte sich zwei der bereits mit Gold gefüllten Säcke und zog sie in Richtung Ausgang. Frieder hätte nicht einen einzigen Sack allein bewegt bekommen.

»Und was wird aus uns?«, fragte Magnus von Auenstein.

Der Baron de Vuillery zuckte mit den Schultern und antwortete: »Ich hoffe, es ist euch ein Trost, dass ihr immerhin nicht als arme Leute sterben werdet.«

42

Beim Nibelungenschatz, 21. Juni 1771

D ie derben Fesseln schnitten Eleonore ins Fleisch. So
sehr sie zog und zerrte, die gewässerten Seile gaben keinen Deut nach. Jetzt lagen sie hier in einer Ecke des Vorraums,
am Ziel ihrer abenteuerlichen Reise, und mussten mitansehen,
wie die Männer des Barons – und die verdammte Verräterin Linette – Ladung um Ladung Gold an ihnen vorbei nach draußen
schafften.

Eleonore musste ständig an das Ticken denken, das sie an
dem Abdeckstein gehört hatte. Was, wenn die Zeit abgelaufen
war und der Eingang zum Hort sich wieder schloss? Sie wären
ohne Hoffnung auf Rettung im Dunkeln gefangen. Umgeben
von einem Schatz, dessen unglaublicher Wert sie nicht vor dem
Tod bewahren konnte. Sie schüttelte sich bei der Vorstellung.
Den Skeletten nach zu urteilen, mochte es einigen ihrer Vorgänger genauso ergangen sein.

Neben ihr wimmerte Ruedi wegen der Schmerzen in seiner
Hand und der Erkenntnis, dass sein Verrat ihm nichts einge-
bracht hatte. Flehentlich vorgetragene Entschuldigungen wechselten sich mit lauten Vorwürfen gegen Frieder und die ganze
Welt ab. Frieder schenkte ihm keine Beachtung, während Armin
ihn bereits zum zweiten Mal anfuhr, er solle endlich sein Lügen-
maul halten.

Es gab noch ein zweites Mitglied der Gefangenen, das starke
Schmerzen hatte. Der Vater glaubte, dass der Soldat Bruder Melchior mit seinem Musketenstoß die Nase gebrochen hatte. Wolf-

gang versuchte derweil, ein Gespräch mit ihren Bewachern zu beginnen, vermutlich in der Hoffnung, sie zu ihrer Freilassung zu überreden. Er hörte erst damit auf, nachdem ihn ein Tritt in die Magengegend zum Schweigen brachte.

Eleonores Gedanken kreisten immer wieder um Linette. Sie war mit dem Baron seit geraumer Zeit in der mittleren Halle verschwunden. »Kümmerte« sie sich jetzt um ihn, um sich ihre Ländereien zurückzuverdienen? Eleonore hasste sich dafür, dass sie Eifersucht verspürte. Linette von Fleckenstein. Diesen Namen würde sie in Zukunft nur noch verfluchen! So kurz diese Zukunft auch sein mochte.

»Hört mich doch an. Wir befinden uns alle in großer Gefahr!«, rief ihr Vater, als Wüller wieder an ihnen vorbeikam. In einer Hand trug er eine goldene Plastik eines Pferdes, in der anderen den wahrscheinlich letzten von Vaters Transportsäcken. Bei jeder Passage bemerkte Eleonore, wie der Riese bei ihnen kurz innehielt und ihren gefesselten Leib mit krankhafter Lust musterte.

»Oh ja, ihr seid wirklich in *großer* Gefahr«, sagte er grinsend.

»Nein, Ihr versteht das nicht!«, schaltete sich Bruder Melchior ein. Er spuckte blutigen Schleim auf die Goldmünzen neben sich. »In dem Buch steht, dass man nicht gierig werden dürfe, weil sonst der Tod drohe.«

»So ein Irrsinn«, gab der Riese kopfschüttelnd zurück und beendete das Gespräch, indem er dem Mönch einen Tritt in die massige Mitte versetzte. Das nahm Bruder Melchior die Luft. Wüller verschwand in Richtung Wendeltreppe. Die Männer des Barons hatten in Abständen von zwanzig Schritten Lampen auf den Boden gestellt, die den Weg spärlich beleuchteten.

Seit Eleonore sich vorhin die Krone einer unbekannten Majestät aufgesetzt und mit Linette gealbert hatte – sie konnte kaum glauben, dass das erst eine halbe Stunde her sein mochte –, trug sie ihre blonden Haare offen. Dem jüngeren der beiden Wächter schien das seinen Blicken nach zu gefallen.

»Wie heißt du?«, fragte sie ihn und versuchte, ein möglichst anziehendes Lächeln aufzusetzen.

Der Kerl blickte zu seinem älteren Begleiter. Der schüttelte den Kopf. Der Jüngere zuckte bedauernd mit den Schultern.

»Es stimmt, was der Mönch sagt«, versuchte Eleonore, ihre Bewacher zu überzeugen. »Der Ausgang wird sich wieder schließen! Ihr habt doch das Skelett gesehen! Der Mann hat es nicht rechtzeitig herausgeschafft.«

Erneut blickten sich die beiden Wächter an. Eleonore stellte fest, dass eine Saat des Zweifels in ihnen zu keimen begann. Und tatsächlich: Nach ein paar Minuten ließ der Ältere sich von einem anderen Soldaten ablösen und eilte zur Tür der großen Halle, hinter der sich Linette und der Baron befanden. Es dauerte nicht lange, bis die drei in den Vorraum traten.

»Was soll das heißen?«, fragte der Baron ohne Umschweife. Er wirkte angespannt.

Bruder Melchior wiederholte die Warnung des unbekannten Verfassers.

»Wer gierig ist, dem droht der Tod? Wisst ihr denn genauer, was das bedeuten soll?«

»Wir sind der festen Überzeugung, dass der Stein den Eingang nach einer festgelegten Zeit wieder von allein versiegeln wird«, schaltete Eleonore sich ein.

»Seht Ihr, Monsieur, das Gleiche habe ich Euch auch gesagt«, brachte Linette vor. Sie wirkte innerlich zerrissen. Obwohl sie de Vuillery half, warf sie Eleonore bedauernde Blicke zu, erntete aber nur eine wütende Grimasse.

Der Baron dachte nach.

»Wie erklärt Ihr Euch sonst das Skelett auf der Treppe?«, fragte Eleonores Vater.

»Vielleicht habt ihr recht«, murmelte de Vuillery schließlich.

Eleonore hoffte, dass er sie nun nach oben bringen lassen würde, aber weit gefehlt. Im Gegenteil. Sie zählte mit. Er sammelte zwölf Männer, dazu Linette und Wüller, und befahl ihnen, die Bergung des Schatzes vorerst einzustellen, um nach einer goldenen Rute zu suchen.

»Wer sie mir bringt, den wiege ich zum Lohn zehnfach in Gold auf!« Ein aufgeregtes Raunen ging durch die Reihen, nur Wüller und Linette blieben merkwürdig still.

Als der Baron die Rute erwähnt hatte, war Bruder Melchior vor Entsetzen aufgeschreckt. Eleonore erinnerte sich an die wiederholte Warnung, das *Rüetlîn* auf keinen Fall mitzunehmen und einzusetzen, das laut der Nibelungensage ihrem Besitzer zur Macht über alle Menschen verhelfen würde. Sie schluckte trocken.

Vier Soldaten traten mit Linette als Aufpasserin in die rechte, vier weitere mit Wüller in die linke Schatzkammer. Die letzten vier Männer forderte der Baron auf, schon einmal in die Hauptkammer vorzugehen und dort mit der Suche zu beginnen. »Und ihr bleibt auf eurem Posten bei den Gefangenen!«, ermahnte er ihre Bewacher. Er selbst eilte in den Gang in Richtung des Ausgangs.

»Seht ihr nicht, was hier passiert?«, fragte Eleonore in den Raum. »Wenn sich der Eingang schließt, sterben wir alle, ihr auch! Nur *er* ist fein heraus!«

»Wir haben noch Wachen oben«, sagte der Jüngere. Seine Stimme zitterte. »Die werden uns befreien, wenn etwas passieren sollte.«

»Bitte, bindet uns los!«, flehte Eleonore, aber er schüttelte bestimmt den Kopf.

Erst als ein Soldat, den sie noch nicht kannten, völlig durchnässt angerannt kam, schienen die Zweifel in den Herzen der Männer weiter zu wachsen.

»Wo ist Gabriel?«, fragte der Neuankömmling.

Die beiden Aufpasser zeigten zur linken Kammer. »Was ist denn los?«

»Wir müssen alle sofort hier raus«, rief der Mann. »Der Regen! Das Wasser läuft wie in einem Sturzbach durch das Loch hier herein! Und es wird immer mehr.« In dem Moment erreichte ein dünnes, schmutzig schäumendes Rinnsal die Vorkammer des Horts.

»Es kommt«, sagte der Bote im Ton einer bösen Vorahnung. Dann lief er zu der angezeigten Tür und spähte hindurch. Im gleichen Augenblick schien der Regen vergessen. Ehrfürchtig starrte er die Reichtümer vor sich an, bevor er vorsichtig eintrat.

Während die Tür sich schloss, öffnete sich die gegenüber befindliche. Linette kam schwer atmend in den Vorraum. Sie hielt ein Messer in der Hand. Blutspritzer verunzierten ihr Gesicht und die vormals weiße Bluse. Ohne Vorwarnung wirbelte sie um die eigene Achse und riss das rechte Bein in die Höhe. Sie traf den älteren Wachmann mit der Spitze ihres Stiefels an der Schläfe. Er sank bewusstlos zusammen, ehe er wusste, wie ihm geschah.

Linette kam neben dem jüngeren Mann zu stehen. Noch bevor er Alarm schlagen konnte, durchtrennte sie ihm mit einer entschlossenen Bewegung mit ihrem Messer die Kehle. Seine Augen weiteten sich ungläubig. Laut röchelnd sank er auf die Knie und starrte auf das Blut, das vor ihm zu einer Lache wuchs, die sich mit dem schnell breiter werdenden Schlammbach aus dem Gang vereinigte. Dann schwand das Leben aus seinen Augen. Er sank zur Seite. Auch wenn er zu den Feinden gehört hatte, der junge Kerl tat Eleonore leid.

Linette landete direkt neben ihr. Aus ihren Augen sprach eine Ernsthaftigkeit, die Eleonore selten erlebt hatte.

»Ich lasse dich frei, Eleonore«, flüsterte sie. »Wir müssen alle sofort verschwinden! Sonst werden wir hier noch eingesperrt! Und was ist das?« Erst jetzt nahm sie das Wasser wahr, das immer schneller in den Vorraum drang.

»Ein Starkregen da oben«, gab Eleonore zurück. Dabei wollte sie Linette eigentlich beschimpfen.

Mit ein paar Sägebewegungen der blutverschmierten Klinge durchtrennte Linette das Seil um Eleonores Handgelenke.

»Es tut mir leid. Ich habe einen gewaltigen Fehler begangen, aber ich werde alles Erdenkliche tun, um ihn wiedergutzumachen.«

Linette drückte ihr das Messer in die befreiten, aber noch tauben Hände und zog ihren ebenfalls blutigen Degen, um Wolfgang loszuschneiden. Eleonore wandte sich derweil zur Seite und traktierte Bruder Melchiors Fesseln.

»Ich wollte euch nicht verraten«, fuhr Linette fort. »Zumindest nicht, nachdem ich euch besser kennengelernt habe. Nicht, nachdem ich dich kennengelernt habe, Eleonore.«

»Und warum hast du es trotzdem getan?«, fragte Eleonore kühl. Der Mönch rieb sich die Handgelenke. Wolfgang rettete eine der Musketen vor dem Nasswerden. Die zweite Schusswaffe lag bereits im Wasser und war damit nutzlos geworden.

»Ich wollte dir die Wahrheit gestehen, erinnerst du dich?«, fragte Linette, als sie auch Armin befreit hatte.

»Du und deine Wahrheiten! Und warum hast du nichts gesagt?«

»Du hast mir doch nicht zugehört!«, rief Linette, zügelte dann aber ihre Stimme. »Und dann war der Baron schon da. Dass ich mich frei bewegen konnte, war die einzige Möglichkeit, einen passenden Moment wie diesen abzuwarten, um euch retten zu können.«

Armin ergriff den Degen des toten Soldaten. Eleonore band ihren Vater los, und der Schmied machte sich an Frieders Fesseln zu schaffen.

»Bitte, lasst mich nicht hier allein sterben«, flehte Ruedi, der als Einziger noch gefangen war.

»Verrecken lassen sollten wir dich«, schimpfte Armin.

»Nein, so sind wir nicht«, widersprach Frieder. »Sie haben ihn dazu gezwungen.«

Schließlich nickte Armin. »Gut, wir nehmen dich mit.«

»Danke, danke! Ich werde euch das nie ver…« Der Rest ging in bitteren Tränen unter.

»Schnell! Wir müssen sofort weg, bevor Wüller Wind davon bekommt«, rief Linette. »Nehmt euch Waffen und Lampen! Verdammt, ist das viel Wasser.«

Die große Pfütze breitete sich im Vorraum rasch aus. Gleich würde sie die erste Tür erreichen. Und genau die wurde in diesem Moment geöffnet.

»Lauft!«, schrie Linette. Gabriel Wüller starrte sie mit überraschtem Gesichtsausdruck an. Hinter ihm standen der Bote von eben und die vier Soldaten. Alle hatten sich Massen an Gold in die Kleidung gestopft. Der Anführer überblickte die Situation und zog unwillkürlich seinen Degen. Aber Linette war flinker. Sie schnellte vor, sprang und legte sich in der Luft um, sodass sie Füße voraus gegen die Brust des Riesen stieß. Er verlor das Gleichgewicht und wurde von der Wucht des Aufpralls nach hinten umgeworfen. Sein massiger Leib riss den Boten mit, der nun den Soldaten den Weg versperrte.

Alle anderen waren Linettes Aufforderung gefolgt und losgerannt. Nur Eleonore hatte noch ihren Degen vom Boden aufgehoben und eingesteckt. Aus dem Augenwinkel nahm sie wahr, wie Linette auf die Beine kam, dann folgte sie den anderen in den dunklen Gang. Die aufgestellten Lampen waren vom Wasser umgestürzt und gelöscht worden. Offenbar hatte nur einer ihrer Freunde eine noch brennende Lampe ergriffen. Der winzige Lichtschein voraus half ihr, sich etwas zu orientieren. Hinter sich vernahm sie schnelle Schritte auf dem nassen Boden.

»Linette!«, rief sie und ärgerte sich, dass sie so erfreut klang. »Bist du denn jetzt für oder gegen uns?«

»Ich bin für *dich*!«, gab Linette im Laufen zurück. »Ich werde immer für dich sein!«

Eleonore wollte sich über diese Worte nicht freuen. Linette hatte sie verraten! Und mit ihren Gefühlen gespielt! Und doch bebte ihr Herz bei dem Gedanken an den Kuss, dessen Kraft ihr solche Angst gemacht hatte.

Das Wasserrauschen von vorn nahm mit jedem Schritt an Intensität zu. Das Nass stand ihr längst bis zum Knöchel und machte das Laufen immer anstrengender.

Zu diesen Geräuschen gesellte sich nun noch wütendes Brüllen aus den Tiefen des Berges. Die kratzige Stimme ging ihr durch Mark und Bein. Eleonore konnte schon Wüllers Schritte auf dem nassen Boden hören. Sein Fluchen wurde lauter und übertönte die verängstigten Schreie der Soldaten hinter ihm.

»Ich warte hier auf ihn«, kündigte Linette an, aber Eleonore fand im Halbdunkel ihre Hand, ergriff sie fest und zog sie weiter. »Nein, du kommst gefälligst mit!«, herrschte sie sie an.

Mit der Höhe des Wassers wuchs seine Strömung und drohte, Eleonore den Boden unter den Füßen wegzureißen. Sie kam kaum voran, aber auch ihre Verfolger wurden dadurch gebremst. Sie trat in den Schein der Lampe, die Armin in die Höhe hielt.

»Eleonore!«, rief ihr Vater erleichtert.

Bevor sie die wartende Gruppe erreichten, stolperte Eleonore über etwas am Boden und fiel kopfüber ins Wasser. Linette half ihr auf und zerrte sie weiter bis zum Fuß der Wendeltreppe.

»Wüller kommt direkt hinter uns!«, warnte Eleonore.

»Macht Platz!«, rief Wolfgang und richtete die Mündung der Muskete an ihr vorbei in den Gang hinein. Als er abdrückte, erleuchtete das Mündungsfeuer die Szenerie wie ein Blitz die Nacht. Das Donnern der Waffe neben ihren Köpfen raubte Eleonore die Sinne. Ein lautes Pfeifen war alles, was sie hörte. Doch es wurde schnell von einem Brüllen in den Hintergrund gedrängt, das klang wie von einem verletzten Stier. Wolfgang hatte bei seinem Schuss ins Dunkel offenbar getroffen. Aber war Wüller tot?

»Mehr Licht!«, forderte Goethe.

Doch der Vater ließ Armin nicht vorbei. »Wir haben keine Zeit. Wir müssen nach oben!«, rief er hektisch. »Pass auf die Lampe auf!«

Eleonore sah entsetzt, dass das Wasser wie ein Sturzbach die Treppe hinabsprudelte. Das Gewitter auf der Oberfläche musste sich zu einem gewaltigen Unwetter ausgewachsen haben.

Bruder Melchior ergriff die Initiative. Er trat auf die erste Stufe und wurde beinahe von der Strömung umgeworfen. Er bekam den eisernen Handlauf zu fassen und fand sein Gleichgewicht wieder. Schritt für Schritt, Stufe um Stufe kam der Mönch quälend langsam voran. Armin folgte ihm mit der Lampe. Er musste besonders aufpassen. Ließe er sie ins Wasser fallen, hätten sie keinerlei Licht mehr. Allerdings näherten sich ihnen von hinten fluchende Soldaten, von denen einige ihre Lampen gerettet zu haben schienen. Die kleinen Lichter tanzten aus dem Gang heran wie eine Horde verängstigter Glühwürmchen. Plötzlich schob sich eine riesenhafte Gestalt davor. Eleonore ahnte, was das bedeutete. Wolfgangs Schuss hatte Gabriel Wüller offenbar nur verletzt.

»Ich werde euch die Haut abziehen! Und wenn es das Letzte ist, was ich tue!«, übertönte sein Brüllen sogar das ohrenbetäubende Rauschen des Wassers.

Linette zog ihren Degen und forderte Eleonore auf, als Nächste hochzugehen. Bis auf den Vater kämpften die anderen sich schon die Treppe empor. Ohne den eisernen Handlauf wären sie wahrscheinlich längst wieder hinabgespült worden.

»Bitte, verzeih mir!«, flehte Linette Eleonore an.

»Ja, verdammt, ich verzeihe dir. Aber jetzt komm auch!«

»Geht!«, rief Vater. »Schnell.«

Sie hörten einen Fluch, gefolgt von einem platschenden Geräusch ganz in der Nähe. Wüller war an der gleichen Stelle gestolpert wie Eleonore. Er war schon sehr nahe!

Linette zerrte sie zur ersten Stufe. Sie war überwältigt von der reißenden Kraft des Wassers. Beinahe wäre sie gestürzt, aber Linettes Hand stützte sie von hinten.

Sie kletterte weiter und weiter. Es gab nur noch die Flut, ab und zu stürzte jemand vor ihnen und wurde ein Stück hinabgespült. Nur Armin hielt den Fluten stand und das einzige Licht in der Dunkelheit hoch.

»Linette?«, rief Eleonore fragend durch das sprudelnde Rauschen.

»Ich bin da!«

»Wo ist mein Vater?«

»Direkt hinter mir. Macht schneller!«

Erneut erklang Wüllers kratzige Stimme, höchstens zwei oder drei Windungen unter ihnen. Eleonore hörte auch Schreie der Soldaten, die wohl zu ihrem Hauptmann aufgeschlossen waren. Alle wollten nur noch heraus aus diesem mit Wasser und Schlamm volllaufenden Fuchsbau.

»Hab ich dich, Buchhändler!«, vernahm Eleonore Wüllers Stimme.

»Lass mich!« Das war der Vater.

»Papa!«

Den Geräuschen nach kämpften die beiden auf der Treppe. Sie musste ihrem Vater helfen. Sie ließ sich nach unten rutschen und hätte beim Zusammenprall beinahe Linette mit in die Tiefe gerissen.

»Sag gute Nacht, Buchhändler!«, brüllte Wüller. Er klang wie ein Tier. Eleonore hörte einen ungläubigen Schrei ihres Vaters. Es folgte ein kratziges Lachen und dann ein Platschen, das nur bedeuten konnte, dass jemand die Treppe hinabgespült wurde. Die Stimme ihres Vaters erstarb.

»Papa!«, schrie Eleonore verzweifelt.

Statt einer Antwort von ihm hörte sie Wüllers Singsang: »Und jetzt hole ich mir das Töchterchen!«

Sie wollte weiter hinab, um nach ihrem Vater zu suchen, aber Linette vergrub ihre freie Hand in ihrer Weste und hielt sie zurück. »Du kannst nichts mehr für ihn tun«, rief sie. »Los, wir müssen weiter!«

43

Beim Nibelungenschatz, 21. Juni 1771

Und jetzt hole ich mir das Töchterchen!«, drang Wüllers dröhnender Gesang die Treppe bis zu Frieder empor. Verdammt, wie weit war es denn noch? Es kam ihm vor, als kämpften sie sich schon ewig die Stufen gegen die hinabstürzenden Fluten hinauf. Frieders Fuß rutschte ab. Er krallte sich geistesgegenwärtig am Handlauf fest und zog sich weiter hoch.

»Schneller! Los! Er holt uns sonst ein!«, schrie Linette, während Eleonores Klagen immer lauter wurde.

Und dann kam von vorn der erlösende Ruf des Mönchs: »Herrgott im Himmel! Wir sind oben!«

Zwei Stufen weiter sah er es auch. Frieders Augen hatten sich so sehr an den schwachen Schein der einzigen Öllampe gewöhnt, dass ihm das eindringende Tageslicht gleißend hell erschien. Er eilte weiter, die letzte gerade Treppe hinauf und trat endlich unter dem Stein auf die Oberfläche hinaus. Bis zu den Waden stand er in wirbelndem Wasser und Matsch. Unwillkürlich richtete er den Blick zum Himmel. Diese Weite noch einmal über sich zu spüren, fühlte sich an wie ein Geschenk Gottes.

Das Eichenwäldchen war in einer leichten Kuhle angepflanzt worden. Von ringsum, vor allem aber aus Richtung der Weinberge, strömten schlammige Fluten in das Rund der Bäume und schossen die Treppe hinab wie in einen Abfluss in die Hölle.

»Tötet sie!«, donnerte die Stimme des Barons durch Regen und Wind. Frieder sah hinüber zu den Feinden. Die Ochsen standen im Schutz unter einer starken Eiche, deren dicke Äste im Wind hin und her schwangen wie die Hände eines zum Abschied winkenden Freundes. Dort, bei den mit Gold beladenen Wagen, machten sich sechs Soldaten daran, de Vuillerys Befehl auszuführen. Der Baron stand neben seinen Leuten und richtete seine Pistole auf Frieder, genau wie beim ersten Mal am Rheinufer, als sie den Franzosen auf dem Weidling entkommen waren. Nur hatte er ihn diesmal direkt vor sich im Visier. Mit einem triumphierenden Blick drückte er ab. Frieder erwartete einen tödlichen Schmerz, doch der Schuss blieb aus. Das Steinschloss war nass geworden und zündete nicht.

De Vuillery schleuderte die nutzlose Waffe von sich und zog seinen Degen. Vier seiner Männer taten es ihm nach, zwei blieben bei den Ochsen zurück. Vom Verhältnis her war Frieders Gruppe in der Überzahl, aber sie hatten bei der Flucht die Waffen zurückgelassen. Bruder Melchior hob einen abgebrochenen Eichenast aus der Flut. Frieder wischte sich den Regen aus den Augen und zog auch ein Stück Holz aus dem Wasser. Der armlange Ast lag schwer in seiner Hand.

Die Soldaten und der Baron wateten ihnen entschlossen entgegen. Armin schleuderte die nun erloschene Öllampe in ihre Richtung. Sie traf einen Mann an der Seite und prallte wirkungslos von ihm ab.

Linette kam nun ebenfalls aus dem Wasserloch und zerrte Eleonore hinter sich her. Es dauerte einen Moment, bis die Kämpferin die Lage überblickt hatte, dann zog sie ihren Degen und stürzte sich auf die Gegner.

Zu allem Unheil erscholl aus der Tiefe der triumphale Schrei Wüllers, der sich die letzten Stufen emporkämpfte. Er trug einen langen säbelartigen Dolch in der Hand und blutete aus einer Wunde an der Stirn und der Schulter. In seinen Augen glomm Wahnsinn.

Linette stieß dem vordersten Soldaten ihren Degen ins Herz, rutschte aus und landete direkt vor dem Baron, der so überrascht war, seine vermeintliche Verbündete plötzlich gegen sich kämpfen zu sehen, dass er es verpasste, sofort zuzustechen. Sein Zögern genügte Linette, auf die Füße zu kommen. Armin stürzte sich derweil mit bloßen Händen in den Kampf, Bruder Melchior schlug mit seinem Ast unbeholfen um sich. Wolfgang stürmte mit einem Stein in der Hand hinter Armin her, um ihm beizustehen. Nur Eleonore blieb wie gelähmt an der Stelle, wo Linette ihre Hand losgelassen hatte.

»So, Mädchen, jetzt fresse ich dein Herz!«, brüllte Wüller wie ein Tier.

Eleonore sank vollkommen entkräftet und aller Hoffnung beraubt auf die Knie. Der Riese starrte hungrig auf seine Beute. Gleich würde er sie sich holen.

Frieder sprang ihm in den Weg. Er schwang seinen Ast und traf Wüller an der verletzten Schulter. Doch das halb morsche Holz zersplitterte an ihm. Vollkommen unbeeindruckt lauerte Wüller mit gebleckten Zähnen am oberen Ende der Treppe und reckte die Klinge seines Messers nun Frieder entgegen. Er konnte den Blick nicht von dem glänzenden Stahl abwenden. Das war also das Ende. Wüller würde ihn erstechen und Frieders Blut in die Katakomben voller Gold gespült werden.

»Dein Ende ist gekommen, Goldwäscher«, knurrte der Riese. »Schade nur, dass du nicht mehr siehst, was ich deinem Mädchen antun werde.«

»Niemals!«, erklang ein Schrei gleich neben Frieder. »Stirb, und lass uns endlich in Ruhe!«

Es war Ruedi. Er warf Frieder ein befreites Lächeln zu und stürmte dann mit einem aus voller Kehle dringenden Schlachtruf an ihm vorbei. Mit wütender Entschlossenheit stürzte er sich in den Dolch des verwunderten Riesen. Der Angriff des kleinen Davids brachte Goliath aus dem Gleichgewicht und ins Straucheln. Ungläubig kippte Wüller mit dem aufgespießten Ruedi um und stürzte in das dunkle Loch. Seine Hand suchte vergeblich nach Halt. Vor Frieders Augen sank er zusammen mit Ruedi hinein in das tiefe nasse Grab.

»Ruedi!«, brüllte Frieder.

Linette und der Baron tauschten Hieb um Hieb aus. Bruder Melchior hielt mit seinem Ast einen Soldaten auf Abstand, aber Wolfgang ging gerade zu Boden. Er hatte einen Schlag gegen den Kopf bekommen und sank ins Wasser. Die Nässe brachte ihn wieder zu Bewusstsein, aber er schaffte es nicht, aus eigener Kraft aufzustehen. Weiter hinten stieß Armin einen Schmerzensschrei aus. Er presste eine Hand an den blutenden Schädel.

Ein erneuter Donnerschlag. Diesmal weiter weg. Der Sturm zog fort und hinterließ nichts als Verwüstung und Tod.

Linette musste einem Angriff de Vuillerys ausweichen. Er verfehlte sie nur um Haaresbreite, doch diesmal stolperte sie über etwas am Boden und fiel rücklings ins Wasser. Frieder zerrte Eleonore zur Seite und suchte nach einer Waffe, aber fand nur weitere Äste.

Linette kam wieder auf die Beine. Sie hatte jedoch ihren Degen verloren und wich darum zurück. Erneut verfehlte der Baron sie und drang gleich weiter vor. Frieder musste ihr helfen! Er wandte sich de Vuillery zu und rannte schnurstracks in dessen Attacke hinein. Die scharfe Klinge durchdrang erst sein Hemd und dann Haut und Fleisch seines Arms. Frieder schrie auf. Der Baron wollte jetzt beenden, was er begonnen hatte. Er unternahm einen Ausfall, dem Frieder gerade noch ausweichen konnte. Doch auf dem nassen Untergrund verlor er das Gleichgewicht und landete im schlammigen Wasser. Nur einen Augenblick später zischte die Spitze des feindlichen Degens und verharrte drohend vor seinem Gesicht.

»Du hast mich jetzt genug geärgert, Goldwäscher!«, sagte Frédéric Martin de Vuillery kalt.

Es kam Frieder vor, als habe eine andere Macht von seinen Gliedern Besitz ergriffen. Der Baron stieß zu, aber Frieders Körper schnellte mit ungeahnter Kraft zur Seite und richtete sich auf. Mit einer Hand zog er den unter dem Hemd verborgenen Stab mit dem anhängenden schwarzen Stein aus dem Hosenbund. Das Gold fühlte sich heiß an und schien in seiner Hand zu pulsieren.

»Lass die Waffe fallen!«, donnerte Frieder. Er sprach mit einer Kraft, die er so noch nie zuvor empfunden hatte. Der Baron starrte mit geweiteten Augen wie gebannt auf die goldene Rute und den schwarzen Stein. Seine Finger öffneten sich langsam, bis der Degen ihnen entglitt.

Frieder spürte eine Welle der Macht durch seinen Körper strömen. Sein Atem wurde zu Sturm, sein Blut zu kochender Lava, jeder Gedanke ein unbesiegbares Schwert. Er hatte den Eindruck, in den Himmel zu wachsen. Er hielt den Stab fest umklammert – oder war es umgekehrt?

Frieder erblickte Eleonore neben sich. In ihrer Verzweiflung kauerte sie vor Schmerz über den Verlust ihres Vaters im knietiefen Dreck.

»Steh auf!«, könnte Frieder ihr befehlen. »Steh auf und liebe mich auf immer!«

Es kostete ihn große Überwindung, seinen Mund andere Worte formen zu lassen.

»Folge mir!«, dröhnte er stattdessen in Richtung des Barons. De Vuillerys Blick raste von der Rute zu Frieders Lippen und zurück. Und dann schleuderte Frieder das mächtige Artefakt mit einer gewaltigen Willensanstrengung von sich, auf die nahe Öffnung zu. Die Rute drehte sich in der Luft und landete genau in dem Schlund, aus dem sie gerade erst ans Tageslicht gekommen war.

»Nein!«, brüllte de Vuillery so entsetzt, als hätte er ein geliebtes Kind verloren. Er rannte los und sprang dem Stab kopflos nach in die nachtdunkle Tiefe. Mit einem Gurgeln wurde er hinabgezogen.

Frieder kam es vor, als würde es ein wenig heller. Seine Hand schmerzte. Wo er die Rute gehalten hatte, war die Haut wie verbrannt, doch die Rötung ließ im Regen schnell nach.

Dann geschah etwas, das alle Kämpfe für einen Moment zum Stocken brachte. Von der aufgeschwungenen Steinplatte über dem Eingang ging ein lautes Knacken aus, als würden hundert Knochen gleichzeitig brechen. Alle wandten sich dorthin. Dann fiel der schwere Fels mit ungeahnter Wucht in die Vertiefung des Eingangs zurück. Alles, was an der Kante lag, wurde erbarmungslos zerquetscht und zerbrochen. Der Zugang zum Schatz der Nibelungen war wieder verschlossen. Diesmal wohl für immer.

De Vuillerys Männer hatten seinen Sprung in die Tiefe zwar mitangesehen, griffen nach einem Moment der Verunsicherung aber mit leicht verminderter Kraft erneut an. Frieder tastete nach dem Degen des Barons und fand ihn erstaunlicherweise sogleich. Er musste zu Armin. Der Arme blutete schwer am Kopf und hielt die bloße Hand als Schutz vor sein Gesicht, während sein Gegner jeden Moment den finalen Schlag setzen konnte. Doch Frieder würde den Weg nicht mehr schaffen! Ach, hätte er die Rute nur noch etwas länger für sich behalten!

»Waffen runter!«, hallte ein lauter Befehl in das Rund der Eichen, wo das Wasser nun keinen Abfluss mehr fand und sich zu einem Teich aufstaute.

Frieder hatte das Gefühl, die Stimme irgendwo schon einmal gehört zu haben, und war bass erstaunt, als er ihren Besitzer ausmachte, der mit einer Eisenstange in der Hand neben einem zweiten Mann mit gleicher Bewaffnung stand. Zwei Soldaten lagen bereits erschlagen am Boden.

»Ihr?«, rief Frieder ungläubig aus.

Das Erscheinen der Männer sorgte bei den bereits demoralisierten Freischärlern für neue Unruhe. Sie versuchten, sich zu sammeln, aber schon stürmten die beiden bärtigen Kerle vor und trafen zwei von ihnen mit ihren Stangen an den Köpfen. Ein weiterer Franzose nahm die Beine in die Hand. Die beiden Verbliebenen wollten sich nicht ergeben, sondern gingen wie verrückt auf die Neuankömmlinge los. Frieder gelang es, einem von ihnen den Degen seitlich in den Brustkorb zu stoßen, und Linette, die irgendwie wieder an ihre Waffe gekommen war, tötete den zweiten. Plötzlich lagen alle ihre Feinde tot am Boden. Und obwohl noch immer Wasser vom Berg hinabfloss, nahm seine reißende Kraft nun deutlich ab. Der Regen und der Sturm ließen endlich nach.

»Verdammt, was war denn hier los?«, wollte Erhard, der ältere der Zahler-Brüder, wissen.

Frieder hatte sich noch nie gefreut, die beiden zu sehen, aber jetzt rannte er auf Erhard zu und umarmte ihn stürmisch. »Wie kommt denn ihr hierher?«

»Das ist der Kerl, der mich in Sessenheim nach euch gefragt hat!«, rief Goethe überrascht.

»Ihr seid uns die ganze Zeit gefolgt?«, fragte Frieder ungläubig.

»Aus gutem Grund«, knurrte Wilhelm, der Jüngere, und zog den verletzten Armin am Hemdkragen hoch, bis der einen Kopf größere Schmied vor ihm stand. Armins Wunde unter dem Haar blutete noch, eine Handfläche war zerschnitten, und er schien auch einen Treffer am Bein abbekommen zu haben.

Frieder war fassungslos. Die beiden Neuenburger Raufbolde bauten sich jetzt vor Armin auf, und Erhard sagte allen Ernstes: »Du Sau hast unsere Schwester geschwängert!«

Armin blickte die beiden ungläubig an. »Lina ist schwanger?«, brachte er endlich hervor.

»Sie hat sich der Mutter anvertraut. Und der Vater hat uns dir nachgeschickt. Seitdem suchen wir nach dir!«

»Und ihr habt uns im genau richtigen Moment gefunden«,

sagte Frieder freudig. »Ohne euch wären wir wohl alle umgekommen!«

»Wir haben geschworen, Armin zurückzubringen!« Erhard wandte sich triumphierend an den Schmied und drohte: »Du wirst das Mädchen heiraten, sonst ist dein letzter Tag gekommen!«

Armin verfiel in ein hysterisches Gelächter.

44

Zwei Tage später, am Sonntag, erwachte Eleonore in einem sauberen Bett. Sie schaute in das gütige Gesicht der Magdalena Seitz, einer Mennonitin, in deren Haus sie alle nach der Schlacht beim Eichenwäldchen untergekommen waren.

Ihre Tränen waren erst nach zwei Tagen versiegt. Die Freunde hatten Eleonore von der Steinplatte fortzerren müssen, unter der irgendwo ihr Vater lag. Sie wollte nicht glauben, dass es nach dem Schließen des Portalsteins kein Zurück mehr gab.

Zwei neue Männer waren plötzlich angekommen, zwei Brüder aus Frieders Heimatstadt, die ihnen seit Tagen auf der Spur gewesen waren, um Armin zu zwingen, ihre Schwester zu heiraten. Dass dies ohnehin sein innigster Wunsch war, machte die beiden regelrecht wütend, und sie hatten geschworen, sich mit ihm zu prügeln, sobald er dazu wieder in der Lage wäre.

Armin hatte mit bloßen Händen gegen die Soldaten des Barons gekämpft und einiges abbekommen. Wie fast alle von ihnen. Frédéric Martin de Vuillery hatte Frieder einen langen Schnitt am Oberarm beigebracht, der zum Glück nicht tief ging. Wolfgang hatte eine Verletzung am Oberschenkel, und Bruder Melchiors Leib war von blauen Flecken und blutenden Schnitten regelrecht übersät. Dazu war seine Nase gebrochen.

Linette war wie Eleonore mit Schürfwunden davongekommen. Aber sie war beim letzten Sturz umgeknickt und hatte sich den Knöchel verstaucht. Bis auf Eleonore war also niemand unversehrt geblieben, aber für sie war der Tod ihres Va-

ters so schmerzhaft, als habe man sie mit hundert Klingen mal-
trätiert.

Auch die anderen trauerten um Magnus von Auenstein. Und
um Ruedi, der am Ende sein Leben gegeben hatte, um sie vor
Wüller zu beschützen. Frieder hatte den Zahler-Brüdern die
große Menge an Gold gezeigt, die von den Soldaten des Barons
zuvor bereits an die Oberfläche transportiert worden war. Die
Ladeflächen der zwei Karren waren gut gefüllt gewesen. Wilhelm
Zahler hatte vor Staunen beinahe keine Luft mehr bekommen.
Frieder hatte den beiden Neuankömmlingen nichts von Ruedis
Verrat erzählt. Er sollte in Neuenburg als der Held in Erinnerung
bleiben, zu dem er im letzten Moment seines Lebens geworden
war. Eleonore fand das sehr nobel von Frieder.

Während sie sich in Ibersheim aufhielten, hatte sich die Mennonitin Magdalena zusammen mit Linette um Eleonore und um
die schlimmsten Wunden ihrer Freunde gekümmert.

Eleonores Gefühle schwankten hin und her. Linette war eine
Verräterin, die die Seite gewechselt hatte. Wenn Eleonore sie sah,
schlug ihr Herz höher. Wenn sie Linettes Stimme hörte, tat das
ihrem Ohr wohl, aber dann versetzte es ihr immer wieder einen
Stich, wenn sie daran dachte, dass Linette als Spionin in ihr Leben getreten war und dem Baron geholfen hatte. Ohne ihre arg-
listige Täuschung wäre Eleonores Vater vielleicht noch am Leben. Linette flehte sie um Vergebung an, aber sie konnte ihr nicht
verzeihen. Noch nicht.

Die Ereignisse nach dem Kampf mit dem Baron, Wüller und
seinen Leuten waren in ihrer Erinnerung wie von Dunst um-
hüllt. Sie hatten das Gold mit Planen abgedeckt, denn niemand
sonst sollte es sehen. Die Ochsen waren unruhig gewesen und
nur nicht weggerannt, weil sie an den starken Eichen angebunden waren. Als das Wasser versickert war, blieben Schlamm und
abgebrochene Reben und Äste im Eichenrund zurück. Von der
Steinplatte darunter war nichts mehr zu sehen gewesen.

Die Männer hatten die Leichen der Soldaten zwischen den Wurzeln der Bäume vergraben. Der eine Franzose, der geflohen war, hatte ebenfalls kein glückliches Ende gefunden. Er hatte sich bei einem Sturz den Kopf angeschlagen und war ohnmächtig in einer Pfütze ertrunken.

Dann hatten sie völlig erschöpft noch am Freitagabend bei den Mennoniten im nahe gelegenen Ibersheim Zuflucht gefunden.

Sie schliefen kaum in dieser Nacht, und Eleonore fror. Doch am nächsten Morgen ging wieder eine warme Sonne über dem Land auf. Und irgendwie verspürte sie Hoffnung.

Frieder war am Samstag mit Goethe auf dessen Wallach in Richtung Worms aufgebrochen, um den Lastkahn vom Hafen herbeizuholen, den ihr Vater gekauft hatte. Heute würden sie ihn mit dem am Ufer versteckten Schatz beladen und sich flussaufwärts ziehen lassen.

Eleonore umarmte Magdalena am Sonntag vor dem Gottesdienst zum Abschied und überreichte ihr zum Dank eine der Münzen, die sie in ihrer Tasche gefunden hatte. Magdalena weigerte sich, das Geschenk anzunehmen. Eleonore gab die Münze später ihrem Sohn, der draußen spielte. »Pass gut darauf auf«, sagte sie. »Es soll dir einmal helfen, wie deine Mama uns geholfen hat.«

Frieder und Wolfgang waren bereits mit dem Kahn angekommen. Das Fahrzeug lag, mit einem Seil am Anleger gesichert, an einem recht schmalen Stück zwischen Ufer und der Mennoniten-Insel. Das Gewitter hatte offenbar auf breiter Front getobt, und der Boden war durch die Hitze so trocken gewesen, dass viel Wasser einfach in die Bäche und Flüsse gelaufen war und letztlich in den Rhein. Die Strömung war stärker als sonst, aber schon nicht mehr so heftig wie noch gestern, wie Frieder beruhigend erklärte.

Sack für Sack luden sie ihre Beute vom Karren auf den Kahn

um, bis dieser tief im Wasser lag. Letzte Goldstücke fanden ihren Weg auf das Gefährt, dann waren sie bereit zur Abreise. Sie befestigten zwei der Ochsen am Seil, aber Bruder Melchior hielt sie noch einen Moment zurück. »Wir sollten beten«, sagte er.

Sie stellten sich alle in einen Kreis zusammen. Zu Eleonores rechter Seite stand Linette, neben ihr Wolfgang Goethe, dann Armin neben Erhard Zahler, weiterhin Bruder Melchior, Wilhelm Zahler und Frieder, mit dem sich der Kreis bei Eleonore schloss.

Der Mönch bekreuzigte sich und sprach mit ihnen das Vaterunser. Dann fügte er hinzu: »Lasst uns dem Herrn danken für den Reichtum, der in unserem Kahn wartet, aber lasst uns auch all der vielen Opfer gedenken, all der Menschen, die bei dieser Suche ihr Leben lassen mussten. Man sagt, es läge ein Fluch auf dem Schatz der Nibelungen. Und zu viele Menschen wurden durch diesen Fluch aus ihrem gottgegebenen Leben gerissen. Wir beten für Magnus von Auenstein, den wir alle, aber insbesondere seine Tochter, schmerzlich vermissen. Herr, sei seiner Seele gnädig!«

Er setzte eine Pause, und alle wiederholten: »Herr, sei seiner Seele gnädig!« Das Gebet schenkte Eleonore Ruhe. Es fühlte sich für sie an, als befreie es die Seele des Vaters aus der düsteren Gruft des Nibelungenhorts.

»Wir gedenken auch Thomas Selinger«, sprach Bruder Melchior weiter, »der als Erster sein Leben für diese Mission geben musste. Herr, sei seiner Seele gnädig!«

»Herr, sei seiner Seele gnädig!«

»Und Ruedi Greiner, der sein Leben gab, um unseres zu retten. Lasst uns nicht an seine Schwäche denken, sondern dankbar seine starken, guten Seiten in Erinnerung behalten. Herr, sei seiner Seele gnädig!«

»Herr, sei seiner Seele gnädig!«

»Und lasst uns zum Schluss auch derer gedenken, die sich uns entgegengestellt haben. Sie alle haben den Tod gefunden und mögen von unserem Herrn dafür gerichtet werden. Herr, sei ihren Seelen gnädig.«

»Herr, sei ihren Seelen gnädig«, sprach Eleonore mit den anderen.

»Herr, sei den Seelen all dieser Männer gnädig. In deiner unendlichen Weisheit hast du den Nibelungenschatz unter einer Flut verschlossen. Selbst wenn das Tor jemals wieder geöffnet werden könnte, wird keines Menschen Hand jemals mehr das Gold berühren, das in den Tiefen der Erde ruht, dem es in Vorzeiten entnommen wurde. Herr und Gott, hilf, dass dieser Teil des Schatzes, den wir dank deiner Gnade erringen durften, uns auf den rechten Weg führt, und lass Gutes aus ihm entstehen in deiner unendlichen Weisheit. A…«

Bevor Bruder Melchior das Amen aussprechen konnte, schrie einer der Ochsen laut auf und stürmte kopflos voran. Das zweite Tier folgte ihm völlig aufgelöst. Eleonore sah, wie sich das Seil plötzlich straffte. Die Ochsen jagten weiter. Der Pfosten des altersschwachen Anlegers bog sich und brach. Dann riss das Seil.

Frieder reagierte als Erster. Er rannte zu dem Kahn, der schon von der Strömung erfasst wurde und langsam davonzutreiben begann. Wolfgang folgte ihm, erreichte den Anleger aber erst, als Frieder mit einem langen Satz versuchte, den Kahn zu erreichen. Doch Eleonore erkannte es sofort: Das Gefährt bewegte sich schon zu schnell. Es fehlte gerade einmal einen Fingerbreit, aber statt die Seitenwand zu greifen zu bekommen, landete Frieder im Wasser. Er brauchte einen Moment, um sich zu orientieren, nachdem er wieder aufgetaucht war. Als er den Kahn endlich fand, schwamm er mit weit ausholenden Bewegungen darauf zu, während Wolfgang am Ufer entlanghetzte und schneller als Frieder vorankam.

Sie rannten jetzt alle, sogar Bruder Melchior. Armin und die

Zahler-Brüder feuerten Frieder an, aber der schwere Kahn nahm Fahrt auf, und der Abstand wurde immer größer.

»Los, sucht nach einem anderen Boot!«, rief Frieder und hielt aufs Ufer zu. Der Lastkahn erreichte das Ende der Mennoniten-Insel und stieß damit in den Wirbel zwischen den Strömungen beider Flussarme. Für einen Moment dachte Eleonore, das tief liegende Gefährt würde kentern, aber es fing sich wieder und schoss dann auf der stärkeren Hauptströmung weiter flussabwärts.

Frieder kam an Land. »Da hinten war ein Ruderboot«, rief er zur Erklärung. Eleonore und Linette folgten ihm, aber die Nussschale taugte bei drei Personen Besatzung nur zur Fahrt in ruhigem Gewässer. Frieder sprang allein hinein, zog die Ruder aus dem nassen Boden des Boots und legte sie in die Rudergabeln ein, während Linette den Kahn bereits in den Fluss schob. Eleonore schaute Frieder nach, wie er die Verfolgung aufnahm. Sie ahnte bereits, dass er mit leeren Händen zurückkehren würde. Zum ersten Mal lächelte sie wieder.

EPILOG

Frieder befestigte den Weidling mit einer doppelten Schlinge und zog ihn sicherheitshalber noch etwas weiter an Land. Der neue Goldgrund im Rhein bot zwar nicht den gleichen Ertrag wie der des Frühjahrs, aber er konnte trotzdem nicht klagen.

»Du siehst recht zufrieden aus«, hörte Frieder eine bekannte Stimme hinter sich.

»Hilf mir lieber beim Ausladen, Armin«, gab er zurück, ohne sich umzudrehen.

Der Schmied packte den neuen Goldherd an einer Seite, Frieder hob ihn an der anderen an. Im Vergleich zu seinem alten Herd war dieser weitaus leichter und einfacher auf- und abzubauen. Frieder hatte ihn extra nach seinen Vorstellungen und Wünschen anfertigen lassen. Auch Armin hatte daran seinen Anteil gehabt.

»Wie geht's Lina?«

»Sehr gut, danke. Der Kleine tritt sie ständig. Aber du solltest besser fragen, wie es mir geht!«

»Wieso? Wie geht's dir denn?«

»Ich weiß nicht, wo mir der Kopf steht«, gestand sein Freund. »Lina will noch das halbe Haus umgebaut haben, bis der Kleine kommt. Und den Bau der neuen Schmiede muss ich neben der normalen Arbeit auch noch überwachen. Die Kerle machen nur Mist, sag ich dir.«

»Na, dann fühle ich mich umso mehr geehrt, dass du kommst, um mir beim Ausladen zu helfen.«

»Nicht nur«, gab Armin zurück. »Ich wollte dich warnen. Der neue Goldinspektor sitzt bei dir vor der Haustür.«

»Was will er?«

»Was soll er wollen? Nur dein Bestes. Dein Gold. Er sagt, dass sie ab sofort auch die Häuser inspizieren, um zu prüfen, ob alles mit rechten Dingen zugeht. Ich hoffe, deine Verstecke sind sicher.«

»Er wird nur finden, was er finden soll«, erwiderte Frieder.

Seit ihrer Rückkehr hatte sich weit weniger geändert, als sie alle noch am Tag vor der Sonnenwende gedacht hatten. Bruder Melchior hatte es eine göttliche Fügung genannt, als sie den bis zum Rand mit Gold gefüllten Kahn verloren hatten. Frieders Verfolgung in dem wasserziehenden Ruderboot war jäh gescheitert, ebenso wie Wolfgangs Bemühungen von Land aus. Es gab dort am Rhein zu viele Inseln und Flussarme.

Sie hatten drei Tage gesucht, alle Fischer nach einem herrenlosen Kahn gefragt, aber am Sonntag waren kaum Fischer unterwegs gewesen, und so wollte niemand etwas gesehen haben. Wahrscheinlich war das Gefährt irgendwo zwischen den Rheininseln gekentert. Die Chancen, das Gold wiederzufinden, standen jedenfalls denkbar schlecht.

Bruder Melchior hatte sich als Erster damit arrangiert, obwohl er den Verlust später noch seinem Fürstbischof erklären musste. »Die Wege des Herrn sind unergründlich«, murmelte er. Für alle anderen war das nur ein schwacher Trost.

Immerhin hatten sie alle noch ein paar Stücke des Schatzes in ihren Taschen gefunden – Münzen, Schmuck oder Edelsteine. Bruder Melchior überraschte sie alle, als er seine Provianttasche öffnete, die bis zur Hälfte mit weiteren Goldmünzen gefüllt war. Sie teilten diese unter sich auf und vergaßen auch nicht, ihre Schulden beim Markgrafen und dem Fürstbischof von St. Gallen zu begleichen.

Letztlich blieben allen, auch den Zahler-Brüdern, mehrere Goldmünzen übrig. Damit war niemand von ihnen unermesslich reich geworden. Dennoch war jeder mit so viel Kapital heimgekehrt, dass er sich damit einen großen oder mehrere kleine Wünsche erfüllen konnte.

Eleonore hatte Frieder zum Abschied fest in den Arm genommen und ihm gewünscht, er möge die wahre Liebe bald finden. »Denk dran, küsse sie, dann zeigt sich, ob sie die Richtige ist.«

Eleonore schien jedenfalls die Lippen gefunden zu haben, die sie glücklich machten. Sie war mit Linette zuerst noch einen Monat in Ibersheim geblieben, um ihrem toten Vater nahe zu sein. Dann waren sie gemeinsam losgezogen und hatten in Neuenburg einen Halt zur Hochzeitsfeier von Armin und Lina eingelegt. Obwohl sie ihre Liebe natürlich nicht öffentlich zeigen konnten, fand Frieder die schmachtenden Blicke und zarten Berührungen unübersehbar.

Anders sah es bei Goethe aus. Die letzte Nachricht von ihm war aus Frankfurt gekommen. Darin hatte er Armin mitgeteilt, Friederike Brion schweren Herzens, aber mittlerweile frohen Gemüts verlassen zu haben. Er habe noch so vieles vor in seinem Leben, dass er nicht in Sessenheim versauern könne, auch wenn Friederike für immer einen Platz in seinem Herzen haben werde. Goethe hatte Armin und Frieder in seinem Brief versprochen, im Falle einer Reise nach Italien auch bei ihnen Station zu machen.

Armin war mit seiner Lina überglücklich. Er hatte seinen Anteil des Schatzes – und als Hochzeitsgeschenk den von Wolfgang – dazu eingesetzt, eine neue Schmiede zu errichten und das Haus der Eltern so umzubauen, wie es seiner jungen Frau gefiel. Armin war sich sicher, dass Lina einem Knaben das Licht der Welt schenken würde. Der sollte Ruedi heißen, hatte er eines Abends beschlossen. Anna, die Schwester ihres alten Freundes, fühlte sich vom Tod ihres Bruders sehr schwer getroffen. Sie nahm ihren Anteil am Schatz mit zu den Franziskanerinnen in Freiburg, denen sie sich anschließen wollte.

Frieder und Armin hatten die letzten Werkzeuge im Schuppen am Rhein verstaut und spazierten nun zurück in Richtung Stadt. Armin traf unterwegs auf Wilhelm Zahler, der mit seinem Bruder mehrere schwere Karren und Ochsen gekauft hatte und sich ein Geschäft als Fuhrmann aufbaute. Ausgerechnet Ochsen!

Frieder ging allein weiter. Er wollte den neuen Goldinspektor nicht warten lassen.

Der Polizeirat Johann August Schlettwein hatte so viel mit der Zusammenlegung von Baden-Baden und Baden-Durlach zum wiedervereinigten Hause Baden zu tun, dass sie ihm die vorbereitete Lügengeschichte über die Schatzsuche gar nicht auftischen brauchten. Sie hatten eben keinen Erfolg gehabt. Punkt. Dafür hatten sie aber genug Gold aufgetrieben, um ihre Schuld wie vereinbart zurückzuzahlen. Frieder konnte als freier Mann in seine Heimat zurückkehren.

Als er heimgekehrt war, hatte er feststellen müssen, dass es während seiner Abwesenheit zu einem Einbruch in seinem Haus gekommen war. Die Gauner hatten alles Gold aus seinen leicht zu findenden Verstecken gestohlen, aber die guten Geheimverstecke, in denen Frieder die am Markgrafen vorbeigeführten Werte lagerte, waren unberührt geblieben. Dort brachte er auch seinen Anteil des Schatzes unter. Bis auf neue Ausrüstung hatte er noch keine sinnvolle Verwendung für den plötzlichen Reichtum gefunden. Er arbeitete also vorerst weiter als Goldwäscher, als sei nichts gewesen.

Der neue Goldinspektor war ein kleiner, scharfsinniger Bürokrat, der darauf achtete, die Fundstätten genau zu inspizieren. Er schätzte mögliche Erträge meist höher ein, als sie erreichbar waren. Frieder erkannte schnell, dass der Polizeirat seinen Worten während des Gesprächs in Karlsruhe Taten hatte folgen lassen. Frieder bedauerte, dass seine Berufskollegen es nun schwerer haben würden, sich einen Nebenverdienst zu schaffen. Aber er war sicher, dass findige Goldwäscher bald neue Wege dafür auftun würden.

Der Goldinspektor ließ sich von Frieder durch seine Arbeitsräume im Haus führen und die Bücher über die Mengen des gekauften Quecksilbers zeigen. Er konnte anhand derer nachvollziehen, ob die Goldmengen realistisch waren, die Frieder angegeben hatte. Aber Frieder war ja kein Idiot. Natürlich hatte er auch weniger Quecksilber in die Bücher eingetragen.

Am nächsten Morgen nahm Frieder ausnahmsweise nicht den gewohnten Weg zum Rhein. Zum einen wurde es langsam zu kalt, um mehr als eine oder zwei Stunden im Wasser zu stehen, zum anderen hatte er heute etwas Wichtigeres vor.

Gegen neun Uhr holte ihn die einfache Kutsche ab, die Frieder bei den Zahler-Brüdern für heute bestellt hatte. Er nannte dem Fahrer sein Ziel, und los ging die Reise. Knapp zwei Stunden später wuchs vor ihm ein spitzer Kirchturm in den Himmel. Das dazugehörige, inmitten von Weinbergen liegende Dörfchen hieß Ebringen und gehörte als Exklave zum Bistum St. Gallen.

Frieder fragte sich durch und ließ den Kutscher wenig später vor einem hübschen Haus halten, das allerdings etwas Farbe nötig hatte. Er stieg vom Wagen, reckte seine Knochen und nahm die Tasche. An der Tür atmete er tief durch und klopfte dreimal.

»Ja?«

»Frieder Fischer hier«, sagte er. »Ich will Euch etwas bringen, das Euch gehört.«

»Mir?« Eine Sichtluke in der Tür klappte auf und ein hübsches Mädchen mit braunem Haar musterte ihn. Sie schien ihn als ungefährlich einzuschätzen, denn sie öffnete die Tür nun ganz. Sie trug ein schwarzes Kleid.

»Ich kenne Euch nicht, Frieder Fischer.«

»Seid Ihr Katharina?«

»Ja?«

»Ich komme aus Neuenburg. Ich gehöre zu den Männern, die die Leiche von Thomas Selinger gefunden haben.«

Sofort zog ein Schatten über das Gesicht der Frau.

»Tretet ein«, sagte sie. »Wollt Ihr etwas trinken?«

»Gern.«

»Euer Kutscher auch?«

»Ich bringe ihm nachher etwas.«

Sie füllte ein Glas Wasser aus einem Krug. Im Nebenzimmer begann ein Kind zu weinen.

»Verzeiht. Das ist Elena, meine Tochter. Ich muss schnell nach ihr sehen.«

Frieder nickte. Während sie im Nebenraum sanft auf das Kind einredete, holte er die goldene Uhr und die Kette mit dem Kreuzanhänger hervor, die er dem Toten abgenommen hatte.

Sie kehrte mit dem Kind auf dem Arm zurück und bemerkte die Gegenstände sofort.

»Das ist seine Kette!«

»Und seine Uhr«, ergänzte Frieder. »Als ich ihn fand, habe ich diese Sachen an mich genommen, damit sie nicht auf dem Amt verschwinden. Ich war der Meinung, sie sollten an den Menschen gehen, der ihm wichtig war. Und das scheint Ihr gewesen zu sein, wie man sagt.«

»Sagt man das?«

Frieder schob ihr die beiden Stücke zu und sagte mit Bedauern in der Stimme: »Die Uhr läuft leider nicht mehr. Sie war im Wasser.«

Die Kette schien Katharina ohnehin wichtiger zu sein. Sie griff mit der freien Hand danach und fuhr zärtlich über das Kreuz.

»Ich habe ihn wirklich gerngehabt«, sagte sie ernst.

»Ihr habt eine sehr hübsche Tochter«, bemerkte Frieder. Die

Kleine reckte ihm ihre Ärmchen entgegen. Sie strahlte ihn an. Und auch ihre Mutter lächelte nun zum ersten Mal. Ihr warmes, herzliches Lächeln erfüllte den ganzen Raum.

»Ja«, sagte sie. »Sie ist ein wahrer Goldschatz!«

ENDE

Nachwort

Die Vorstellung, mit nicht mehr als einer Waschpfanne im seichten Wasser echtes Gold zu finden, hat mich schon als Kind fasziniert. Die Goldwäscherei verband ich dabei immer mit Geschichten über den Goldrausch in Nordamerika und Australien. Als Erwachsener hörte ich in Südbaden zum ersten Mal davon, dass auch in heimischen Gefilden Gold zu finden ist. Sogleich kam mir ein Romanheld in den Kopf, der so lange im Rhein Gold wäscht, bis er einen Ring für seine Liebste schmieden und sie heiraten kann. Diese Idee blieb über mehr als ein Jahrzehnt in meinem Hinterkopf.

Als meine Lektorin nach Fertigstellung des Romans *Die Uhrmacher der Königin* nachfragte, welches Thema mir für das nächste Buch vorschwebe, kam diese Grundidee wieder an die Oberfläche. Die Goldwäscherei ist ein altes, heute eher unbekanntes Handwerk, das den Menschen an Flüssen über Jahrhunderte ein Zubrot bot. Am Oberrhein finden sich noch ein paar Erinnerungen daran. Ein junger Goldwäscher auf der Suche nach der großen Liebe schien mir jedenfalls ein geeigneter Protagonist für einen Roman zu sein.

Bei den Recherchen über die Goldwäscherei im Europa des 18. Jahrhunderts stellte ich schnell fest, dass die Arbeit weit weniger ergiebig – und romantisch – war, als man sie sich vielleicht vorstellt. Statt großer Nuggets oder ganzer Goldadern konnte man sich am Rhein glücklich schätzen, mühevoll winzigste Flitter aus dem Flusssand zu waschen.

Die von mir beschriebenen Verfahren, wie Frieder Gold gewinnt, sind zum Teil uralt. Schon die Kelten wuschen das Edelmetall mit Schüsseln aus dem Rhein. Und in der griechischen Argonautensage um Iason, Medea und das Goldene Vlies steckt auch ein Goldkörnchen Wahrheit. Im Kaukasus nutzte man früher Schaffelle, die im Wasser wie natürliche Filter funktionierten: Die schweren Goldflitter verfingen sich darin. Frieder nutzt dafür in meinem Roman einen dunklen Stoff.

Auch die Flussgolddukaten, deren Prägung Frieder und seine Freunde in Durlach beiwohnen, gab es wirklich. In Baden haben Goldmünzen, deren Material aus dem Rhein gewonnen wurde, seit 1765 eine entsprechende Schriftprägung erhalten, etwa *Ex Sabulis Rheni*, also »Aus den Sanden des Rheins«, oder *Ex Auro Rheni* (etwa »Gefertigt aus Rheingold«). Ein Rheingold-Dukat aus der Kurpfalz aus dem Jahr 1764 zeigt sogar eine Szene am Fluss mit einem Goldwäscher im Vordergrund. Da es naturgemäß nicht viele Flussgolddukaten gibt, sind die wenigen Exemplare unter Münzsammlern umso begehrter und besonders wertvoll.

Wenn ich von solchem »Rheingold« höre, denke ich unweigerlich auch an die Nibelungensage. Die habe ich als Kind in einer Verfilmung von 1967 gesehen und war besonders vom ersten Teil fasziniert. Ein Drache, ein nahezu unbesiegbarer Held, eine Tarnkappe, ein Zwerg und der Wettstreit Siegfrieds mit Brünhild. Dazu ein unermesslicher Schatz und stolze Krieger, die mit ihren Schwertern in den Krieg ziehen. Das Ganze gewürzt mit Liebe und Hass, Freundschaft und Intrigen, Ritterlichkeit und Verrat. Was will man mehr?

Und so kam ich auf die Idee, meine Goldwäschergeschichte mit der Sage der Nibelungen zu verknüpfen. Genauer mit der Suche nach deren Schatz. Dafür brauchte ich weitere Figuren: den Händler antiker Bücher, Magnus von Auenstein, seine Tochter Eleonore und den etwas bissigen und trinkfesten Mönch und Buchexperten, Bruder Melchior. Die begeben sich im Roman mit einer alten Handschrift des Nibelungenlieds, in der geheime Botschaften versteckt sind, auf die Suche nach dem Schatz.

Natürlich musste ich mich selbst noch einmal intensiv mit der Nibelungensage befassen. Aber auch mit den Theorien, wo genau Hagen von Tronje den Schatz versenkt haben könnte, ebenso wie mit früheren und aktuellen Versuchen, ihn mit wissenschaftlichen oder übersinnlichen Methoden zu finden und zu heben.

Meine Helden müssen auf dem Weg zum Schatz einige Hindernisse überwinden. Da ist insbesondere Louis René Édouard de Rohan-Guéméné zu nennen, 1771 der Koadjutor, also Stellvertreter des Fürstabts von Straßburg. In meinem Roman tue ich der historischen Person Unrecht, indem ich der Figur mit seinem Namen aus dramaturgischen Gründen unschöne Eigenheiten zudichte. Diese sind weder belegt noch naheliegend. Es heißt von ihm, er habe lasterhaften Vergnügungen gefrönt, und so habe er als Botschafter in Wien ab 1772 das Missfallen Kaiserin Maria Theresias und Marie Antoinettes auf sich gezogen. Später, als Marie Antoinette Königin Frankreichs war, war er in die sogenannte Halsbandaffäre verstrickt, die Alexandre Dumas in *Das Halsband der Königin* verarbeitet hat. Die erste literarische Fassung dieser Affäre stammte allerdings aus einer anderen Feder, der von Johann Wolfgang von Goethe 1791 in Weimar.

Zwanzig Jahre zuvor studierte dieser in der Stadt, deren letzter Fürstabt Louis René Édouard de Rohan-Guéméné ab 1779 sein sollte: Straßburg. Hier kurierte Goethe in Eigentherapie seine Höhenangst, indem er immer wieder auf den Turm des Münsters kletterte, entwickelte das Konzept für seinen *Götz von Berlichingen* und verliebte sich in eine Pfarrerstochter namens Friederike Brion im nahen Sessenheim. Während er überlegt, ob er sie heiraten oder verlassen soll, trifft er im Roman mit meinen Helden zusammen und schließt sich der Gruppe an. Dass Goethe nach dem Schatz der Nibelungen gesucht hat, ist natürlich reine Fiktion. Echt hingegen sind die zahlreichen im Text versteckten Zitate aus Goethes Werk. Haben Sie alle entdeckt?

Lektoriert wurde auch dieser Roman wieder durch Ulrike Brandt-Schwarze, mit der ich die Danksagungen einleiten möchte. Ihr sind nämlich gleich beim ersten Lesen fast alle Goethe-Zitate aufgefallen. Ich danke ihr für die sorgfältige, sehr hilfreiche Arbeit. Gleichzeitig danke ich dem Lübbe-Verlag und da stellvertretend meiner verantwortlichen Lektorin Stefanie Heinen für das große Vertrauen in meine Stoffe und die Freiheit, mit der ich diese erzählen kann.

Mein Dank richtet sich zudem an alle Personen und Institutionen, die mich bei den Recherchen unterstützt haben. Sei es die Wasserschutzpolizei Baden-Württemberg zur Frage, wie lange eine Wasserleiche von Basel nach Neuenburg treibt, die Staatliche Münzprägeanstalt in Karlsruhe, das Neuenburger Stadtarchiv, aber auch ganz viele andere.

Ich möchte das Nachwort nicht beenden, ohne noch zwei weitere Danksagungen auszusprechen. Eine geht an meine Frau Daniela Bianca Gierok für ihre unendlich wertvolle Unterstützung. Mit ihr habe ich eine echte Künstlerin an meiner Seite, die entscheidend an der Stoffentwicklung beteiligt ist, mir bei Schwierigkeiten Auswege aufzeigt und mir mit ehrlicher Kritik Sicherheit gibt, bevor ein Manuskript das Haus verlässt. Was für ein Glück, dass du da bist!

Genauso von Herzen danke ich allen meinen Leserinnen und Lesern. Stunde um Stunde sitze ich für Sie an meinen Geschichten. Dass Sie die Schicksale meiner Protagonisten hautnah miterleben und teils schon kurz nach Erscheinen eines Buchs dem nächsten Roman entgegenfiebern, ist mir ein steter Ansporn.

Ein junger Schotte,
ein König, der um der Liebe willen abdankt,
und die letzten Geheimnisse der Windsors

Dirk Husemann
DIE WINDSOR-AKTE
Historischer Roman

ISBN 978-3-404-18952-6

Ein rätselhafter Besucher stellt das Leben des Studenten Ajax Doggerton auf den Kopf. Ein Agent des britischen Geheimdienstes verlangt von ihm, als Bediensteter für den abgedankten König Edward zu arbeiten. Der genießt mit seiner bürgerlichen Frau Wallis das Leben in Paris und an der Côte d'Azur. Doch über dem Glamour liegt ein Schatten, denn Edward steht im Verdacht, sich mit Adolf Hitler verbünden zu wollen. Mit Ajax' Hilfe versuchen die Briten herauszufinden, ob der Ex-König England an die Nazis verraten will. Als Ajax in Paris einen fatalen Fehler begeht, beginnt ein Tauziehen um Edward, das zu einer Zerreißprobe für ganz Europa zu werden droht ...

Lübbe

Ein Attentat, eine tote Gräfin, ein unge-
wöhnlicher Ermittler und die Entwicklung
der Kriminalpolizei in Berlin

Ralph Knobelsdorf
EIN EHRENWERTES
OPFER
Von der Heyden und
die tote Gräfin

624 Seiten
ISBN 978-3-404-18985-4

Berlin, 1855: Wilhelm von der Heyden steht kurz vor dem Abschluss seines Studiums, als er Zeuge einer Explosion wird. Die Fenster der gegenüberliegenden Wohnung sind zerstört, eine Frau hängt leblos im Zaun. Er eilt an den Unglücksort – und gerät selbst in Verdacht. Der Wachtmeister hat sein Urteil schon gefällt, der Chef der Kriminalpolizei ist jedoch von Wilhelms Beobachtungsgabe begeistert und stellt ihn ein. Talentierte Mitarbeiter werden in der noch jungen preußischen Ermittlungsbehörde dringend benötigt. Doch Fingerspitzengefühl ist gefragt, denn das Opfer ist eine junge Gräfin, und so führen die Ermittlungen Wilhelm und seine Kollegen in die höchsten Kreise ...

Lübbe